Das Buch

Der Alkoholiker Ted Conway hat von seiner Tante Cora ein Haus geerbt. Seine Familie und er sind voller Optimismus, endlich scheint es aufwärts zu gehen. Die Conways planen, das Haus in ein Hotel umzuwandeln, doch die Bürger des Ortes sind ihren neuen Nachbarn gegenüber mißtrauisch. Sie glauben, daß auf dem Haus ein Fluch lastet. Und bald scheint sich diese Vermutung zu bestätigen, denn als Ted wieder einmal sinnlos betrunken ist, geschieht mit ihm und seinem sechzehnjährigen Sohn Jared eine vollkommene Verwandlung. Ted gibt sich plötzlich als fürsorglicher Ehemann und liebevoller Vater, während der bisher so freundliche Jared vom Bösen besessen scheint. Er wird zum grausamen Tiermörder, und seine bloße Anwesenheit jagt den Menschen Angst ein. Was ist geschehen? Hat Ted tatsächlich die Seele seines Sohnes an den Teufel verkauft?

Der Autor

John Saul wurde 1942 in Pasadena, Kalifornien, geboren, er studierte Theaterwissenschaften und Anthropologie. 1977 erschien sein erster Horrorroman *Wehe, wenn sie wiederkehren* (01/6740), der sofort ein großer Erfolg wurde. John Saul lebt in Bellevue, Washington.

Im Heyne Taschenbuch erschien zuletzt *Hauch der Verdammnis* (01/10601).

JOHN SAUL

KIND DER HÖLLE

Roman

Aus dem Amerikanischen von
Alexandra Reinhardt

WILHELM HEYNE VERLAG
MÜNCHEN

ALLGEMEINE REIHE
Nr. 01/13096

Titel der Originalausgabe
THE RIGHT HAND OF EVIL

Umwelthinweis:
Dieses Buch wurde auf
chlor- und säurefreien Papier gedruckt.

Deutsche Erstausgabe 6/2000

http://www.heyne.de
Printed in Denmark 2000
Umschlagillustration: Johann Brandstetter/Agentur Schlück
Umschlaggestaltung: Nele Schütz Design, München
Satz: Buch-Werkstatt GmbH, Bad Aibling
Druck und Bindung: Nørhaven, Viborg

ISBN: 3-453-16279-X

Für Robb Miller und Lori Dickensen,
die niemals aufgeben und dafür sorgen,
daß das Lebensrad sich etwas leichter dreht!

PROLOG

Es lebte.

Es lebte immer noch.

Sie spürte es in ihrem Buch. Es bewegte sich wieder, strampelte und trat nach ihr.

Sie hatte gehofft, daß es sterben würde.

Gehofft und gebetet ... Als sie es zum allerersten Mal gespürt hatte, war sie auf die Knie gefallen und hatte Gott angefleht, sie von dem keimenden Bösen in ihrem Leib zu erlösen, und seitdem hatte sie dieses Stoßgebet an jedem langen Tag und in jeder noch längeren Nacht immer wieder zum Himmel geschickt. Sie fand keinen Schlaf mehr, weil sie ständig auf der Hut vor dem Übel sein mußte, weil ihre Wachsamkeit nie nachlassen durfte, nicht einmal für Sekunden, obwohl es ein Segen gewesen wäre, das Grauen wenigstens vorübergehend zu vergessen. Wie oft hatte sie sich auf schweißnassen Laken von einer Seite auf die andere gewälzt und dem Summen der Insekten vor dem Fenster gelauscht, und wie oft war sie schließlich aus dem Bett gesprungen, hatte in die gähnende Finsternis gestarrt und überlegt, ob sie das Fliegengitter öffnen und die Blutsauger einlassen sollte.

Einmal hatte sie in ihrer Verzweiflung das schützende Netz mit den Fingernägeln zerfetzt, ihr Nachthemd weit aufgerissen, so als wollte sie sich einem Liebhaber hingeben, und ihren gemarterten Körper den winzigen Lebewesen dargeboten, die – angelockt vom öligen Schweißgeruch – sofort ins Zimmer eindrangen und sie gierig umschwirrten. Unzählige Stachel bohrten sich wie feine Widerhaken in ihre Haut, und sie begrüßte diesen Schmerz, weil sie hoffte, daß die Moskitos, die sich an ihrem Blut labten, auch das Böse aus ihren Poren saugen würden.

Doch die Verderbtheit obsiegte wieder einmal: gegen ihren Willen hatte sie die Insekten verscheucht, das Fenster geschlossen und sich stundenlang unter die heiße Dusche gestellt – ein erfolgloser Versuch, sich von den Giften zu reinigen.

Und als sie schließlich ins Bett zurückgekehrt war, hatte sie nicht nur sich selbst und den neben ihr schlafenden Mann verflucht, sondern vor allem die Krankheit, der sie hilflos ausgesetzt war.

Denn es war eine Krankheit, nichts anderes.

Ein Siechtum als Strafe für Sünden, die so schlimm waren, daß sie jede Erinnerung daran verdrängt hatte. Übrig blieb nur die Fäulnis, die sich in ihrem Körper ausbreitete und sie von Tag zu Tag stärker auszehrte.

»Mein Gott, warum hast Du mich verlassen?«

Es war kein grellender Aufschrei, der sich ihrer Kehle entrang, sondern nur ein kraftloses Wimmern. Doch diese schwache Klage genügte, um den heftigen Unmut des Geschöpfs zu erregen, das sich in ihr eingenistet hatte. Stöhnend taumelte sie aus dem Haus. Sie verlor das Gleichgewicht, schürfte sich am rauhen Steinpflaster der Auffahrt die Knie auf und brach dann zusammen. Einen glückseligen Moment lang glaubte sie zu sterben, aber das Toben in ihrem Leib ließ schnell nach, und ihr Röcheln ging in regelmäßige Atemzüge über. Noch immer war ihr keine Befreiung vergönnt. Mühsam kam sie wieder auf die Beine und starrte das Haus an.

Einst hatte sie diesen prächtigen Bau mit dem steilen Dach, den vielen Giebeln, der breiten Veranda und den kunstvollen Holzverzierungen bewundert. Doch jetzt wußte sie, daß hinter der schönen Fassade das Böse hauste, ganz so, als würde eine Nutte ihr verlebtes Gesicht dicht verschleiern oder eine Maske aufsetzen.

Eine Nutte wie ich.

Aufschluchzend gestand sie sich diese bittere Wahrheit ein, die ungebeten aus der Tiefe ihres Unterbewußtseins emporgestiegen war.

Das Wesen in ihrem unförmigen Leib erprobte erneut seine Kraft, und die Frau wand sich in Krämpfen. Sie wankte gekrümmt auf die Stufen zu, die zur Veranda und in die gruftartigen Räume führten, blieb aber dann plötzlich stehen.

Nein – nicht drinnen!

Die feste Überzeugung, daß etwas sich grundlegend verändert hatte, seit sie vor wenigen Sekunden ins Freie geflüchtet war, veranlaßte sie umzukehren.

Dahinter.

Es ist hinter dem Haus.

Von irgendeiner unsichtbaren Kraft magisch angezogen, stolperte die Frau langsam auf die Rückseite des Hauses zu. Die fast im Zenit stehende Sonne brannte gnadenlos auf sie herab, versengte ihre Haut und gab ihr das Gefühl, als breiteten lodernde Flammen sich von ihrem Bauch in den Oberkörper, in Arme und Beine aus. Scharfe Krallen schienen sie von innen zu zerfetzen, um dem engen Gefängnis entrinnen zu können.

Und dann sah sie es.

Instinktiv hob sie die Hände, um ihre Augen vor dem gräßlichen Anblick zu schützen – oder um sie sich vielleicht sogar auszukratzen. Gleich darauf sanken ihre Arme jedoch kraftlos herab, und sie musterte die alte Magnolie, die hinter dem Haus immer mehr Platz beanspruchte.

Es war der Mann.

Der Mann, den sie geheiratet hatte.

Der Mann, der sie in dieses Haus gebracht hatte.

Der Mann, der ihr die Krankheit beschert hatte.

Der Mann, der bewußtlos neben ihr gelegen hatte, wenn sie um Erlösung vor dem Bösen betete, obwohl sie wußte, daß ihr Flehen unerhört bleiben würde.

Jetzt war er tot. Ein dickes Hanfseil um den Hals, hing er splitternackt am tiefsten Ast der Magnolie.

Sein Kopf bildete einen unnatürlichen Winkel, und seine starren Augen hatten einen Ausdruck, der ihr das Blut in den Adern gefrieren ließ.

Die steifen Finger seiner rechten Hand hielten das Messer umklammert, mit dem er sich den Bauch aufgeschlitzt hatte, und seine Eingeweide lagen in einem blutigen Durcheinander am Boden unter den herabbaumelnden Beinen.

Schon hatte sich ein Fliegenschwarm auf dem verstümmelten Leichnam niedergelassen, und bald würden sich Millionen Maden an seinem Fleisch gütlich tun.

Er hatte einen Fluchtweg gefunden.

Er hatte sie allein gelassen.

Allein mit der Krankheit.

Von Ekel und Grauen geschüttelt, wandte die Frau sich ab und torkelte wie ein weidwundes Tier ins Haus zurück. Unverständliche Laute ausstoßend, wußte sie nur eines: Sie mußte der grellen Mittagssonne entkommen und sich in ihrer Höhle verkriechen.

Sie mußte sich verstecken.

Vor der Welt verstecken.

Vor dem Mann verstecken.

Vor dem Bösen verstecken.

Die Fäulnis in ihr machte immer gebieterischer auf sich aufmerksam und überwältigte sie derart, daß sie nicht mehr wußte, wo sie war und was sie tat.

Eine Tür öffnete sich vor ihr, und sie stolperte die Treppe ins Halbdunkel hinab, rutschte aus und stürzte in die Tiefe. Ihr wurde schwarz vor Augen, und sie hieß den Tod mit offenen Armen willkommen.

Ihr Körper schlug hart auf dem kalten Kellerboden auf. Sie lag regungslos da, doch gegen ihren Willen begann ihr Herz wieder zu schlagen, und ihre Lungen füllten sich wieder mit Luft.

Und nun stand ihr die letzte Qual bevor – jene unvermeidliche Qual, vor der sie sich so gefürchtet hatte.

Glühende Hitze breitete sich wie Lava in ihrem Körper aus, setzte jeden Nerv in Brand, verkrampfte jeden Muskel. Heftig würgend und mit Händen und Füßen wild um sich schlagend, so als wollte sie einen unsichtbaren Folternknecht abwehren, stieß sie einen gepeinigten Schrei aus.

»NEEEEIN …«

Der Schrei verklang, gefolgt von hoffnungslosem Schweigen, von grauenvoller Stille.

Allmählich verebbte der Schmerz, so als wäre das Feuer in ihrem Leib gelöscht worden. Endlich hatte sie die Fäulnis ausgestoßen …

Auf den Ellbogen gestützt, betrachtete sie das winzige Geschöpf zwischen ihren Beinen. Von blutigen Gewebefetzen umhüllt, streckte das Baby seine dünnen Ärmchen nach ihr aus. Die Frau starrte es lange an, bevor sie es hochhob und in die linke Armbeuge legte. Mit den Fingern der rechten Hand streichelte sie sein Gesicht.

Ohne das Neugeborene aus den Augen zu lassen, glitten ihre Finger zu seinem Hals hinab und drückten fest zu.

Dabei hörte sie sich die vertrauten Worte murmeln, die ihrer Seele Frieden bescherten. »Vater unser im Himmel …«

Das Baby wehrte sich gegen den Würgegriff. Kleine Finger zerrten kraftlos an ihrer Hand.

»… Und vergib uns unsere Schuld, wie auch wir vergeben unseren Schuldigern …«

Die winzigen Finger gaben den Kampf auf, das Strampeln wurde immer schwächer.

»… Und erlöse uns von dem Bösen …«

Das Baby bewegte sich nicht mehr. Regungslos lag es in ihren Armen.

»Amen.«

Man fand sie kurz nach Sonnenuntergang.

Sie betete immer noch, doch von dem Baby fehlte jede Spur, so als hätte es nie existiert.

Sie leistete keinen Widerstand, als man sie aus dem Haus führte und in den Krankenwagen setzte.

Sie warf keinen Blick zurück, als der Wagen losfuhr.

Ihr Gesicht war heiter, und sie summte leise vor sich hin.

Endlich war ihr die Erlösung zuteil geworden.

SEPTEMBER

1. Kapitel

Die erste Schamröte stieg Janet Conway ins Gesicht, bevor der Kassierer auch nur ein Wort sagte, und sie überlegte, wieviel Bargeld sie wohl bei sich hatte, während er den Hörer abnahm und der STIMME lauschte. Die STIMME hörte sich immer gleich an, sehr angenehm und vernünftig, aber völlig unpersönlich, und Janet hatte sie so oft gehört, daß sie in ihrer Fantasie längst das dazugehörige Gesicht skizziert hatte: rund, mit jenen weichen, verwaschenen Konturen, die so schwer zu zeichnen waren, weil sie keine Gefühlsregung widerspiegelten. Das gnadenlose Urteil der STIMME lautete jedesmal: »Die Kreditkarte ist gesperrt.«

Eigentlich müßtest du doch schon daran gewöhnt sein, sagte sie sich. *Nach all den vielen Jahren solltest du gar nichts anderes mehr erwarten.* Trotzdem mied sie den Blick des Angestellten und starrte statt dessen die wenigen Artikel in ihrem Einkaufskorb an: fünf Farbtuben, drei davon in verschiedenen Blautönen. Wirklich unentbehrlich war im Augenblick nur das Kobalt, und notfalls konnte sie auch auf zwei der Pinsel verzichten, aber den dritten brauchte sie unbedingt.

Dringender als die Lebensmittel für das heutige Abendessen?

Zwischen Demütigung und Zorn schwankend, zwang sie sich, mit hochrotem Kopf den jungen Mann an der Kasse anzusehen, der höchstens zwei oder drei Jahre älter war als ihre Zwillinge, und dem die Sache noch peinlicher zu sein schien als ihr selbst. »Es ist nicht Ihre Schuld«, versicherte sie ihm und hätte am liebsten hinzugefügt: *Meine ist es aber auch nicht.* Doch die mahnende Stimme ihrer vor fünf Jahren an Krebs verstorbenen Mutter hielt sie davon ab. *Wir waschen unsere schmutzige Wäsche niemals in der Öffentlichkeit.* Unter Aufbietung aller Willenskraft verbarg sie ihre wahren Gefühle hinter einem gezwungenen Lächeln und beteuerte: »Da muß irgendein Versehen vorliegen ... Ich werde das Zeug heute Nachmittag abholen.«

Mit dem schwachen Trost, daß ihre Mutter bestimmt beifällig genickt hätte, verließ sie hastig den Laden. Sie spürte, daß der junge Mann ihr nachschaute, und ihr war klar, daß er ihre Lüge durchschaut hatte.

Vielleicht würde sie ihr Malzubehör irgendwann nächste Woche kaufen können, aber an diesem Nachmittag auf gar keinen Fall.

In Louisiana herrschte eine für September ungewöhnliche Hitze, und während sie sich ans Steuer ihres alten Toyota setzte, hoffte sie inbrünstig, daß er anspringen würde, denn ihre Visa-Card würde in einer Reparaturwerkstatt zweifellos genausowenig akzeptiert werden wie in dem Geschäft für Zeichenbedarf. Ohne sich dessen bewußt zu sein, hielt sie ängstlich den Atem an, bis der Motor stotternd zum Leben erwachte.

Obwohl der Supermarkt eigentlich ihr nächstes Ziel gewesen war, fuhr sie in die entgegengesetzte Richtung. Sie wollte die Kreditkartenangelegenheit sofort zur Sprache bringen, und nicht darauf warten, bis Ted von der Arbeit nach Hause kam. *Falls* er überhaupt nach Hause kam, was die große Frage war. Sie stellte sich diese Frage tagtäglich.

Das *Majestic Hotel* mochte einst der Stolz von Shreveport gewesen sein, wie auf dem Werbeplakat stolz zu lesen war, doch diese Glanzzeit gehörte längst der Vergangenheit an. Obwohl der Parkplatz nur für Hotelgäste reserviert war, stellte Janet ihr Auto trotzig vor dem häßlichen Ziegelbau ab und holte mehrmals tief Luft, weil sie wußte, daß es im Innern unerträglich nach abgestandenem Zigarettenrauch stinken würde. Angewidert stieß sie die stark verschmutzte Glastür auf und machte einen großen Schritt über den Riß im abgewetzten Teppichboden hinweg. Das letzte Hotel, in dem Ted beschäftigt gewesen war, hatte immerhin noch eine gepflegte Empfangshalle gehabt. In welchem dritt-

oder viertklassigem Etablissement würde er demnächst landen?

Sie wollte lieber nicht darüber nachdenken.

Der Mann am Empfang nickte ihr lässig zu. »Den Weg ins Büro Ihres Mannes können Sie sich sparen, Mrs. Conway. Er macht gerade Pause.«

Janets Wut, die während der Autofahrt abgeflaut war, wurde neu entfacht, als er mit einer Kopfbewegung in Richtung Bar grinsend hinzufügte: »Diese Pause dauert jetzt schon gut eine Stunde!«

Wieder war es die Stimme ihrer Mutter, die sie zur Ordnung rief: Bring nicht den Kurier um, nur weil seine Botschaft dir nicht gefällt!

»Danke«, murmelte sie unwillig und stieß die Tür zur verräucherten Bar auf. Ein halbes Dutzend früher Zecher saß an der Theke, darunter eine etwas vierzigjährige wasserstoffgebleichte Blondine, die ihre üppigen Kurven in ein viel zu enges Kleid gezwängt hatte. Mit trüben Augen musterte sie Janet von Kopf bis Fuß, erkannte sofort, daß das keine Konkurrentin war, und wandte sich beruhigt wieder ihrem schäbig gekleideten Freier zu. Ein Glück, daß sich im *Maestic* keine attraktiven jungen Nutten mehr blicken ließen!

Ohne die alternde Prostituierte zu beachten, ging Janet auf den vorletzten Barhocker zu und blieb mit verschränkten Armen neben ihrem Mann stehen.

»Es ist wieder passiert«, sagte sie mit gedämpfter Stimme, damit der Barkeeper nicht mithören konnte. Teds Miene verriet, daß er genau wußte, wovon die Rede war, und der versuchte gar nicht erst, es abzustreiten.

»Mir ist das Geld ausgegangen«, gab er zerknirscht zu, und die aufrichtige Reue, die in seinen kastanienbraunen Augen geschrieben stand, entwaffnete Janet wieder einmal. »Und es war doch nur ein Hunderter …«

»Aber wir konnten uns diesen Hunderter nicht leisten«, widersprach Janet lauter als beabsichtigt.

Tony, der Barkeeper, der ziemlich lustlos Gläser spülte, schaute sofort in ihre Richtung. »Jetzt ist von dem Schein bestimmt nicht mehr viel übrig«, kommentierte er ungefragt.

Janet biß sich auf die Unterlippe, und Ted zuckte gekränkt zusammen.

»Hör mal, Liebling, es tut mir wirklich leid, aber du weißt doch, wie das ist …«

»Nein, ich weiß nicht, wie das ist«, fiel Janet ihm ins Wort, empört über seinen Optimismus, daß sie sogar in der schlimmsten Situation Verständnis für ihn aufbringen würden. »Ich weiß beim besten Willen nicht, warum du dein Gehalt regelmäßig versäufst, obwohl wir kaum genug Geld für die Miete und das Essen haben – ganz zu schweigen vom Benzin und meinen Malsachen!« Sie bereute die letzten Worte, kaum daß sie ausgesprochen waren, denn Teds Augen funkelten plötzlich angriffslustig.

»Wenn du mit deinen Gemälden etwas verdienen würdest, müßte ich nicht auch noch diese Utensilien bezahlen und …«, holte er zum Gegenschlag aus, aber sie ließ ihn nicht ausreden.

»Du vergißt offenbar, daß die letzten drei Bilder, die ich verkauft habe, nicht nur dafür sorgten, daß wir monatelang wieder kreditwürdig waren, sondern daß wir von dem Erlös sogar Weihnachtsgeschenke für unsere Kinder kaufen konnten! Und wenn es sein muß, kann ich mir jederzeit in der Galerie von Keith Geld borgen, weil er weiß, daß er die beiden Gemälde, an denen ich jetzt arbeite, mühelos an den Mann bringen wird.« Janet mußte ihrer lange aufgestauten Frustration endlich einmal Luft machen. »Aber wenn ich gezwungen sein sollte, mir von Keith einen Vorschuß geben zu lassen, werde ich ihm klipp und klar sagen, warum ich darauf angewiesen bin. Ich habe keine Lust mehr, irgendwelche Märchen zu erzählen, nur um dich zu decken!«

Sie redete jetzt so laut, daß alle sie anstarrten, und sie wußte, daß ihre Mutter mißbilligend den Kopf schütteln würde, aber ausnahmsweise setzte sie sich darüber hinweg. »Ist es das, was du willst, Ted? Soll ich jedem erzählen, warum unsere Kreditkarten gesperrt werden, und warum es ständig Ärger mit unbedeckten Schecks gibt?« Sie schaute sich in der schäbigen Bar um und schüttelte angeekelt den Kopf. »Wenn du so weitermachst, wird dich sogar der Manager dieses heruntergekommenen Etablissements bald entlassen!«

Ted duckte sich wie ein geprügelter Hund. »Ich höre auf«, versprach er. »Ich schwöre bei Gott, Liebling, daß ich keinen Tropfen mehr trinken werde, bis alle Rechnungen bezahlt sind!« Er holte seinen Geldbeutel aus der Hosentasche und zog alle Scheine heraus. »Hier, nimm's mit! Vielleicht reicht es wenigstens für das Allernötigste.«

Janet blickte ihm lange in die Augen, die um Verzeihung und Zuwendung bettelten. Obwohl der übermäßige Alkoholgenuß sein Gesicht gezeichnet hatte, konnte sie im gedämpften Licht der Bar immer noch Überreste des jungenhaften Charmes erkennen, der sie einst so fasziniert hatte. Sie streckte die Hand nach den Banknoten aus, schüttelte dann aber den Kopf. »Es geht mir nicht um das Geld, Ted«, murmelte sie erschöpft. »Es geht nur um dich! Ich will nicht dein Geld – ich will dich!«

Fluchtartig verließ sie die schummerige Bar und hastete auf den heißen Parkplatz hinaus.

Immerhin habe ich nicht geweint, tröstete sie sich, als sie wieder im Toyota saß. *Keiner der Gaffer hatte die Genugtuung, mich heulen zu sehen.*

Doch als sie losfuhr, liefen ihr die Tränen, die sie im Hotel mühsam zurückgehalten hatte, über die Wangen.

Ted Conway schaute seiner davoneilenden Frau nach. Er schob sein leeres Glas beiseite, stand auf und verstaute seinen Geldbeutel wieder in der Hosentasche. Er wollte sich unverzüglich wieder in sein Büro begeben, doch dann fiel sein Blick auf das leere Glas. Er starrte es lange an, und obwohl er genau wußte, daß er eigentlich weiterarbeiten müßte, nahm er wieder auf dem Barhocker Platz. »Einen Drink kann ich mir doch bestimmt noch genehmigen, stimmt's?«

2. Kapitel

Cora Conway hätte beim besten Willen nicht sagen können, seit wieviel Jahren sie nur noch auf den Tod wartete. Irgendwann, so vermutete sie, mußte es eine Zeit gegeben haben, zu der sie das Leben liebte. Alle Erinnerungen an früher waren aber längst verblaßt und schließlich von dem grauen Nebel verschluckt worden, der sich mit jedem Tag dichter um sie legte.

Nicht daß Cora die Tage überhaupt noch gezählt hätte. Wozu auch? Sie unterschieden sich sowieso in nichts voneinander. Jeden Morgen wachte sie in ihrem Bett auf, hier in diesem Zimmer, das ihr so vertraut war, daß sie sich mühelos darin zurechtfinden könnte, auch wenn sie plötzlich das Augenlicht verlöre.

Der Nachttisch stand links vom Bett.

Rechts befand sich der Tisch mit der Leselampe und der Spieldose.

Wenn sie aufstand und durch den schmalen Flur auf die Tür zum Korridor zuging – diese Tür befand sich genau in der Mitte der Nordwand ihres Zimmers –, kam sie an zwei weiteren Türen vorbei.

Links war die Tür zum Einbauschrank, in dem sie ihre Garderobe aufbewahrte.

Rechts war die Tür zum Bad, das sie mit der Person im Nebenraum teilte.

Sie hatte diese Person nie gesehen und wußte nicht einmal, ob es sich um einen Mann oder um eine Frau handelte.

Es interessierte sie auch nicht.

Auf der Südseite gab es ein Fenster, aber Cora hatte nie

das Bedürfnis hinauszuschauen, denn das einzige, was sie sehen konnte, war ein anderes Fenster, nur wenige Meter entfernt, und dahinter verbarg sich ein Zimmer, das zweifellos ein Spiegelbild ihres eigenen war.

Einst, vor langer Zeit, hatte sie sich gefragt, ob vielleicht auch die Frau, die in jenem Zimmer wohnte, ein Spiegelbild ihrer selbst war, und als sie das nächste Mal einen Blick in den Spiegel über der Kommode geworfen hatte, war sie versucht gewesen zu glauben, daß sie tatsächlich durchs Fenster in ein anderes Zimmer starrte, denn die Frau, die ihr entgegenblickte, war alt und häßlich, während sie selbst doch immer ein schönes Gesicht gehabt hatte.

Um sich an die Hoffnung klammern zu können, nicht ihr eigenes Spiegelbild gesehen zu haben, vermied sie es seitdem, ihr Gesicht auch nur zu berühren.

Aus demselben Grund schaute sie nie ihre Hände, ihre Füße oder ihren Körper an.

Aus demselben Grund lag sie Tag für Tag auf dem Rücken im Bett und starrte die Decke an.

Und wartete, daß wieder ein Tag verging.

Wenn sie aufwachte, kam eine Frau mit dem Frühstückstablett, und Cora setzte sich auf, an die Kissen gelehnt, und verzehrte das Frühstück, krampfhaft bemüht, keinen einzigen Blick in den Spiegel zu werfen.

Danach lag sie auf dem Rücken, bis der Junge das Mittagessen brachte.

Sie aß und lag auf dem Rücken, bis eine andere Frau das Abendessen brachte.

Sie redete mit niemandem, weil es ihr zuwider gewesen wäre, ihre eigene Stimme zu hören.

Irgendwann schlief sie ein, irgendwann wachte sie wieder auf, und ein Tag glich genau dem anderen – jahraus, jahrein.

Sie hatte keine Ahnung, wann der erste Nebel aufgezogen war. Irgendwann hatte sie registriert, daß eine Art leichter Dunst ihr Bewußtsein zu trüben begann, aber sie schenkte dieser Tatsache keine große Beachtung. Hin und wieder fiel ihr jedoch auf, daß der Nebel sich verdichtet und dunkler wurd, daß die grauen Schwaden alle Bilder ihres Lebens zu verhüllen drohten.

Dieser Nebel, so glaubte sie, war der herannahende Tod, und sie bereitete sich darauf vor, indem sie Gott um Verzeihung für Sünden bat, die vor so langer Zeit begangen worden waren, daß sie vergessen hatte, wodurch sie sich versündigt hatte. Und sie hielt Ausschau nach dem Tod, der irgendwo im dichten Nebel lauerte, und dessen düstere Gestalt sie bald erspähen würde.

An diesem Morgen hatte sie ihn endlich gesehen.

Auf dem Weg vom Bett ins Bad hatte sie versehentlich einen Blick in den Spiegel über der Kommode geworfen, und obwohl sie sofort wegschaute, glaubte sie, etwas Ungewöhnliches wahrgenommen zu haben. Als sie kurze Zeit später aus dem Bad zurückkam, trat sie deshalb ganz bewußt vor den Spiegel und betrachtete ihn aufmerksam.

Die Frau hatte keinerlei Ähnlichkeit mit ihr: tief eingesunkene, trübe Augen inmitten von runzliger Haut und nur vereinzelte weißgraue Haarsträhnen auf dem fleckigen Schädel. Doch Coras Interesse galt nicht diesem Bild einer sterbenden Greisin, sondern dem, was dahinter zu erkennen war.

Obwohl sie ihn nie zuvor gesehen hatte, erkannte sie ihn sofort.

Der Tod trat endlich aus dem Nebel hervor, um sie zu holen.

Sie hatte ihn sich stets als Knochenmann vorgestellt, in einen schwarzen Mantel gehüllt, eine riesige Kapuze tief in die Stirn gezogen, unter der eisige Augen glühten. Doch die Gestalt, die sich ihr jetzt näherte, sah ganz anders aus als die Schreckensvision. Dieser Geist trug keine Kapuze, sein weites silbernes Gewand hatte einen anmutigen Faltenwurf und schimmerte bei jeder Bewegung, und das milde Lächeln verlieh dem Antlitz einen goldenen Glanz. Der

Engel breitete die Arme weit aus, so als wollte er Cora tröstend an seine Brust drücken. Sie hatte immer Angst vor dem Tod gehabt, weil sie überzeugt war, daß in der Ewigkeit noch viel schlimmere Qualen als im Diesseits auf sie warteten, aber angesichts der Lichtgestalt verflogen diese Befürchtungen.

Instinktiv griff sie nach dem kleinen goldenen Kreuz, das an einer dünnen Kette um ihren Hals hing, und als sie es berührte, fielen ihr zum erstenmal seit unzähligen Jahren die Worte des Menschen ein, der es ihr geschenkt hatte: *Dieses Kreuz wird dich beschützen. Leg es niemals ab, bis der Engel zu dir kommt.*

Cora hatte das damals nicht verstanden, und es wäre ihr nie in den Sinn gekommen, im Tod keinen grimmigen Vorboten von Höllenstrafen, sondern einen gütigen Engel zu sehen, der sie von der Last ihrer Jahre befreien würde.

Die dunklen Nebelschwaden schienen sich zu lichten, als die Gestalt näherkam.

Cora kehrte zum Bett zurück, setzte sich auf die Kante und öffnete die oberste Nachttischschublade, die mit den kläglichen Überresten eines fast vergessenen Lebens angefüllt war: bekritzelte Zettel, aus Zeitungen und Zeitschriften herausgerissene Artikel, kleine Geschenke von Menschen, an deren Namen und Gesichter sie sich nicht mehr erinnern konnte. Die Schublade klemmte und krachte auf den Teppichboden, als Cora heftig daran zerrte. Niederkniend wühlte die alte Frau in den Sachen herum und suchte verzweifelt nach einem bestimmten Gegenstand. Sie wußte genau, daß es ungeheuer wichtig war, ihn zu finden, und sie hätte der Krankenschwester, die plötzlich das Zimmer betrat, gern erklärt, wonach sie suchte. Sie war des Redens aber so entwöhnt, daß sie kein Wort hervorbrachte, und sie konnte keinen Widerstand leisten, als die Schwester sie hochhob und ins Bett legte.

Erst als ihr die Gurte angelegt wurden, versuchte sie sich zu wehren, doch sie zerrte vergeblich an den Lederriemen.

Und dann fiel ihr Blick auf den Spiegel, und sie sah wieder den Todesengel. Sie ließ ihren Kopf in die Kissen sinken und beobachtete fasziniert das stetige Näherkommen des Geistes. Er trat aus dem Spiegel hervor, als das Tageslicht der Dämmerung wich, und seine Gegenwart war so tröstlich, daß sie ihn an sich gezogen und umarmt hätte, wenn die Gurte sie nicht daran gehindert hätten.

Die Dunkelheit brach herein, und sie glaubte die Stimme des Engels zu hören, der ihr zuflüsterte, ihre Zeit sei gekommen.

Cora bewegte mühsam die Lippen, und endlich gelang es ihr zu stammeln: »Ted … ich möchte … bitte … Ted.«

Erschöpft von der Anstrengung, ihren Wunsch in Worte gefaßt zu haben, stieß sie einen tiefen Seufzer aus und rührte sich nicht mehr.

Die Krankenschwester glaubte im ersten Moment, Cora Conway wäre gestorben, stellte dann aber fest, daß die Greisin noch atmete, wenngleich sehr flach. Sie schien wieder in das Halbkoma gefallen zu sein, in dem sie seit Monaten vor sich hindämmerte. Die Schwester befreite ihre Patientin von den Gurten und beschloß, gegen Ende ihrer Schicht nachzuschauen, ob der Atem der alten Frau noch schwächer geworden war. Nur in diesem Fall würde sie Coras einzigen Verwandten anrufen.

Dieser Neffe, Ted Conway, hatte seine Tante seit Jahren nicht mehr besucht. Es wäre sinnlos, ihn zu benachrichtigen, solange nicht feststand, daß seine Tante wirklich im Sterben lag.

Vielleicht würde er dann ja herkommen, um wenigstens Abschied von ihr zu nehmen.

Ted Conway schaute auf, als im Fernseher hinter der Bar die Fünf-Uhr-Nachrichten begannen, und er beschloß, sich einen letzten Wodka-Tonic zu genehmigen, bevor er Feierabend machte. Er war müde, denn Janet beschuldigte ihn völlig zu Unrecht, daß er in der Bar nur sein Gehalt vertrank. Eine aufgeschlagene Akte bewies, daß er hier den ganzen Nachmittag über gearbeitet hatte, wobei er auch noch ständig den Barkeeper beobachten mußte, den er des Betrugs verdächtigte. Wie Tony das bewerkstelligte, wußte Ted allerdings immer noch nicht genau – der Mann schenkte korrekte Mengen ein und verdünnte harte Drinks nicht mit Wasser. Davon hatte Ted sich persönlich überzeugt, indem er einige Wodka pur bestellte. Bedauerlicherweise hatte er auch noch keinen Beweis, daß Tony Geld für sich abzweigte. Doch seine zwanzigjährige Erfahrung im Hotelgewerbe hatte ihn gelehrt, daß Barkeeper besonders trickreich waren, wenn es darum ging, sich auf Kosten des Betriebs zu bereichern. Ein Jammer, daß Frank Gilman, der Manager, nichts von der Anschaffung eines mit der Computerkasse gekoppelten Alkohol-Einheitenzählers wissen wollte, der jedweden Betrug ein für allemal verhindert hätte.

»Wir sind nicht das Sheraton«, hatte Gilman geknurrt, als Ted das Problem vergangene Woche zur Sprache gebracht hatte. »Kostspielige Geräte dieser Art können wir uns nicht leisten, aber selbst wenn wir es könnten, würde ich sie nicht anschaffen, weil ein Barkeeper meiner Ansicht nach die Möglichkeit haben muß, Gästen hin und wieder einen Drink zu spendieren. Dann kommen sie nämlich gern wieder.«

Nun, zumindest in einer Hinsicht hatte Gilman recht: Das Majestic war kein Sheraton. Ted hatte eine Zeitlang in einem Sheraton-Hotel gearbeitet, und es war ein himmelweiter Unterschied zu dieser Bruchbude gewesen. Wenn der Manager nicht ein solches Arschloch gewesen wäre, könnte er immer noch dort beschäftigt sein. Was war denn so schlimm daran, daß er immer eine Flasche Smirnoff im Schreibtisch stehen hatte? Basierte das ganze Hotelgewerbe nicht auf Gastfreundschaft? Gewiß, er hatte mit den Vertretern, die ihm alles möglich – von Bettwäsche bis hin zu Barsnacks – andrehen wollten, ein paar Gläser geleert. Na und? So wurden Geschäfte nun mal abgewickelt, und sein jetziger Chef zeigte dafür immerhin Verständnis.

Tony servierte ihm den Wodka-Tonic, und Ted wollte gerade nach dem Glas greifen, als er sich unwillkürlich verkrampfte. Ohne in den Barspiegel schauen zu müssen, wußte er, daß Frank Glimmen hinter ihm stand. Kurz bevor er sein strahlendes professionelles Lächeln aufsetzte, fragte er sich, warum er ein solches Gespür für die Nähe des Managers hatte. Das war nicht nur bei Glimmen der Fall, sondern bei jedem verdammten Manager, für den er jemals gearbeitete hatte. Offenbar besaß er einen sechsten Sinn, für den es keine logische Erklärung gab. Aber was hatte Glimmen hier zu suchen? Wie jeden Freitag, so hatte der Kerl doch auch heute das Hotel gleich nach dem Mittagessen verlassen, um Golf zu spielen. Warum war er zurückgekommen? Wenn es unerwartete Probleme gegeben hätte, wäre Ted – der Assistent Manager – informiert worden, doch es war ein völlig ereignisloser Tag gewesen, abgesehen von Janets dramatischen Auftritt wegen der Bagatelle mit der Kreditkarte. Sonst war nichts los gewesen, nicht das Geringste. Als Glimmen sich neben ihn an die Bar stellte, ging Ted plötzlich ein Licht auf – endlich nahm der Chef seine Befürchtungen ernst, er wollte dem Barkeeper höchstpersönlich auf die Finger schauen.

»Ich bin immer noch nicht dahintergekommen, *wie* er es anstellt, Frank«, flüsterte er dem Manager ins Ohr, um nicht von Tony belauscht zu werden, »aber *daß* er betrügt, steht für mich fest!«

Gilmans Augen verengten sich zu schmalen Schlitzen. »Vielleicht sollten wir uns lieber in meinem Büro unterhalten«, schlug er vor.

Ted kippte seinen Wodka-Tonic runter, rutschte vom Barhocker und folgte Gilman, der schon die Tür zur Empfangshalle aufstieß.

»Vergiß deine Akte nicht!« rief Tony.

Ted drehte sich um und griff danach. Er fegte in seiner Hast aber die Hälfte der losen Blätter auf den Boden. Fluchend sammelte er sie auf, schob sie in den Ordner zurück und eilte hinaus.

Der Barkeeper blickte ihm nach, bis die Tür zufiel, halbherzig polierte er das nächste Glas und grinste der Nutte zu, die hier den ganzen Tag vertrödelt hatte. »Wetten, daß der Bursche bald an die Luft gesetzt wird?«

Die Frau zuckte die Achseln. »Das wäre jammerschade, denn im Gegensatz zu seinem Vorgänger wollte er mich nie vertreiben.«

»Das dürfte daran liegen, daß er nie nüchtern genug war, um dich überhaupt zu bemerken«, kicherte Tony.

Die Prostituierte lachte so laut, daß Ted es sogar auf der Schwelle zu Gilmans Büro hören konnte. Empört nahm er sich vor, diese unverschämte Person gleich nach der Unterredung mit seinem Chef hinauszuwerfen. Das ohnehin nicht gerade angesehene Hotel würde vollends in Verruf geraten, wenn es Huren Zutritt gewährte. Zum Glück war das widerliche Gelächter nicht mehr zu hören, sobald er die Tür geschlossen hatte. Er ließ sich schwerfällig in den schäbigen Ledersessel vor Gilmans Schreibtisch fallen, als ihm auffiel, daß der Manager nicht Platz genommen hatte, sondern mit verschränkten Armen am Schreibtisch lehnte und ihn kritisch musterte.

»Du bist schon wieder betrunken, Ted.«

Das war keine Frage, sondern eine nüchterne Feststellung, doch Ted widersprach vehement. »Zugegeben, ich hatte ein paar Drinks, aber wie soll ich diesen Hundesohn überführen, wenn ich nicht …«

»Deine Ausreden kannst du uns beiden ersparen«, fiel Gilman ihm ins Wort. »Du hast den ganzen Nachmittag an der Bar verbracht und dir zehn Drinks hinter die Binde gegossen!«

Mit hochrotem Kopf sprang Ted auf. »Wer behauptet das? Es waren nur zwei, und auch die waren fast alkoholfrei!«

Gilman schüttelte den Kopf. »Laß doch diesen Blödsinn, Ted! Tony verwässert die Drinks nicht, und er macht auch keine anderen Gaunereien.«

Teds blutunterlaufenen Augen schleuderten Blitze. »Doch, ich kann das beweisen!«

»Nein, das kannst du nicht, denn Tony läßt sich nichts zuschulden kommen. Leider kann ich von dir nicht das gleiche behaupten, wenn ich mir deine Ausgaben anschaue.«

Damit hatte Ted nicht gerechnet. »Ausgaben?« stammelte er. »Was für Ausgaben?«

Gilman griff nach den Belegen auf seinem Schreibtisch. »Letzten Monat hast du Barspesen in Höhe von dreihundert Dollar eingereicht, Ted. Dreihundert Dollar! Ich könnte dich jetzt natürlich fragen, wie du das angestellt hast, aber ich bin mir nicht sicher, ob ich es wirklich wissen möchte.« Er hob abwehrend die Hand, als Ted den Mund öffnete, um sich zu rechtfertigen. »Nein, ich will es gar nicht wissen. Spar dir deine Erklärungen!« Der Manager nahm einen Briefumschlag zur Hand. »Hier, eine Abfindung in Höhe deines Monatsgehalts, und großzügigerweise übernehme ich sogar für ein Vierteljahr den Beitrag zur Krankenversicherung.« Mit gehobenen Brauen fügte er abschließend hinzu: »Wenn ich du wäre, würde ich diese Zeit nutzen, um das Alkoholproblem unter ärztlicher Kontrolle in den Griff zu bekommen.«

Teds Schläfenadern schwollen an. »Ich habe keine Alkoholprobleme!« behauptete er. »Zugegeben, hin und wieder trinke ich ein Glas, aber wer tut das nicht?« Er deutete auf die verhängnisvolle Spesenabrechnung. »Das meiste davon haben wirklich unsere Geschäftspartner konsumiert, Frank.« Seine Stimme bekam einen flehenden Klang. »Herrgott, du weißt doch selbst, wie das ist – schließlich warst du auch mal Assistant Manager!«

»Ja, aber ich pflegte nüchtern zu sein, als ich diesen Job ausübte.« Gilman ging auf die Tür zu. »Ich brauche deine Schlüssel.«

Ted starrte seinen Chef an und begriff endlich, daß er ihn nicht umstimmen konnte. »Weißt du was?« Wutentbrannt holte er den schweren Schlüsselbund aus der Hosentasche und schleuderte ihn auf den Schreibtisch. »Du kannst mich gar nicht feuern, Frank, weil ich nämlich selbst kündige! Du führst ein total beschissenes Hotel, und ich weiß beim besten Willen nicht, warum ich mich so lange bemüht habe, hier ein bißchen Ordnung zu schaffen. Zum Teufel mit dieser Mistbude und zum Teufel mit dir! Ihr könnt mich alle mal ...« Er riß Gilman den Umschlag mit seiner Abfindung aus der Hand, wirbelte auf dem Absatz herum und stürmte zur Tür.

»Ich werde dem Arbeitsamt natürlich mitteilen, daß ich dich entlassen habe, Ted«, sagte Gilman ruhig, »aber ich werde verschweigen, daß es sich um eine fristlose Kündigung wegen Trunksucht gehandelt hat, damit du sofort Arbeitslosenhilfe beantragen kannst. Mehr kann ich beim besten Willen nicht für dich tun.«

Ted Conway ignorierte diese Stimme der Vernunft. Er schmetterte die Tür hinter sich zu und wollte instinktiv in der Bar Zuflucht suchen, doch mitten in der Empfangshalle fiel ihm ein, daß Gilman genau gewußt hatte, wieviel Drinks er sich heute genehmigt hatte. Der gottverdammte Barkeeper mußte ihn bespitzelt und denunziert haben, und er wollte diesen Dreckskerl nie wiedersehen! Schließlich gab es jede Menge Bars in der Stadt.

Und es gab jede Menge Hotels, die einen guten Assistant Manager benötigten.

Wer brauchte schon das Majestic, diese erbärmliche Absteige?

Sein Zorn verrauchte allmählich in der sengenden Spätnachmittagshitze, und einen Block vom Hotel entfernt fragte er sich erstmals, wie Janet wohl reagieren würde, wenn er ihr erzählte, daß er gekündigt hatte.

Automatisch betrat Ted die nächste Bar, an der er vorbeikam.

3. Kapitel

Wie lange noch?

Die Frage, die Janet sich stellte, war zunächst alles andere als weltbewegend, denn sie bezog sich nur darauf, wie lange das Abendessen im Backofen wohl noch schmackhaft bleiben würde, ohne daß sie etwas Milch hinzufügen mußte. Doch während sie mit einer Gabel in den Nudel-Thunfisch-Auflauf stach, ging ihr diese Frage immer wieder im Kopf herum und erstreckte sich allmählich auf andere – wesentlich wichtigere – Aspekte ihres Lebens.

Wie lange noch, bis Ted nach Hause kommt?

Wie lange noch, bis er wieder gefeuert wird?

Wie lange müssen die Kinder noch mit den ewigen Streitereien leben?

Wie lange halte *ich* das alles noch aus?

»Hör auf, dir Sorgen zu machen, Mom«, hörte sie ihren Sohn sagen, und einen Moment lang befürchtete sie, ihre Fragen laut ausgesprochen zu haben, doch dann sah sie erleichtert, daß Jareds Augen schelmisch funkelten.

»Wenn der Auflauf Schimmel ansetzt, erzählen wir Kim und Molly einfach, das sei Petersilie oder Blaukäse oder sonstwas.«

Janet tat so, als wollte sie mit dem Kochlöffel nach ihm schlagen, und Jared brachte sich mit einem behenden Sprung in Sicherheit – so anmutig, als wäre er kein Footballspieler, sondern ein Tänzer. Er hatte auch nicht die kräftige Statur des typischen Footballspielers, denn mit seinen knapp sechzehn Jahren wog er bei einer Größe von ein Meter achtzig nur 160 Pfund, und trotz seiner schnellen Reflexe und seiner Beweglichkeit bangte Janet jedesmal, wenn muskelstrotzende Riesen ihn auf dem Spielfeld angriffen.

»Schimmeliges Essen habe ich euch noch nie aufgetischt, Jared Conway, aber wenn du weiter so frech bist, probiere ich es vielleicht einmal aus!«

Völlig unbeeindruckt von dieser Drohung, holte Jared

Bestecke aus der Schublade neben der Spüle. »Soll ich Dad anrufen und fragen, wie spät es bei ihm werden kann?« Das sollte sich ganz beiläufig anhören, aber seine gepreßte Stimme verriet Janet, daß dem Jungen eigentlich eine andere Frage auf der Zunge brannte: *Soll ich feststellen, ob Dad überhaupt noch an seinem Arbeitsplatz ist?*

Nach kurzem Zögern schüttelte sie den Kopf. »Wenn er in einer halben Stunde noch nicht da ist, essen wir eben ohne ihn, und ich hebe ihm eine Portion auf.«

Jared schien etwas einwenden zu wollen, griff sich aber statt dessen schweigend mehrere Papierservietten und begann den Tisch mit der Kunststoffplatte zu decken, den Janet vor siebzehn Jahren bei einem Flohmarkt gekauft hatte. »Durchaus akzeptabel für ein jung verheiratetes Paar«, hatte ihre Mutter damals huldvoll kommentiert. Wenn sie heute noch etwas sagen könnte, würde sie zweifellos ein wesentlich kritischeres Urteil fällen – nicht nur über den schäbigen Tisch, sondern über die gesamte Situation ihrer Tochter. Janet schaute sich in der Küche um, die noch dringender als die übrigen Räume einen frischen Anstrich benötigte, und überlegte, ob sie den Hauseigentümer dazu bewegen könnte, die Kosten für diese Renovierung und für die genauso notwendige Dachreparatur zu übernehmen. Ihre Hoffnung war freilich sehr gering, denn sie hatte den ganzen Sommer über vergeblich um neue Fliegengitter gebettelt, damit die Kinder nachts nicht vor der Wahl standen, entweder bei geschlossenen Fenstern zu schwitzen oder aber von Moskitos zerstochen zu werden.

»Ach, soviel Blut trinken die Biester ja nun auch wieder nicht«, hatte Jared sie letzte Woche beruhigt, als sie sich wunderte, wie er das unaufhörliche Summen in seinem winzigen Zimmer auf der Rückseite des einstöckigen Bungalows aushielt. Diese unbekümmerte Antwort hätte auch von Ted stammen können – in den ersten Ehejahren, als er nur bei Partys gelegentlich ein Glas zuviel trank. Jared hatte soviel Ähnlichkeit mit seinem Vater – und Jareds Zwillingsschwester Kim soviel Ähnlichkeit mit ihrer Mutter –, daß sie sich manchmal fragte, ob die Kinder überhaupt das Erbgut beider Elternteile in sich trugen oder einfach Klone von Ted und ihr waren.

Janet betete, daß Jared nicht in *jeder* Hinsicht seinem Vater nachgeraten würde, und sie hoffte auch, daß Kim nicht auf dieselbe Sorte Mann hereinfallen würde wie ihre Mutter.

Was natürlich nicht ganz fair war, wie Janet zugeben mußte. Als sie Ted Conway kennengelernt hatte, war sie von seinem Charme und seiner lockeren Art so fasziniert gewesen, daß sie sich sofort in ihn verliebt hatte – vielleicht, weil es in ihrer eigenen Familie immer so steif und formell zuging. Und sie hatten lange Zeit eine wirklich glückliche Ehe geführt. Ted begeisterte sich für das Hotelgewerbe, und sie träumten gemeinsam von einer Karriere in Atlanta, Miami oder sogar New Orleans, wo er Generalmanager eines Fünf-Sterne-Hotels sein würde, während sie in angesehenen Kunstgalerien ihre Gemälde ausstellte.

Doch irgendwann hatte Ted Trunksucht fast unbemerkt überhand genommen und alle kühnen Träume zunichte gemacht.

Insgeheim träumte Janet auch jetzt noch von Ausstellungen in bedeutenden Galerien, aber sie erzählte Ted nichts mehr davon. Früher hatte er ihr Talent bewundert, doch mittlerweile jammerte er nur noch, daß sie zuviel Geld für Farben, Pinsel und Leinwände ausgab.

Auch Ted machte sich immer noch Illusionen – freilich nur, wenn er zuviel getrunken hatte. Dann schimpfte er über die Unfähigkeit aller Hotelmanager, die ihn jemals beschäftigt hatten. Anfangs hatte Janet ihm widersprochen, doch in den letzten Jahren mußte sie zugeben, daß er nicht ganz unrecht hatte, denn kein wirklich tüchtiger Manager würde einen Mann wie Ted einstellen, dem ein schlechter Ruf vorauseilte.

Warum blieb sie trotzdem bei diesem Mann?

Das war eine Frage, die Janet sich oft stellte, und sie machte sich nichts vor: sie blieb bei Ted, weil ihr der Mut fehlte, auf eigene Faust – nur mit den Kindern – einen Neubeginn zu wagen. Aber würde ihre Lage sich wirklich verschlimmern, wann sie sich zu dieser dramatischen Maßnahme entschloß? Auch wenn sie mit ihren Gemälden nicht allzuviel verdiente, wäre sie finanziell vermutlich besser gestellt als jetzt, weil sie im Gegensatz zu Ted keinen Cent für Alkohol ausgeben würde. Und für ihn könnte es ein heilsamer Schock sein, wenn sie ihn verließ und die Kinder mitnahm. Vielleicht würde ihn das endlich aufrütteln, vielleicht würde er sich dann endlich eingestehen, daß er ein Alkoholiker war. Janet wußte genau, daß sie an der ganzen Misere mitschuldig war, weil sie nicht viel früher aufbegehrt hatte. Aber wie lange konnte es noch so weitergehen?

Eine sofortige Antwort auf diese Frage blieb ihr erspart, weil Molly quiekend in die Küche gerannt kam. Dem fünfzehn Monate alten Energiebündel schien die drückende Schwüle dieses Abends nicht das geringste auszumachen. Es wurde von Kim verfolgt, die ihre kleine Schwester zu fassen bekam, bevor diese sich an den Beinen der Mutter festklammern konnte.

»Hab' ich dich endlich!« rief Kim. Sie stemmte Molly hoch in die Luft und hielt sie fast waagrecht. Das Kleinkind strampelte aus Protest, grinste dabei jedoch übers ganze Gesicht.

»Runter! Will runter!« kreischte es vergnügt.

»Willst du das wirklich? Also gut ...« Kim ließ sie los, und Molly sauste in freiem Fall auf den Boden, bevor ihre große Schwester sie in letzter Sekunde auffing.

Janet schüttelte vorwurfsvoll den Kopf. »Wie oft habe ich dir schon gesagt, daß du das nicht machen sollst? Mir stockt dabei jedesmal das Herz!«

»Aber sie liebt dieses Spiel«, entgegnete Kim und wirbelte die Kleine im Kreis herum, bevor sie sie auf die Füße stellte.

Tatsächlich versuchte Molly sofort, an Kims Beinen hochzuklettern. »Noch!« verlangte sie energisch. »Noch mal!«

»Nach dem Abendessen«, versprach Kim. »Und wenn du ganz, ganz brav bist, darfst du mir sogar beim Geschirrspülen helfen.« Sie schob Molly sanft beiseite, öffnete einen Küchenschrank und holte Teller heraus. Das einfache Speiseservice war ein Hochzeitsgeschenk von Janets Mutter gewesen. *In den ersten Ehejahren wirst du kein edles Geschirr benötigen, Liebling,* hatte sie vernünftig argumentiert – und mehr als recht behalten.

»Kommt Dad zum Abendessen?« erkundigte Kim sich scheinbar unbefangen, doch ihre Stimme hörte sich genauso angespannt an wie die ihres Bruders vor wenigen Minuten.

»Ich bin mir nicht sicher«, erwiderte Janet, immer noch darauf bedacht, den Schein eines heilen Familienlebens zu wahren. »Stell jedenfalls auch für ihn einen Teller hin. Wenn er keine Überstunden machen muß, wird er bestimmt gleich hier sein.«

Kim warf ihrer Mutter einen beredten Blick zu. *Du meinst wohl, wenn er halbwegs nüchtern ist,* stand in ihren Augen geschrieben, aber ebenso wie Jared hatte sie längst gelernt, ihre Zunge im Zaun zu halten.

»Warten wir noch ein paar Minuten auf ihn«, murmelte Janet wider besseres Wissen.

Ted kam an diesem Abend erst kurz nach elf nach Hause. Janet saß allein im Wohnzimmer und versuchte vergeblich, sich auf eines der Bücher zu konzentrieren, die sie am Nachmittag in der Bücherei ausgeliehen hatte. Molly schlief längst, und die Zwillinge waren ins Kino gegangen, um der Hitze und der unbehaglichen Atmosphäre zu entfliehen. Janets Verdacht, daß ihr Mann wieder stundenlang getrunken hatte, bestätigte sich, sobald er die Hintertür zuwarf, denn er rief nicht nach ihr, und als er ins Wohnzimmer trat, bemerkte sie sofort seinen unsicheren Gang, den hochroten Kopf und die blutunterlaufenen Augen. Entnervt legte sie ihr Buch beiseite und wappnete sich gegen den unvermeidlichen Streit.

»Ich hab' heute diesen verdammten Job hingeschmissen«, verkündete Ted ohne jede Einleitung, eine Bierdose in der rechten Hand.

Janet bekam ein mulmiges Gefühl im Magen. Ganz egal, was sie sagte – er würde gereizt darauf reagieren, aber sie wußte aus langer Erfahrung, daß es ihn noch mehr in Wut brachte, wenn sei einfach schwieg. Jedes Wort auf die Goldwaage legend und ohne sarkastischen Unterton fragte sie schließlich: »Hat dir jemand einen besseren Job angeboten?«

Ted ließ sich auf das Sofa fallen und legte ihr seine freie Hand auf den Oberschenkel. »Ich konnte Frank Gilman einfach nicht mehr ertragen. Der Kerl ist ein Superarschloch!«

»Na ja, ich bin sicher, daß du etwas anderes finden wirst«, meinte sie begütigend, doch trotz seiner benebelten Sinne durchschaute er sie sofort.

Seine verquollenen Augen verengten sich zu schmalen Schlitzen, und seine Finger gruben sich schmerzhaft in ihren Schenkel. »Sei nicht so verdammt gönnerhaft!« knurrte er.

Einer Panik nahe, dachte Janet an jene Nacht vor zwei Jahren, als er noch betrunkener als heute nach Hause gekommen war und unbedingt mit ihr schlafen wollte. Sie hatte versucht, ihn abzuwimmeln, zuletzt aber doch nachgegeben, um einen Kampf zu vermeiden.

Es war eine schreckliche Nacht gewesen, und als sie feststellte, daß sie schwanger war, hatte sie sogar eine Abtreibung in Erwägung gezogen, sich aber nicht dazu durchringen können. Spätestens seit Mollys Geburt wußte sie, daß sie damals die richtige Entscheidung getroffen hatte, doch sie wollte so etwas auf gar keinen Fall noch einmal durchmachen. »Ich bin sehr müde, Ted …«

Er grinste anzüglich. »Dann müssen wir schnell ins Bett kriechen.«

Während Janet verzweifelt überlegte, wie sie ihn von seinem Vorhaben abbringen könnte, klingelte das Telefon. Beide zuckten erschrocken zusammen, und Teds Hand rutschte von ihrem Oberschenkel, als sie aufsprang, um den Hörer abzunehmen. Ihr erster Gedanke war, daß den Zwillingen etwas zugestoßen sein mußte.

»Könnte ich bitte Ted Conway sprechen?« fragte eine Frau, und ihre geschäftsmäßige Stimme verstärkte Janets Befürchtungen, daß es sich um einen Unfall handelte. Doch welche Hiobsbotschaften diese Anruferin auch auf Lager haben mochte, Ted war keinesfalls in der Verfassung, auch nur ein Telefonat zu führen.

»Ich bin seine Frau«, erklärte sie.

»Entschuldigen Sie bitte die späte Störung«, sagte die Anruferin, und Janets Ängste ließen ein wenig nach, denn wenn ihren Kindern etwas passiert wäre, würde man doch bestimmt auf solche Höflichkeitsfloskeln verzichten. »Hier ist Lucille Mathers, vom Sanatorium *the Willows* in St. Albans.

Janet atmete erleichtert auf – es ging nicht um die Zwillinge, sondern um Teds Tante.

»Ich rufe wegen Cora Conway an«, bestätigte Lucille Mathers ihre Vermutung. »Ich glaube, Ihr Mann sollte herkommen.«

Janets Gedanken überschlugen sich. Jetzt gleich? St. Albans war in südöstlicher Richtung 140 Meilen von Shreveport entfernt, und selbst wenn sie sofort losfahren würden, könnten sie frühestens um drei Uhr morgens am Ziel sein. An Teds Zustand durfte sie dabei gar nicht denken. »Geht es ihr so schlecht?« Daß Cora im Halbkoma lag, hatte das Sanatorium ihnen schon vor Monaten mitgeteilt, aber bisher war ihr Zustand als konstant beschrieben worden.

»Ja«, erwiderte Lucille Mathers ohne Umschweife. »Ich glaube kaum, daß sie den nächsten Tag überlebt … Sie möchte Ihren Mann sehen, und wenn es irgendwie möglich ist …«

Janet faßte einen schnellen Entschluß. »Morgen vormittag«, versprach sie. »Wir fahren in aller Frühe los und müßten spätestens um elf in St. Albans sein. Würden Sie ihr das bitte ausrichten?«

»Selbstverständlich. Dann erwarten wir Sie morgen.«

Janet legte den Hörer auf und informierte Ted über Coras letzten Wunsch. Sie war sich nicht sicher, ob er überhaupt zuhörte, bis er mit schwerer Zunge brummte: »Warum, zum Teufel, sollte ich Tante Cora besuchen? Sie ist total verrückt gewesen, soweit ich mich zurückerinnern kann. Was soll ich bei ihr?«

Obwohl Janet sich einzureden versuchte, daß diese Gefühlskälte nur auf den übermäßigen Alkoholgenuß zurückzuführen war, wurde sie wütend. »Um Himmels willen, Ted, die arme Frau liegt im Sterben, und du bist ihr einziger Verwandter!«

»Na und? Was hat sie denn jemals für mich getan?«

Bevor Janet etwas darauf erwidern konnte, sank sein Kopf aufs Sofa, und seine Augen fielen zu. Am liebsten hätte sie ihn einfach hier schlafen lassen, aber wenn die Zwillinge nach Hause kamen, sollten sie nicht sehen, daß ihr Vater viel zu betrunken gewesen war, um ins Schlafzimmer zu gelangen.

Durch kräftiges Schütteln bekam sie Ted soweit wach, daß er, auf sie gestürzt, den Weg bis zum Ehebett schaffte, wo er, ohne sich ausgezogen zu haben, sofort laut losschnarchte.

Als Janet sich eine Stunde später erschöpft neben ihm ausstreckte, war ihr klar, daß es so nicht weitergehen konnte. Sie hatte auf Jared und Kim gewartet, die jetzt bestimmt schon schliefen, während sie selbst hellwach Teds schweren Atemzügen lauschte.

Irgend etwas mußte sich ändern.

Sie konnte dieses Leben nicht länger ertragen.

Und den Kindern war es erst recht nicht zuzumuten.

4. Kapitel

Jared und Kim wußten, noch bevor sie über Mollys Köpfchen hinweg einen Blick tauschten, daß sie dasselbe dachten: *Wie kommt es, daß wir nie zuvor hier waren?*

Während der langen Autofahrt nach Südosten hatte weitgehend Schweigen geherrscht – ein beklommenes Schweigen, so als tickte im Wagen eine Zeitbombe, die jederzeit explodieren konnte. Die Zwillinge hatten den Atem angehalten, als ihre Mutter vorschlug, sich ans Steuer zu setzen, damit Ted auf dem Beifahrersitz schlafen konnte, aber der erwartete Wutausbruch war zum Glück ausgeblieben. Er hatte seiner Frau nur einen indignierten Blick zugeworfen und behauptet: »Ich fahre sogar stockbesoffen besser als die meisten Leute, die völlig nüchtern sind!«

Niemand war so dumm gewesen, sich auf sinnlose Diskussionen mit ihm einzulassen, und sogar Molly hatte instinktiv gespürt, daß es vernünftiger war, heute nicht zu quengeln.

Doch als sie jetzt St. Albans erreichten, ließ die Anspannung allmählich nach, nicht nur, weil die Fahrt durch die feuchte Hitze endlich fast vorüber war, sondern hauptsächlich, weil die Szenerie so gar nicht den düsteren Erwartungen der Zwillinge entsprach. Obwohl ihre Eltern sie nie nach St. Albans mitgenommen hatten, wußten sie von klein auf, daß das der Ort war, wo Tante Cora – in ein Sanatorium eingesperrt – lebte, und sie malten sich oft aus, wie es dort aussehen mochte. Wenn sie abends in ihren Betten lagen – bis zum fünften Geburtstag teilten sie sich ein Zimmer –, tuschelten sie miteinander und überboten sich in schaurigen Beschreibungen jenes Sanatoriums: ein häßliches Ziegelgebäude mit vergitterten Fenstern, von einem hohen Zaun umgeben. »Mit Stacheldraht obendrauf«, versicherte Jared seiner Schwester, »damit die Verrückten nicht rüberklettern und uns alle umbringen können!«

»Wetten, daß sie in Käfigen gehalten werden«, schlug

Kim vor, aber Jared, der zehn Minuten älter und deshalb viel weiser war, schüttelte den Kopf.

»Die Gefährlichsten müssen in Erdlöchern hausen«, flüsterte er geheimnisvoll, »verschlossen mit schweren Metalldeckeln, die nur zur Seite geschoben werden, um Essen in die Grube zu werfen!«

Und die Stadt St. Albans war in ihrer lebhaften Fantasie genauso düster wie das Sanatorium. »Ich möchte nicht darüber reden«, hatte ihr Vater auf ihre Frage hin gesagt. »Mein Onkel hat meinen Vater rausgeworfen, und der hat nie wieder einen Fuß dorthin gesetzt und den Ort bis zu seinem Tod gehaßt, so wie er auch meinen Onkel und meine Tante gehaßt hat. Er wolle lieber in der Hölle schmoren als in St. Albans wohnen – das waren seine Worte.«

Kein Wunder, daß die Kinder nach diesem grimmigen Kommentar alles Häßliche, was sie jemals gesehen hatten, auf St. Albans projizierten: verwitterte, fensterlose Schuppen mit durchhängenden Wellblechdächern, dicht aneinandergereiht auf dürrem Boden, wo kein einziger Grashalm wuchs; holprige, ungepflasterte Seitenstraßen und eine Hauptstraße mit riesigen Schlaglöchern und einigen schäbigen Läden, von deren Fassaden der Verputz abblätterte, während uralte Waren hinter stark verschmutzten Schaufenstern verstaubten. Diese abschreckende Stadt war wie ausgestorben, denn natürlich hatte man die meisten Einwohner längst ins Sanatorium gesteckt, das – im Zentrum gelegen – wie eine düstere Festung alles ringsum überragte.

Jetzt waren die Zwillinge freudig überrascht, denn St. Albans hatte nicht die geringste Ähnlichkeit mit ihren kindlichen Horrorvisionen. Die malerisch gelegene Kleinstadt war hinter einer Kurve auf dem Highway scheinbar aus dem Nichts aufgetaucht, und die breite Zufahrtsstraße mündete am Ortseingang in einen Boulevard. Auf dem Grünstreifen zwischen den Fahrbahnen wuchsen riesige alte Eigen, deren weit ausladende Äste einen Baldachin bildeten, der nicht nur der Straße, sondern auch den gepflegten Vorgärten Schatten spendete. Nach einer halben Meile gelangte man auf einen von Eichen gesäumten Platz mit Musikpavillon, Kinderspielplatz und Picknicktischen. Die hier angesiedelten Häuser mußten weit über hundert Jahre alt sein, waren aber allesamt frisch gestrichen und beherbergten alle möglichen Geschäfte, die durch kunstvoll geschmiedete und auf Hochglanz polierte Aushängeschilder auf sich aufmerksam machten; denn wegen der brütenden Hitze hatte man vernünftigerweise auf große Schaufenster verzichtet. Gemauerte Torbogen führten in sonnige Innenhöfe, und jedes mehrstöckige Gebäude hatte schmiedeeiserne Balkone. Der Einfluß von New Orleans war unübersehbar und allgegenwärtig.

»Es erinnert mich lebhaft an das French Quarter!« rief Jared denn auch hell begeistert.

»Mit dem großen Unterschied, daß hier absolut nichts los ist«, knurrte Ted mürrisch, während sie kurz hinter dem Platz vom Boulevard nach rechts abbogen.

Die Seitenstraßen waren genauso gepflegt wie das Zentrum, und obwohl sich Häuser verschiedener Baustile – französisch, georgianisch und viktorianisch – abwechselten, ergaben sie seltsamerweise ein harmonisches Gesamtbild, vielleicht wegen der moosbewachsenen Bäume in allen Gärten. Überdimensionalen Sonnenschirmen gleich, schützten diese alten Bäume die Menschen vor der Gluthitze, die hier sogar jetzt, im Frühherbst, herrschte.

»Wunderschön!« flüsterte Kim ihrem Bruder zu.

Zwei Blocks weiter bog Ted nach links ab, und statt der Eichen waren jetzt überall Weiden zu sehen, die ihre Äste anmutig der Erde entgegenstreckten. Gleich darauf entdeckte Kim inmitten einer ausgedehnten Rasenfläche ein Schild:

THE WILLOWS
St. Albans

Wie das Städtchen, so war auch das Sanatorium ganz anders, als Jared und sie es sich vorgestellt hatten. Das zweistöckige Hauptgebäude aus weißem Kalkstein hatte eine breite Veranda mit fünf korinthischen Säulen, die das Dach stützten, und die einstöckigen Seitenflügel bestanden ebenfalls aus weißem Sandstein. Die Fenster waren nicht vergittert und hatten graue Holzläden, die mit schmiedeeisenen Haken offengehalten wurden. Violette, rote und rosa Bougainvillea rankte sich an den Flügeln empor, und ein niedriger schmiedeeiserner Zaun umgab den weiten Rasen, auf dem zwei ungewöhnlich große Weiden wuchsen, denen das Sanatorium vermutlich seinen Namen verdankte.

Ted stellte das Auto auf dem Parkplatz vor den Verandastufen ab. Doch während seine Frau und die Kinder neugierig ausstiegen und nach dem langen Sitzen ihre Glieder in der Vormittagssonne streckten, blieb er sitzen und starrte das Gebäude mit finsterer Miene an, so als lauerten dort unbekannte Gefahren.

Janet warf den Zwillingen einen nervösen Blick zu. »Sie ist eine harmlose alte Frau, Ted«, sagte sie beruhigend, »und sie liegt im Sterben. Einen kurzen Abschiedsbesuch wirst du doch wohl noch verkraften können.«

Teds Augen verengten sich zu schmalen Schlitzen, aber er stieg endlich aus, ging mit seiner Familie die Verandastufen hinauf und stieß die Eingangstür auf.

In der Empfangshalle gab es eine gemütliche Sitzecke mit chintzbezogenen Polsterstühlen, die um einen großen Couchtisch gruppiert waren. Eine grauhaarige Frau – das kleine weiße Namensschild an ihrem hellblauen Kleid wies sie als Beatrice LeBecque aus – schaute vom Computer auf, und ihr freundliches Willkommenslächeln machte einer mitfühlenden Miene Platz, als sie Ted und Janet Conway erkannte. »Ich bin froh, daß Sie kommen konnten. Ich glaube, Ihre Tante wartet sehnsüchtig auf Sie.«

»Sie wußte doch nicht einmal ...«, begann Ted.

»Ist sie bei Bewußtsein?« fiel Janet ihm hastig ins Wort.

»Ich glaube schon.« Beatrice LeBecque deutete auf eine Flügeltür im Hintergrund der Halle. »Ostflügel 2, die dritte Tür rechts.«

»Können die Kinder hier warten?« fragte Janet.

»Selbstverständlich. Aber wenn die beiden Großen ihre Tante sehen wollen, kann ich gern auf die Kleine aufpassen.« Beatrice holte einen roten Lutscher aus der mittleren Schreibtischschublade und zeigte ihn Molly. »Schau mal, was ich für dich habe!«

Molly strampelte solange in den Armen ihrer Mutter, bis sie auf eigenen Füßen stand. Dann umrundete sie im Nu den Schreibtisch und kletterte auf den Schoß der Empfangsdame. »Wir werden bestimmt gut miteinander auskommen«, schmunzelte Beatrice. »Kinder scheinen mich zu mögen – oder, besser gesagt, meine Lutscher.«

Während ihre Jüngste ungeduldig an der Papierhülle zerrte, wandte Janet sich an die Zwillinge. »Vielleicht solltet ihr hierbleiben, bis wir festgestellt haben, ob es Tante Cora gut genug geht, um uns alle zu sehen.«

Sobald ihre Eltern hinter der Flügeltür verschwunden waren, schauten Kim und Jared einander an.

Nichts war so, wie sie es sich ausgemalt hatten.

Nicht die Stadt.

Nicht das Sanatorium.

Wieder hatten beide den gleichen Gedanken, und sie verständigen sich stillschweigend darauf, daß Jared die Frage aussprechen sollte.

»Unsere Tante Cora ...«, begann er unsicher. »Wir haben sie nie kennengelernt, aber wir haben gehört ...« Es fiel ihm schwer, den Ausdruck über die Lippen zu bringen, den sein Vater immer verwendete. »Ist sie ... ist sie wirklich verrückt?«

Beatrice LeBecque unterbrach ihr »Hoppe, hoppe, Reiter«, und Molly schaute mit schiefgelegtem Köpfchen zu ihr auf, so als interessierte auch sie sich für die Antwort auf die Frage ihres großen Bruders.

»Sie ist sehr alt«, murmelte die Empfangsdame, »und sie

war sehr einsam. Aber ist sie verrückt?« Nach längerem Schweigen nickte sie langsam. »Ich hoffe es sehr … Um ihretwillen hoffe ich, daß sie wirklich verrückt ist.«

Janet legte eine Hand auf Teds Arm, bevor er die Tür zum Zimmer seiner Tante öffnen konnte. Als er sich nach ihr umdrehte, fiel ihr auf, wie verkatert er immer noch aussah, viel schlimmer als gewöhnlich: ein aufgeschwemmtes Gesicht mit roter Nase und verquollenen Augen. Doch mehr als alles andere erschreckte sie seine grimmige Miene, die von mühsam beherrschtem Zorn zeugte.

Sie hatte es bisher nie wahrhaben wollen, aber tief im Herzen wußte sie, daß dieser Groll seit langem Teds Verhalten bestimmte. Sein Frust bot ihm einen willkommenen Vorwand für die Sauferei, er machte Gott und die Welt für sein Scheitern verantwortlich, und in dem Teufelskreis von Wut und Alkoholismus hatte seine Persönlichkeit sich so verändert, daß Janet sich manchmal fragte, ob das noch der Mann war, den sie geheiratet hatte.

In seiner Verbitterung behauptete er, kein Mensch hätte ihm jemals eine Chance gegeben: weder seine Eltern, die sich getrennt hatten, als er noch ein Baby war, noch seine diversen Arbeitgeber, und schon gar nicht seine Tante Cora, die in diesem Sanatorium lebte, solange er sich zurückerinnern konnte, und derentwegen er unter Schuldgefühlen litt. Doch das würde ja nun bald ein Ende haben.

»Sie liegt im Sterben, Ted«, wiederholte Janet sanft und schaute ihm dabei tief in die Augen. »Ich kenne deine Gefühle ihr gegenüber, aber sie will sich doch nur von dir verabschieden.« Einen Moment lang fragte sie sich, ob er ihre Worte überhaupt gehört hatte, doch völlig unerwartet streichelte er ihre Wange mit dem Zeigefinger – eine liebevolle Geste, die sie seit Jahren entbehrt hatte.

»He, ich weiß, daß mit mir nicht immer leicht auszukommen ist, aber deshalb bin ich noch lange kein Monster, okay?«

»Aber gestern Abend hast du gesagt ...«

»Gestern Abend war ich betrunken, und unter den Auswirkungen hatten wir heute morgen alle zu leiden – ich völlig zu Recht, die Kinder und du unverdient.« Er rang sich ein gequältes Lächeln ab. »Ich werde nicht versuchen, alte Rechnungen mit Cora zu begleichen. Dafür dürfte es jetzt zu spät sein.«

Die Tür öffnete sich plötzlich, und ein Priester verließ das Zimmer. Er war sehr alt, hatte ein völlig verrunzeltes Gesicht und tief gebeugte Schultern, so als lasteten die unzähligen Beichten, die er in den vielen Jahrzehnten seiner Tätigkeit gehört hatte, schwer auf ihm. Am Gürtel seiner Soutane baumelte ein Rosenkranz, und er hielt eine Bibel an sich gepreßt, die noch älter als er selbst zu sein schien und offenbar häufig gelesen war, denn der Ledereinband war abgegriffen, und der Buchrücken hatte sich halb gelöst. Der Priester schloß die Tür so energisch, als wollte er die letzten Besucher seines Beichtkindes aussperren, und dabei ließ er Ted nicht aus den Augen. Fast sah es so aus, als würde er das Wort an ihn richten, doch dann preßte er die Lippen zusammen, wandte sich ab und schlurfte mühsam den Korridor entlang.

Erst nachdem der Geistliche um die Ecke gebogen war, betrat Ted das Zimmer seiner Tante, dicht gefolgt von Janet.

Sofort stieg ihnen der Geruch des Todes in die Nasen, und sie hatten den Eindruck, zu spät gekommen zu sein, denn die zusammengeschrumpfte Gestalt im Bett gab kein Lebenszeichen von sich.

Coras dünne Haarsträhnen klebten am Kopf und ihre Augen waren geschlossen. Die linke Hand lag kraftlos auf ihrem Unterleib, aber mit der rechten umklammerte sie eine dünne Halskette.

Die Stille im Raum war so beklemmend, daß Janet unwillkürlich nach Teds Hand griff, was sie lange nicht mehr getan hatte.

Plötzlich durchbrach ein gurgelndes Röcheln die Totenstille.

Coras Brust hob sich, sie pumpte etwas Luft in ihre schwachen Lungen und öffnete langsam die Augen.

Sie blinzelte.

Ihr trüber Blick schweifte durchs Zimmer, so als suchte sie etwas.

Sie fand Ted Conway.

»Weg!« keuchte sie kaum hörbar. »Bleib weg von hier!«

Janet eilte auf das Bett zu und legte der alten Frau beruhigend eine Hand auf die Schulter. »Reg dich nicht auf, Tante Cora. Alles wird gut werden.«

Der eingefallene Mund der Sterbenden versuchte verzweifelt, Wörter zu bilden. »Die Kinder«, flüsterte sie. »Ich will die Kinder sehen.« Mit ihren klauenartigen Fingern umfaßte sie Janets Handgelenk und schaute ihr tief in die Augen. »Bring sie her!« Trotz der kaum verständlichen Stimme hörte es sich nicht wie eine Bitte, sondern wie ein Befehl an. »Bring sie zu mir!«

Janet zögerte. Ted und sie hatten Cora Conway in all den Jahren, seit sie verheiratet waren, nur ein halbes dutzendmal besucht. Und es waren immer sehr kurze Besuche gewesen, denn Cora hatte ihren Neffen jedesmal aufgefordert, sofort ihr Zimmer zu verlassen. Deshalb hatte Janet bei ihren beiden letzten Besuchen gar nicht erst versucht, Ted zum Mitkommen zu überreden.

Die Kinder hatte sie nie mitgebracht, weil sie befürchtete, daß die wunderliche alte Frau ihnen Furcht einjagen würde, und daß Cora ihrerseits sich aufregen könnte, wenn sie ihren Großneffen und ihre Großnichten sah. Sie hatte nie nach ihnen gefragt, und wenn Janet ihr von den Zwillingen und von Molly erzählte, war sie sich nie sicher, ob die Greisin überhaupt zuhörte und etwas verstand.

Doch jetzt wollte Cora die Kinder sehen.

Janet sagte sich, daß Jared und Kim mittlerweile alt genug waren, um nicht nur den Anblick ihrer sterbenden Großtante zu verkraften, sondern sogar zu begreifen, daß eine Geisteskrankheit das Leben der armen Frau schon vor Jahrzehnten zerstört hatte.

Entschlossen legte sie ihre warme Hand auf Coras kalte Finger und flüsterte ihr ins Ohr: »Ich hole die Kinder … Wir kommen gleich zurück.«

»Ich bleibe bei Molly«, sagte Ted auf dem Rückweg in die Empfangshalle.

Janet nickte zustimmend, erleichtert darüber, daß seine Entscheidung ausnahmsweise mit ihrem eigenen Wunsch übereinstimmte. »Es wird bestimmt nicht lange dauern«, versicherte sie. »Ihr Leben scheint ja nur noch an einem seidenen Faden zu hängen.«

Auf dem Korridor bereitete sie die Zwillinge behutsam darauf vor, in welchem Zustand sie ihre Großtante vorfinden würden, doch ihre Sorgen erwiesen sich als völlig unbegründet. Ohne sich an den Gerüchen im Zimmer – einer Mischung aus Desinfektionsmitteln und Tod – zu stören, gingen sie direkt auf das Bett zu. »Tante Cora?« sagte Kim sanft. »Ich bin Kimberley, und ich freue mich sehr, dich endlich kennenzulernen.«

Coras Blick verweilte nur für den Bruchteil einer Sekunde auf dem Mädchen. Ihr Hauptinteresse galt Jared, den sie lange eindringlich anstarrte.

Er streckte eine Hand aus, so als wollte er sie berühren. »Ich bin Jared …«

Cora ließ ihn nicht ausreden und wich seiner Hand aus. »Ein Conway … das sehe ich … Bleib weg! Bleib weg von hier!«

Bestürzt schaute Jared zu seiner Mutter hinüber, versuchte dann aber doch noch einmal sein Glück, indem er der Sterbenden eine Hand auf die knochige Schulter legte. »Ich freue mich genauso wie Kim, dich kennenzulernen.«

Cora zuckte wie von einer Tarantel gestochen zusammen. »Geh!« röchelte sie. »Verschwinde!«

Jared sah wieder hilfesuchend seine Mutter an, die mit dem Kopf in Richtung Tür deutete. »Es tut mir leid«, murmelte er. »Ich wollte dich nicht …« Er verstummte, denn seine Großtante würdigte ihn keines Blickes mehr, sondern konzentrierte ihre Aufmerksamkeit jetzt auf Kim. »Es tut mir wirklich leid«, wiederholte er, bevor er fast fluchtartig den Raum verließ.

Sobald die Tür hinter ihm zugefallen war, setzte Cora sich mühsam auf und fummelte an ihrer Halskette herum. »Trag das!« krächzte sie, aber es gelang ihr nicht, den Verschluß zu öffnen.

»Soll ich dir helfen?« fragte Janet hilfsbereit.

Cora schüttelte den Kopf. »Nein – Kimberley! Kimberley muß es tun!« Erschöpft sank ihr Kopf in die Kissen zurück, und sie regte sich nicht, als Kim den Verschluß öffnete und ihr die Kette abnahm. Das kleine goldene Kreuz vor Augen, berührte sie es noch einmal, fast so, als wollte sie es wieder an sich nehmen, aber sie ließ es sofort los. »Häng es dir um!« befahl sie und ließ das Mädchen nicht aus den Augen, bis der Auftrag ausgeführt war. Zufrieden nickend, flüsterte sie: »Es gibt noch ein zweites – in der Nachttischschublade.«

Kim öffnete gehorsam die Schublade und fand nach kurzer Suche ein kleines goldenes Kreuz, das genauso aussah wie jenes, das Tante Cora ihr soeben geschenkt hatte. »Es ist für die Kleine«, flüsterte die Sterbende, ihren Blick auf die Stelle gerichtet, wo Jared vorhin gestanden hatte. Ein Lächeln huschte über ihr Gesicht, so als würde sie jemanden erkennen, den weder Janet noch Kim sehen konnten, und die Anspannung wich aus ihrem müden alten Körper. »Das Kreuz wird dich beschützen«, hauchte sie mit letzter Kraft, »so wie es mich beschützt hat. Leg es niemals ab …«

Sie breitete ihre Arme weit aus, ihre Augen leuchteten, und ein strahlendes Lächeln verklärte ihr Gesicht.

Bevor Janet und Kim auch nur eine Bewegung machen konnten, sanken Coras Arme auf die Bettdecke, und sie schloß die Augen mit einem langen Seufzer, so als wollte sie nach einem anstrengenden Tag einschlafen.

Es war ihr letzter Atemzug.

Kim war sich später nie sicher, ob sie es sich nur eingebildet hatte, oder ob das Zimmer in jenem Moment tatsächlich von blendendem Licht durchflutet worden war. *Wie schön*, dachte sie in diesem Augenblick, *wie unbeschreiblich schön* …

»Ich werde Mollys Kreuzchen aufbewahren«, sagte Janet leise, während sie mit ihrer Tochter zur Tür ging. »Wenn sie alt genug ist, geben wir es ihr und erzählen ihr, von wem sie es geschenkt bekommen hat.«

Kim hörte kaum zu. Auf der Schwelle drehte sie sich noch einmal um.

Der goldene Lichterglanz war verschwunden.

Tante Cora war tot, und jetzt wirkte der Raum dunkel und kalt.

So kalt, daß Kim erschauderte.

5. Kapitel

»Es tut mir so leid, Mr. Conway.«

Beatrice LeBecques mitfühlender Blick und die aufrichtig bekümmerte Stimme waren noch beredter als ihre Worte, so daß Ted sofort wußte, was geschehen war.

Es hatte ihn nicht gewundert, daß sein Sohn – wie zuvor er selbst – von Tante Cora hinausgeworfen worden war. Mit dieser Reaktion hatte er sogar gerechnet. Überrascht war er nur darüber, daß die Sterbende überhaupt den Wunsch geäußert hatte, Jared zu sehen. Als der Junge schon nach wenigen Minuten leicht verstört in die Empfangshalle zurückkehrte, riet er ihm: »Mach dir nichts daraus! Es hat nichts mit deiner Person zu tun – nur mit der Tatsache, daß du männlichen Geschlechts bist.«

»Aber warum hat sie deinen Onkel geheiratet, wenn sie Probleme mit Männern hatte?« wandte Jared ein, während er seinen Vater von Molly befreite, die auf Teds Schoß herumzappelte.

»Da bin ich wirklich überfragt. Wer weiß? Vielleicht war es Onkel Georges Selbstmord, der sie Männer ablehnen ließ. Sie ist nie darüber hinweg gekommen, glaube ich.«

Damit war ihre kurze Unterhaltung beendet gewesen. Noch leicht verkatert, blätterte Ted in einer Zeitschrift, und Jared spielte mit Molly, wobei die Spielregeln von der Kleinen festgelegt wurden. Als dann das Telefon auf dem Schreibtisch der Empfangsdame läutete, schauten alle bestürzt auf. Sogar Molly saß plötzlich mucksmäuschenstill auf den Knien ihres großen Bruders.

Die alte Dame war also gestorben … Ted versuchte seine Gefühle zu analysieren.

Verspürte er Trauer? Wie konnte man um jemanden trauern, den man kaum gekannt und von dem man nie ein freundliches – geschweige denn ein liebevolles – Wort gehört hatte?

War es für ihn ein schmerzlicher Verlust? Bestimmt nicht, denn er hatte seine Tante nur in diesem Heim erlebt und nie als enges Familienmitglied betrachtet. Seine Familie – das war nur Janet. Janet und die Kinder. Eine andere Familie hatte er nie gehabt.

Empfand er Mitleid? Ein wenig, aber Cora Conway hatte so lange gelitten, daß der Tod für sie eine Erlösung gewesen sein mußte.

Was Ted hauptsächlich verspürte, war große Erleichterung – Erleichterung darüber, daß die ganze Sache nun endlich ausgestanden war. Schuldbewußt mußte er sich eingestehen, daß es ihm dabei viel mehr um seine eigene Person als um seine Tante ging. Trotzig sagte er sich, daß für Schuldgefühle nicht der geringste Grund bestand, daß er Cora häufiger besucht und sein Möglichstes getan hätte, um ihr das Leben etwas leichter zu machen, wenn sie sich ihm gegenüber halbwegs anständig verhalten hätte. Doch jetzt, in nüchternem Zustand, wirkte diese Rechtfertigung ziemlich fadenscheinig. Die Wahrheit war: Er hätte die schlechte Behandlung und die Schmähungen einfach ignorieren sollen. Schließlich war sie alt und sehr krank gewesen, sowohl geistig als auch körperlich.

Er hatte nichts von ihr wissen wollen.

Und jetzt war sie tot.

Keine Trauer, kein Empfinden, einen schmerzlichen Verlust erlitten zu haben.

Nur Gewissensbisse.

Nun, wenigstens werde ich mich um das Begräbnis kümmern, sozusagen als Wiedergutmachung, beschwichtigte er sein Gewissen. Wenn er einen klaren Kopf hatte, so wie im Augenblick, besaß er großes Organisationstalent – deshalb war er ja in seinem Job so erfolgreich gewesen, bevor er zum Alkoholiker wurde. Im Geiste machte er schon eine Liste von all den Dingen, die in den nächsten Tagen erledigt werden mußten.

Bald stellte sich jedoch heraus, daß alle notwendigen Vorkehrungen längst getroffen worden waren. »Wissen Sie, es gab Tage, an denen Ihre Tante völlig klar war«, erklärte Bea LeBecque, als sie Ted den Brief aushändigte, in dem Cora Conway ihre Wünsche schriftlich niedergelegt hatte. Beigefügt waren Quittungen, die bewiesen, daß alle Begräbniskosten im voraus bezahlt worden waren. »Ein Anruf bei Bruce Wilcox ist das einzige, was Sie tun müssen.« Als die Empfangsdame sah, daß Ted mit dem Namen nichts anfangen konnte, fügte sie hinzu: »Das war der Anwalt Ihrer Tante.« Sie wählte seine Nummer, die sie auswendig kannte, dann übergab sie Ted den Hörer.

Zehn Minuten später berichtete er seiner Familie, was der Anwalt ihm mitgeteilt hatte.

»Es gibt da irgendein Treuhandvermögen. Ich bin nicht sicher, ob ich alles richtig verstanden habe, aber dieser Wilcox sagt, Tante Cora habe vor langer Zeit vergeblich versucht, es aufzulösen.«

»Und warum wollte sie das?« fragte Janet mit gerunzelter Stirn.

»Laut Wilcox wollte sie das Haus loswerden, aber offenbar hatte der Treuhänder ausdrücklich verfügt, daß es im Besitz der Familie bleiben müsse.«

»Wir haben also ein Haus geerbt?« rief Janet.

Ted schüttelte den Kopf. »Nein, wir haben nur das Recht dort zu wohnen. So hat Wilcox es mir jedenfalls erklärt.«

Sie betrachteten es schweigend.

Ihre Blicke schweiften über den massiven Bau und das 400 Quadratmeter große Grundstück, das dermaßen von Unkraut überwuchert war, daß man nicht mehr feststellen konnte, ob es hier jemals Rasenflächen und Gärten gegeben hatte.

Eine Garage gab es jedenfalls, groß genug für mindestens sechs Wagen, und darüber ein Apartment, das vermutlich als Wohnung für Chauffeure gedacht gewesen war.

In beiden Gebäuden schienen die meisten Fenster heil geblieben zu sein, aber von den Schindeln war die Farbe abgeblättert, und die unzählig en auf dem Boden herumliegenden Dachziegel deuteten darauf hin, daß man im Haus mit enormen Wasserschäden rechnen mußte.

Kletterpflanzen hatten sich ungehindert ausgebreitet, drohten die großen Weiden, Eichen und Magnolien zu ersticken, krochen über die Fassade auf die Dachrinnen zu und verhüllten sogar schon einen der sechs Giebel des dreistöckigen Herrenhauses mit dem typisch viktorianischen Steildach.

Aber es lag nicht nur an zerbrochenen Fensterscheiben, fehlenden Ziegeln, abblätternder Farbe und wild wucherndem Unkraut, daß das Anwesen so deprimierend wirkte. Alle Conways spürten die düstere Melancholie, die wie eine dunkle Wolke über dem Haus hing.

Es war Molly, die ihrem Unbehagen schließlich Ausdruck verlieht. »Will heim!« jammerte sie und umklammerte mit ihren kleinen Fingern die Hand ihrer Mutter.

Janet nahm sie rasch auf den Arm. »Bald«, versprach sie

ihrer Jüngsten. »Wir müssen uns vorher nur noch ein bißchen umschauen. Okay?«

Anstelle einer Antwort schob Molly einen Daumen in den Mund und lutschte hingebungsvoll daran. Ausnahmsweise ließ Janet sie gewähren.

»Ich möchte wissen, wie es im Innern aussieht«, sagte Ted. Mühsam kämpfte er sich durch das Gestrüpp zur breiten vorderen Veranda durch. Verwitterte und abgebrochene Reste der pfefferkuchenartigen Holzverzierungen, die einst die Einfassung und die Pfosten geschmückt hatten, erinnerten jetzt an scharfe Zahnstümpfe in weit aufgerissenen Maul eines sterbenden Tieres.

»Ist es nicht gefährlich, auch nur einen Fuß auf die Veranda zu setzen?« fragte Janet, die ihrem Mann zögernd gefolgt war, besorgt. »Sie könnte einstürzen.«

»Das passiert bestimmt nicht«, versicherte Ted. »Früher hat man beim Bauen großen Wert auf Stabilität und Haltbarkeit gelegt, und der Boden scheint aus Eiche zu sein.« Er blieb stehen und musterte das Haus aus nächster Nähe. »Wenn man bedenkt, daß es 125 Jahre alt und seit 40 Jahren leer steht, ist es eigentlich in keiner allzu schlechten Verfassung.«

»In diesen 40 Jahren hat es wohl auch kein Mensch mehr betreten!« stellte Janet fest.

Ted zwinkerte seinem Sohn zu. »Was meinst du? Bist du mit von der Partie?«

Grinsend riß Jared einige besonders hinderliche Kletterpflanzen vom Geländer und von den Stufen ab und testete, ob das alte Holz morsch war. »Dad hat recht«, rief er seiner Mutter und seinen Schwestern zu. »Alles in bester Ordnung!«

Bruce Wilcox hatte Ted einen Schlüsselbund ausgehändigt, und der dritte Schlüssel, den er ausprobierte, paßte ins Schloß, ließ sich aber erst nach einigen Versuchen drehen. Langsam schob er die schwere, getäfelte Eichentür mit den kunstvollen Schnitzereien auf, wobei die vier Messingangeln laut quietschten.

Von der geräumigen Eingangshalle führten gewölbte Flügeltüren zur Rechten und zur Linken in zwei riesige Räume. Ted vermutete, daß es sich um Wohnzimmer und Empfangssalon handelte. Eine elegante Treppe im Hintergrund der Halle verzweigte sich mit dem ersten Absatz und bot Zugang zu den beiden symmetrischen Flügeln einer Galerie mit Mahagonigeländer, von der aus man in die Zimmer im ersten Stock gelangen konnte. Ein kostbarer Kronleuchter hing von der kuppelförmigen Hallendecke herab, und man konnte sich lebhaft vorstellen, wie prächtig er gefunkelt haben mußte, als die Kristallplättchen noch nicht mit einer dicken Schmutzschicht überzogen waren. Flankiert war die Treppe von zwei langen Korridoren mit vielen Türen.

In der nächsten halben Stunde erkundeten die Conways das ganze Erdgeschoß. Es gab ein Eßzimmer, in dem ein Tisch für 24 Personen mühelos Platz hätte, eine Bibliothek, eine Küche mit Speisekammer und kleiner Veranda sowie mehrere kleinere Räume, in denen wahrscheinlich musiziert, genäht und Karten gespielt worden war. An die Nordseite des Hauses hatte man einen Wintergarten mit drei Glaswänden und riesiger Glaskuppel angebaut. Das Sonnenlicht fiel nahezu ungebrochen ein, denn wie durch ein Wunder wiesen nur drei Scheiben Sprünge auf.

Die Familie setzte ihren Streifzug in der ersten Etage fort, und während ihre Eltern sich einige Zimmer direkt über der Bibliothek ansahen, bekam Kim plötzlich eine Gänsehaut, so als würde ein großes Insekt über ihren Nacken kriechen. Vor Schreck zuckte sie zusammen. Sie schlug unwillkürlich danach, und das unangenehme Gefühl verschwand.

Ans Mahagonigeländer gelehnt, wartete sie, bis ihr Herzklopfen nachließ. Sie hielt dabei nach Jared Ausschau, der bis vor wenigen Minuten noch bei ihr gewesen war.

Er schien sich in Luft aufgelöst zu haben.

Dann sah sie ganz in der Nähe eine halb offene Tür und erriet, daß ihr Bruder in jenes Zimmer gegangen war.

Sie wollte ihm folgen. Und spürte es wieder.

Diesmal war es ein eisiger Schauer, der ihren ganzen Körper überlief und ihr den Atem raubte. Sie versuchte, nach Jared zu rufen, brachte aber keinen Ton hervor, denn die schreckliche Kälte lähmte nicht nur ihre Lungen, sondern auch ihre Stimmbänder. Kim geriet in Panik.

Ohne jede Vorwarnung, von einer Sekunde zur anderen, ging von dem Haus eine tödliche Bedrohung aus. Gleich würde sie sterben, verschlungen werden von diesem modrigen gruftartigen Bau.

»Kim? He, Kim, was ist los?«

Sie wirbelte bestürzt auf dem Absatz herum und stellte fest, daß Jared sie besorgt musterte.

»Was ist passiert?« fragte er wieder. »Warum hast du nach mir gerufen?«

Für den Bruchteil einer Sekunde verharrte Kim immer noch sprachlos, dann verschwanden die seltsamen Phänomene – die prickelnde Haut, der eisige Schauer, die Lähmung – so schnell, wie sie gekommen waren.

So schnell und so vollständig, daß sogar die Erinnerung daran verblaßte – wie bei einem Traum, der im Morgenlicht von einem Moment auf den anderen total aus dem Gedächtnis gelöscht wird.

»Ich … ich habe nicht nach dir gerufen«, stammelte sie. Oder hatte sie es vielleicht doch getan? Ganz vage erinnerte sie sich daran, es versucht zu haben.

Jareds Besorgnis schlug in Angst um. Vor wenigen Sekunden war er in einem der Schlafzimmer ganz sicher gewesen, Kims Stimme zu hören. Und sie hatte nicht nur nach ihm *gerufen*.

Nein, sie hatte verzweifelt um Hilfe geschrien.

Er hatte es *gehört*!

Aber was hätte seine Schwester dermaßen erschrecken können? Er schaute sich mit gerunzelter Stirn um, ohne zu wissen, wonach er suchte. Hatte sie eine Maus oder vielleicht sogar eine Ratte gesehen? Doch Kim war kein Angsthase. Irgendwo umherhuschende Lebewesen hätten ihr allenfalls einen überraschenden Aufschrei entlockt.

Was er gehört hatte – oder zu hören *geglaubt* hatte –, war der Hilfeschrei eines Menschen in höchster Todesgefahr.

Und jetzt starrte sie ihn mit schiefgelegtem Kopf und weit aufgerissenen Augen an, sichtlich verwirrt.

Ihm fiel plötzlich ein Vorfall ein, der schon mehrere Jahre zurücklag. Sie waren damals elf gewesen, und ihre Mutter hatte mit ihnen ein Picknick am See veranstaltet. Kim und er schwammen ein Stück hinaus, und er kletterte auf ein Holzfloß, legte sich auf den Rücken und betrachtete die dahinziehenden Wolken am Himmel, als er Kim um Hilfe schreien hörte. Er sprang auf und hielt nach ihr Ausschau, aber sie war nirgends zu sehen.

Dann schaute er nach unten.

Kim lag auf dem Grund des Sees und starrte mit schreckensweit aufgerissenen Augen zu ihm empor.

Sie bewegte sich nicht.

Ohne zu überlegen, tauchte er nach ihr, zog sie an die Oberfläche und hievte sie auf das Floß.

Während er sich bemühte, das Wasser aus Kims Lungen zu pressen, schrie er laut um Hilfe. Gleich darauf waren dann Erwachsene zur Stelle, die Wiederbelebungsversuche machten. Jared kam es wie eine Ewigkeit vor, bis Kim wieder selbständig zu atmen begann. Wie man ihm aber später erzählte, hatte es nur wenige Minuten gedauert.

Auf die Frage, woher er gewußt hatte, daß seine Schwester am Ertrinken gewesen sei, stellte sich heraus, daß nur er ihren Hilfeschrei gehört hatte.

Niemand sonst.

Als er dann wieder logisch denken konnte und sich die Situation nochmals ins Gedächtnis rief, wurde ihm klar, daß Kim unmöglich *wirklich* geschrien haben konnte. Das war unter Wasser völlig ausgeschlossen.

Es mußte, so entschied er schließlich, das »Zwillings-Phänomen« gewesen sein, jene seltsame, fast mystische

Verbindung, die zwischen ihm und Kim von klein auf bestand.

Doch jetzt, in dem alten Haus, sah er beim besten Willen nichts, was sie zu einem solchen Schreckensschrei hätte veranlassen können.

Wie so oft schien Kim seine Gedanken zu lesen – wieder das Zwillings-Phäomen! »Jared, was geht hier vor? Ich schwöre dir, ich habe dich nicht gerufen!« Sie warf ihm einen eindringlichen Blick zu. »Ich habe nicht einmal *im Geiste* nach dir gerufen, so wie damals auf dem Grund des Sees.«

Nach kurzem Zögern zuckte Jared mit den Schultern. »He, woher soll ich das wissen, wenn du selbst dich nicht erinnern kannst? Vielleicht habe ich ja gar nicht dich gehört, sondern ein Gespenst.« Er schaute den Korridor entlang, tat so, als würden ihm vor Angst die Knie schlottern, und rollte mit den Augen. »Sollen wir nach ihm suchen? Bei Gott, wenn es Gespenster gibt, müßte es hier von ihnen nur so wimmeln.«

Kim, die ihr unheimliches Erlebnis schon fast vergessen hatte, folgte ihm begierig von Raum zu Raum. Sie entdeckten sechs Schlafzimmer – drei davon mit kleinen angrenzenden Salons – und drei Badezimmer. Einige andere Türen waren verschlossen und ließen sich mit keinem der Schlüssel an Teds Schlüsselbund öffnen.

Im zweiten Stock, unter den schweren Eichenbalken, die das Dach trugen, gab es ein weiteres halbes Dutzend Zimmer mit Mansardenfenstern, die auf der Westseite einen schönen Blick auf die Stadt boten, während auf der Ostseite dichte Wälder zu sehen waren.

»Na, was haltet ihr davon?« fragte Ted, als die Familie nach dieser ersten Besichtigung zum Auto zurückging. Seine aufgeregte Stimme versetzte Janet sofort in Alarmbereitschaft. Vor einer Viertelstunde war ihr im Haus eine Idee gekommen – eine Idee, die sie jedoch sofort wieder verworfen hatte. Die gespannte Frage ihres Mannes verriet ihr jetzt, daß er dieselbe Idee gehabt hatte, und sie wußte im voraus, was er als nächstes sagen würde. »Glaubt ihr nicht auch, daß es ein großartiges kleines Hotel abgeben würde?«

Mindestens ein Dutzend negativer Antworten lag Janet auf der Zunge, doch anstatt auch nur einen einzigen Einwand vorzubringen, drehte sie sich langsam um und betrachtete noch einmal das riesige verwahrloste Haus, das 40 Jahre unbewohnt gewesen war.

Sie dachte an Ted, an seine Zukunftsaussichten in Shreveport. Obwohl sie noch nicht darüber gesprochen hatten, war ihr klar, daß er dort in absehbarer Zeit keinen Job mehr bekommen würde.

Und das bedeutete, daß nichts sie in Shreveport hielt, denn Familienangehörige hatten sie dort beide nicht.

In den letzten Jahren hatten sich auch die meisten Freunde zurückgezogen, weil sie mit Teds Trunksucht nicht zurechtkamen. Auch die Freunde der Zwillinge kamen nicht mehr zu ihnen.

Obwohl Janet nie ein besonders religiöser Mensch gewesen war, fragte sie sich unwillkürlich, ob es wirklich purer Zufall war, daß Cora Conway ausgerechnet jetzt das Zeitliche gesegnet und ihnen dieses Haus beschert hatte – in einem Moment, da ihnen das Wasser bis zum Hals stand.

»Ich gebe es nur ungern zu«, beantwortete sie Teds Frage, während sie in den Wagen stieg, »aber du könntest recht haben.«

Vom Rücksitz aus warf nun auch Kim einen letzten Blick auf das Haus. Wieder bekam sie eine Gänsehaut, wieder lief ihr ein eisiger Schauer über den Rücken.

Und sie hatte nur einen Gedanken:

Nein! Bitte, lieber Gott, nein! Laß nicht zu, daß wir hier leben müssen!

Zwei Augenpaare, die einander nicht sehen konnten, blickten dem verbeulten, staubigen Toyota nach, bis er hinter einer Kurve verschwand. Erst nachdem die Staubwolke, die der Wagen aufgewirbelt hatte, verflogen war, starrten die beiden Augenpaare erneut das düstere Gebäude an, das in den letzten vier Jahrzehnten leer gestanden hatte.

Beide Beobachter waren sicher, daß es demnächst wieder bewohnt sein würde.

Ihre Blicke richteten sich gleichzeitig auf die riesige Magnolie, an deren unterstem Ast George Conway sich erhängt hatte.

Einer der Beobachter begann lautlos zu beten.

Der andere begann lautlos zu fluchen.

6. Kapitel

Drei Tage später waren sie wieder in St. Albans. Als ihr Vater vor der neugotischen Fassade der Kirche St. Ignatius Loyola parkte, betrachteten Kim und Jared skeptisch die Schule auf der anderen Straßenseite. Die Schule, die sie vom nächsten Tag an besuchen würden.

»Vielleicht wird es ja ganz okay sein«, murmelte Jared, obwohl er sich genausowenig wie Kim vorstellen konnte, was sie hier erwartete. »Ich meine, so groß kann der Unterschied doch nicht sein.«

»Es wird ein gewaltiger Unterschied sein«, widersprach sein Vater, worauf Jared wünschte, er hätte den Mund gehalten. »Hier werdet ihr nämlich eine anständige Erziehung erhalten. In Konfessionsschulen werden die Kinder nicht so verhätschelt wie in eurer bisherigen Schule, und man duldet keinen Unfug.«

Jared wußte, daß es sinnlos wäre, ihn darauf hinzuweisen, daß Kim und er nie irgendwelche schulischen Probleme gehabt hatten, und daß ihre Zeugnisse sich wirklich sehen lassen konnten. Was auch immer sie in den letzten Tagen vorgebracht hatten, ihr Vater wollte kein Wort davon hören.

Sie zogen nach St. Albans um, weil ein Onkel, der noch vor Teds Geburt gestorben war, ihnen ein Haus und genug Geld hinterlassen hatte, um dieses Haus in ein Hotel zu verwandeln.

Und die Zwillinge sollten in Zukunft die Konfessionsschule besuchen, weil jener Onkel es so gewollt hatte: eine Klausel im Testament besagte, daß alle Kinder, die von dem Treuhandvermögen profitierten, in die *St. Ignatius Loyola School* gehen mußten.

»Das wollen wir aber nicht!« hatte Jared – auch in Kims Namen – eingewandt. »Seit unserer Kindheit haben wir keine Kirche mehr von innen gesehen – und Mom und du genausowenig!«

Doch es erwies sich als unmöglich, ihren Vater umzustimmen. Zwei Tage lang hatten sie sich anhören müssen, daß ihnen allen eine großartige Chance geboten wurde und daß sie sich glücklich schätzen sollten.

Und sie hatten mit ansehen müssen, wieviel er trank.

Jared befürchtete, daß die fantastischen Möglichkeiten, von denen sein Vater unablässig schwärmte, sich niemals verwirklichen würden. Selbst wenn Ted es schaffte, nüchtern zu bleiben, bis das Hotel nach den umfangreichen Renovierungsarbeiten eröffnet werden konnte – was Jared stark bezweifelte –, würde das Geschäft natürlich nicht von einem Tag auf den anderen erfolgreich sein, und aus Frust darüber würde sein Vater mehr denn je trinken.

Vorgestern Abend, als Ted seinen Vollrausch ausschlief, hatte Jared sich mit seiner Mutter unterhalten, und sie hatte ihm zum erstenmal reinen Wein über die katastrophale Lage der Familie eingeschenkt.

»Er wird keinen neuen Arbeitsplatz bekommen«, erklärte sie. »Wir haben noch knapp hundert Dollar auf der Bank, und wenn die aufgebraucht sind, weiß ich nicht, was werden soll.«

»Ich könnte mir einen Nebenjob besorgen«, meinte Jared, aber seine Mutter schüttelte den Kopf.

»Du mußt dich auf die Schule konzentrieren, um weiterhin gute Noten zu bekommen, denn dann hast du gute Aussichten auf ein Stipendium fürs College. Wenn du jetzt einen Nebenjob annimmst, werden deine schulischen Leistungen darunter leiden.«

»Aber diese Sache wird doch niemals klappen«, protestierte Jared. »Dad wird einfach zu Hause herumsitzen und den ganzen Tag saufen!« Er litt unter dem Schmerz, den er in den Augen seiner Mutter sah, und dachte, daß sie gleich in Tränen ausbrechen würde. Statt dessen holte sie tief Luft, legte ihm beide Hände auf die Schultern und blickte ihm tief in die Augen.

»Wenn das passiert, werden wir nicht bei ihm bleiben, das verspreche ich dir. Ich habe keine Ahnung, wohin wir dann gehen und wie wir es schaffen sollen, aber ich werde mit dir, Kim und Molly das Haus verlassen. Vorher müssen wir deinem Vater jedoch noch eine letzte Chance geben. Wir müssen es ihn wenigstens probieren lassen.«

Und so hatten sie gestern ihr ganzes Hab und Gut in einen gemieteten LKW geladen, und an diesem Morgen waren sie von Shreveport nach St. Albans gefahren – Ted am Steuer des Umzugswagens, die übrige Familie – einschließlich Jareds Hund und Kims Katze – im Toyota. Zum Glück war Scout ein besonders friedfertiger Golden Retriever, der schon vor langer Zeit entschieden hatte, daß er Muffin, die ja kein Hund war, am besten einfach übersah. Die Katze rollte sich auf Kims Schoß zusammen, und Scout schlief zwischen den Zwillingen, bis Molly, die in ihrem Kindersitz angegurtet war, ihn kräftig am Schwanz zog.

Sie betraten die Kirche zehn Minuten vor Beginn des Totenamts für Cora Conway.

Es war fast zehn Jahre her, seit Ted zuletzt einer Messe beigewohnt hatte, und auf der Schwelle von St. Ignatius Loyola blieb er unschlüssig stehen.

Unwillkürlich fielen seine Blicke auf das große Kruzifix

über dem Altar, und obwohl er es versuchte, konnte er seine Augen nicht mehr von dem schmerzverzerrten Gesicht des Gekreuzigten abwenden.

Christus schien ihn anzusehen.

Vorwurfsvoll?

Anklagend?

Aberglaube, sagte er sich, *das alles ist doch purer Aberglaube!* Doch während er sich einredete, daß er nur deshalb so lange in keiner Kirche mehr gewesen war, weil er mit Religion nichts anfangen konnte, rief sein dröhnender Schädel ihm mahnend ins Gedächtnis, aus welchem Grund er an so vielen Sonntagen im Bett geblieben war. *Na und, was ist schon dabei, wenn ich mir am Samstagabend ein paar Drinks genehmige?* fragte Ted die schweigende Gestalt am Kreuz, deren Augen unverwandt auf ihn gerichtet waren. Tiefen Groll im Herzen, sehnte Ted sich nach einem Drink. Er wollte durch den Mittelgang auf die Bankreihen zugehen, aber die Verhaltensweisen, die ihm in den ersten zehn Lebensjahren eingeimpft worden waren, erwiesen sich als übermächtig, und so tauchte er seine Finger in das Weihwasserbecken am Eingang.

Automatisch machte er eine leichte Kniebeuge.

Er bekreuzigte sich.

Erst jetzt ließen ihn die schmerzerfüllten Augen des Gekreuzigten los, so daß er die fast leere Kirche durchqueren konnte.

Janet folgte ihm mit Molly auf dem Arm.

Kim und Jared tauschten einen unbehaglichen Blick, bevor sie wie ihre Eltern die Fingerspitzen mit Weihwasser benetzten, dicht nebeneinander auf der vordersten Bank Platz nahmen und den geschlossenen Sarg betrachteten, der vor dem Altar stand.

Drei spärliche Blumengestecke und die leere Kirche legten beredtes Zeugnis davon ab, wie einsam Cora Conway im Sanatorium gewesen war. Während irgendwo im Hintergrund ein unsichtbarer Organist leise zu spielen begann, wünschte Janet seufzend, sie hätte die alte Frau häufiger besucht. Warum hatte sie angenommen, daß die Tante ihres Mannes in St. Albans gute Freunde hatte, die sie oft besuchten? Das war offensichtlich nicht der Fall gewesen, denn als der Priester aus der Sakristei hereinkam und ihnen unauffällig bedeutete, daß sie aufstehen sollten, warf Janet einen Blick über die Schulter und stellte fest, daß die Kirche nach wie vor so gut wie leer war.

Außer ihrer eigenen fünfköpfigen Familie und dem die Messe zelebrierenden Priester waren nur zwei weitere Personen anwesend.

Eine Frau mittleren Alters, die ein marineblaues Kostüm trug und ihr Gesicht verschleiert hatte, stand in der letzten Reihe und zerknüllte nervös ihre Handschuhe.

Und in einer Seitenkapelle erspähte Janet einen Priester. Wollte er Cora die letzte Ehre erweisen, oder hielt er nur eine Privatandacht ab und betete zu irgendeinem Heiligen, ohne sich um die Messe zu kümmern?

Der Priester beendete das Staffelgebet und erlaubte ihnen mit einer Geste, wieder Platz zu nehmen. Dann wandte er sich dem Sarg und dem Altar zu, breitete die Arme aus und sprach die ersten Worte. Janet war sehr überrascht, als sie die rhythmischen Kadenzen der lateinischen Messe hörte – zum erstenmal, seit sie als kleines Mädchen der Totenmesse für ihre Großmutter beigewohnt hatte.

»O Gott«, flüsterte Ted ihr ins Ohr, »wenn wir das gewußt hätten, wären wir bestimmt gar nicht erst hergekommen!«

Janet warf ihm einen vorwurfsvollen Blick zu. »Cora muß sich diese lateinische Messe gewünscht haben, und uns tut es doch nicht weh.«

Ted verdrehte die Augen, und kurz darauf sank sein Kopf auf die Brust, und er schlief ein.

Erst eine Stunde später, als der Priester das Absolutionsgebet sprach, wachte Ted wieder auf. Kindheitserinnerungen veranlaßten ihn, rasch niederzuknien und sich zu bekreuzigen, bevor er an seiner Frau und seinen Kindern vorbeiging, um unwillig einem ausdrücklichen Wunsch seiner Tante nachzukommen.

Zusammen mit fünf Männern vom Bestattungsunternehmen, die leise durch eine Seitentür hereingekommen waren, sollte er den Sarg von der Kirche zum Grab tragen.

Der Priester schritt hinter dem Sarg her, ihm folgten die Zwillinge und Janet, die ihre schlafende kleine Tochter trug und im Vorbeigehen zu der Seitenkapelle hinüberschaute, wo sie zu Beginn des Totenamts den alten Priester gesehen hatte.

Er lag mit weit ausgebreiteten Armen auf dem Steinboden und schien die kleine Prozession, die an ihm vorbeikam, überhaupt nicht wahrzunehmen.

Janet blinzelte, als sie aus dem kühlen Halbdunkel der Kirche in die schwüle Hitze des Spätsommernachmittags trat. Während sie dem Sarg in den kleinen Friedhof folgte, der an die Kirche angrenzte, hatte sie das unangenehme Gefühl, beobachtet zu werden. Anfangs versuchte sie es zu ignorieren, indem sie sich sagte, daß jeder Vorübergehende natürlich wenigstens einen Blick auf die Trauergäste werfen oder sogar verweilen würde, um dem Begräbnis aus der Ferne beizuwohnen. Bald schaute sie sich jedoch verstohlen nach allen Seiten um. Doch bevor sie jemanden entdecken konnte, wurde ihre Aufmerksamkeit von der Inschrift auf einer angelaufenen Messingplatte an der Tür eines kleinen Grabmals gefesselt, das durch einen rostigen, schmiedeeisernen Zaun vom übrigen Friedhof abgetrennt war.

GEORGE CONWAY
Geb. am 29. Juli 1916
Gest. am 4. Juli 1959

Wie war das möglich? fragte Janet sich. George Conway hatte doch Selbstmord begangen. Wie konnte er hier in geweihter Erde bestattet sein? Die Verwahrlosung in der näheren Umgebung des Grabmals brachte sie auf des Rätsels Lösung: Dieses Fleckchen Erde war nicht geweiht, und der Zaun diente nicht etwa zum Schutz der Grabstätte, sondern sollte sie vom übrigen Friedhof und von all den Toten, die im Zustand der Gnade verstorben waren, trennen.

Allem Anschein nach handelte es sich um eine Familiengruft, und Janet vermutete, daß es Georg Conways Wunsch gewesen war, daß seine Frau neben ihm zur letzten Ruhe gebettet würde.

Die kleine Prozession setzte jedoch ihren Weg fort, und die Sargträger stellten ihre Last weit vom Grabmal entfernt auf Brettern ab, die über ein frisch ausgeschaufeltes Grab gelegt worden waren. Janet las die Namen auf den Grabsteinen ringsum und stellte fest, daß hier keine anderen Conways bestattet waren.

In dieser Ecke, die am weitesten von der Kirche entfernt war, wurden offenbar all jene begraben, die genauso gestorben waren, wie sie gelebt hatten – allein. Janet verspürte tiefes Mitleid mit Teds Tante. Tränen traten ihr in die Augen, und ihre Kehle war wie zugeschnürt.

Sie zuckte erschrocken zusammen, als eine sanfte Hand ihren Arm berührte. Eine Stimme murmelte so leise, daß sie nicht sicher war, sie wirklich gehört zu haben: »Sie war nicht verrückt. Sie war alles andere als verrückt.«

Die Hand wurde zurückgezogen, die Stimme verstummte. Mit ihrer schlafenden Tochter auf dem Arm drehte Janet sich um, konnte aber nicht sehen, wer ihr diese Worte zugeflüstert hatte. Verwirrt zwang sie sich, den Worten des Priesters zu lauschen.

Und wieder fühlte sie sich beobachtet.

Nach einem letzten Gebet wurde der Sarg langsam in die Grube gesenkt. Wie ihr Mann, so trat auch Janet vor, bückte sich und hob einen Klumpen weicher Erde auf, den sie in die Tiefe warf. Mit dieser Geste und einem leisen »Ruhe sanft« nahm sie endgültig Abschied von der Frau, die sie kaum gekannt hatte, durch deren Tod vor drei

Tagen das Leben ihrer Familie jedoch total verändert worden war.

Als sie sich aufrichtete, sah sie ihn.

Sein Alter war sehr schwer zu schätzen – irgendwo zwischen vierzig und sechzig. Ein magerer Schwarzer mit graumeliertem Stoppelbart, dessen verschlissene Kleidungsstücke fast schon als Fetzen bezeichnet werden konnten. Er stand auf dem Kopfsteinpflaster vor dem Friedhofszaun, im Schatten einer der riesigen Magnolien, mit denen der Friedhof bepflanzt war, und ließ die kleine Gruppe am Grab nicht aus den Augen. Das dunkelhäutige Gesicht wurde von Ästen halb verdeckt, so daß Janet seine Miene nicht deuten konnte, aber sie spürte seine Gefühle, so als strahlte er Hitzewellen aus.

Haß.

Haß und Zorn.

Seine stumme Wut machte ihr angst. Gleich darauf wandte er sich ab und schlurfte die Straße entlang.

»Jake Cumberland«, sagte dieselbe leise Stimme, die sie schon einmal gehört hatte.

Bestürzt drehte Janet sich um. Eine etwa siebzigjährige Frau blickte Jake Cumberland nach.

»Kennen Sie ihn?« fragte Janet.

Die Frau nickte. Sie war klein und gepflegt, trug ein lavendelfarbenes Kleid und hatte trotz der Hitze einen passenden Sweater um die Schulter gelegt. »O ja, alle kennen Jake. Er lebt in einer Hütte draußen am See, nur mit seinen Hunden, und kommt nur selten in die Stadt.« Mit strahlendem Lächeln reichte sie Janet eine schmale behandschuhte Hand. »Ich bin Alma Morgan und habe in *The Willows* gearbeitet, bis mir gesagt wurde, ich sei zu alt dafür.« Sie deutete auf ihr Kleid. »Hoffentlich stört es Sie nicht, daß ich kein Schwarz trage. Dies hier war Coras Lieblingskleid, deshalb habe ich es zu ihrem Begräbnis angezogen. Außerdem ist es für Schwarz viel zu heiß, finden Sie nicht auch?« Ohne eine Antwort abzuwarten, fügte sie hinzu: »Sie sind Janet, stimmt's?«

Janet nickte. »Cora Conway war die Tante meines Mannes ...«, setzte sie zu einer Erklärung an, wurde aber von Alma Morgan unterbrochen, die ihren Arm umklammerte und tuschelte:

»Sie war nicht verrückt, das können Sie mir glauben! Achten Sie nicht auf das Gerede der Leute.«

Die Frau eilte davon, bevor Janet etwas sagen konnte, und während sie noch überlegte, was diese Worte zu bedeuten hatten, wurde sie wieder angesprochen, diesmal von der Dame mittleren Alters, die in der letzten Bankreihe gesessen hatte. Ihr Gesicht war jetzt nicht mehr verschleiert, und ihre warmen blauen Augen funkelten amüsiert.

»Die Frage ist nur – wie ist es um Alma Morgans eigenen Geisteszustand bestellt?« kommentierte sie, bevor sie sich lächelnd vorstellte. »Ich bin Corinne Beckwith. Mein Mann ist Sheriff von St. Albans.«

Unerwartet trat Ted neben seine Frau und streckte Mrs. Beckwith die Hand entgegen. »Ich bin Ted Conway, und das ist meine Frau Janet.« Er nahm Janet seine jüngste Tochter ab. »Und hier haben wir Molly, die bei uns das Regiment führt. Möchtest du der netten Dame nicht ›Guten Tag‹ sagen?«

Noch ganz schlaftrunken, murmelte Molly etwas Unverständliches, bevor sie klar und deutlich verlangte: »Will runter!« Gleich darauf rannte sie begeistert zwischen den Grabsteinen umher, in irgendein selbsterfundenes Spiel vertieft. Und Ted ließ, von der Kleinen befreit, seinen ganzen Charme bei Corinne Beckwith spielen.

Wie bringt er das nur fertig? staunte Janet, denn er plauderte so unbefangen mit der Frau, als wären sie seit Jahren gute Freunde. *Wie ist es möglich, daß er in nüchternem Zustand so reizend ist, und dann ...?*

Um sich diesen erfreulichen Moment nicht zu verderben, verdrängte sie hastig jeden Gedanken daran, was der Rest des Tages bringen würde, falls Ted wieder dem Alkohol zusprach. Lieber hörte sie Corinne Beckwith zu, die gerade sagte:

»Was in jenem schrecklichen alten Haus passiert ist, liegt zwar schon vierzig Jahre zurück, aber das bedeutet nicht, daß die Leute die damaligen Ereignisse vergessen haben.« Sie warf Ted einen forschenden Blick zu, so als vermutete sie, daß er ihr etwas verheimlichen wollte. »Wissen Sie, dies ist eine Kleinstadt, und da wächst nie Gras über irgendeine Sache. Aber nachdem Ihre Tante jetzt tot ist, werden wir wohl nie erfahren, was sich an jenem Tag tatsächlich ereignet hat.«

»Was sich tatsächlich ereignet hat?« wiederholte Janet mit gerunzelter Stirn. »Sie erlitt einen Nervenzusammenbruch, nachdem sie ihren Mann gefunden hatte, oder etwa nicht?«

Corinne hob die Brauen. »Ja, aber was wurde aus dem Baby?«

»Aus welchem Baby?«

»Aus dem Baby, das Cora Conway zur Welt gebracht hatte, gleich nachdem sie ihren Mann erhängt an der Magnolie gefunden hatte.«

Janet sah Ted an, daß er genauso verblüfft wie sie selbst war. »Es tut mir leid«, stammelte sie, »aber wir beide haben keine Ahnung, wovon Sie sprechen.«

Corinne riß erstaunt die Augen auf. »Hat Ihnen denn niemand erzählt, daß Ihre Tante schwanger gewesen war?«

Ted hob abwehrend die Hände. »Sie müssen bedenken, daß das alles vor meiner Geburt geschehen ist.«

»O Gott«, murmelte Mrs. Beckwith verlegen, »Sie haben natürlich völlig recht. Warum sollten Sie darüber Bescheid wissen? Wahrscheinlich ist es sowieso nur Kleinstadtklatsch«, fügte sie hastig hinzu. »Und daß ich es ausgerechnet an diesem Ort zur Sprache gebracht habe ...« Die Taktlosigkeit war ihr sichtlich peinlich, und sie war heilfroh, als der Priester sich zu ihnen gesellte.

»Nachdem keiner von uns die Wahrheit kennt, sollten wir auf wilde Spekulationen verzichten«, sagte er streng und warf Corinne einen vorwurfsvollenBlick zu, bevor er

Janet mit der rechten Hand und Ted mit der linken Hand begrüßte. »Ich bin Vater MacNeill. Mein herzliches Beileid!«

»Es war eine schöne Messe«, sagte Janet höflich, weil sie wußte, daß es von ihr erwartet wurde, aber sie konnte sich nicht auf ein Gespräch mit dem Priester konzentrieren. Ihre Gedanken kreisten unablässig um das Baby. Hatte Tante Cora wirklich ein Baby zur Welt gebracht? Das müßte Ted doch irgendwann zu Ohren gekommen sein ...

»Ich habe gehört, daß Sie nach St. Albans ziehen«, hörte sie Vater MacNeill sagen. »Wir freuen uns darauf, die Kinder in unserer kleinen Schule und Sie alle in unserer Gemeinde zu haben.«

Woher wußte er, daß die Zwillinge die Konfessionsschule besuchen würden? Sie hatten es doch noch niemandem erzählt! Gleich darauf ging Janet ein Licht auf – St. Albans war eben nicht Shreveport. Hier wußte offenbar jeder über jeden genau Bescheid. Und das bedeutete, dachte sie deprimiert, daß die ganze Stadt über Teds Alkoholproblem reden würde, sobald er sich zum erstenmal betrank.

»Nun, ich glaube kaum, daß letzteres der Fall sein wird«, widersprach er dem Priester, und Janet ahnte, was gleich folgen würde. *Bitte, Ted, nicht hier,* flehte sie insgeheim. *Mach hier keine Szene!* Aber es war schon zu spät.

»Ich befürchte, ich bin das, was Sie einen vom Glauben abgefallenen Katholiken nennen«, verkündete er. »Seit meiner Kindheit habe ich höchstens ein halbes dutzendmal die Messe besucht.«

Das Lächeln des Geistlichen verlor etwas an Herzlichkeit, aber er gab noch nicht auf. »Vielleicht kann ich daran ja etwas ändern ...«

»Rechnen Sie lieber nicht damit«, fiel Ted ihm ins Wort. »Ich habe mit der Religion seit einer Ewigkeit nichts mehr am Hut! Von mir aus können meine Kinder Ihre Schule besuchen, aber beim Sonntagsgottesdienst werden Sie keinen von uns zu sehen bekommen.«

Auch die letzte Spur eines Lächelns verschwand vom Gesicht des Priesters. »Haben Sie schon eine Wohnung gefunden?«, erkundigte er sich, und Janet atmete erleichtert auf, denn dieses Thema war mit Sicherheit unverfänglicher als Teds negative Einstellung zur Religion. Doch als er erklärte, daß sie in das Haus seines Onkels ziehen und es in ein kleines Hotel verwandeln würden, verdüsterte sich Vater MacNeills Miene nur noch mehr. »Ein Hotel?« wiederholte er gedehnt. »Nun, ich hoffe, daß sie auf einen Kampf gefaßt sind.«

»Auf einen Kampf?« fragte Ted. »Warum sollte es dazu kommen?«

Der Blick des Geistlichen war unergründlich. »Vielleicht irre ich mich ja«, sagte er rasch – viel zu hastig, dachte Janet, die zutiefst bedauerte, daß Ted seine Ansichten so freimütig geäußert hatte. Kaum in St. Albans angekommen, hatte er sich schon eine wichtige Person zum Feind gemacht. »In einer Kleinstadt gibt es eben nicht Widerstand gegen irgendwelche Veränderungen, nicht wahr?« Vater MacNeill warf einen Blick auf seine Uhr, was Janet als Vorwand für eine Beendigung der Unterhaltung auslegte.

»Allmächtiger, ist es wirklich schon so spät?« rief er denn auch übertrieben bestürzt. »Es tut mir sehr leid, aber ich muß mich jetzt beeilen.«

Während er mit großen Schritten zur Kirche eilte, senkte sich ein unbehagliches Schweigen über die kleine Gruppe am Grab, bis Ted feststellte: »Da bin ich wohl ganz schön ins Fettnäpfchen getreten, was?«

Das kann man wohl sagen, hatte Janet auf der Zunge, enthielt sich aber einer Bemerkung.

Corinne Beckwith war weniger taktvoll. »Vater MacNeill schätzt es nicht, wenn man anderer Meinung ist als er. Das gilt nicht nur bezogen auf Religion, sondern betrifft auch alle anderen Angelegenheiten. Trotzdem glaube ich, daß er sich nicht nur über Ihre Ansichten geärgert hat. Es geht auch um Ihr Haus.«

»Um unser Haus?« wiederholte Janet verblüfft. »Ich dachte, alle würden sich freuen, wenn wir es instandsetzen.«

»Das dürfte nicht der Fall sein. Dieses Haus steht in einer reinen Wohngegend, und wenn Sie dort ein Hotel eröffnen wollen, müssen Sie mit erheblichem Widerstand rechnen.«

»Aber weshalb denn?«, bohrte Janet. »Es würde der Stadt doch Geld einbringen …«

Corinne schüttelte den Kopf. »Geld ist in diesem Fall nicht ausschlaggebend … Im Grunde geht es um Ihre Familie. Es gibt hier sehr viele Leute, die auf den Familiennamen Conway allergisch reagieren.« Sie verzog leicht die Lippen, so als wollte sie sich für ihre Mitbürger entschuldigen.

»Willkommen in St. Albans!«

Vater Devlin tauchte langsam aus seinem tiefen Gebet auf.

In der Kirche war es still, die Totenmesse für Cora Conway längst vorüber.

Mit schmerzenden Muskeln und Gelenken kam er mühsam auf die Beine und schleppte sich in die winzige Zelle im obersten Stockwerk des Pfarrhauses. Diese Zelle war seine Buße, eine Buße, die er sich freiwillig auferlegt hatte. Noch am selben Tag legte er sein Amt als Gemeindevorsteher nieder, übertrug dem jungen Vater MacNeill sämtliche Vollmachten und zog sich in die kleine Zelle zurück, um für den Rest seines Lebens nur über seine eigenen Sünden nachzudenken.

Und um seinem einzigen verbliebenen Beichtkind ein wenig Trost zu spenden:

Cora Conway.

Die Zeit verging sehr langsam, die Jahre zogen sich immer mehr in die Länge, und irgendwann begriff er, daß ihm sogar der Tod vorenthalten wurde.

Er kannte auch den Grund dafür: seine Unfähigkeit, Cora Conway auf irgendeine Weise von den Qualen zu befreien, die ihren Geist zerstörten. Nicht einmal vor drei Tagen, als er sie mit den Sterbesakramenten versehen hatte, war es ihm gelungen, die Dämonen zu vertreiben, die sie so hartnäckig verfolgten.

»Nehmen Sie dies hier mit.« Ihre klauenartigen Finger hatten den abgenutzten Ledereinband ihrer Bibel gestreichelt. »Da steht alles … Alles!« Und als er sich zum Gehen wandte, flüsterte sie: »Das auch!« Mit zittriger Hand griff sie nach der Spieluhr auf dem Tisch neben ihrem Bett. Er selbst hatte sie Cora geschenkt, an dem Tag, als sie ins Sanatorium gebracht worden war. Doch sie hatte sie nie aufgezogen – jedenfalls nicht in seiner Gegenwart. »Nehmen Sie sie mit und lauschen Sie ihrer Stimme.«

Er hatte die Spieldose in die Tasche seiner Soutane gesteckt, die Sterbende ein letztes Mal gesegnet und ihr Zimmer verlassen, niedergedrückt von dem Gedanken an die Last, die diese Frau durchs Leben geschleppt hatte.

Bis heute hatte er ihre Bibel nicht zur Hand genommen. Doch nun ließ er sich vorsichtig auf den Holzstuhl sinken, zog den dicken Band auf dem Tisch näher zu sich heran – Tisch, Stuhl und ein schmales Bett waren die einzigen Einrichtungsgegenstände – und schlug ihn aufs Geradewohl auf, so als hoffte er auf einen Fingerzeig Gottes.

Die Heilige Schrift öffnete sich zwischen dem Alten und dem Neuen Testament, vor Christi Geschlechterregister im 1. Kapitel des Matthäusevangeliums. An dieser Stelle waren einige Blätter für die Familienchronik bestimmt, und die Seite, die Vater Devlin vor sich hatte, war in geschliffener Schrift von Hand beschrieben. Doch obwohl die einzelnen Buchstaben gestochen scharf waren, konnte er die verblaßten Wörter nur schwer entziffern.

Am Anfang stand ein Datum: 16. April 1899.

Darunter befand sich ein Tintenfleck, und der erste Satz des Eintrags lautete:

Ich werde diesen schlimmen Tag nicht überleben.

Mit beschleunigtem Puls las Vater Devlin weiter …

LORETTA VILLIERS CONWAY SASS AN IHREM SCHREIBTISCH, KERZENGERADE, SO WIE IHRE

MUTTER ES IHR VON KLEIN AUF BEIGEBRACHT HATTE. DOCH TROTZ DIESER PERFEKTEN HALTUNG, DIE NICHT NUR IN ST. ALBANS, SONDERN IM GANZEN COUNTRY BERÜHMT WURDE, ZITTERTE IHRE HAND, ALS SIE DIE FEDER INS TINTENFASS TAUCHTE UND EIN TROPFEN DER SCHWARZEN FLÜSSIGKEIT AUF DIE LEERE SEITE DER BIBEL FIEL, DIE SIE VOR IHREM MANN VERSTECKT HIELT. LORETTA WAR JEDOCH SO VERSTÖRT, DASS SIE DEN FLECK KAUM BEMERKTE UND EINFACH WEITERSCHRIEB.

Ich glaubte zunächst, das Krähen des Hahns hätte mich geweckt, aber es war nicht der Hahn, wie ich feststellte, als ich auf die Galerie des Hauses trat, das Monsignore Melchior für uns gebaut hat. Die Schreie waren von hier aus besser zu hören, und ich begriff sofort, daß sie von der Magd stammten, deren schwere Stunde gekommen war. Ich dachte in diesem Augenblick, daß Bessie mir heute vielleicht endlich den Namen des Mannes gestehen würde, der sie geschwängert hatte. Doch als die Kinder geboren waren, brauchte Bessie mir nichts mehr zu beichten. Die Gesichter der beiden winzigen Geschöpfe verrieten zweifelsfrei den Vater. Bessie, die sehr kräftig ist, legte das Zweitgeborene sofort an ihre Brust und gab ihm den Namen Francesca. Francis – der mein Sohn war, bis ich heute in die Gesichter seiner Negerkinder geschaut habe – nahm Bessie das andere Kind weg. Und als ich später ihre Kammer verließ, nachdem ich sie so gut wie möglich versorgt hatte, hörte ich Geräusche aus dem Keller des Hauses. Aber das spielte keine große Rolle mehr, denn ich wußte bereits, was ich zu tun hatte. Der Fluch, der auf dieser Familie lastet, wird nicht enden, und ich weiß jetzt, daß es nur einen einzigen Ausweg für mich gibt. Ich weiß nicht, ob mich Himmel oder Hölle erwartet, wenn ich gleich die Schlinge um meinen Hals legen werde. Es ist auch nicht so wichtig. Mir genügt es, endlich diesem Haus zu entrinnen.

LORETTA VILLIERS CONWAY WISCHTE DIE FEDER SORGFÄLTIG AB, BEVOR SIE SIE WEGLEGTE. SIE WARTETE, BIS DIE TINTE GETROCKNET WAR, UM DANN DIE BIBEL ZU SCHLIEßEN UND SIE IN BESSIE DELACOURTS KAMMER ZU TRAGEN, DIE DORT NOCH IM BETT LAG UND DAS IHR VERBLIEBENE TÖCHTERCHEN AN IHRE BRUST DRÜCKTE. LORETTA LEGTE DEN LEDERBAND IN DIE OBERSTE SCHUBLADE DER RISSIGEN KOMMODE UND WANDTE SICH DER MAGD ZU. SIE HEGTE KEINENGROLL GEGEN BESSIE, DENN NICHT DIESES AHNUNGSLOSE MÄCHEN HATTE SIE HINTERS LICHT GEFÜHRT, SONDERN IHR EIGENER SOHN.

»ICH HABE EINE BIBEL IN DEINE KOMMODE GELEGT«, SAGTE SIE. »WENN MEIN SOHN HEIRATET, MUSST DU SIE SEINER BRAUT ÜBERGEBEN.« SIE GING ZUR TÜR, DREHTE SICH ABER NOCH EINMAL UM UND BETRACHTETE DAS GESICHT IHRER ENKELIN. EINEN MOMENT LANG SAH ES FAST SO AUS, ALS WOLLTE SIE DAS NEUGEBORENE BERÜHREN, DOCH DANN ZOG SIE IHRE HAND ZURÜCK, STRAFFTE DIE SCHULTERN UND LIESS DIE MAGD MIT DEM KLEINEN BASTARD ALLEIN. IN IHREM ZIMMER ZOG LORETTA VILLIERS CONWAY DAS KLEID AN, DAS SIE AM TAG IHRER HOCHZEIT MIT MONSIGNORE MELCHIOR CONWAY GETRAGEN HATTE.

SIE NAHM DEN SAMTGÜRTEL IHRES LIEBLINGSMORGENROCKS ZUR HAND, STIEG AUF DEN SCHREIBTISCHSTUHL UND BAND EIN ENDE AM KRONLEUCHTER IN DER MITTE DER DECKE FEST. DAS ANDERE ENDE LEGTE SIE UM IHREN HALS. SIE PRÜFTE SORGFÄLTIG, OB BEIDE KNOTEN FEST ANGEZOGEN WAREN. ZURFIEDEN MIT DEM RESULTAT, SPRANG LORETTA VILLIERS CONWAY VON IHREM SCHREIBTISCHSTUHL. KEIN LAUT,

KEIN ANGST- ODER SCHMERZENSSCHREI DURCHBRACH DIE STILLE WÄHREND LORETTAS KURZEM TODESKAMPF.

Vater Devlin starrte auf die letzten Worte, die Loretta Villiers Conway vor einem Jahrhundert geschrieben hatte. George Conway war also nicht der erste in seiner Familie gewesen, der die Todsünde des Selbstmords begangen hatte. Gerüchte dieser Art waren natürlich im Umlauf gewesen, sie waren Vater Devlin als jungem Priester kurz nach seiner Ankunft in St. Albans zu Ohren gekommen, aber er hatte ihnen keinen Glauben geschenkt und in seinen Predigten immer wieder gegen Klatsch aller Art gewettert. Erst jetzt, nachdem er Lorettas Eintragung in die Bibel gelesen hatte, begriff er, daß es sich doch nicht nur um bösartige Gerüchte gehandelt hatte, daß das Grauen, das George und Cora Conway erlebt hatten, irgendwie in der Vergangenheit lag. »Ich, der Herr, dein Gott, bin ein eifriger Gott«, zitierte er leise Exodus, Kapitel 20, Vers 5, »der da heimsucht der Väter Missetat an den Kindern bis in das dritte und vierte Glied.«

Aber wie mochte das alles begonnen haben?

Er wollte mit zittrigen Fingern umblättern, konnte sich aber nicht dazu überwinden. Wollte er wirklich die Wahrheit wissen? Loretta Conway war vor hundert Jahren gestorben, und er konnte nichts für sie tun. Selbst wenn er für ihr Seelenheil betete, würde es nichts nützen, denn durch den Selbstmord hatte Loretta – ebenso wie George Conway – sich der ewigen Verdammnis ausgesetzt.

Die Hand des fast neunzigjährigen Priesters sank kraftlos auf seinen Schoß.

Irgendwann …

An irgendeinem der nächsten Tage würde er diese Angelegenheit vielleicht weiter ergründen. Jetzt fühlte er sich völlig ausgelaugt und sein Bett übte eine magische Anziehungskraft auf ihn aus. Er legte Coras Bibel beiseite und fand gnädiges Vergessen im Schlaf.

7. Kapitel

»Zieht ihr wirklich hier ein?«

Jared fuhr vor Schreck über die Stimme hinter seinem Rücken zusammen und ließ die Matratze los, die er zusammen mit seiner Schwester gerade aus dem gemieteten Umzugswagen hievte. Während Kim fluchend versuchte, den schweren, sperrigen Gegenstand allein festzuhalten, warf sie dem Jungen, der die Störung verursacht hatte, einen wütenden Blick zu. Er mußte in ihrem Alter sein, war aber um mehrere Zentimeter kleiner als Jared und sehr drahtig, fast schon mager. Eine Strähne hellbrauner Haare fiel ihm in die Stirn, und er trug zerrissene Jeans und ein Sweatshirt mit abgeschnittenen Ärmeln. Grinsend packte er eine Ecke der Matratze. »Ich bin Luke Roberts«, stellte er sich vor. »Soll ich euch helfen, dieses Ding auf die Veranda zu tragen?«

»Nicht auf die Veranda – in mein Zimmer hinauf«, erwiderte Jared. Ihm entging nicht, daß Luke das Haus mit sichtlichem Unbehagen betrachtete. »Was ist los? Du fürchtest dich doch nicht etwa?«

»Natürlich nicht«, antwortete der Junge ein bißchen zu schnell.

»Bist du jemals drin gewesen?«

Ohne das riesige viktorianische Gebäude aus den Augen zu lassen, schüttelte Luke den Kopf. »Aber ich habe einen Onkel, der behauptet, einmal drin gewesen zu sein.«

»Möchtest du's sehen?« forderte Jared ihn heraus.

Um nicht als Feigling dazustehen, versicherte Luke hastig: »Na klar!«

Zu dritt schleppten die Teenager die Matratze in den ersten Stock und ließen sie erleichtert auf das Bettgestell fallen, das Jared und Kim schon hochgetragen hatten.

»Wieviel Zimmer gibt es hier?« wollte Luke wissen.

Jared zuckte die Achseln. »Keine Ahnung – zwanzig oder mehr, schätze ich mal. Wir wollen ein Hotel daraus machen.«

Luke spähte von der Galerie in die Eingangshalle hinab. »Wer wird sich hier schon einquartieren wollen?«

»Na ja, wenn alles renoviert ist, wird es ganz anders aussehen«, verteidigte Kim das Projekt. »Dad meint, daß das mindestens sechs Monate in Anspruch nehmen wird.«

»Ich wette, daß ihr auch dann keine Gäste haben werdet«, sagte Luke. »Nicht nach all dem, was hier passiert ist.«

Jared und Kim tauschten einen unbehaglichen Blick und hatten wie so oft denselben Gedanken: *Wollen wir das wirklich hören?*

Luke war jedoch nicht mehr zu bremsen. »Manchmal kann man ein Baby weinen hören. Und sehr viele Leute haben den Kerl gesehen, der sich hier erhängt hat.«

»Das war der Onkel meines Vaters.«

Luke ignorierte Jareds warnenden Unterton und fuhr unverdrossen fort: »Man sagt, er sei immer noch hier und suche nach dem Baby.«

Kim und Jared sahen einander wieder an. Beide erinnerten sich an die Unterhaltung, die sie auf dem Friedhof mit angehört hatten. »Vater MacNeill sagt, daß niemand weiß, ob Dads Tante überhaupt schwanger war.«

Luke Roberts verdrehte ironisch die Augen. »Vater Mack würde nicht einmal zugeben, daß seine eigene Mutter jemals schwanger war! Und er würde es nie für möglich halten, daß eine Frau ihr eigenes Baby umbringen kann.«

Unwillkürlich umklammerte Kim ihr kleines goldenes Kreuz. »Woher weißt du, daß Tante Cora das getan hat?«

»Das weiß doch jeder«, antwortete Luke. »Das Baby wurde zwar nie gefunden, aber …«

Das Kreuz fühlte sich plötzlich so heiß an, daß Kim es schnell losließ. »Wie können alle wissen, daß sie es getötet hat, wenn es nie gefunden wurde? Woher will man wissen, daß es dieses Baby überhaupt gegeben hat?«

Luke schaute leicht verunsichert drein, konterte aber trotzig: »Wenn es dieses Baby nicht gegeben hätte, könnte man es nachts nicht weinen hören! Und warum sollte es weinen, wenn seine Mutter es nicht umgebracht hätte? Ich sage euch, in St. Albans weiß jeder, was in diesem Haus passiert ist, und mein Onkel sagt …«

Kim geriet plötzlich in Wut. Woher wollte dieser Junge wissen, was hier geschehen war? Schließlich war er nicht dabeigewesen. Und warum sagte er dauernd ›jeder weiß‹? »Ich wette, daß nichts Derartiges passiert ist«, fiel sie ihm ins Wort, bevor er berichten konnte, was sein Onkel erzählte. »Was hast du jemals mit eigenen Augen gesehen oder mit eigenen Ohren gehört? Und falls du tatsächlich etwas gesehen oder gehört haben solltest, mußt du unbefugt hier eingedrungen sein! Dieses Haus mag lange leer gestanden haben, aber das gibt niemandem das Recht, Privatbesitz zu betreten!« Luke bekam einen hochroten Kopf, und Kim sah, daß er seine rechte Hand zur Faust ballte. »Hast du etwa die Absicht, mich zu schlagen?« Ihre Augen funkelten herausfordernd.

Bestürzt über Kims unerwarteten Wutausbruch, wich Luke bis zur Balustrade zurück. Er verlor das Gleichgewicht und machte eine Rolle rückwärts. Der Junge schrie entsetzt auf, er klammerte sich mit der rechten Hand am Geländer fest und fuchtelte mit dem linken Arm wild in der Luft herum, bis er einen Pfosten zu fassen bekam. Seine Finger drohten jedoch abzugleiten, und in diesen kritischen Sekunden, die eine Ewigkeit zu dauern schienen, starrte er Kim mit glasigen Augen an.

Sie wußte, daß dieser angsterfüllte und anklagende Blick sie ihr Leben lang verfolgen würde, falls Luke wirklich abstürzte. Vor Schreck wie gelähmt, flehte sie Jared lautlos an, dem Jungen zu helfen.

Als hätte er ihre stumme Botschaft empfangen, hechtete Jared zum Geländer, packte Luke, dessen Kräfte schon erlahmten, bei den Handgelenken und zog ihn über die Brüstung.

»Es … es tut mir leid«, stammelte Kim. »Ich wollte nicht …«

Sobald er in Sicherheit war, schlug Lukes Todesangst in Zorn um. »Verdammt, was habe ich denn getan? Ich habe euch nur erzählt, was ich gehört habe! Mein Gott, ich hätte mir den Hals brechen können!« Er rannte die Treppe hinab und rief Kim von unten zu: »Vielleicht war deine Tante nicht die einzige Verrückte in dieser Familie!«

Bevor sie etwas erwidern konnte, schmetterte Luke die Haustür hinter sich zu.

8. Kapitel

Die tiefe Stille, die sich in dieser Nacht über das alte Haus senkte, war für die neuen Bewohner so ungewohnt, daß alle außer Molly, die sofort einschlief, als Janet sie in ihr Kinderbett legte, lange wach lagen.

Sie lauschten der Stille.

Kein Insekt zirpte.

Kein Tier raschelte draußen in der Dunkelheit.

Auch das Gemäuer gab keinen Laut von sich.

Es war totenstill.

Doch alle Conways glaubten Echos von Stimmen zu hören, und alle fühlten sich von Augen aus der Finsternis beobachtet.

Für Janet waren das die Augen von Jake Cumberland, der sie aus dem Schatten der Magnolie am Friedhofszaun heraus haßerfüllt angestarrt hatte. Und die leisen Stimmen gehörten Alma Morgan und Corinne Beckwith: die eine flüsterte, Cora sei nicht geisteskrank gewesen, und die andere berichtete von einem Baby, das Teds Vetter oder Kusine gewesen wäre, wenn es überlebt hätte.

Wenn es überhaupt jemals existiert hatte.

Mit offenen Augen spähte Janet ins Dunkel, so als könnte die Wahrheit über die vierzig Jahre zurückliegenden Ereignisse in den schwarzen Falten der Nacht verborgen sein.

Doch die Finsternis und die Stille gaben keine Geheimnisse preis.

Als die Nacht dahinkroch, ohne ihr den heißersehnten Schlaf zu bescheren, verspürte Janet das Bedürfnis, nach Teds Hand zu greifen. Es wäre tröstlich zu wissen, daß sie in dieser Stille und Dunkelheit nicht ganz allein war. Andererseits waren ihr seine Berührungen seit langer Zeit nicht mehr willkommen, und deshalb kehrte sie ihm entschlossen den Rücken zu, bevor sie endlich einschlief.

Für Ted waren es die dunklen Augen von Vater MacNeill, die ihn durchdringend aus der Dunkelheit musterten, und es war die Stimme des Priesters, deren Echo er in der Stille hörte. *Ein Hotel? Nun, ich hoffe, daß Sie auf einen Kampf gefaßt sind.* Doch es waren nicht so sehr die drohenden Worte, die Ted den Schlaf raubten – es waren die *Blicke* des Geistlichen. Als er freimütig erklärt hatte, keinesfalls jeden Sonntagmorgen die Messe zu besuchen und andächtig der Predigt zu lauschen, war in Vater MacNeills Augen für Sekunden ein Ausdruck aufgeblitzt, den Ted nur allzu gut kannte.

Genauso hatte Frank Gilman ihn angesehen, als er ihm fristlos kündigte.

Genauso hatte Tony ihn angesehen, als er die Bar verließ, um sich in Gilmans Büro zu begeben.

Viele andere Leute hatten ihn mit solchen Blicken bedacht.

All die Männer, die ihn gefeuert hatten.

All die anderen, die sich weigerten, ihn einzustellen.

All die Barkeeper, die ihm Drinks servierten.

All die Menschen, die er für Freunde gehalten hatte.

Sogar sein eigener Vater.

Sogar sein eigener Sohn.

Es war ein Blick, den er schon als Junge zu deuten vermochte, ein Blick, der besagte, daß er nicht dazugehörte, daß man ihn absichtlich von allem ausschloß, was alle anderen wußten und gemeinsam hatten.

In den ersten Ehejahren hatte er geglaubt, Janet wäre eine Ausnahme. Anfangs verstellte sie sich perfekt, doch im Laufe der Zeit ertappte er auch sie immer häufiger bei diesen Blicken, obwohl sie sich Mühe gab, sie zu verbergen.

Überhebliche Blicke.

Kein Verständnis, kein Mitleid, nicht einmal Sympathie.

Nur Überheblichkeit. Und noch etwas anderes.

Bisher hatte er es sich nie eingestehen wollen, doch jetzt, in der Stille der Nacht, wurde ihm klar, was er am Nachmittag so deutlich in den Augen des Priesters gelesen hatte.

Und nicht nur in den Augen des Priesters – auch in den Augen aller anderen Menschen.

Verachtung.

Sämtliche Augenpaare hatten von jeher gesagt: *Du gehörst nicht zu uns. Du bist nicht unsereiner. Wir wollen dich nicht hierhaben.*

So war es gewesen, solange er sich zurückerinnern konnte – seit seine Mutter ihn als Baby im Stich gelassen hatte, seit sein Vater gestorben war, als er noch zur Schule ging.

Alle Arbeitgeber hatten billige Vorwände gefunden, um ihn zu entlassen.

Nie hatte ihn jemand wirklich akzeptiert.

Er hatte nie ein Gefühl der Zugehörigkeit gekannt.

Doch jetzt – in diesem Haus – fühlte er sich endlich willkommen. Dieses Haus hatte seinem Onkel gehört, seinem Großvater und Urgroßvater. Und jetzt gehörte es ihm!

Er war nicht länger ausgeschlossen.

Eine ohnmächtige Wut über die vielen erlittenen Ungerechtigkeiten brodelte in Ted Conway, und während er in dem totenstillen Haus wach lag – in *seinem* Haus –, schwor er sich, daß das nie wieder passieren würde.

Diesmal würde er es allen zeigen.

Er würde diesen alten Bau restaurieren – schöner, als der Besitz ursprünglich gewesen war! Er würde sein eigenes Hotel haben!

Niemand würde ihn daran hindern, und es würde ein Riesenerfolg sein. Und dann würde kein Mensch, weder der Priester noch Janet, weder sein Sohn noch sonst jemand, es jemals wieder wagen, ihn verächtlich anzusehen.

Ted zog im Dunkeln die Nachttischschublade auf, und seine Finger schlossen sich um die Halbliterflasche Bourbon, die er am Nachmittag dort versteckt hatte.

In der Stille der Nacht öffnete er sie und führte sie an seine Lippen.

Ich werde es ihnen zeigen, schwor er sich wieder, während der hochprozentige Alkohol durch seine Kehle rann, *ich werde es ihnen allen zeigen!*

Es waren die Augen von Luke Roberts, die Kim in dieser Nacht wach hielten, denn jedesmal, wenn sie die Lider schloß, sah sie seinen entsetzten, anklagenden Blick.

Und in der Stille, die mit der Dunkelheit einherging, hörte sie seine Worte: *Wenn es dieses Baby nicht gegeben hätte, könnte man es nachts nicht weinen hören! Und warum sollte es weinen, wenn seine Mutter es nicht umgebracht hätte?*

Konnte etwas Wahres daran sein? Nein, natürlich nicht. Luke hatte ihr nur Angst einjagen wollen. Trotzdem spitzte sie die Ohren …

Wozu?

Das wußte sie selbst nicht.

Als die Nacht sich immer mehr in die Länge zog und die Stille immer beklemmender wurde, sehnte sie sich nach all den Geräuschen, die sie stets in den Schlaf gelullt hatten: zirpende Grillen, quakende Frösche. Sogar das Surren von Moskitos oder das Kläffen des Hundes von nebenan – das Scout sofort durch eigenes lautes Gebell beantwortete, und das alle aufweckte – wäre ihr jetzt willkommen gewesen.

Oder das Brausen des Straßenverkehrs, oder das Unken einer jagenden Eule …

Aber es war totenstill.

Kim wälzte sich unruhig von einer Seite auf die andere,

bis Muffin, die zusammengerollt auf ihrem Kissen lag, verärgert die Krallen ausfuhr und ans Fußende des Bettes umzog.

Irgendwann schlief Kim dann doch ein.

Und hörte ihn.

Einen gräßlichen Schrei, ein grausiges Heulen, das sie schlagartig weckte.

Ihr Herz klopfte zum Zerspringen, und kalter Schweiß bildete einen klebrigen Film auf ihrer Haut.

Die Nacht war immer noch totenstill.

Aufrecht im Bett sitzend, begriff Kim, daß sie nur einen Alptraum gehabt hatte.

Sie legte sich wieder hin und zog die Knie an.

Und sah etwas.

Eine Gestalt, noch schwärzer als die Nacht, stand geduckt auf der anderen Seite des Zimmers, so als wollte sie sich im nächsten Moment auf Kim stürzen.

Vor Angst erstarrt, traute sie sich nicht einmal zu atmen, bis sie in der Stille die Worte hörte, die ihre sterbende Großtante ihr zugeflüstert hatte: *Es wird dich beschützen … Leg es niemals ab …*

Ihre Finger schlossen sich um das Kreuzchen, und allmählich verebbte das Grauen.

Ein Schatten, dachte sie. *Es ist nur ein Schatten!*

Auf einen Ellbogen gestützt, stellte sie fest, daß der Mond aufgegangen war. Sein silbriger Schein hatte allerdings Mühe, die dicke Schmutzschicht auf den Fenstern zu durchdringen. Auf einem Fensterbrett stand Muffin, mit rundem Rücken und steil aufgerichtetem Schwanz. Gleich darauf lief die Katze am Sims entlang.

»Muffin«, rief Kim leise. »Komm her, komm wieder ins Bett!«

Die Katze fauchte im Dunkeln, drehte sich um und lief in die andere Richtung.

»Was ist denn los?« Kim sprang aus dem Bett und trat ans Fenster. »Was ist da draußen?« Sie preßte ihr Gesicht an die Scheibe und streckte gleichzeitig eine Hand aus, um Muffin durch sanftes Streicheln zu beruhigen.

Die Katze fauchte erneut und schlug nach ihr. Die scharfen Krallen hinterließen blutige Kratzer auf Kims Handrücken, und dann trommelte Muffin gegen die Fensterscheibe, um klarzumachen, was sie wollte.

»Jetzt?« murmelte Kim. »Warum mußt du jetzt raus?« Sie versuchte noch einmal, das Tier zu streicheln, zog die Hand aber hastig zurück, als Muffin warnend fauchte. »Also gut …«, Kim mühte sich mit dem klemmenden Fensterriegel ab, »wenn es für dich so wichtig ist …«

Sobald sie das Fenster geöffnet hatte, sprang die Katze hinaus.

Kim spähte nach unten und hielt Ausschau nach ihrem Haustier. »Muffin?« rief sie. »Muffin, komm zurück!«

Die Stille der Nacht verschluckte ihre Lockrufe.

Wiederum bekam sie rasendes Herzklopfen und erstarrte vor kaltem Grauen. Nichts hatte sich verändert, jedenfalls nichts, was zu sehen oder zu hören gewesen wäre. Die Nacht war immer noch totenstill und nicht einmal das Mondlicht konnte die Finsternis bannen.

Doch irgend etwas war dort draußen.

Kim spürte es.

Etwas – oder jemand – lauerte dort draußen und beobachtete sie.

9. Kapitel

Jake Cumberland spannte alle Muskeln an.

Er hatte sich seit fast sechs Stunden nicht bewegt. Bei Einbruch der Dunkelheit war er aus den Wäldern zur Ostseite des Grundstücks geschlichen und hatte sich in der Nähe der alten Garage versteckt. Seine Silhouette verschmolz mit den nächtlichen Schatten, so daß er sicher sein konnte, nicht entdeckt zu werden, selbst wenn jemand dicht an ihm vorbeiginge.

Während seiner langen Nachtwache ließ er das Haus nicht aus den Augen.

Als ihm zufällig zu Ohren gekommen war, daß irgendwelche Leute in das alte Haus einziehen wollten, hatte er es zunächst nicht geglaubt. Schließlich war allgemein bekannt, daß es nach dem Tod der alten Frau im Sanatorium keine Conways mehr geben würde. Doch dann stellte sich plötzlich heraus, daß alle sich geirrt hatten.

Es gab immer noch Conways – mindestens fünf.

Sobald er die Gerüchte gehört hatte – an dem Tag, als Cora Conway verstarb –, war er am Seeufer entlang zu einer Stellte geeilt, von wo aus er das Haus beobachten konnte. Und es hatte nicht lange gedauert, bis sie tatsächlich dort aufgetaucht waren. Er hatte sie sofort erkannt, besonders den Mann, der ein typischer Conway war.

Dunkle Haare, blaue Augen. Seine Bewegungen, seine Kopfhaltung.

Jake hatte ein untrügliches Gespür für Conways.

Er beobachtete, wie die ganze Familie das Haus betrat, und er harrte geduldig auf seinem Spähposten aus – als Jäger war er daran gewöhnt, sich stundenlang nicht von der Stelle zu rühren, um das Wild nicht zu verscheuchen. Er wartete, bis die fünf Conways das Haus verließen, ins Auto stiegen und davonfuhren. Doch während er dem Wagen nachblickte, wußte er, daß sie zurückkommen würden. Das sagte ihm sein Instinkt, der ihm erlaubte, Fallen an den richtigen Stellen aufzustellen, auch wenn es so dunkel war, daß man die Hand nicht vor Augen sehen konnte.

Sie würden zurückkommen und in das seit vierzig Jahren leerstehende Haus einziehen!

Und heute, beim Begräbnis, hatte er sie wiedergesehen. Natürlich hatte er weder die Kirche noch den Friedhof betreten, seine Mama hatte ihn vor Kirchen gewarnt, noch bevor er zur Schule gehen mußte, und gegen Friedhöfe hegte er von jeher eine Abneigung. Manchmal mußte er sie zwar aufsuchen, aber nur, wenn er etwas benötigte und wenn der Mond hoch am Himmel stand, in dessen silbrigem Schein alles ringsum aus Zinn zu bestehen schien – so wie der Becher, den Jakes Großmutter ihm hinterlassen hatte, und der immer auf dem Fenstersims über der Spüle in seiner Hütte stand. Obwohl er sich kaum an seine Großmutter erinnern konnte, dachte er jedesmal an sie, wenn er den Becher benutzte und beim Trinken durch den gläsernen Boden schaute.

Auf diese Weise kannst du sogar beim Trinken deine Feinde sehen, hatte seine Mama ihm erklärt. *Deine Oma sagte immer, es sei wichtig, Feinde ständig im Auge zu behalten, damit sie dich nicht überrumpeln können.*

Wenn seine Mama ihre Magie ausübte, hatte er einmal beobachtet, daß sie in den Becher sah, ohne daraus zu trinken. Er hatte gewußt, daß sie in dem Glasboden lesen konnte, was ihre Feinde gerade taten, ganz gleich, wo sie sich auch aufhalten mochten. *Sie können sich nicht verstecken, Jake,* hatte sie gesagt, *nicht, solang du den Becher hast.* Und wann immer Jake aus dem Zinnbecher trank, ließ er den Glasboden nicht aus den Augen, um mögliche Gefahren rechtzeitig erkennen zu können.

Doch er hatte durch das Glas hindurch nie irgendwelche Conways gesehen, und deshalb hatte er sich in den letzten Tagen einzureden versucht, daß sie vielleicht doch nicht zurückkehren würden. Aber als er heute am Friedhofszaun stand, waren sie alle da: der Mann half beim Tragen des Sarges, und die anderen folgten.

Während er von weitem beobachtete, wie die alte Frau beerdigt wurde, übte er die Magie seiner Mama aus, obwohl er ahnte, daß die Sache nicht klappen würde, weil ihm die nötigen Hilfsmittel fehlten. Immerhin schien die Frau seinen intensiven Blick zu spüren, denn sie schaute mehrmals direkt in seine Richtung, aber davon ließ er sich nicht einschüchtern, sondern harrte bis zum Ende des Begräbnisses im Schatten der Magnolie aus.

Dann war er auf Schleichpfaden in die Nähe des Hauses geeilt und hatte gesehen, daß die Conways einen Umzugswagen entluden und alles möglich in ihr neues Domizil schleppten. Sein Instinkt hatte ihn also doch nicht getrogen: Sie hatten die Absicht, in St. Albans zu bleiben.

Ich hätte das Haus in Brand stecken sollen, dachte er. *Schon vor Jahren hätte ich es niederbrennen sollen.*

Schließlich war er nach Hause gegangen und hatte dort die Dunkelheit abgewartet, bevor er zurückschlich, um sich die Dinge zu besorgen, die er benötigte, damit die Magie seiner Mama funktionierte.

Jake wußte, was er brauchte. Er wußte genau, was er tun mußte.

Seit die Nacht über St. Albans hereingebrochen war, lag er in der Nähe der Garage auf der Lauer, ohne sich zu bewegen. Stunde um Stunde verging, die Leute im Haus gingen zu Bett, aber er spürte, daß sie keinen Schlaf fanden oder von Alpträumen heimgesucht wurden.

Durch das Leben im Wald, wo er nachts auf die Jagd ging, war sein Gehör so geschärft, daß er die Katze, die vom Fensterbrett sprang, sofort hörte, obwohl ihre Pfoten fast lautlos auf der Erde landeten. Während sie das im Laufe von Jahrzehnten völlig verwilderte Grundstück zu erkunden begann, wartete Jake geduldig, mit angespannten Muskeln. Er wußte, daß sie sich bald in seine Richtung bewegen würde.

Vielleicht würde sie ihn sogar riechen.

Doch wenn er sich nicht rühre und keinen Laut von sich gab …

Ja!

Sie kam direkt auf ihn zu.

Jake hielt den Atem an, als die Katze wachsam stehenblieb, weil ihr sein Geruch in die Nase gestiegen war. Einen Moment lang befürchtete er, daß sie kehrtmachen würde, aber sie schlich sich vorsichtig an, den Bauch fast am Boden.

Es war anstrengend, regungslos auszuharren, und Jakes Muskeln schmerzten.

Mit zuckendem Schwanz setzte die Katze langsam eine Pfote vor die andere. Sie blieb wieder stehen, immer noch außerhalb seiner Reichweite. Doch schließlich trug ihre Neugier den Sieg über ihre Vorsicht davon.

Sie kam immer näher …

Nahe genug!

Bevor die Katze reagieren konnte, schossen Jakes Arme blitzschnell nach vorne.

Seine Pranken schlossen sich um ihren Hals.

10. Kapitel

»Versprichst du, nach Muffin Ausschau zu halten?« fragte Kim, als Janet den Toyota am nächsten Morgen vor der *St. Ignatius Loyola School* parkte.

»Hör endlich auf, dir Sorgen zu machen«, riet Jared seiner Schwester, während er sich aus dem Rücksitz zwängte. »Sie ist eine Katze, und die tun bekanntlich, was sie wollen. Muffin wird nach Hause kommen, wenn sie genug gestromert hat.«

»Wenn sie nun aber versucht, nach Shreveport zurückzukehren?« jammerte Kim.

»Ich bin sicher, daß sie das nicht tut«, beruhigte Janet ihre Tochter. »Jared hat wahrscheinlich recht, aber ich verspreche dir, nach Muffin Ausschau zu halten.« Sie warf einen Blick auf ihre Uhr. »Und jetzt sollten wir euch schnell anmelden, damit ich wieder zu Hause bin, bevor euer Vater …« Sie verstummte hastig, aber es war schon zu spät, denn sie sah, daß die Zwillinge einen beredten Blick tauschten und ihren unvollendeten Satz mühelos ergänzten: … *zu trinken anfängt.*

Aber vielleicht – hoffentlich! – war es ihm ja diesmal

wirklich ernst mit den Beteuerungen, in St. Albans einen Neuanfang zu machen. Als sie vorhin aufgewacht war, hatte Ted nicht neben ihr gelegen, und einen Moment lang hatte sie – noch ganz schlaftrunken – jene Verzweiflung verspürt, die sie in den letzten Monaten schon mindestens ein halbes dutzendmal empfunden hatte, wenn sie morgens feststellen mußte, daß ihr Mann überhaupt nicht zu Bett gegangen war.

Meistens hatte sie ihn auf dem Wohnzimmersofa gefunden.

Einmal sogar in der Badewanne.

Und einmal war er gar nicht nach Hause gekommen. An jenem Morgen wollte sie gerade die Polizei verständigen, als er anrief und ihr weismachen wollte, er hätte bis spät in die Nacht gearbeitet und wäre schließlich erschöpft in einem Zimmer des *Mejestic* eingeschlafen. Janet wußte natürlich, daß das eine Lüge war, aber sie tat so, als würde sie seiner Geschichte Glauben schenken.

Heute morgen hatte sie ihn im Erdgeschoß gefunden, damit beschäftigt, den abgewetzten Teppichboden im Eßzimmer zu entfernen, unter dem ein kunstvoll eingelegter Hartholzboden zum Vorschein kam. »Schau dir das nur mal an!« schwärmte er. »Es ist unglaublich – Eiche, verziert mit Kirsche, Walnuß und anderen edlen Hölzern! Er muß nur abgeschliffen und versiegelt werden.«

Und als sie nach einem improvisierten Frühstück die Zwillinge zur Schule fahren wollte, hatte er immer noch fleißig gearbeitet, während Molly in ihrem Laufstall glücklich mit einem Teppichfetzen spielte, den Ted ihr gegeben hatte. Zum erstenmal seit Jahren schöpfte Janet ein wenig Hoffnung, daß sich nun endlich alles zum Besseren wenden würde, doch dieser schwache Optimismus wurde von dem Wissen betrübt, daß Ted schon unzählige Versprechen gebrochen hatte.

»Kommt!« forderte sie jetzt die Zwillinge auf und eilte die Schultreppe hinauf. »Was zu Hause auch los sein mag, ich werde heute jedenfalls alle Hände voll zu tun haben. Ich verspreche aber, zwischendurch nach Muffin Ausschau zu halten.«

Jared sah seine schlimmsten Befürchtungen vollauf bestätigt, sobald sie das Schulgebäude betraten. Durch die Eingangstür gelangte sie auf einen langen, schmalen Korridor, der an jenen Stellen, wo Seitenkorridore nach rechts und links abzweigten, von altmodischen runden Glaslampen schwach erhellt wurde. Die Wände waren teilweise mit Holz verkleidet, das bedauerlicherweise wie der übrige Verputz beige gestrichen worden war – ein gelblicher Farbton, der schmutzig aussah. Der Bodenbelag, dunkles, ungemustertes Linoleum, war in der Mitte so abgetreten, daß das rohe Holz durchschimmerte. Kein einladendes Entree, dachte Jared, und Kims Miene verriet ihm, daß sie genauso deprimiert war wie er selbst. Schweigend legten sie den Weg zum Büro des Direktors zurück.

Eine halbe Stunde später, nachdem ihre Mutter sich verabschiedet hatte, stiegen sie die Treppe zu ihrem neuen Klassenzimmer hinauf. »Ihr werdet Schwester Clarence mögen«, hatte Vater Bernard, der Schulleiter, versichert. »Sie ist eine unserer besten Lehrerinnen und allgemein beliebt.«

»Ein ganz schöner Unterschied zu Shreveport, stimmt's?« bemerkte Jared, als sie auf dem Korridor in der ersten Etage waren, der genauso trist wie der im Erdgeschoß aussah, mit dem einzigen Unterschied, daß es hier Schließfächer gab. Zwei davon waren den Zwillingen soeben zugeteilt worden. »Sie sind mit Kombinationsschlössern versehen«, hatte Vater Bernard erklärt, »und die Zahlenkombination muß im Sekretariat aktenkundig sein.« Dabei hatte er Jared streng angesehen, so als erwarte er nichts Gutes von seinen neuen Schützlingen. »Wir machen Stichproben, und wenn die Zahlenkombination eigenmächtig verändert wurde, hat das einen einwöchigen Schulausschluß zur Folge.«

Während Jared jetzt diese Schließfächer musterte, fragte er grinsend: »Glaubst du, daß ich für immer rausfliege, wenn ich ein Vorhängeschloß anbringe?«

Kim unterdrückte ein Lachen. »Wir müssen versuchen, das Beste daraus zu machen. Mom hat schon genug andere Sorgen.«

»Ich weiß«, seufzte Jared. »Trotzdem würde ich liebend gern Vater Bernards Gesicht sehen, wenn er ein Schloß nicht öffnen kann!«

Sie fanden ihr Klassenzimmer in der Mitte des langen Korridors, und Jared hielt seiner Schwester beim Eintreten die Tür auf. Die schwarz gekleidete Gestalt, die gerade etwas an die Wandtafel geschrieben hatte, drehte sich um und musterte sie durch ihre Brille.

»Ich bin Schwester Clarence«, verkündete sie, ohne zu lächeln.

»Ich bin Jared Con ...«, wollte Jared sich und Kim vorstellen, doch die Nonne schnitt ihm das Wort ab.

»Ich weiß, wer ihr seid.« Sie deutete auf zwei Plätze in der zweiten Bankreihe. »Wir sprechen gerade über die Rolle des Vatikans im Zweiten Weltkrieg. Ihr habt die ersten zwei Wochen dieses Schuljahrs verpaßt, und ich erwarte von euch, den Lesestoff bis morgen aufgeholt zu haben.«

Sie wandte sich wieder der Tafel zu, und die Zwillinge schoben sich in die altmodische Bank. Hinter Jared saß Luke Roberts, der ihm sofort einen gefalteten Zettel zuschob.

Die hingekritzelte Botschaft lautete: *Willkommen in St. Ignoramus!*

Jared unterdrückte ein Lächeln und gab den Zettel an seine Schwester weiter. Doch Kim war unvorsichtig genug, leise zu kichern.

»Du wirst uns allen vorlesen, was auf diesem Zettel steht, Kimberley«, befahl Schwester Clarence, und ihr stechender Blick brachte Kim sofort zum Erröten.

»Ich ... es ist nichts ...!«

»Steh auf! In dieser Schule pflegt man aufzustehen, wenn man aufgerufen wird oder etwas sagen möchte.«

Mit weichem Knie und hochrotem Kopf stand Kim auf.

»Lies vor, was auf dem Zettel steht!«

Kim kaute an ihrer Unterlippe und schaute zu Jared hinüber, der ihr unmerklich zuzwinkerte. »Willkommen in St. Ignoramus«, murmelte sie.

»Ich kann dich nicht hören«, erklärte die Nonne eisig.

Kims Gesicht glühte. Ihr fast lautloses Kichern hatte die Nonne mühelos gehört!

Im Klassenzimmer herrschte Todesstille, während sie notgedrungen lauter wiederholte, was auf dem Zettel stand.

»Und das findest du komisch!« Es war keine Frage, sondern eine nüchterne Feststellung.

Kim schwieg.

»Findet sonst noch jemand das komisch?«

Obwohl Kim sich nicht umzudrehen traute, wußte sie genau, daß kein Schüler einen Finger rühren, geschweige denn die Hand heben würde. Doch dann sah sie aus dem Augenwinkel heraus, daß Jared aufstand.

»Ich«, sagte er ruhig.

Kim las nicht nur Überraschung, sondern auch kalte Wut in den Augen der Nonne, die jetzt ihren Bruder fixierte.

»Ihr beide findet es also amüsant, die Schule zu verhöhnen?«

»Es ist doch nur ein Wortspiel«, wandte Jared ein, »über das wahrscheinlich jeder schmunzelt.«

»Es ist respektlos und kann nicht geduldet werden. Ist das klar?«

Nach kurzem Zögern nickte Jared kaum merklich. »Ja.«

»Ja, *Schwester Clarence*«, wurde er korrigiert.

Kim spürte den Zorn, der in ihrem Zwillingsbruder aufstieg. *Nicht*, flehte sie ihn insgeheim an. *Gib lieber nach.*

Jared und die Lehrerin starrten einander feindselig an.

Kein Schüler wagte zu atmen.

Wieder bat Kim ihren Bruder stumm, aber um so eindringlicher, den Mund zu halten.

Schwester Clarences Augen funkelten bedrohlich hinter der stahlgeränderten Brille.

Jared reckte das Kinn, und Kim sah, daß seine Lippen Worte formen wollten, die ihm nur noch mehr Ärger einbringen würden. *Nicht, Jared!* flehte sie ihn zum drittenmal an, in der verzweifelten Hoffnung, daß er ihre stumme Botschaft empfangen und befolgen würde. *Laß gut sein!*

Die Sekunden schienen zu einer Ewigkeit zu werden, bis Kim endlich Jareds Antwort im Geiste so deutlich hörte, als hätte er laut gesprochen: *Okay, aber ich hasse das! Ich hasse es von ganzem Herzen!*

Seiner Stimme war nichts von diesem heimlichen Groll anzumerken, als er sanftmütig sagte: »Ja, Schwester Clarence.«

Der Blick der Nonne schweifte zu Kim zurück. »Ich habe beschlossen, auf eine Strafe zu verzichten, weil es euer erster Tag an dieser Schule ist. Aber in Zukunft wird solches Benehmen Konsequenzen haben, ist das klar?«

»Ja, Schwester Clarence«, murmelte Kim demütig.

»Lauter!« verlangte die Lehrerin erbarmungslos.

Kim zuckte wie unter einem Peitschenhieb zusammen. »Ja, Schwester Clarence«, wiederholte sie mit glühenden Wangen und Tränen in den Augen.

Für den Rest der Stunde saßen die Zwillinge still da und versuchten sich auf den Unterrichtsstoff zu konzentrieren, aber die erlittene Demütigung spukte unablässig in ihren Köpfen herum.

Es ist nicht weiter wichtig, redete Kim sich selbst gut zu. *Hier herrschen nun einmal andere Sitten als an unserer alten Schule. Ich werde mich daran gewöhnen.*

Jared wußte hingegen ganz genau, daß er sich nie daran gewöhnen würde. Niemals!

Janet Conway stieg von der Leiter, machte ihren Rücken krumm und beugte sich dann nach rechts und links. Sobald die Schmerzen in der Wirbelsäule und die Verspannungen in den Schultern ein wenig nachließen, begutachtete sie das Resultat der zweistündigen Strapaze, die sie ihrem energisch protestierenden Körper zugemutet hatte. Schon jetzt wußte sie, daß alle weiteren Mühen, die sie ihm in den nächsten Tagen zumuten würde, sich letztlich lohnten. Endlich fiel Licht – das helle Licht dieses Herbstvormittags – ungehindert durch das Glasdach und das obere Drittel der nördlichen und östlichen Glaswand. Wenn sie erst einmal sämtliche Scheiben gesäubert hatte, würde sie in diesem Wintergarten das Atelier einrichten, von dem sie immer geträumt hatte. Weil das Sonnenlicht von drei Seiten und zusätzlich von oben einfiel, würde sie jederzeit einen idealen Standort für ihre Staffelei finden. Die Vorstellung, hier demnächst nach Herzenslust mit Farben und Pinseln hantieren und alle Bilder, die bisher nur in ihrer Fantasie existierten, auf die Leinwand bannen zu können, beschleunigte ihren Puls und erfüllte sie mit seliger Vorfreude.

Doch dieses Glücksgefühl hielt nicht lange an, sondern machte tiefer Verzagtheit Platz, als sie durch die riesigen Glasscheiben ins Freie blickte.

Dabei hatte die Aussicht im Grunde nichts Unheilvolles an sich. Was störte, war nur das schier undurchdringliche Dickicht, an dem die zähen Kletterpflanzen schuld waren, die sich vom Wald her langsam des ganzen Grundstücks bemächtigt hatten, die Garagenmauern verhüllten und die Büsche, die einst eigene Formen und Farben gehabt haben mußten, umrankten und erstickten. Sogar die riesigen Eichen, Weiden und Magnolien waren – mit Ausnahme der höchsten Äste – dem Würgegriff des Efeus und wilden Weins hilflos ausgesetzt.

Janet war jedoch nicht bereit, sich von diesen Auswüchsen einer üppigen Vegetation entmutigen zu lassen. Trotz der jahrzehntelangen Schmutzschicht, die immer noch den unteren Teil der Fenster bedeckte, sah sie lebhaft vor sich, wie der Besitz eines Tages zu einem Schmuckstück werden könnte. Gleich morgen – vielleicht auch schon heute Nachmittag – würde sie mit der Beseitigung der Kletterpflanzen beginnen. Als erstes würde sie die Bäume und Hausmauern davon befreien, indem sie die dicken Ranken einfach zerschnitt. Von ihren Wurzeln abgetrennt, würden sie rasch absterben, und dann ließen sie sich leicht abreißen. Am Wochenende würde Jared ihr bestimmt tatkräftig helfen, und mit vereinten Kräften müßten sie das ganze Grundstück in relativ kurzer Zeit roden können. Der Rasen war natürlich völlig ruiniert, aber einige große Büsche hatten eventuell noch eine Überlebenschance. Und auf halbem Wege zwischen Wintergarten und Wald waren die Konturen eines Springbrunnens zu erkennen. Was würde wohl unter dem wilden Wein zum Vorschein kommen?

Bestimmt Marmor – obwohl Janet auch gegen Kalkstein nichts einzuwenden hätte. Jedenfalls war es in ihrer Fantasie ein perfekt proportionierter Springbrunnen: die Fontänen schillerten in allen Regenbogenfarben, und das leise Plätschern wirkte beruhigend. Vielleicht würden sich in dem Auffangbecken sogar Goldfisch tummeln.

Ihre Vision wurde immer genauer, und plötzlich schwebte ihr ein riesiges Wandgemälde vor, das im Eßzimmer oder in einem anderen großen Raum die ganze Längsseite einnehmen würde. Sie wollte das Grundstück so malen, wie es ausgesehen haben mußte, als Teds Vorfahren das Haus erbaut hatten: gepflegte Gärten mit sorgfältig gestutzten Buchsbaumecken und Azaleen- und Rosenbeeten; farbenprächtige Blumen und dazwischen Gartenstühle aus weiß gestrichenem Schmiedeeisen, auf denen anmutige Damen mit Sonnenschirmen sorglos plauderten …

Pointillismus! Ja, das wäre der ideale Stil für dieses Wandgemälde – französisch angehaucht, passend zum allgegenwärtigen Einfluß von New Orleans. Ein Georges Seurat nachempfundenes Werk, lichtdurchflutet und …

Lautes Klopfen an einer der Verandatüren riß Janet jäh aus ihren künstlerischen Träumen und erschreckte sie so, daß sie um ein Haar die Leiter umgestoßen hätte. »Hallo«, rief eine Stimme von draußen. »Ist jemand da?«

Janet rückte die Leiter zurecht und ging dann zur Verandatür. Sie schob den Riegel zurück und drückte auf die Klinke, doch die Tür ließ sich nicht öffnen, weil der Holzrahmen so stark verzogen war, daß die Glasscheibe zu springen drohte.

»Warten Sie!« riet die Stimme zur Vorsicht. »Ich drücke dagegen.«

Janet schloß die Tür, und die Besucherin schlug kräftig gegen die klemmende obere Ecke. Sie bekam die Tür tatsächlich auf, ohne sie zu beschädigen.

»Ich hasse diese alten Holzdinger!« sagte Corinne Beckwith, während sie den Wintergarten betrat. »Die verdammten Rahmen klemmen immer. Vor 150 Jahren mag das alles ja toll in Schuß gewesen sein, aber heute lobe ich mir etwas Modernes, Pflegeleichtes – vorzugsweise aus anlaufgeschütztem Aluminium, das nicht rostet und nicht gestrichen werden muß.« Sie schaute sich um, und Janet konnte ihrer Miene ansehen, daß sie überlegte, wieviel Stunden die Säuberung noch in Anspruch nehmen würde.

»Die anderen Räume sind in demselben Zustand«, gab Janet zu.

Corinne schüttelte langsam den Kopf. »Ich weiß nicht«, seufzte sie, »wahrscheinlich ist es ja bewundernswert, daß Menschen wie Sie ein so gewaltiges Projekt wie die Restaurierung dieses Hause in Angriff nehmen wollen, aber ich glaube, ehrlich gesagt, daß die Einwohner dadurch nur in ihrem Vorurteil bestärkt werden.«

»In welchem Vorurteil?« fragte Janet verwirrt.

»Daß alle Conways verrückt sind«, grinste die Frau des Sheriffs.

Janet reagierte gereizt. »Wenn Sie nur hergekommen sind, um ...«

Corinne hob beschwörend die Hände. »Entschuldigen Sie bitte, ich wollte nur einen kleinen Scherz machen.« Ihr Lächeln verschwand. »Es tut mir wirklich leid! Ich kann mir vorstellen, daß Sie nicht in der Laune für dumme Späße sind, und eigentlich bin ich hier, um mit Ihnen über Ihre Pläne zu sprechen. Wenn Sie hier wirklich ein Hotel eröffnen wollen, werden Sie auf jede Hilfe angewiesen sein, die Sie bekommen können. Vater MacNeill dürfte nämlich nicht der einzige sein, der versuchen wird, Ihnen Knüppel zwischen die Beine zu werfen.«

»Aber er hat doch nur gesagt, daß einige Leute vielleicht Einwände erheben werden.«

Corinne hob zynisch die Brauen. »Das war nur eine Art Geheimcode, Janet.« Sie senkte die Stimme, so als befürchte sie, belauscht zu werden. »Ray, mein Mann, würde mich umbringen, wenn er wüßte, daß ich Ihnen das erzähle, aber Tatsache ist, daß Vater MacNeill nie mit offenen Karten spielt. Das hat er auch gar nicht nötig, denn fast alle Einwohner dieses Städtchens sind Katholiken, und wenn sie nicht selbst in St. Ignatius zur Schule gegangen sind, so tun es jetzt ihre Kinder. Vater Mack hat hier das Sagen, und wenn er Ihren Mann gewarnt hat, daß es Widerstand geben könnte, so heißt das im Klartext, daß er selbst diesen Widerstand organisieren wird.«

Janet warf ihr mit schiefgelegtem Kopf einen fragenden Blick zu. »Und Sie sind keine Katholikin?«

Corinne zuckte die Achseln. »Ich gehe Ray zuliebe in die Kirche, aber ich denke gern selbständig.« Sie vergewisserte sich nervös, daß sie mit Janet allein war. »Ray ist oft nicht glücklich darüber, aber so bin ich nun einmal.«

Janet fand die Frau plötzlich sehr sympathisch. »Möchten Sie vielleicht eine Tasse Kaffee?«

»Wenn ich ihn trinken darf, während Sie mir das Haus zeigen. Seit ich als kleines Mädchen all die Schauermärchen gehört habe, brenne ich darauf, es zu sehen.«

Die Besichtigung dauerte fast eine Stunde, wobei sie allerdings zwischendurch kurz mit Molly spielten und Scout lobten, der auf die Kleine aufpaßte. Als sie endlich wieder in der Küche saßen und sich den Rest Kaffee teilten, gab Corinne ihre Ansicht zum Besten:

»Ihr Mann hat recht, es ließe sich ein fantastisches Hotel daraus machen.«

Janet hakte sofort nach. »Trotzdem klingt das nicht so, als wären Sie Feuer und Flamme für das Projekt.«

Mrs. Beckwith schürzte die Lippen. »Es geht mich ja eigentlich nichts an, aber … reicht das Treuhandvermögen für alle Renovierungsarbeiten aus?«

Janet nickte.

»Und Ihr Mann kann ein Hotel leiten, solange er …« Corinne verstummte verlegen mitten im Satz.

Sie weiß es, dachte Janet. *Sie weiß über Teds Problem Bescheid.* Zorn stieg in ihr auf. Wer mochte es dieser Frau zugetragen haben? Oder hatte Corinne selbst herumgeschnüffelt und ihre Nase in Angelegenheiten gesteckt, die sie nichts angingen? Janet gebot ihren Gedanken genauso schnell Einhalt wie Corinne zuvor ihre unbedachten Worte. Sie rief sich ins Gedächtnis, daß in Kleinstädten wie St. Albans leider Gottes jeder über jeden Bescheid wußte. Leugnen wäre deshalb völlig sinnlos.

»Sie meinen – solange er nüchtern bleibt?« vollendete sie Corinnes Satz, und als die Frau nickte, atmete Janet tief durch. »Ja, solange er sich nicht betrinkt, kann er ein Hotel großartig leiten, und ich hoffe, daß er es schafft, nüchtern zu bleiben. Voraussetzung ist natürlich, daß wir die Genehmigungen erhalten. Gibt es sonst noch Probleme?«

Corinne entschloß sich, genauso aufrichtig wie Janet zu sein. »Ja, das Haus und die Familie Ihres Mannes«. Sie bestätigte somit Janets Vermutung, daß in der Stadt wilde Gerüchte kursierten. »Seit gestern laufen hier alle Telefone heiß, und es hat ganz den Anschein, als sei an der Geschichte, daß Cora Conway hochschwanger war, als ihr Mann starb, doch etwas Wahres. Mindestens ein halbes

Dutzend Leute erinnert sich genau daran. Doch als man sie fand, war sie es nicht mehr! Es wurde vermutet, daß der Schock beim Anblick des Erhängten die Wehen ausgelöst hatte, und daß sie das Baby kurz darauf zur Welt brachte ... Das Problem besteht nun darin, daß dieses Baby nie gefunden wurde. Es gibt auch keinen Eintrag im Geburtenregister.«

»Vielleicht war es eine Totgeburt«, warf Janet ein.

»Auch das wäre registriert worden. Und da ist noch etwas anderes: Erinnern Sie sich an den Mann, der gestern vor dem Friedhof stand – Jake Cumberland?«

Janet erschauerte willkürlich. »Den werde ich nie vergessen. Er starrte uns an, als haßte er uns, dabei kennt er uns überhaupt nicht.«

»Wahrscheinlich haßt er Sie wirklich«, bestätigte Corinne. »Seine Mutter war die Haushälterin von George und Cora Conway, und auch sie verschwand an jenem Tag.«

»Sie verschwand?« wiederholte Janet. »Was meinen Sie damit?«

»Ich weiß selbst nichts Genaues«, gab Corinne zu. »Es wird alles mögliche gemunkelt, und ich weiß nicht, was ich davon halten soll. Offenbar war Jakes Mutter, sie hieß Eulalie, eine Art Voodoopriesterin.«

»Also wirklich ...«, begann Janet, aber Corinne wehrte mit einer Hand ab.

»Lassen Sie mich ausreden. Nach allem, was ich gehört habe, glaubte Eulalie, in diesem Haus gehe etwas Böses vor – das sollten ihre Worte gewesen sein –, und sie beschloß, diesen Bösen Einhalt zu gebieten. Zu diesem Zweck fertigte sie eine Puppe an.«

»Eine Voodoo-Puppe?« murmelte Janet ungläubig. »Hören Sie mal, Corinne, an diesen Unsinn glaubt doch kein Mensch!«

»O doch, viele glauben daran«, widersprach Corinne. »Auch Eulalie Cumberland hat felsenfest daran geglaubt.«

Die Frau des Sheriffs fiel ihr wieder ins Wort. »Genaues

wußte niemand, mit dem ich gesprochen habe, aber die Puppe existierte offenbar. Und in der Nacht vor George Conways Selbstmord hatte es im Garten gebrannt. Als er und Cora dann gefunden wurden, waren Eulalie und das Baby verschwunden.«

»Aber warum geben die Leute Teds Familie die Schuld, wenn sie andererseits glauben, daß Eulalie das Baby entführt hat?«

»Das glaubt niemand«, entgegnete Corinne. »Alle sagen, daß Eulalie ihren Sohn Jake nie allein zurückgelassen hätte. Er war damals noch ein Kind und hatte keinen Menschen außer seiner Mutter. Wenn sie St. Albans verlassen hätte, ob nun mit Coras Baby oder ohne, hätte sie Jake mitgenommen, darüber sind sich hier alle einig.«

»Und was ist der allgemeinen Ansicht nach passiert?« fragte Janet, obwohl sie schon wußte, welche Antwort sie bekommen würde.

Nach kurzem Zögern antwortete Corinne: »Alle, mit denen ich geredet habe, sind davon überzeugt, daß George und Cora der Haushälterin etwas angetan haben, und daß in St. Albans nichts Schlimmes mehr geschehen ist, seit die Conways dieses Haus verlassen haben.«

Janet schaute der Besucherin tief in die Augen. »Und jetzt befürchten sie, daß wieder schlimme Dinge passieren könnten, weil wir jetzt hier sind?«

Corinne nickte.

»Ich kann das einfach nicht glauben!« Janet hatte Mühe, ihren Zorn zu zügeln. »Und was wollen die Leute tun – uns mit Heugabeln jagen, wie die Dorfbewohner in *Frankenstein*?«

Corinnes Lippen verzogen sich zu einem gezwungenen Lächeln. »Etwas subtiler werden sie wohl vorgehen, aber im großen und ganzen haben Sie die Situation erfaßt.«

Janets Wut verwandelte sich in kalte Entschlossenheit, und sie vergaß ihre Zweifel, ob Ted diesmal seine Versprechen halten würde. Wenn Corinne Beckwith oder sonst irgend jemand glaubte, die Conways würden einfach wieder ihre Koffer packen und die Stadt verlassen, so irrten diese selbstgerechten Spießer sich gewaltig.

»Nur wenn wir aus eigenem Verschulden scheitern, werden wir von hier verschwinden«, sagte sie ruhig. »Vertreiben lassen wir uns nicht – von niemandem!«

11. Kapitel

Ted saß in der behaglichen dunklen Bar und starrte seinen Drink an: Whisky pur mit einem Schuß Zitronensaft zur Geschmacksabrundung. Eine leise Stimme in seinem Hinterkopf riet ihm, den Drink stehenzulassen und nach Hause zu fahren.

Halt die Klappe, flüsterte er dieser inneren Stimme verdrossen zu. *Ich habe mir einen Drink redlich verdient. Was ist denn schon dabei?*

Er hob das Glas und betrachtete die klare Flüssigkeit, so als wollte er die Stimme seines Gewissens zu weiteren Einwänden herausfordern.

Sie schwieg, und Ted führte das Glas an seine Lippen, leerte es in einem Zug und schob es über die Theke. Der Barkeeper – ein genauso widerlicher Kerl wie Tony! – reagierte sofort auf die stumme Bestellung, und während er einschenkte, musterte Ted sich im Spiegel hinter der Bar. Warum, zum Teufel, war er den ganzen Tag über von allen Leuten angeglotzt worden? An seinem Äußeren war nicht das geringste auszusetzen. Verdammt, er sah tausendmal besser aus als die meisten Typen, mit denen er es heute zu tun gehabt hatte! Doch es waren nicht nur die Blicke, die ihn so maßlos geärgert hatten, es war auch das Verhalten der Leute.

Es hatte gleich am Morgen begonnen, kaum daß er aus dem Haus gegangen war. Er wollte zum Baumarkt, um alles zu besorgen, was er zum Abschleifen und Versiegeln des Bodens im Eßzimmer benötigte. Als er aber am Stadtzentrum vorbeifuhr, fiel ihm ein kleines Gebäude, aus Ziegeln gebaut, mit Säulenportal und Kuppel ins Auge – das Rathaus von St. Albans. Und plötzlich hatte er wieder die Bemerkungen nach dem Begräbnis seiner Tante im Ohr.

Wenn Sie ein Hotel eröffnen wollen, müssen Sie mit erheblichem Widerstand rechnen ...

Ich hoffe, daß Sie auf einen Kampf gefaßt sind ...

Falls es Probleme geben sollte, möchte ich wenigstens von Anfang an wissen, woran ich bin, sagte er sich und parkte den Toyota einen halben Block vom Rathaus entfernt. Als er dann zurückschlenderte, nickte er den wenigen Passanten freundlich zu: einer Frau, die etwa in seinem Alter sein mußte und einen kleinen Jungen – vielleicht ein Jahr älter als Molly – an der Hand hielt, sowie einem etwa sechzigjährigen Mann, der einen Overall und eine schmierige Baseballkappe trug, unter der graue Haarsträhnen hervorhingen.

Weder der Mann noch die Frau erwiderten Teds höflichen Gruß, obwohl sie ihn gehört haben mußten. Er hatte das Gefühl, daß die beiden genau wußten, wer er war.

Das Begräbnis, dachte er. *Sie haben uns beim Begräbnis gesehen, und sie haben die alten Geschichten über Onkel George und Tante Cora gehört.* Nun ja, in Kleinstädten gab es zwangsläufig viele Kleingeister mit engem Horizont. Doch bestimmt gab es auch viele vernünftige Menschen, die ihre Vorurteile gegen die Conways nicht automatisch auf ihn übertragen würden.

Im Rathaus, das auf den ersten Blick völlig verlassen wirkte, suchte er nach dem Baureferat und beschloß, sein Glück im Büro des Stadtsekretärs zu versuchen. Hinter einem langen Schalter, der geöffnet war, standen zwei Schreibtische. An einem saß eine tüchtig aussehende junge Frau mit kurzen blonden Haaren, am anderen ein Mann, der Teds Einschätzung nach längst in den Ruhestand gehörte.

Das Schild auf seinem Schreibtisch wies ihn als STADTSEKRETÄR Jefferson Davis Houlihan aus.

»Kann ich Ihnen behilflich sein?« fragte die Blondine lächelnd, wenn auch ohne große Herzlichkeit. Das Namensschild auf ihrem Schreibtisch, viel kleiner als das ihres Vorgesetzten, verriet, daß sie Amber Millard hieß.

»Ich hätte gern eine Auskunft über die Flächenaufteilung des Gebietes, zu dem mein Besitz gehört«, erwiderte Ted. Bildete er es sich nur ein, oder tauschte Amber Millard wirklich einen verstohlenen Blick mit ihrem Chef? Als er ihr die Adresse nannte und sah, daß ihr Lächeln förmlich einfror, wußte er, daß er sich nicht geirrt hatte.

»Das ist ein reines Wohngebiet«, sagte sie so schnell, als hätte sie es bereits überprüft, und ihre nächsten Worte bestätigten Teds Vermutung: »Ich kann Ihnen eine Kopie geben, denn vorhin war bereits schon jemand da, der sich danach erkundigt hat.« Sie stand auf und überreichte Ted ein Blatt Papier.

Er las das Schiftstück sorgfältig durch, obwohl sie ihm den Inhalt ja bereits verraten hatte. »Können Sie mir sagen, wer hier Erkundigungen über mein Haus eingezogen hat?«

Amber Millard schaute hilfesuchend zu ihrem Chef hinüber.

»Das dürfen wir nicht, es wäre ein Verstoß gegen die Schweigepflicht!« verkündete Jefferson Davis Houlihan.

Ted hätte ihn liebend gern gefragt, ob er sich zuviel Anwaltsserien im Fernsehen anschaute, wollte den Mann aber nicht durch ironische Bemerkungen verärgern. Nachdem er die Fotokopie noch einmal überflogen hatte, bat er Amber Millard höflich: »Ich brauche ein Formular, um eine Änderung dieser Festlegung beantragen zu können.«

Houlihan antwortete anstelle seiner Assistentin: »Ich bin nicht sicher, ob wir so was überhaupt haben. Seit mindestens zwanzig Jahren hat kein Mensch ein solches Formular benötigt.«

Ted gab sich jetzt keine Mühe mehr, seine Gereiztheit zu

verbergen. »Hätten Sie vielleicht die Güte, danach zu suchen?«

»Mit Güte hat das nichts zu tun.« Houlihan erhob sich betont langsam. »Ich weiß nur nicht, wo ich mit der Suche beginnen soll.« Sein Sarkasmus war unüberhörbar. »Am besten wär's, wenn Sie in ein bis zwei Wochen noch einmal vorbeikommen ...«

Als Ted das Rathaus wenige Minuten später unverrichteter Dinge verließ, sehnte er sich nach einem Drink, und dieses Bedürfnis wurde im Laufe des Tages immer stärker, denn er erlebte überall dieselbe Situation wie im Rathaus.

Niemand war unhöflich. Niemand kehrte ihm den Rücken zu. Die meisten Leute erwiderten sogar sein Lächeln.

Anfangs versuchte er sich noch einzureden, eine gewisse Reserviertheit gegenüber Fremden sei in einer Kleinstadt, wo jeder jeden ein Leben lang kannte, ganz normal. Es würde vielleicht eine Weile dauern, aber wenn sie ihn besser kennenlernten, würden sie ihn akzeptieren, spätestens wenn das Hotel eröffnet war und die Restaurants und Läden im Zentrum von diesen Hotelgästen profitierten. *Geld regiert die Welt,* rief er sich ins Gedächtnis, *und mein Geld ist nicht schlechter als das anderer Leute.*

Niemand weigerte sich, ihm etwas zu verkaufen.

Als er gegen Mittag nach Hause fuhr, den Kofferraum voll mit Materialien für die Renovierung hatte er schon fast 500 Dollar ausgegeben, und am Nachmittag, nachdem Janet ihm von Corinne Beckwiths Besuch erzählt hatte, gab er noch erheblich mehr aus.

Er bestellte Farben und Tapeten, Schiefer für das Dach und komplette neue Ausstattungen für alle Badezimmer. Er verbrachte eine Stunde im einzigen Möbelgeschäft von St. Albans, blätterte in allen Katalogen und nahm ein halbes Dutzend – die besten und teuersten – mit nach Hause, um zusammen mit Janet die endgültige Auswahl zu treffen.

Er redete mit Installateuren, Elektrikern, Dachdeckern und anderen Handwerkern, die ihm bei der Renovierung helfen mußten. »Geld spielte keine Rolle«, versicherte er allen und hinterließ die Telefonnummer von Bruce Wilcox, damit der Anwalt ihnen bestätigen konnte, daß es keine finanziellen Problem gab. »Mir kommt es auf erstklassige Arbeit an.«

Alle hörten aufmerksam zu.

Alle verkauften ihm, was er haben wollte.

Aber alle, Installateure, Elektriker, Dachdecker sagten im Prinzip das gleiche: »Ich weiß nicht … Zur Zeit bin ich sehr beschäftigt … Und das Haus ist in einem so miserablen Zustand, daß es vernünftiger wäre, es abzureißen.«

Gegen Abend konnte Ted diesen Blödsinn kaum noch hören. Er kaufte im Supermarkt gewissenhaft noch alles ein, was Janet aufgeschrieben hatte, und beschloß dann, daß ein Abstecher in die Spirituosenhandlung nichts schaden konnte.

Ein paar Flaschen Bourbon, ein paar Flaschen Gin. Viele Flaschen Wodka.

Er hatte einen harten Tag hinter sich. Er hatte Anspruch auf ein bißchen Alkohol.

Die Kassiererin verzog keine Miene, aber in ihren Augen glaubte sie zu lesen: *Hau ab, wir wollen dich hier nicht haben!*

Und während er jetzt an der Bar saß und sich im Spiegel betrachtete, fluchte er insgeheim: *Zum Teufel mit euch allen! Ich bin hier, und ich bleibe hier!* Er leerte auch das zweite Glas auf einen Zug, warf einen Schein auf die Theke und ging hinaus.

Der Barkeeper freute sich zwar über das üppige Trinkgeld, doch das hielt ihn nicht davon ab, zum Telefon zu greifen.

»Er war da und hat Wodka pur getrunken«, berichtete er.

»Ausgezeichnet«, sagte Vater MacNeill am anderen Ende der Leitung. »Hoffentlich trinkt er sich zu Tode!«

Der Abend senkte sich wie ein Leichentuch über das Haus. Janet versuchte sich einzureden, daß nur das Wetter an ihrer düsteren Stimmung schuld war, die für Mitte September ganz untypische Hitze und Feuchtigkeit, die bleiern auf St. Albans lastete. Corinnes Besuch hatte sie zu ungeheurem Tatendrang beflügelt, doch diese trotzige Entschlossenheit ließ nach, als die Kinder nach Hause kamen. Während Jared sich relativ gelassen gab, machte Kim keinen Hehl aus ihren Gefühlen, was nicht zuletzt daran lag, daß Muffin nicht wieder aufgetaucht war.

»Ihr muß etwas zugestoßen sein«, jammerte sie, nachdem sie lange vergeblich nach der Katze gerufen hatte.

»Katzen können ganz schön unabhängig sein«, erwiderte Janet. Ohne ihrer Tochter jede Hoffnung rauben zu wollen, hielt sie es doch für richtig, Kim auf die Möglichkeit vorzubereiten, daß sie ihr Haustier nie wiedersehen würde. »Vielleicht hat es ihr hier einfach nicht gefallen, und sie hat sich ein neues Zuhause gesucht.«

»So etwas würde Muffin niemals tun!« protestierte Kim.

»Na ja, vielleicht kommt sie ja doch noch zurück. Wie war denn euer erster Schultag?« fragte Janet, um das Thema zu wechseln, wünschte aber gleich darauf, sie hätte es nicht getan.

»Grauenhaft!« stöhnte Kim, holte zwei Dosen Cola aus dem Kühlschrank und warf eine davon ihrem Bruder zu. In den nächsten zwanzig Minuten mußte Janet sich einen ausführlichen Bericht über die Demütigung der Zwillinge anhören. »Und dabei war es nicht einmal Jareds Schuld«, schloß Kim empört. »Schwester Clarence hat ihn nicht einmal gefragt, ob er den Zettel geschrieben hat, und er hat natürlich nicht gepetzt.«

»Du hast doch gesehen, wie sie uns behandelt hat, obwohl es unser erster Schultag war«, warf Jared ein. »Wenn ich ihr erzählt hätte, daß der Zettel von Luke Roberts stammte, hätte sie ihn bestimmt vom Unterricht ausgeschlossen oder stundenlang nachsitzen und 2000 Ave Maria oder so was Ähnliches beten lassen!«

Kim verdrehte die Augen zur Decke und wunderte sich

wieder einmal über die Ausgeglichenheit ihres Bruders. Er war weder aufbrausend noch nachtragend, wenn jemand ihn in Schwierigkeiten brachte, und er fand es selbstverständlich, anderen zu helfen. »Gibst du wenigstens zu, daß Schwester Clarence ein totales Arschloch ist?« fragte sie angriffslustig.

»Kim!« Janet warf ihrer Tochter einen strafenden Blick zu, obwohl das Schimpfwort ihr viel weniger Sorgen bereitete als der Verdacht, daß hinter dem bedauerlichen Vorfall in der Schule viel mehr steckte, als Kim ahnen konnte.

Vater MacNeill!

Aber der Priester würde doch bestimmt nicht so weit gehen, eine Lehrerin gegen ihre neuen Schüler aufzuhetzen. Oder doch? Das Problem setzte Janet zu und raubte ihr einen Großteil der Energie, die sie tagsüber verspürt hatte.

Und dann kam Ted nach Hause. Noch bevor sie ihn gesehen hatten, wußten alle, was los war. Sie lebten schon so lange damit, daß sie es spürten, ohne ihre fünf Sinne zu Hilfe nehmen zu müssen.

Die Aura des Alkohols!

Während Janet mit einer Gabel in den Braten stach, den es zum Abendessen geben sollte, fing sie einen beredten Blick zwischen den Zwillingen auf, der nicht schwer zu deuten war: *Dad ist wieder betrunken!*

Molly begann zu weinen, so als hätte der Gedankenaustausch ihrer Geschwister sie mit einbezogen. Vielleicht hatte sie aber selbst schon ein feines Gespür für den Zustand ihres Vaters entwickelt.

Sobald Ted die Küche betrat, sahen sich alle in ihren Befürchtungen bestätigt. Sein Gang war übertrieben vorsichtig, seine Sprechweise übertrieben langsam.

»Warum starrt ihr mich alle an?« fragte er angriffslustig, und die Anspannung der anderen wuchs, als sie seine Stimmung bemerkten.

Kim und Jared bemühten sich schweigend, ihren Vater

nicht anzuschauen, seinem Blick aber andererseits auch nicht zu auffällig auszuweichen.

Mollys Weinen ging in lautes Geschrei über.

»Verdammt, muß die Göre denn jedesmal plärren, wenn ich hereinkomme« knurrte Ted.

Während Janet ihre Jüngste hochhob und tröstend in den Armen wiegte, mußte sie sich auf die Zunge beißen, um nicht wütend zu erwidern: *Das tut sie nur, wenn du getrunken hast!* Statt dessen sagte sie: »Das Abendessen wird in wenigen Minuten fertig sein.«

»Dann kann Jared ja vorher noch den Wagen entladen, wenn das nicht zuviel verlangt ist!« Teds Sarkasmus und der aggressive Blick, mit dem er seinen Sohn bedachte, waren deutliche Warnsignale, daß er jederzeit explodieren konnte.

»Kein Problem«, versicherte Jared und eilte hinaus, dicht gefolgt von Kim, die heilfroh war, einen Vorwand zur Flucht aus der ungemütlichen Küche zu haben.

»Was ist denn mit der los?« brummte Ted. »Sehe ich so aus, als hätte ich irgendeine ansteckende Krankheit?«

Janet zwang sich wieder, den Mund zu halten, doch als Jared einen großen Karton mit hochprozentigen Spirituosen anschleppte, war es um ihre Selbstbeherrschung geschehen.

»Du hattest versprochen, nicht mehr zu trinken!« fuhr sie Ted an. Ihre Stimme bebte vor Zorn, obwohl sie hoffte, die unvermeidliche Auseinandersetzung mit ihrem Mann hinausschieben zu können, bis sie allein sein würden. Aber dafür war es schon zu spät: Teds Augen schleuderten Blitze.

»Daß ich das Zeug mitgebracht habe, bedeutet noch lange nicht, daß ich es auch trinken werde!«

Janet verzichtete auf eine scharfe Erwiderung. Trotzdem war Ted nicht mehr zu bremsen.

»Ihr macht mich alle ganz krank!« schrie er. »So wie ihr euch aufführt, ist es doch kein Wunder, wenn ich mir hin und wieder ein Glas genehmige!« Er hob den Karton auf, wobei er fast das Gleichgewicht verlor, schaffte es dann aber doch, auf den Beinen zu bleiben. »Essen könnt ihr allein! Mir ist der Appetit vergangen.« Er stolperte in Richtung des großen Eßzimmers, und Jared wollte ihm folgen, aber Janet hielt ihren Sohn zurück.

»Nein, laß ihn in Ruhe! Wir werden uns das Abendessen eben ohne ihn schmecken lassen.«

Das gelang natürlich nicht. Janet versuchte sich zwar immer noch einzureden, daß alle nur unter der Schwüle litten, doch der wahre Grund für die beklemmende Atmosphäre war ihr genauso bewußt wie den Zwillingen.

Irgendwo im Haus trank Ted ...

Gleich nach dem Abwasch zogen Jared und Kim sich in ihre Zimmer im ersten Stock zurück, angeblich, um Hausaufgaben zu machen und die restlichen Umzugskartons auszupacken. Als Jared sogar Molly mitnahm – »Komm, Mäuslein, wenn wir arbeiten müssen, sollst du auch nicht faulenzen!« – verstand Janet seien verschlüsselte Botschaft:

Wir wollen nichts mit Dad zu tun haben.

Sie blieb allein in der Küche zurück und trödelte absichtlich herum, um sich der Auseinandersetzung mit ihrem Mann noch eine Weile zu entziehen. Zugleich lauschte sie der Stimme ihrer Mutter, die ihr eindringlich riet: *Verlaß ihn! Nimm die Kinder und verlaß ihn. Er ist ein Lügner, er ist ein Säufer, und welche Probleme er auch haben mag, du bist nicht schuld daran. Laß dich nicht von ihm zerstören und laß nicht zu, daß er die Kinder zerstört. Geh, bevor es zu spät sein wird!*

Sie hörte die Worte so deutlich, als würde ihre Mutter am Küchentisch sitzen, und das rüttelte sie auf. Natürlich hatte sie sich diese Ratschläge auch selbst schon hundertmal gegeben, hatte aber immer sofort Gegenargumente zur Hand gehabt.

Sie wußte, daß sie hauptsächlich aus Angst so lange bei Ted ausgeharrt hatte: Angst, die Kinder allein aufziehen zu müssen; Angst, allein für ein Dach über dem Kopf, für Essen und Kleidung sorgen zu müssen ... Doch an diesem schwülen Abend hatte sie ihre Ängste endlich überwunden. Jetzt fürchtete sie sich nur noch vor dem Hierbleiben. Von der Schwelle der offenen Hintertür aus schaute sie nach draußen: Der Himmel war bleischwarz, weil dunkle Wolken die Sterne verhüllten, und in dieser Finsternis glaubte sie all jene Mächte zu sehen, die sich gegen sie verbündet zu haben schienen.

Den Priester, dessen warnende Worte ihr jetzt, im Dunkeln, viel bedrohlicher vorkamen als auf dem sonnigen Friedhof.

Jake Cumberland, der Coras Begräbnis außerhalb des Friedhofes mit verfolgt hatte.

All jene Leute, von denen Ted ihr beim Mittagessen berichtet hatte; Leute, die aus irgendwelchen Gründen keine Conways in St. Albans haben wollten und keinen Hehl aus ihren Gefühlen machten.

Schwester Clarence, die Kim und Jared am ersten Schultag gedemütigt hatte.

Was hielt sie denn hier schon?

Dieses Haus, in dem sie kostenlos wohnen konnte? Das Geld, das es Ted ermöglichen würde, noch mehr als bisher zu trinken?

Warum hatte sie geglaubt, daß er das Saufen jetzt wirklich aufgeben wollte? Sie war genau so töricht wie all jene Frauen, die in den Fernseh-Talkshows berichteten, daß sie bei ihren Männern blieben, obwohl sie geschlagen, betrogen und gedemütigt wurden. Worin unterschied sie sich von ihnen?

Gewiß, Ted schlug sie nicht, und er betrog sie nicht.

Na und?

Dafür belog er sie ständig – seit vielen Jahren. Warum hatte sie ihn diesmal geglaubt?

Töricht, töricht, töricht!

Aber jetzt war endgültig Schluß damit.

Sie schloß energisch die Hintertür, um die Dunkelheit auszusperren, und ihre Stimmung hob sich, als sie das Erdgeschoß nach Ted abzusuchen begann. Die Erleichterung, die sie verspürte, zeigte ihr noch deutlicher als ihr Verstand, daß sie endlich die richtige Entscheidung getroffen hatte. Ihr blieb gar keine andere Wahl, denn wenn sie und die Kinder hierblieben, würde ihnen etwas Schreckliches zustoßen!

Ihnen allen!

Sie fand ihren Mann in dem kleinen Hobbyraum hinter dem Wohnzimmer. Er lag auf dem abgewetzten Sofa, das sie aus Shreveport mitgebracht hatten, ein Glas in der Hand, eine halbleere Flasche Wodka neben sich auf dem Fußboden.

»Ich verlasse dich morgen«, sagte Janet ohne Umschweife. »Die Kinder, Scout und Muffin, falls sie bis dahin zurückkommt, nehme ich mit, ebenso das Auto!«

Ted taumelte auf die Beine und machte einen Schritt auf sie zu, verlor dann aber das Gleichgewicht und mußte sich am Kaminsims festhalten, um nicht hinzufallen. »Du gehst nirgendwohin!« lallte er mit schwerer Zunge.

Janet war nicht bereit, sich auf einen Streit einzulassen. Nachdem sie sich endlich zu diesem Entschluß durchgerungen hatte, fühlte sie sich so ausgeglichen wie seit Jahren nicht mehr. »Es ist vorbei, Ted.« Ihre ruhige Stimme ließ ihn aufhorchen. »Ich habe deine unzähligen Lügen und gebrochenen Versprechen endgültig satt!« Sie musterte das Zimmer, das ein Abbild ihres Lebens zu sein schien. In den letzten Tagen hatte sie das Haus mit Teds Augen betrachtet und sich von seinen Zukunftsvisionen einlullen lassen. Doch jetzt sah sie die harte Realität: abblätternde Tapeten, fleckiger Verputz, ein schmutziger, beschädigter Kronleuchter ... Und alle anderen Räume waren in ähnlichem Zustand! »Schau dich doch um«, fuhr sie fort. »Dieses Haus ist wie unsere Ehe – durch und durch verrottet! Man hätte es schon vor Jahren abreißen sollen!« Teds Hand ballte sich zur Faust, aber Janet ließ sich auch davon nicht einschüchtern. »Verschon mich mit irgendwelchen Drohgebärden und mit leeren Versprechen! Beides nützt nichts mehr.« Sie wandte sich zum Gehen, drehte sich aber auf der Schwelle noch einmal um. »Die Mühe des Treppensteigens kannst du dir sparen, denn die Schlafzimmertür wird verriegelt sein!«

Janet durchquerte das Wohnzimmer und die Halle. Erst auf halber Treppe wurde sie von Teds Stimme überrascht.

»Du wirst mich nicht verlassen!« brüllte er. »Du wirst mich nie verlassen!«

Seine unbändige Wut machte ihre Ruhe zunichte. Sie hetzte die restliche Treppe hinauf, flüchtete ins Schlafzimmer und schob den Riegel vor. Die dicke Eichentür würde Ted fernhalten, aber vor seiner Stimme war sie auch hier nicht geschützt.

»Hast du mich verstanden?« tobte er im Erdgeschoß, und das Echo hallte wie Donnergrollen im ganzen Haus wider. »Du wirst mich nie verlassen!«

12. Kapitel

Es wird Zeit.

Obwohl Jake Cumberland seit Sonnenuntergang fest geschlafen hatte, sagte ihm eine innere Stimme, daß die Zeit gekommen war. Sofort hellwach, warf er die zerlumpte Decke beiseite, die ihn seit seiner Kindheit wärmte, und schwang seine Füße geschmeidig auf den nackten Holzboden. Während er seine Hose anzog, wurde leise an die Tür der Hütte gekratzt: Auch seine beiden gelben Hunde spürten, daß es Zeit wurde: »Eile mit Weile!« rief er, und beim Klang seiner Stimme beruhigten die Tiere sich sofort. Er schlüpfte in ein total verblichenes kariertes Hemd mit ausgefransten Ärmeln, zündet eine Kerze an und ging dann zur Tür und öffnete sie einen Spalt. Die Hunde, die so mager waren, daß ihre Rippen sich unter dem räudigen Fell abzeichneten, huschten in den Raum und schnupperten begierig, ob ihr Herr irgendein Futter für sie hatte. »Später«, vertröstete Jake die hungrigen Tiere und schloß die Tür, um die Dunkelheit draußen zu lassen.

Die Hunde ließen sich auf den Boden fallen und legten ihre Köpfe auf ihre Vorderpfoten. Sie beobachteten Jake aus blutunterlaufenen Augen, die im Kerzenschein wie glühende Kohlen aussahen. Als er vier weitere Kerzen anzündete und in einer Reihe auf die zerschrammte Fichtenplatte neben der Spüle stellte, spannten die Tiere ihre Muskeln an, und der Kehle des kleineren Hundes entrang sich ein schwaches Winseln. »Still!« befahl Jake. Das Tier duckte sich ängstlich und gab keinen Laut mehr von sich.

Vom Rauch der fünf Kerzen eingehüllt, ging Jake zu der Truhe, die in einer Ecke stand – der Truhe seiner Mutter – und öffnete sie. Zuoberst befand sich ein flaches Tablett, sechsfach unterteilt, das mit verschiedenen Döschen und Phiolen gefüllt war. Unter dem Tablett lag das Altartuch seiner Mama, aber er hütete sich davor, es zu berühren, solange er nicht wußte, welche ihrer Zaubermittel er verwenden mußte.

Die Magie beginnt zu wirken, sobald du es entfaltest, hatte sie ihm erklärt, als er noch ein Junge war. *Deshalb mußt du gut vorbereitet sein. Du mußt genau wissen, was du tun willst, und was du dazu benötigst.*

Aber woher weißt du, was du brauchst? Hatte Jake erstaunt gefragt, während er seine Mutter beobachtete, die mit geschlossenen Augen ihre Hände über dem Tablett kreisen ließ, bevor sie zielsicher ihre Auswahl traf.

Die Magie sagt es mir, hatte sie geantwortet.

Jetzt kniete Jake vor der Truhe nieder und tat es seiner Mutter gleich: Er streckte seine Hände dicht über dem Tablett aus, schloß die Augen und hob das Gesicht zur Decke empor.

»Hilf mir«, bat er. »Hilf mir, Mama!«

Hinter ihm hoben die Hunde ihre Köpfe und sprangen auf. Mit gesträubtem Nackenfell streckten beide eine Vorderpfote in die Luft. Ihre Schwänze bildeten eine Gerade mit ihren Körpern. In dieser Haltung verharrten sie regungslos, während Jake seine Hände über das Tablett in der offenen Truhe hielt.

Nach einer Weile begann sich seine Rechte über den Gefäßen zu bewegen, und was zunächst wie ein zufälliges Hin und Her aussah, ergab bald ein bestimmtes Muster, denn seine Finger verharrten immer wieder für kurze Zeit über denselben fünf Behältern.

Mit geschlossenen Augen, das Gesicht der Decke zugewandt, nahm er diese Gefäße vom Tablett.

Angespannt beobachteten die Hunde das Tun ihres Herrn.

Erst als alle fünf Gegenstände auf dem Boden neben der Truhe lagen, öffnete Jake die Augen. Behutsam, fast ehrfürchtig hob er das Tablett hoch und stellte es auf seinem Bett ab. Dann griff er mit zitternden Händen nach dem Altartuch seiner Mama, das er noch nie berührt, geschweige denn benutzt hatte. Sogar jetzt, im flackernden Kerzenlicht zögerte er sekundenlang.

Das dunkle Bündel, das mit violetten Bändern verschnürt war, die sich kaum vom schwarzen Stoff abhoben, schien zu pulsieren, so als wäre es lebendig und wollte sich von seinen Fesseln befreien.

Die Magie.

Die Magie seiner Mutter.

Mit bebenden Fingern nahm er das Bündel aus der Truhe, trug es zum Tisch, knotete vorsichtig die Bänder auf, glättete sie und rollte sie zusammen, so wie seine Mutter es immer getan hatte. Aus jahrzehntelanger Gefangenschaft erlöst, fiel ein kunstvoll bestickter Zipfel des Altartuchs in Jakes Hände – eine stumme Aufforderung, es vollends zu entfalten. Der weiche tintenschwarze Samt schien das Kerzenlicht ausgehungert zu verschlucken. Jake faßte sich plötzlich ein Herz und schüttelte das Bündel mit ausgebreiteten Armen, bis das geschmeidige Material den Tisch in üppigen Falten umhüllte – ein dunkler Mantel, vergleichbar der Finsternis, die sich schon vor Stunden über die Hütte gesenkt hatte. Als Jake das Tuch auf der Tischplatte glattstrich, verschwanden Knitterfalten und Stockflecken, und die Ecken reichten fast bis zum Boden.

In der Mitte war ein goldener Stern gestickt – fünf Dreiecke, deren Grundflächen ein regelmäßiges Fünfeck ergaben. Auf jede Zacke dieses Pentagramms stellte Jake eine Kerze, und als die letzte an der richtigen Stelle stand, erstrahlte sie so hell, daß sie mit ihrem Licht sogar die Schatten in den hintersten Ecken der Hütte vertrieben. Doch gleich darauf wurde es wieder schwächer, so als hätte ein unsichtbares Wesen am Docht einer Petroleumlampe gedreht.

Gleichzeitig hatte das Altartuch sich irgendwie verändert. Das Pentagramm schien sich geöffnet zu haben, und Jake hatte den Eindruck, in einen bodenlosen Abgrund zu blicken.

Ihm war schwindelig, und er befürchtete, in diese dunkle Tiefe zu stürzen und von ihr verschlungen zu werden – so wie das Feuer, das er vor vierzig Jahren beobachtet hatte, seine Mama verschlungen hatte.

Die beiden Hunde knurrten vor Unbehagen, doch als Jake sich vom Altar abwandte, waren sie still.

Jake nahm das erste der fünf Gefäße, die er auf dem Tablett ausgewählt hatte, zur Hand, schraubte den Deckel des Döschens ab und rieb eine Prise vom zermahlenen Hauer eines Keilers in das erste Dreieck des Pentagramms.

Die Kerzenflamme an der Zacke dieses Dreiecks loderte hoch auf, und Jake murmelte ein Gebet: »Möge dein Bauch aufreißen, und mögen deine Eingeweide hervorquellen!«

Aus der zweiten Dose nahm er den gebogenen Dorn einer Wildrose. »Möge dir die Haut abgezogen werden, und möge das Blut in Strömen aus deinen Wunden fließen!« Die zweite Kerze loderte auf.

Jake entstöpselte eine der beiden Phiolen, und der Gestank von Stinktieröl breitete sich im Zimmer aus. Während er einen Tropfen auf das dritte Dreieck fallen ließ, sprach er eine weitere Beschwörungsformel: »Mögen deine Lungen verbrennen, und möge Eiter deine Kehle verstopfen!«

Ins vierte Dreieck legte er den abgebrochenen Stachel eines Stachelschweins: »Mögen dir die Augen ausgestochen werden, und möge ewige Finsternis dich umgeben!«

Schließlich öffnete er die zweite Phiole und gab einen Tropfen der klaren Flüssigkeit auf das fünfte Dreieck. Die Säure fraß sich in den Samt, die fünfte Kerze loderte auf, und Jake betete: »Möge dein Fleisch verfaulen, und mögen deine Knochen von Hunden angenagt werden!«

Die beiden gelben Hunde schlichen näher heran, so als erwarteten sie ein Festmahl.

Wieder erhellten die fünf Kerzenflammen die ganze Hütte mit einem warmen goldenen Licht. Jake ging in die hintere Ecke und griff nach einem der ausgefransten Säcke, in denen er seine Jagdbeute transportierte. Doch diesmal enthielt der Sack weder ein Wiesel noch einen Biber, weder einen Otter noch eine Beutelratte.

Vorsichtig, geradezu respektvoll zog er seinen Fang der vergangenen Nacht aus dem Sack: Kimberleys Conways tote Katze. Ihre Augen waren weit aufgerissen, und sie schien Jake anzustarren, als er sie in die Mitte des Pentagramms legte.

Auf dem Regal über der Spüle lag ein scharfes Messer, dessen Klinge vom häufigen Schleifen sehr dünn geworden war. Mit diesem Messer machte Jake sich im flackernden Kerzenschein an die Arbeit. Eine halbe Stunde später war sie vollbracht.

Er hatte die Eingeweide der Katze in vier gleich große Teile zerlegt und für kurze Zeit in die Flammen von vier Kerzen gehalten. Das Katzenfell, von dem er jede Fleischfaser abgeschabt hatte, hielt er über die fünfte Flamme, die im Nu ein Loch hineinsengte, genauso schnell, wie die Säure zuvor den Samt zerfressen hatte.

Nachdem das Ritual vollendet war, verstaute Jake das Katzenfell samt Kopf wieder im Sack und blies die Kerzen aus. Der Rauch in der Hütte löste sich allmählich auf, und auch der Stinktiergestank verflüchtigte sich. Das weiße Pulver des Keilerzahns verschwand im Samtflor, ebenso wie der Rosendorn und der Stachelschweinstachel. Das Säureloch war nicht mehr zu sehen, und als Jake das Altartuch vom Tisch nahm, fiel es wie von allein in den früheren Faltenwurf.

Die ferne Kirchenglocke schlug Mitternacht, während er das Tuch mit den violetten Bändern verschnürte und in die Truhe seiner Mutter zurücklegte. Nachdem er auch das Tablett verstaut hatte, schloß er den Deckel.

Bevor Jake Cumerland mit dem Sack in der Hand seine Hütte verließ, fütterte er seine beiden gelben Hunde, die gierig über das Fleisch der Katze herfielen und mit ihren mächtigen Kiefern Knochen und Sehnen zermalmten.

In einer Ecke des riesigen Wohnzimmers begann die Standuhr zu schlagen, als Ted gerade an der Plastikplombe einer vollen Wodkaflasche herumfummelte.

War es die zweite oder dritte?

Er konnte sich nicht genau erinnern, dachte aber, daß es erst die zweite sein mußte, denn wenn es die dritte wäre, würde er jetzt schon fest schlafen.

Das war jedoch nicht der Fall.

Welche Stunde schlug die Uhr? Den Flaschenhals fest in der Hand, zählte Ted automatisch mit.

... zehn ... elf ... zwölf ... dreizehn.

Dreizehn?

Was, zum Teufel ...? Dreizehn Uhr gab es doch gar nicht, daß wußte jedes Kind!

Ted brach die Plombe auf, öffnete dann die Flasche und trank einen herzhaften Schluck. Die vertraute Wärme des Alkohols breitete sich tröstlich in seinem Körper aus. Und Janets Worte, die Worte, die seit Stunden in seinem Kopf dröhnten, waren für Sekunden nicht mehr zu hören.

Sie hatte es nicht ernst gemeint! Sie konnte es gar nicht ernst gemeint haben! Verdammt, was würde sie denn ohne ihn machen? Außerdem hatte er das alles ja schon so oft gehört. Jammerte sie nicht ständig, daß sie dieses Leben nicht länger ertragen konnte, daß sie ihn verlassen würde, wenn er das Trinken nicht aufgab? Aber sie hatte es nie getan und würde es auch nie tun. Sie liebte ihn.

Sie konnte ohne ihn nicht leben.

Doch was war mit der verdammten Uhr los? Warum ging sie überhaupt? Er konnte sich nicht erinnern, sie aufgezogen zu haben. Natürlich war es möglich, daß Janet oder die Zwillinge das erledigt hatten, aber dann hätte er sie doch schon früher schlagen hören müssen.

Welche Uhr setzte sich aus heiterem Himmel in Bewegung und schlug eine Stunde, die es nicht gab.

Ted rappelte sich mühsam vom Sofa hoch, torkelte vom Hobbyraum ins Wohnzimmer und starrte diese merkwürdige Standuhr an, deren Gehäuse mit kunstvollem Schnitzwerk verziert war. Ihn interessierte aber nur das Zifferblatt – eine große Messingscheibe mit Mondsymbolen. Der Sekundenzeiger rückte vor, sobald das Pendel ausschwang. Das war ganz normal – und doch stimmte etwas nicht!

Sein umnebeltes Hirn hatte Mühe, das richtige Wort zu finden.

Die Uhr war … war …

Sauber.

Gepflegt.

Bei Wertgegenständen eigentlich nicht verwunderlich.

Aber hier schon! Auf einen Bücherschrank neben der Uhr gestützt, schaute Ted sich um, und trotz seines Vollrausches bemerkte er die zerrissene Tapete, die abblätternde Farbe, die Flecken auf dem Teppich. Verdammt, was hatte Janet eigentlich den ganzen Tag über gemacht? War er der einzige, der schwer arbeitete?

Seine Augen schweiften wieder zu der Standuhr.

Sie zeigte wenige Minuten nach Mitternacht an.

Nicht dreizehn Uhr!

Wie töricht von ihm zu glauben, es könnte wirklich dreizehn Uhr sein! Er hatte sich einfach verzählt. Nach einigen vergeblichen Versuchen gelang es ihm, die Glastür des Gehäuses zu öffnen.

Er rückte den Minutenzeiger auf die Drei vor.

Doch anstatt die Viertelstunde durch einen einzigen Schlag anzuzeigen, dröhnte die Uhr weiter.

Ted zählte wieder mit.

Und wieder schlug sie dreizehnmal.

Er wich einige Schritte zurück und starrte wie hypnotisiert auf das Zifferblatt.

Die Zeiger bewegten sich jetzt von allein, und schon wieder begann die Uhr zu schlagen.

Ein Trick! Es mußte sich um irgendeinen Trick handeln.

Die Zeiger konnten sich unmöglich so schnell bewegen, wie sie es zu tun schienen, das war völlig ausgeschlossen.

Der Minutenzeiger erreichte die Neun, und wieder schlug die Uhr dreizehnmal.

Unaufhaltsam näherte der Zeiger sich der Zwölf, und Ted hielt den Atem an. Während die ersten tiefen Akkorde im Haus widerhallten – eins, zwei, drei –, fiel ihm eine weitere Absonderlichkeit auf.

Die Uhr zeigte immer noch Mitternacht an.

Dabei hatte er doch mit eigenen Augen gesehen, wie der Minutenzeiger eine komplette Umdrehung vollzogen hatte.

… fünf, sechs, sieben …

Kaputt! Das war die logische Erklärung. Das alte Ding war einfach kaputt!

… zehn, elf, zwölf …

Ted wartete nervös, mit angehaltenem Atem.

Stille.

Erleichtert holte er tief Luft, kehrte der Uhr den Rücken zu und führte die Wodkaflasche an seine Lippen.

Die Uhr begann wieder zu schlagen.

Die Flasche entglitt seiner Hand. »Janet!« murmelte er ungewollt. »Janet, hilf mir!«

Ohne abzuwarten, wie oft die Uhr diesmal schlagen würde, hob er hastig die Flasche auf, die Hälfte des Inhalts war schon im Teppich versickert, stolperte aus dem Zimmer und schloß die schwere Flügeltür. Er durchquerte die Halle, flüchtete ins Eßzimmer und warf auch hier die Tür hinter sich zu.

Endlich in Sicherheit!

Selbst wenn die Uhr weiterhin schlagen würde ....

Da hörte er sie auch schon wieder, und zwar in der selben Lautstärke wie zuvor im Wohnzimmer.

Er wirbelte herum.

Und da war die Uhr! Sie stand an der Wand zwischen den beiden Fenstern, die auf die Wildnis hinter der Garage hinausgingen!

Obwohl er rasendes Herzklopfen hatte, sagte Ted sich, daß das unmöglich sein konnte, daß die Uhr nach wie vor im Wohnzimmer stand, daß es hier im Eßzimmer überhaupt keine Standuhr gab ...

Und doch stand sie da und schlug laut!

Ted ließ die Wodkaflasche wieder fallen und hielt sich die Ohren zu, was auch nicht half. Das Schlagen der Uhr war so unerträglich laut, daß ihm fast das Trommelfell platzte.

Verrückt.

Ich werde verrückt!

Er riß die Tür auf und torkelte in die Halle zurück, aber das erwies sich als großer Fehler, denn nun hörte er zwei Uhren.

»Janet«, stammelte er unwillkürlich den Namen des einzigen Menschen, auf den bisher immer Verlaß gewesen war. »Janet, wo bist du?«

Oben! Sie war oben, im Schlafzimmer.

Ich muß zu ihr! Ich muß nach oben!

Ted taumelte zur Treppe, stolperte gleich auf der ersten

Stufe und mußte sich am Mahagonigeländer festhalten. Ihm war schwindelig und übel.

Zuviel getrunken. Ein bißchen zuviel getrunken.

Das Geländer mit beiden Händen umklammernd, schleppte er sich einige Stufen hoch.

Die Uhr begann zu schlagen.

Ted brach in die Knie und starrte ins Halbdunkel. Da stand sie – auf dem Treppenabsatz!

Die Uhr.

Dieselbe Uhr, die er im Wohnzimmer und im Eßzimmer gesehen hatte.

»Neeein«, wimmerte er angsterfüllt, und ein Schluchzen entrang sich seiner zugeschnürten Kehle. Um der verdammten Uhr zu entkommen, machte er auf der Treppe kehrt. Er verfehlte eine Stufe, ruderte daraufhin wild mit den Armen, fand aber keinen Halt am Geländer und schlug hart auf dem Boden der Eingangshalle auf, wobei er sich die rechte Schulter prellte. Während er den Schmerz ignorierte, kam er mühsam auf die Beine und wankte von einem Zimmer zum anderen, auf der Suche nach irgendeinem Ort, der ihm Schutz vor der gräßlich schlagenden Uhr bieten würde. Doch wohin er auch flüchtete – sie stand bereits da und schlug dreizehnmal, bis er das Gefühl hatte, als würde sein ganzer Körper von gewaltigen Hammerschlägen zermalmt.

Schließlich war nur noch eine einzige Tür übrig, die er noch nicht geöffnet hatte, und Ted riß sie verzweifelt auf.

Eine steile Treppe führte in den Keller hinab, und die gähnende Dunkelheit vor ihm glich dem Schlund eines riesigen Raubtiers. Er tastete nach dem Lichtschalter an der Wand und drückte darauf.

Ein Lichtkegel tauchte inmitten der Finsternis auf, und Ted stolperte die Stufen hinunter. Sein Herz klopfte zum Zerspringen, aber einen Moment lang glaubte er, das Grauen endlich hinter sich gelassen zu haben.

Dann schlug die Uhr auch hier im Keller.

»Aufhören!« bettelte er, die Hände auf die Ohren gepreßt, doch nun schien die Uhr in seinen Schädel eingedrungen zu sein und dröhnte im selben Rhythmus wie sein Herz.

Ein Infarkt!

Das mußte es sein.

Er erlitt einen Herzinfarkt!

Während ein Preßlufthammer sich in seinem Kopf austobte, drückte er eine Kellertür auf, aber seine Füße trugen ihn nicht mehr, und er fiel hin. Ein rasender Schmerz durchzuckte sein rechtes Handgelenk, er schrie auf und umklammerte es mit der linken Hand.

Ihm wurde schwarz vor Augen, und sein Magen rebellierte. Auf dem Boden liegend, übergab er sich heftig. Er spürte die Wärme des Erbrochenen an seiner Wange, und der widerliche Gestank stieg ihm in die Nase.

Würgend und schluchzend rollte er auf den Rücken. »Nein«, winselte er, »ich will nicht sterben! Ich will nicht!«

Aber er *würde* sterben – in diesem dunklen Kellerraum, in den nur wenige Lichtstrahlen fielen. Er wußte es.

Während Janet oben schlief, würde er hier sterben.

Ganz allein und stockbesoffen.

»Nein, nein, neeeein!« flüsterte Ted in Todesangst. »Helft mir! So helft mir doch! Bitte … jemand muß mir helfen!«

Er übergab sich wieder und hatte nicht einmal mehr die Kraft, von der stinkenden Lache wegzurücken.

Ringsum von Dunkelheit umgeben, sah er plötzlich etwas.

Einen seltsamen Nebel.

Einen dichten Nebel, der scheinbar aus dem Nichts aufstieg und von innen heraus leuchtete, so als würden dort tausend Kerzen brennen. Und in diesem Nebel nahm allmählich ein Gesicht Gestalt an. Ein machtvolles Gesicht mit glühenden Augen, die sich tief in Teds Seele bohrten.

Eine Wahnvorstellung!

Er hatte Wahnvorstellungen.

Oder aber er lag im Sterben.

Das mußte es sein. Sein Leben erlosch, und dieser Geist sollte ihn ins Schattental des Todes geleiten.

»Hilfe«, flüsterte er noch einmal. »Hilfe ...«

Der Nebel schien nach ihm zu greifen, und Ted spürte ein Brennen auf der Haut, als seine Wange berührt wurde.

Er hörte eine leise Stimme. Keine Frauenstimme, keine Männerstimme. Eine unirdische Stimme, die trotzdem deutlich zu verstehen war. »Wirst du mir geben, was auch immer ich verlangen mag?«

Ted starrte in die glitzernden Augen. »Ja ... o ja!«

Das schreckliche Dröhnen in seinem Kopf wurde schwächer. Die Übelkeit ließ nach.

»Alles«, versprach er. »Ich tue alles, was du verlangst, nur hilf mir!«

Abermals spürte er eine heiße Berührung. Sein Handgelenk und seine Schulter schmerzten plötzlich nicht mehr. Alles war still, und Ted Conway schlief ein, doch Sekunden davor wußte er, daß etwas in ihm sich verändert hatte.

Er wußte, daß nichts mehr so wie früher sein würde.

13. Kapitel

»Jared?«

Die Stimme verklang in der Stille, und im ersten Moment war Jared sich nicht sicher, ob wirklich jemand seinen Namen gerufen hatte. Doch dann hörte er sie wieder, schwach, kaum zu hören: »Jared!«

Die Stimme seines Vaters.

Obwohl sie so leise war, erkannte er sie sofort an dem zornigen Unterton, der immer mitschwang, auch wenn sein Vater nüchtern war.

Ob er jetzt nüchtern war?

Jared hatte keine Ahnung.

»Jared!« Diesmal klang die Stimme lauter und gebieterisch. Jared versteifte sich unwillkürlich und hielt Ausschau nach seinem Vater, konnte ihn aber nirgends entdecken, auch wenn die Stimme jetzt aus unmittelbarer Nähe zu kommen schien. Das unbehagliche Gefühl, verloren zu sein, beschlich ihn. Natürlich war das völlig absurd, denn er wußte ja genau, wo er war: in dem großen alten Haus in St. Albans, in seinem Zimmer im ersten Stock. Doch das stimmte nicht mehr! Er stand plötzlich in einem riesigen Raum, der völlig leer war. Keine Möbel, keine Teppiche, keine Bilder an den Wänden. Immerhin gab es aber zwei Fenster, und er trat dicht an eines heran und spähte hinaus.

Nichts.

Nur dichter, undurchdringlicher Nebel, der eine Orientierung unmöglich machte. Ihm wurde schwindelig, und um nicht das Gleichgewicht zu verlieren, suchte er Halt am Fensterrahmen.

Seine rechte Hand durchstieß das Holz und verschwand im trostlosen Grau. Jared erstarrte vor Schreck. Er riß seinen Arm zurück und dachte einen Moment lang, seine Hand würde fehlen. Aber nein! Sie war noch da, und sie tat nicht weh, und ...

Verdammt, was ging hier eigentlich vor?

Sekundenlang stand er regungslos da und starrte die Stelle an, wo seine Hand vorhin verschwunden war, und die Stellte übte eine magische Anziehungskraft auf seine Finger aus. Sie bewegten sich wie von allein darauf zu ...

»Nein!«

Das kleine Wort hatte die Wirkung eines Hornissenstichs. Jäh aus der Hypnose gerissen, wirbelte Jared auf dem Absatz herum, überzeugt davon, daß sein Vater dicht hinter ihm stand.

Der Raum war immer noch leer.

Jared drehte sich wieder um. Der graue Nebel vor dem Fenster hatte sich aufgelöst und einer Schwärze Platz gemacht, die das ganze Universum zu umfassen schien. Aber diese Schwärze war nicht leer.

Während Jared in diese unheimliche Finsternis blickte, spürte er, daß dort draußen etwas lauerte.

Etwas, das sich seiner Seele bemächtigen wollte.

Mit einem erstickten Schrei wich er vom Fenster zurück und flüchtete aus dem Raum.

Die einzige Tür führte auf einen breiten Korridor, der sich endlos in beide Richtungen hinzog. Welchen Weg sollte er einschlagen? Panik stieg in ihm auf, denn die Wege unterschieden sich in nichts voneinander.

Trotzdem mußte er einen Entschluß fass…

Er führte seinen Gedanken nicht zu Ende.

Etwas war dicht hinter ihm. Sehr dicht.

Mit angehaltenem Atem lauschte er.

Stille.

Aber es war da. Er spürte, daß es näherkam.

Seine Nackenhaare sträubten sich, und ein eisiger Schauer lief ihm über den Rücken.

Es hatte ihn fast eingeholt.

Wenn es ihn berührte, würde er sterben.

Sterben und für immer in der gräßlichen Schwärze verschwinden, die jenseits des Fensters regierte.

Sein Vater rief plötzlich wieder nach ihm. Diesmal folgte er der Stimme, und während er den Korridor entlangrannte, glaubte er für kurze Zeit, der Gefahr entkommen zu sein.

Dann spürte er es erneut. Er hatte das unsichtbare Wesen nicht abgeschüttelt, das aus der Finsternis in den Raum gekrochen war und ihn verfolgte.

Es war ihm dicht auf den Fersen.

Er versuchte, schneller zu rennen, doch so schnell und so weit er auch rannte, der Korridor nahm kein Ende. Er gabelte sich nur mehrmals, doch das gab Jared neue Hoffnung, entkommen zu können, wenn er nur oft genug abbog.

Vor ihm tauchte jemand scheinbar aus dem Nichts auf und versperrte ihm den Weg.

Schwester Clarence! Sie deutete anklagend auf ihn, und ihre Augen schleuderten Blitze.

Jared machte kehrt und hetzte in die entgegengesetzte Richtung.

Doch dort stand Vater MacNeill, brüllte Verwünschungen und hielt ein Kreuz hoch, so als müßte er den Teufel abwehren.

Wieder wirbelte Jared herum, aber jetzt sah er sich einem riesigen Schwarzen gegenüber, der bösartig grinste und ihn an der Kehle packen wollte.

Jared wich ihm aus und flüchtete in einen anderen Korridor, aber ganz egal, wohin er rannte – überall stellte sich ihm entweder die Nonne, der Priester oder der Schwarze in den Weg.

»Hierher!« rief die Stimme seines Vaters. »Komm hierher!« Er gehorchte, aber sein unsichtbarer Verfolger kam trotzdem immer näher. Von der Stimme seines Vaters angefeuert, rannte Jared, bis seine Kräfte versagten. Seine Lunge brannte, sein Herz drohte zu zerspringen, er brach in die Knie und rang verzweifelt nach Atem. Von Angst und Erschöpfung überwältigt, begann er zu schluchzen.

Er spürte, daß die Macht aus der Finsternis ihn eingeholt hatte und hungrig umkreiste, aber er war viel zu müde, um weiter Widerstand zu leisten. Was sollte er auch machen?

Er konnte nicht wegrennen.

Er konnte sich nirgendwo verstecken.

Er konnte nicht entkommen.

Jared ergab sich in sein Schicksal.

Nach einer Sekunde, oder einer Ewigkeit, befahl ihm die Stimme seines Vaters: »Öffne die Augen, Jared!«

Er tat, wie ihm geheißen, sah aber nichts außer jener trostlosen Schwärze, vor der er am Fenster geflohen war. Jetzt hatte sie ihn also doch verschlungen, und nie wieder würde ein Sonnenstrahl ihn erreichen. Doch inmitten der

Finsternis glühten plötzlich zwei Lichter auf. Zunächst waren es nur winzige Punkte, aber sie kamen rasch näher und wurden immer größer, immer heller.

Keine Lichter, sondern Augen!

Glitzernde goldene Augen, die Pupillen nicht rund, sondern geschlitzt. Sie schienen von innen heraus zu leuchten, und in diesem Licht konnte Jared auch das Gesicht erkennen, das zu den unheimlichen Augen gehörte.

Es war dunkel, mit Schuppen bedeckt, und aus dem Mund, einem gähnenden Spalt unter schleimverklebten Nasenlöchern, hing eine lange glänzende Zunge. Hypnotisiert von diesem schaurigen Anblick, lag Jared regungslos da.

Die Fratze beugte sich über ihn, die Zunge schnellte vor, berührte seine Wange, glitt über sein Kinn, über seinen Hals.

Er hatte das Gefühl, als würde seine Haut von einer Rasierklinge aufgeschlitzt, doch aus diesen Wunden floß kein Blut. Statt dessen drang Kälte in seinen Körper ein.

Die Zunge leckte ihn von Kopf bis Fuß ab, und durch jede seiner Poren sickerte Eiseskälte und breitete sich in seinem Innern blitzartig aus, wie eine wild wuchernde giftige Pflanze. Jared wußte, daß er sie nicht ausreißen konnte, und zum erstenmal, seit der Alptraum begonnen hatte, öffnete er den Mund und wollte schreien.

Doch es war schon zu spät.

Das Eis war bis zu seinem Herzen vorgedrungen, und die Finsternis hatte von seiner Seele Besitz ergriffen.

Wie von einem elektrischen Schlag getroffen, setzte Kim sich ruckartig, mit verkrampften Muskeln, im Bett auf und schüttelte den Schlaf von sich ab. »Jared ?« hörte sie sich rufen. »Jared, was ist los?«

Warum habe ich das gemacht? schoß es ihr durch den Kopf, noch bevor ihre Worte im Zimmer verhallt waren. Sekundenlang saß sie regungslos im Dunkeln und spitzte die Ohren.

Nichts.

Nichts außer einer Eule, die irgendwo in der Ferne schrie, zirpenden Insekten, knarrendem Gebälk und dem beruhigenden Ticken des altmodischen Weckers auf dem Nachttisch.

Kim konnte sich auch nicht an irgendeinen Alptraum erinnern. Sie hatte tief geschlafen, und im nächsten Moment war sie hellwach gewesen. Hellwach und in tiefer Sorge um Jared.

Das Zwillings-Phänomen.

Aber auch das ergab keinen Sinn. Warum sollte so was mitten in der Nacht passieren? Sie griff nach dem Wecker und hielt ihn ins schwache Mondlicht, das durch ihr Fenster einfiel. Kurz nach halb vier. Normalerweise waren Jared und sie wach und nicht weit voneinander entfernt, wenn diese telepathische Gedankenübertragung zwischen ihnen stattfand. Allerdings hatte sie gelesen, daß die übersinnliche Kommunikation bei manchen Zwillingen sogar über riesige Entfernungen hinweg zustandekam: wenn der eine in irgendwelchen Schwierigkeiten war – krank, verletzt, bedroht –, so spürte es der andere. Konnte das auch im Schlaf klappen?

Kim sprang aus dem Bett, schlüpfte in den alten Baumwollbademantel, der Jared zu klein geworden war, und lauschte an der Tür, ob ihr Vater irgendwo im Haus herumrumorte. Wenn er noch keinen Blackout hatte, würde er sie vielleicht anbrüllen, oder aber er würde sich mit ihr unterhalten wollen, was immer darauf hinauslief, daß sie zuhören mußte, wie er sich endlos über die Ungerechtigkeiten dieser Welt ausließ.

Daß es im Leben nicht gerecht zuging, war für Kim nichts Neues. Jared und sie hatten diese Erfahrung längst selbst gemacht!

Endlich öffnete sie die Tür einen Spalt breit und spähte vorsichtig hinaus. Irgendwo im Erdgeschoß brannte noch Licht, so daß sie über die Halle hinweg Jareds Zimmer auf der gegenüberliegenden Seite der Galerie sehen konnte. Die Tür war geschlossen, und durch den Spalt zwischen Tür und Boden fiel kein Lichtschein.

Kim lauschte wieder, und als von unten keine Geräusche zu hören waren, schlich sie auf leisen Sohlen zum Zimmer ihres Bruders. »Jared?« flüsterte sie. »Jared!«

Sie hörte ein leises Jaulen.

»Scout?«

Aber Scout schlief doch immer am Fußende von Jareds Bett, so fest, daß morgens nicht der Hund sein Herrchen weckte, sondern umgekehrt. Leise öffnete sie die Tür und warf einen Blick ins Zimmer. Sofort schob Scout seinen Kopf in ihre Hand und wollte gestreichelt werden. »Was ist denn los, alter Junge?« Sie stieß die Tür weiter auf und ging in die Hocke, um dem Hund den Hals zu kraulen und die Schultern zu massieren, was er besonders liebte. Diesmal riß er sich jedoch nach wenigen Sekunden los, rannte zum offenen Fenster, stützte sich mit einer Vorderpfote auf das Sims und kratzte mit der anderen am Fliegengitter. »O nein«, murmelte Kim. »So ist Muffin ...«

Muffin!

Vielleicht war das des Rätsels Lösung. Vielleicht hatte gar nicht Jared nach ihr gerufen, sondern sie hatte gespürt, daß ihre Katze zurückgekommen war und nicht ins Haus gelangen konnte.

Sie trat ans Fenster und blickte in die Nacht hinaus. »Muffin?« lockte sie leise. »Komm, meine Süße! Kss, kss, kss!«

»Kim?«

Erschrocken wirbelte Kim herum. Jared hatte sich im Bett aufgesetzt. »Herrgott, Kim, was machst du in meinem Zimmer?« knurrte er. »Wie spät ist es?«

»Halb vier«, antwortete sie. »Irgendwas hat mich geweckt. Ich habe mir Sorgen um dich gemacht und ...«

»Ach ja?« fiel Jared ihr barsch ins Wort. »Und weil du dir Sorgen um *mich* machst, plärrst du hier nach deiner verdammten Katze herum und reißt mich aus dem Schlaf!«

Kims Unterkiefer klappte herunter. In diesem Ton hatte Jared noch nie mit ihr gesprochen – nie! »Ich habe mir wirklich Sorgen um dich gemacht«, protestierte sie, »aber als Scout dann zum Fenster lief, dachte ich ...«

Jared ließ sie wieder nicht ausreden. »Tu mir einen Gefallen und geh in dein Bett zurück!«

Nun wurde auch Kim ärgerlich. »Ent-schul-di-gung!« Sie dehnte demonstrativ jede Silbe. »Sollte ich mir wieder mal Sorgen um dich machen, drehe ich mich einfach auf die andere Seite und schlafe seelenruhig weiter.«

»Wunderbar!« Jared ließ seinen Kopf aufs Kissen fallen und kehrte seiner Schwester den Rücken zu. »Und jetzt laß mich bitte allein, okay?«

Wie du willst, dachte Kim, drehte sich auf der Schwelle aber doch noch einmal um. »Jared, bist du ganz sicher, daß alles in Ordnung ist?«

Er stieß einen übertriebenen Seufzer aus. »Soll ich dir vielleicht ein medizinisches Gutachten vorlegen? Mach endlich die Tür hinter dir zu und laß mich in Ruhe!«

Kim warf die Tür so laut ins Schloß, daß er zusammenzuckte.

»Du lieber Himmel!« beschwerte er sich bei Scout, der neben seinem Bett saß und ihn mit einer Pfote anstupste. »Mich trifft doch wirklich keine Schuld.« Doch als er wieder einzuschlafen versuchte, fielen ihm Bruchstücke eines Traums ein – eines Alptraums, bei dem er durch lange Korridore gerannt war, auf der Flucht vor Schwester Clarence, Vater MacNeill und einem großen Schwarzen, der ihm irgendwie bekannt vorkam, an dessen Namen er sich aber nicht erinnern konnte.

Aber es war nicht Kim gewesen, die ihn schließlich gerettet hatte, sondern sein Vater.

Ha, ausgerechnet sein Vater! So etwas war wirklich nur im Traum möglich. Sollte er jemals in Schwierigkeiten geraten, würde sein Vater höchstwahrscheinlich viel zu betrunken sein, um auch nur einen Finger für ihn rühren zu können!

Jared dachte an den letzten Streit seiner Eltern, den er spät abends unfreiwillig mit angehört hatte. Er fragte sich, ob seine Mutter es diesmal ernst meinte. Vermutlich nicht, sie hatte das alles schon so oft gesagt. Jared wälzte sich auf die andere Seite, und Scout legte ihm wieder eine Pfote auf den Arm. »Was ist denn los, Junge? Leg dich hin und schlaf!«

Anstatt zu gehorchen, lief der große Hund zum Fenster und kratzte am Fliegengitter. Seufzend stand Jared auf, kauerte sich neben das Tier und tätschelte es. »Was hast du denn, Scout? Was gibt's dort draußen?«

Der Hund rannte zur Tür und kratzte jaulend daran. »Also gut, wenn's unbedingt sein muß!« brummte Jared, während er Jeans und ein T-Shirt anzog und in seine Turnschuhe schlüpfte.

Sobald er die Tür geöffnet hatte, raste Scout die Treppe hinab und durchs Eßzimmer in die Küche. Jared folgte langsamer und blieb auf dem Treppenabsatz lauschend stehen. Vermutlich hatte sein Vater schon vor Stunden einen Blackout gehabt, aber so genau konnte man das bei ihm nie wissen. Jared wollte um jeden Preis eine Auseinandersetzung mit dem Betrunkenen vermeiden.

Als er schließlich in die Küche kam, winselte Scout schon ungeduldig an der Hintertür. Jared schaute aus dem Fenster, weil er sich die Aufregung seines Hundes nicht erklären konnte, aber er sah nichts Auffälliges.

Er war drauf und dran, die Tür zu öffnen, als ihm plötzlich Muffins Schicksal einfiel. Kim hatte erzählt, daß die Katze aus dem Fenster gesprungen und spurlos verschwunden war.

Wahrscheinlich hatte ein Waschbär oder ein Luchs sie erwischt.

Dumme Katze!

Trotzdem, wenn draußen irgendein Tier herumschlich, und Scout vom Jagdfieber gepackt wurde …

Seufzend wühlte Jared in den Schränken herum, bis er

eine alte Wäscheleine fand. Nachdem er sich durch kräftigendes Zerren vergewissert hatte, daß sie stabil war, band er ein Ende an Scouts Halsband fest, bevor er die Hintertür öffnete. Er hoffte, daß der Hund sein Bein am ersten Baum haben und zurückkommen würde, doch der große Retriever lief so schnell in Richtung der Garage, daß die Wäscheleine schmerzhaft durch Jareds Hand glitt. Er schlang sie sich rasch mehrere Male um das Handgelenk, aber Scout zerrte so heftig, daß er ihm notgedrungen in den Garten nacheilte. Der Hund führte ihn auf die Rückseite der Garage, wo er sich auf die Hinterbeine stellte und die Mauer ankläffte.

Im Mondlicht bot sich Jared ein grausiger Anblick.

Muffin hing mit dem Kopf nach unten und heraushängender Zunge an der Wand.

Jedenfalls das, was von der Katze noch übrig war.

Ihr Fell war sorgfältig angenagelt worden, mit gespreizten Pfoten und gebogenem Schwanz, so daß es so aussah, als wollte sie von der Mauer klettern.

Scout sprang immer wieder hoch, um an ihren Kopf heranzukommen, konnte ihn aber nicht erreichen.

Jared starrte die angenagelte Katze lange an, bevor er sie losriß. Er wollte sie in eine Mülltonne werfen, dachte aber noch rechtzeitig daran, daß Kim sie dort finden könnte, wenn sie am Morgen den Abfall wegbrachte. Nach kurzem Überlegen versteckte er das Fell statt dessen in einem der leeren Umzugskartons, die er in der Garage aufgestapelt hatte. Als er zurückkam, fand er den jaulenden Scout immer noch am selben Platz. »Okay, alter Junge«, sagte Jared leise, aber mit stahlharter Stimme. »Wer hat das gemacht? Zeig mir, wer das verbrochen hat, Scout! Such den Kerl!«

Der Hund begann willig herumzuschnuppern, dann witterte er etwas und lief auf das dichte Unterholz am Rand des Grundstücks zu. Jared hielt die Leine vorsichtshalber ziemlich kurz und blieb unschlüssig stehen, als sie den

Wald erreichten. Vielleicht sollte er zurückgehen und eine Taschenlampe holen? Aber er hatte keine Ahnung, in welchem der noch nicht ausgepackten Kartons er danach suchen sollte. Außerdem war es eine sternenklare Nacht, und der Mond stand noch hoch am Himmel. Und Scout konnte ja sowieso auch im Dunkeln ausgezeichnet sehen.

»Okay, Junge«, entschied er. »Gehen wir weiter.«

Er verkürzte die Leine auf knapp zwei Meter und folgte seinem Hund auf einen Waldpfad. Die Nase dicht am Boden, hatte Scout es sehr eilig, und sie entfernten sich immer weiter vom Haus. Jared war nahe daran, die Suche einzustellen und umzukehren, als der Retriever plötzlich wie angewurzelt stehenblieb, eine Pfote in der Luft, den Schwanz steif nach hinten gereckt.

Jared kniete neben ihm nieder und spähte in die Dunkelheit. Nach einer Weile konnte er die Umrisse einer Hütte erkennen. »Dort?« fragte er. »Ist der Kerl von dort gekommen?«

Leise jaulend, spannte Scout noch mehr seine Muskeln an.

Die Anspannung übertrug sich auf Jared, der regungslos verharrte und angestrengt lauschte.

Irgendwo links war etwas zu hören.

Nicht viel. Nur ein leises Rascheln, so als bewegte sich etwas im Gebüsch.

Etwas – oder *jemand?*

Jareds Herz klopfte so laut, daß er sicher war, auch das unbekannte Wesen im Gebüsch müßte es hören.

Wieder raschelte etwas, und dann knackte ein Zweig. Die Geräusche waren lauter als zuvor. Viel lauter.

Scouts Halsband umklammernd, zog er den Hund zurück.»Komm«, flüsterte er. »Wir sollten lieber …«

Bevor er seinen Satz beenden konnte, wurde die Stille der Nacht von einem schaurigen Geheul durchbrochen, das Sekunden später in ohrenbetäubendes Gebell überging. Die Tür der Hütte flog weit auf, eine Öllampe wurde hochgehalten, und ihr gelblicher Schein fiel auf das verwitterte Holz. »Wer ist da draußen?« brüllte eine rauhe Stimme. »Ich warne Sie! Wenn Sie nicht sofort verschwinden, hetze ich die Hunde auf Sie!«

Von wütendem Gebell verfolgt, trat Jared hastig den Rückzug an, Scout mit sich ziehend.

Zwanzig Minuten später war er wieder im Haus. Er schlich in sein Zimmer, zog sich aus und warf sich aufs Bett. Obwohl er nur eine Stunde draußen gewesen war, fühlte er sich so erschöpft, als hätte er die ganze Nacht kein Auge zugetan. Aber das spielte keine Rolle. Er hatte herausgefunden, was er wissen wollte.

Er hatte es herausgefunden, und demnächst würde er handeln.

14. Kapitel

Ich verlasse ihn. Diesmal verlasse ich ihn wirklich.

Das war Janets letzter Gedanke vor dem Einschlafen gewesen, und es war auch ihr erster Gedanke, als der Wecker sie am nächsten Morgen aus dem Schlaf riß. Während sie aufstand, stutzte sie plötzlich.

Irgend etwas hatte sich verändert.

Sie lauschte.

Im Haus war es still. Draußen im Garten sang eine Spottdrossel, die jedoch das unmelodische Krähen eines fernen Hahns nicht ganz übertönen konnte. Als Janet ans Fenster trat, sah sie nur Sonne und blauen Himmel mit vereinzelten harmlosen Wölkchen. Doch als ihr Blick auf das verwilderte Grundstück fiel, wo die Kletterpflanzen alles andere Leben erstickten, überwältigte sie plötzlich große Angst. Sie bekam keine Luft mehr, und ihre Arme, nein, alle Gliedmaßen, schienen mit Tüchern umwickelt zu sein, aus denen sie sich nicht befreien konnte. Allmächtiger, was geschah nur mit ihr? Sie war am Ersticken ... sie konnte sich nicht bewegen ...

Nein! Sie war nicht am Ersticken, es war nur dieser verdammte wilde Wein, der sie auf solche Ideen brachte. Sobald Haus und Garten davon befreit sein würden ...

Janet gebot ihren Gedanken hastig Einhalt. *Ich gehe ja,* rief sie sich ins Gedächtnis. *Ich werde diesen Ort ja noch heute verlassen!* Sie wandte sich vom Fenster ab und schaute sich im Schlafzimmer um. Ihre Kleidung lag größtenteils noch in den Umzugskartons, und auch die Kinder hatten bei weitem noch nicht alles ausgepackt. Würden alle Kartons in den Toyota passen? Einige Koffer mußte sie neu packen ...

Der Toyota! Wo war er?

Bestürzt starrte sie aus dem Fenster: der Platz, wo Ted den Wagen gestern abend abgestellt hatte, war leer.

Hatte er ihn in die Garage gefahren? Nein, ausgeschlossen, er hatte ihn draußen geparkt und den Rest des Abends damit verbracht, sich sinnlos zu betrinken. Als sie ihm angekündigt hatte, daß sie ihn verlassen würde, war er kaum noch imstande gewesen, sich auf den Beinen zu halten, geschweige denn einen Wagen zu lenken.

Plötzlich ging ihr ein Licht auf.

Wenn Ted das Auto benutzte, konnte sie nicht damit wegfahren ... Ihr Anflug von Panik, als sie das Verschwinden des Toyota bemerkt hatte, machte Ärger Platz. Wie betrunken mußte ihr Mann gewesen sein, um glauben zu können, daß sie hierbleiben würde, nur weil sie keinen Wagen hatte?

Wenn er sich in diesem Zustand ans Steuer gesetzt hatte ...

Jetzt verdrängte Angst ihren Zorn, und sie ließ sich auf die Bettkante fallen, erschöpft vom Widerstreit ihrer Gefühle. Automatisch griff sie nach dem altmodischen Telefon auf dem Nachttisch. Wie oft hatte sie das schon gemacht? Wie oft hatte sie schon bei der Polizei, in Krankenhäusern und sogar im Leichenschauhaus angerufen, wenn sie ihren Mann suchte.

Unzählige Male!

Erst als sie wählen wollte, fiel ihr ein, daß das Telefon noch nicht angeschlossen war. Der Mann von der Telefongesellschaft sollte heute kommen.

Am Vormittag oder am Nachmittag?

Sie konnte sich nicht daran erinnern.

Und es war ihr im Grund auch egal.

Bring die Sache hinter dich, redete sie sich selbst gut zu *Zieh dich an, mach Frühstück, schick die Zwillinge zur Schule und bereite alles vor. Ted wird zurückkommen. Das tut er doch immer. Und sobald er hier ist …*

Sie würde bis dahin fertig sein, mit gepackten Koffern für sich und die Kinder, sie würde in den Wagen steigen, Molly und Scout auf den Rücksitz setzen, Jared und Kim von der Schule abholen und mit ihrer Familie diese Stadt verlassen.

Janet schlüpfte in ihren Morgenrock, nahm Molly – die sich schläfrig die Augen rieb – aus ihrem Bettchen, entriegelte die Schlafzimmertür und trug ihre jüngste Tochter in die Küche hinab. Kim hatte schon Kaffee gemacht und holte gerade Milch und Cornflakes aus dem Kühlschrank.

Aber Jared, der normalerweise noch früher als Kim aufstand, war noch nicht da.

»Wo bleibt denn dein Bruder?« fragte sie erstaunt.

Kim zuckte mit den Schultern. »Ich glaube, der schläft noch.« Ihre gleichgültige Stimme war beredter als Worte.

Sie haben alles gehört, dachte Janet. *Beide haben gestern nacht alles gehört!* »Ihr wißt wohl schon, daß ich beschlossen habe, euren Vater zu verlassen.«

Kim drehte sich nach ihr um. »Du meinst … wir kehren nach Shreveport zurück?«

Nach kurzem Zögern nickte Janet. Erst jetzt, nachdem ihre Tochter es laut ausgesprochen hatte, wußte sie, daß es diesmal wirklich ernst wurde, und obwohl sie sich das Weinen verbeißen wollte, liefen ihr Tränen über die Wangen. »Ich kann es einfach nicht mehr ertragen«, schluchzte sie leise. »Und es ist auch für dich und Jared unzumutbar. Ich weiß noch nicht, was wir machen werden, ich weiß nur, daß es so wie bisher nicht weitergeht. Ich ...«

Sie sank auf einen Küchenstuhl, und Molly stimmte in ihr Weinen ein.

Kim nahm ihrer Mutter die Kleine ab, die sich sofort beruhigte. »Mach dir keine Sorgen, Mom! Gemeinsam schaffen wir das schon. Jared und ich können uns Nebenjobs besorgen und ...«

Sie verstummte abrupt, und Janet bemerkte, daß jemand die Küche betreten hatte. *Nein,* flehte sie still, *laß es nicht Ted sein! Nicht jetzt. Gib mir noch ein bißchen Zeit.*

Als sie aufschaute, sah sie Jared im Türrahmen stehen. Er hatte seine abgetragene Jeansjacke lässig über eine Schulter geworfen und fixierte seine Schwester mit schiefgelegtem Kopf.

»Was soll das heißen, daß wir uns Nebenjobs besorgen werden?«

Janet öffnete den Mund zu einer Erklärung, doch Kim kam ihr zuvor. »Mom sagt, wir würden nach Shreveport zurückkehren. Seit gestern abend ...«

»Ach ja?« fiel Jared ihr ins Wort. »Wer's glaubt, wird selig!« Er verdrehte spöttisch die Augen und machte auf dem Absatz kehrt. »Wir sehen uns in der Schule.«

Er verschwand, bevor Janet und Kim etwas sagen konnten, und die Vordertür fiel laut ins Schloß. Vor Schrecken begann Molly wieder zu weinen, und Janet wurde erneut von dem Aufruhr widerstreitender Gefühle überwältigt, der seit dem Aufwachen in ihrem Innern tobte. »O Gott«, flüsterte sie mit tränenerstickter Stimme, »es tut mir so leid ... so schrecklich leid ... Wie konnte ich euch beiden das nur so lange antun?« Schluchzend vergrub sie ihr Gesicht in den Händen.

»Alles wird gut werden«, hörte sie ihre Tochter tröstend

sagen, und sie spürte Kims Hand auf ihrer Schulter. »Sobald wir dieses Haus verlassen haben, wird alles in Ordnung werden.«

Nachdem sie die Küche aufgeräumt hatte, machte Kim sich eine Viertelstunde später auf den Weg zur Schule. In sorgenvolle Gedanken vertieft, registrierte sie erst nach einiger Zeit, daß etwas anders war als sonst. Sie hatte noch nie im Leben einen Schulweg allein zurückgelegt. Immer war Jared bei ihr gewesen!

Heute nicht.

Was aber noch viel schlimmer war: Heute morgen konnte sie ihren Zwillingsbruder nicht einmal in jenem seltsamen Winkel ihres Geistes aufspüren, wo er sonst immer präsent war. Ihr besonderer Kontakt schien unterbrochen zu sein. Heute war sie ganz auf sich allein gestellt. Kim fühlte sich einsam.

15. Kapitel

Das größte Problem eines Bürgermeisters – ob in St. Albans oder anderswo – bestand darin, daß er zu allen Leuten nett sein mußte, auch wenn er sie nicht ausstehen konnte. Phil Engstrom, der seit zehn Jahren im Amt war und es noch mindestens zwanzig Jahre ausüben wollte, mußte bei dem Besucher, der ihn an diesem Morgen gegenübersaß, ganz besondere Vorsicht walten lassen. Vater MacNeill war nicht nur ein Wähler – der Priester beteuerte freilich immer wieder des öfteren, die Kirche stehe *immer* über der Politik –, sondern auch Phils Beichtvater. Der besondere Nachdruck, den der Kleriker auf das Wörtchen *immer* legte, sollte den Bürgermeister wohl auf seine Forderung hinweisen, die Kirche habe sich nicht in Lokalpolitik einzumischen. Die Tatsache, daß Phil keine großen Sympathien für MacNeill hegte, machte alles besonders kompliziert, aber wenigstens ging es an diesem Morgen nicht um sein Seelenheil. Seine Abneigung dem Priester gegenüber hatte dazu geführt, daß er im Beichtstuhl schon seit Jahren so manche Sünde verheimlichte, und weil er in letzter Zeit auch noch häufig die Sonntagsmesse versäumte, um auf dem neuen Golfplatz in Valhalla zu glänzen, war er vermutlich schon zu ewigem Fegefeuer oder noch Schlimmerem verdammt. Trotzdem setzte Engstrom eine interessierte Miene auf, als der Geistliche nach zehn Minuten Smalltalk endlich zum Thema kam.

»Das alte Haus der Conways scheint mir einfach nicht der geeignete Ort für ein Hotel zu sein«, sagte MacNeill. »Es ist eine reine Wohngegend, und wir schaffen einen gefährlichen Präzedenzfall, wenn wir dort einen Gewerbebetrieb genehmigen.«

Engstrom lehnte sich in seinem Schreibtischsessel zurück und faltete die Hände über dem Bauch, der wegen der Kochkünste seiner Frau leider beträchtlich an Umfang zugenommen hatte. »Ich befürchte, daß ich Ihrer Begründung nicht ganz folgen kann.« Er übertrieb die weiche, gedehnte Sprechweise des Südens und setzte eine leicht verwirrte Miene auf, um seinen Worten jede Schärfe zu nehmen. »Mir persönlich scheint es eine gute Idee zu sein, dieses schöne alte Haus zu renovieren. Es ist doch eine Schande, daß es allmählich verfällt und von Kletterpflanzen überwuchert wird, finden Sie nicht auch? Außerdem steht es ja ganz am Ende der Straße, ziemlich weitab von allen anderen Häusern, so daß die Nachbarn durch ein Hotel nicht gestört würden. Und die Stadt könnte finanziell davon profitieren.« Über das Gesicht des Priesters huschte einen Ausdruck, den Engstrom nicht zu deuten vermochte. »Sollte es etwas geben, wovon ich nichts weiß, bin ich natürlich gern bereit, Ihnen aufmerksam zuzuhören.« Er lächelte MacNeill zu. »So wie ja auch Sie mich immer geduldig anhören, wenn ich wieder mal nicht der Mann war, der ich gern wäre, stimmt's?«

Der Kleriker erwiderte sein Lächeln, aber ohne jede Herzlichkeit. »Es ist in der Tat ein wunderschönes altes Haus«, gab er zu, aber seine Stimme warnte den Bürgermeister, daß eine Einschränkung folgen würde. »Ich bin mir nicht sicher, ob die Conways zu den Menschen gehören, die wir unterstützen sollten.«

Aha, dachte Engstrom, *jetzt kommen wir endlich zum Kernpunkt.* »Warum denn nicht? Wissen Sie Näheres über diese Leute?«

Vater MacNeill schürzte die Lippen und legte seine Stirn in Falten. Dies war ein sicheres Anzeichen dafür, daß er den Bürgermeister ins Vertrauen ziehen wollte. Seine Augen schweiften durch das Amtszimmer, so als suchte er nach einem unsichtbaren Lauscher, dann beugte er sich im Sessel vor. »Ich kann mich doch auf Ihre Verschwiegenheit verlassen?«

Der Bürgermeister griff das Stichwort begierig auf. »Mein Büro unterscheidet sich kaum von Ihrem Beichtstuhl«, versicherte er. »Sie wären überrascht, wenn Sie wüßten, was ich hier schon alles zu hören bekommen habe. Und ich kann reinen Gewissens sagen, daß es in St. Albans keine Menschenseele gibt, die bedauern müßte, sich mir anvertraut zu haben.«

Der Geistliche schien immer noch zu zögern, aber Phil vermutete eher, daß Vater MacNeill nur überlegte, wieviel Gift er in den Brunnen streuen sollte. »Ted Conway ist ..., er ist *böse*«, gab er schließlich von sich. »Wann immer männliche Conways in dieser Stadt lebten, gab es große Probleme.« In den nächsten fünf Minuten ließ er sich so ausführlich über George Conways Selbstmord aus, als hätte Engstrom diese alte Geschichte nicht schon tausendmal gehört. »Als geistlicher Führer dieser Gemeinde kann ich es einfach nicht verantworten, diesen Ted Conway zu unterstützen«, schloß er endlich.

Phil Engstrom lehnte sich zurück und nickte zufrieden. »Ich weiß es sehr zu schätzen, daß Sie extra hergekommen sind, um mir das alles zu erzählen. Das können Sie mir glauben. Und ich werde Ihre Einwände in Betracht ziehen, falls Conway jemals versuchen sollte, sein Anliegen auf einer Stadtratssitzung vorzutragen.« Er warf einen verstohlenen, aber dennoch unübersehbaren Blick auf die Wanduhr – eine Kunst, die er meisterhaft beherrschte. »Es sind Menschen wie Sie, die diese Stadt zu dem machen, was sie ist«, setzte er zu einer »Verabschiedungsrede« an – diesen Ausdruck hatte seine Frau Marge geprägt. Der Priester erhob sich erwartungsgemäß, Engstrom folgte seinem Beispiel, begleitete ihn zur Tür und legte ihm jovial einen Arm um die Schultern. »Ich weiß, wie beschäftigt Sie sind, und ich bin Ihnen zu großem Dank verpflichtet, daß Sie trotzdem hergekommen sind.«

Nachdem Vater MacNeill gegangen war, nahm Phil wieder in dem luxuriösen Schreibtischsessel aus schwarzem Leder Platz, den der Stadtrat ihm letztes Jahr genehmigt hatte. Er drehte ihn zum Fenster, um die herrliche Aussicht zu genießen, derer er nie überdrüssig wurde. Jenseits der Straße lag der Hauptplatz und dahinter standen anmutig proportionierte alte Häuser inmitten großer Gärten, wo Eichen und Magnolien die grüne Lunge der Stadt bildeten. Nur die Kirchturmspitze von St. Ignatius ragte wie ein Stachel aus dem vielen Grün empor, und sie war Engstrom tatsächlich ein Dorn im Auge, weil sie ihn ständig daran erinnert, daß das Rathaus nicht das einzige Machtzentrum von St. Albans war, daß er sich – wenn er Bürgermeister bleiben wollte – nicht mit bloßen Lippenbekenntnissen gegenüber Vater MacNeill begnügen durfte.

Natürlich nahm er das, was der Priester behauptete, nicht ernst. Die Vorstellung, daß Ted Conway »böse« sein könnte, war geradezu lächerlich. Doch Phil hing nun einmal an seinem schönen schwarzen Ledersessel und wollte sich nicht der Gefahr aussetzen, ihn zu verlieren, nur weil er sich für einen Wildfremden einsetzte. Natürlich würde er MacNeill, wenn er ihn in dieser Angelegenheit unterstützte, demnächst beim erstbesten Anlaß Parolie bieten, damit der Kleriker sich nicht einbildete, in der Stadt das Sagen zu haben. Seufzend wollte Engstrom zum Telefon greifen: Einige Anrufe bei den richtigen Leuten würden genügen, um Stimmung gegen Conway zu machen und dessen Pläne zu vereiteln, und für ihn selbst sprangen bei dem Handel hoffentlich einige Sonntage auf dem Golfplatz heraus ... Doch bevor er den Hörer in die Hand nehmen konnte, klingelte der Apparat, und er hörte die Stimme seiner Sekretärin.

»Ein Mr. Conway wünscht Sie zu sprechen«, teilte Myrtle Pettibone ihm mit. »Ted Conway.«

Phil zögerte nur sekundenlang. Warum sollte er nicht wenigstens einen Blick auf das Hähnchen werfen, das er schlachten wollte? »Gut, schicken Sie ihn gleich rein.«

Der Bürgermeister setzte sein herzlichstes Begrüßungslächeln auf.

Eine halbe Stunde später saß Phil Engstrom wieder allein in seinem Büro, doch als er jetzt zum Telefon griff, geschah es nicht in der Absicht, Conways Pläne zu verhindern. Ganz im Gegenteil, während der letzten dreißig Minuten hatte er die Partei gewechselt. Der Mann entsprach so gar nicht dem düsteren Bild, das der Priester von ihm gezeichnet hatte. Er war ein ausgesprochen netter Bursche – Marge würde ihm als »charmant« bezeichnen –, und alles, was er gesagt hatte, leuchtete Phil ein. Nach dem halbstündigen Treffen stand für ihn fest, daß Conway ein patenter Kerl war, mit dem er nicht nur gut zusammenarbeiten, sondern sich sogar anfreunden könnte. Doch wenn er gegen Vater MacNeill Position beziehen wollte – und dazu war er jetzt fest entschlossen –, mußte er sehr vorsichtig und behutsam vorgehen.

Phil wählte seine Privatnummer und trommelte ungeduldig auf der Schreibtischplatte herum, weil es dauerte, bis Marge sich meldete. Trotzdem war seiner Stimme kein

Unmut anzuhören, denn er hatte längst gelernt, daß man mit Diplomatie und Schmeicheleien mehr erreichte als mit Gereiztheit und Vorwürfen. »Ich finde, wir sollten diese neuen Leute zu einer Dinnerparty einladen«, sagte er honigsüß, nachdem er sich notgedrungen angehört hatte, welche weltbewegenden Themen bei Marges allmorgendlichem Telefonat mit ihrer Mutter zur Sprache gekommen waren. »Vielleicht am Samstagabend.«

»Liebling«, fiel Phil ihr sanft ins Wort, »du weißt doch, wie verrückt alle auf deine Brathähnchen sind. Ich kenne keinen einzigen Menschen in dieser Stadt, der für eine deiner Dinnerpartys nicht alles stehen und liegen lassen würde. Mir liegt aber besonders viel daran, daß du die Conways persönlich einlädst.«

Das lange Schweigen am anderen Ende der Leitung weckte in Phil die Befürchtung, daß Vater Mack schon mit seiner Frau gesprochen haben könnte. Doch er entspannte sich, als Marge fragte: »Du führst doch irgend etwas im Schilde, stimmt's?«

»Wer? Ich doch nicht«, beteuerte der Bürgermeister scheinheilig.

»Mich kannst du nicht hinters Licht führen«, lachte Marge. »Ich weiß genau, wie du es schaffst, Bürgermeister zu bleiben.«

»Und du bleibst auf diese Weise Frau Bürgermeisterin«, konterte Phil geschickt. »Hör zu, mir schwebt folgendes vor ...« Er wußte genau, daß Marge sich eifrig Notizen machte, während er redete, und daß sie bereits die Speisefolge, die Blumenarrangements, die Sitzordnung und alle anderen Details für einen perfekten Abend plante.

Marge würde für das Bühnenbild sorgen, er würde das Ensemble stellen. Alles andere blieb Ted Conway überlassen: Nur er allein konnte über Sieg oder Niederlage entscheiden. Jedenfalls würde niemand den Bürgermeister bezichtigen können, voreingenommen gewesen zu sein.

Und nachdem er diesen Conway sehr sympathisch fand,

sollten sich auch einige andere wichtige Leute eine eigene Meinung über den Mann bilden können, anstatt nur von Vater MacNeill aufgehetzt zu werden.

Das war nur recht und billig, entschied Phil Engstrom, und es konnte auch keinen Schaden anrichten.

16. Kapitel

Die Wolken, die am Himmel aufzogen, waren ein Spiegelbild von Janets Stimmung – düster und bedrohlich. Zweifellos würde sich im Laufe des Tages ein Unwetter über St. Albans austoben, doch das Haus der Conways würde ausnahmsweise vom Sturm verschont bleiben. Janet war fest entschlossen, Teds Zustand einfach zu ignorieren, wenn er nach Hause kam – *falls* er überhaupt nach Hause kam. Ihr Koffer stand schon gepackt neben der Tür, zusammen mit einigen Kartons, in denen sie die Sachen der Kinder verstaut hatte. Sie würde Molly in den Wagen setzen, das Gepäck einladen und wegfahren, vor der Schule auf die Zwillinge warten und dann diese Stadt verlassen.

Keine Auseinandersetzungen mehr.

Keine Streitereien mehr.

Keine Szenen mehr.

Wenn Ted nun aber nicht nach Hause kam?

Wenn er den Toyota zu Schrott gefahren hatte?

Das ist bestimmt nicht passiert, beruhigte sie sich.

Aber wenn es nun doch passiert war?

Sie überlegte, wen sie anrufen und um Hilfe bitten könnte, aber ihr fiel niemand ein, der bereit wäre, sie und die Kinder in St. Albans abzuholen.

Während sie deprimiert die dichten Gewitterwolken betrachtete, dachte sie, daß auch ihre Vereinsamung eine Folge von Teds Trunksucht war. Sie selbst war allerdings mitschuldig, denn als ihre Freunde sich zurückzuziehen begannen, hatte sie ihnen vorgeworfen, ihren Mann falsch zu beurteilen. Jetzt, fast zwanzig Jahre später, mußte sie ihnen natürlich recht geben.

Doch jetzt, da sie sich endlich zu diesem Entschluß durchgerungen hatte, war sie ganz auf sich allein gestellt.

Sie wollte sich gerade vom Wohnzimmerfenster abwenden, als ein Auto in die Auffahrt einbog. Gleich darauf bahnte eine Frau sich mühsam einen Weg durch das Gestrüpp – eine Frau, deren sicheres Auftreten verriet, daß sie in St. Albans eine wichtige Persönlichkeit war. Ihr Leinenkleid wies trotz der Hitze keine einzige Knitterfalte auf, und ihr halblanges aschblondes Haar umrahmte weich das Gesicht – eine schlichte Frisur, die bei diesem Frauentyp trotzdem elegant wirkte.

»Ich bin Marge Engstrom«, stellte sie sich lächelnd vor, sobald Janet die Tür geöffnet hatte, »und während der letzten halben Stunde habe ich versucht, mir irgendeinen einleuchtenden Vorwand für diesen Überfall auszudenken, aber ich bin keine geschickte Lügnerin, und deshalb rücke ich am besten gleich mit der Wahrheit heraus. Mein Mann ist der Bürgermeister von St. Albans, und er hat mich hergeschickt. Sie scheinen ja gewisse Probleme zu haben. Darf ich reinkommen?« Marge Engstrom schlüpfte ins Haus, bevor Janet sie dazu auffordern konnte. »Das ist ein schrecklicher Überfall, stimmt's? Aber was sollte ich machen, nachdem Sie noch kein Telefon haben?« Sie nahm die riesige Eingangshalle in Augenschein, und ihr Lächeln verflog. »O Gott, das ist ja der reinste Horror!« Gleich darauf errötete sie über ihre taktlose Bemerkung. »Herrje, entschuldigen Sie bitte ... Phil schimpft immer, daß ich rede, ohne vorher zu überlegen was ich sage, und er hat völlig recht. Es tut mir wahnsinnig leid, ich ...«

»Schon gut«, meinte Janet, »es ist ja wirklich der reinste Horror.« *Nimm dich zusammen*, rief sie sich streng zur Ordnung, *diese Fremde braucht nicht zu wissen, daß nicht nur das Haus ein Horror ist, sondern auch deine Ehe.* Sie atmete tief durch und fragte höflich: »Möchten Sie vielleicht eine Tasse Kaffee?«

»Gern, aber noch viel lieber würde ich das Haus sehen«, gestand Marge. »Und vielleicht können Sie mir dabei erzählen, womit Sie Vater MacNeill eigentlich so auf die Palme gebracht haben.«

Als sie eine halbe Stunde später nach dem Rundgang die Küche betraten, fand Janet ihre Besucherin sehr sympathisch. Ihr imponierte die Offenheit, mit der Marge den Zweck der geplanten Dinnerparty dargelegt hatte, und außerdem strahlte die Frau eine tröstliche Wärme aus. Trotzdem wollte Janet sich ihr nicht anvertrauen. Andererseits wurde von ihr natürlich irgendeine Reaktion auf die Einladung erwartet.

Sollte sie sagen, daß sie für einige Tage verreisen müsse und nach der Rückkehr anrufen würde, um einen neuen Termin für die Party zu vereinbaren? *Du darfst nie lügen*, ertönte die mahnende Stimme ihrer Mutter, *denn Lügen machen eine schlimme Situation nur noch schlimmer.* Aber wenn sie die Wahrheit sagte, daß ihr Mann ein Alkoholiker war, den sie noch heute verlassen würde, hätte Ted keine Chance mehr …

Verdammt, warum sollte sie eigentlich immer noch Rücksicht auf ihn nehmen? Hatte Marge Engstrom, und mit ihr ganz St. Albans, nicht ein Recht darauf zu erfahren, daß Ted ein unverbesserlicher Säufer war? Doch bevor sie mit der Wahrheit herausrücken konnte, sah sie den alten Toyota auf die Einfahrt zufahren, mit einem großen Anhänger voller Bauzubehör – mindestens fünfmal soviel wie am Vortag.

Wer würde das ganze Zeug ausladen? Jared war in der Schule, und wenn nicht sie selbst zupackte, würde auf dem offenen Anhänger bald alles völlig durchweicht sein, denn die dunklen Wolken verhießen einen ordentlichen Regenguß. Ted würde bestimmt keinen Finger krumm machen, sobald er wußte, daß Vater MacNeill dem Bürgermeister einen Besuch abgestattet hatte. Janet konnte seine Reaktion genau vorhersagen.

Zuerst würde er in Wut geraten.

Dann würde er sich betrinken.

Dann würde er vor Selbstmitleid zerfließen.

Dann würde er sie oder die Kinder oder sonst jemanden für sein Versagen verantwortlich machen.

Höchstwahrscheinlich hatte er sich auch heute morgen schon mehrere Drinks genehmigt, unter dem Vorwand, seinen Kater auskurieren zu müssen! Sie machte sich auf die unvermeidliche Szene gefaßt und wünschte nur, daß Marge Engstrom vorher gehen würde, oder daß sie die Frau des Bürgermeisters wenigstens vorwarnen könnte. Doch dazu blieb ihr keine Zeit, denn Ted stürmte durch die Hintertür ins Haus.

»Riecht es hier wirklich nach Kaffee?« rief er fröhlich. »Mann o Mann, das wäre jetzt genau das Richtige!« Er winkte ab, als Janet dienstbeflissen aufspringen wollte. »Bleib sitzen, ich kann mir selbst einschenken.«

Während er eine Tasse aus dem Schrank holte, bedachte er Marge mit einem strahlenden Lächeln. »Ich bin Ted Conway ... Und Sie müssen Phil Engstroms Frau sein, stimmt's?«

Janet starrte ihn verblüfft an. Nach seinem Vollrausch am vergangenen Abend hätte er eigentlich blutunterlaufene Augen, ein verquollenes Gesicht und eine noch schlimmere Laune als am Vortag haben müssen. Doch seine Augen leuchteten, er hatte einen federnden Gang und versprühte einen jungenhaften Charme, der ihm schon vor Jahren abhanden gekommen war.

Sie befürchtete, daß sein strahlendes Lächeln in blinde Wut umschlagen würde, sobald er den Grund für die Einladung zur Dinnerparty bei den Engstroms erfuhr, aber seine Miene spiegelte nur tiefes Bedauern wider.

»Na ja, ich kann nicht erwarten, daß alle Leute meine Idee so toll finden wie ich selbst«, sagte er. »Aber es ist schön zu wissen, daß wir nicht ganz auf uns allein gestellt sind.« Er wandte sich Janet zu und fragte: »Liebling, haben wir am Samstagabend schon etwas vor?«

Als ob wir an irgendeinem Samstagabend in den letzten zehn Jahren irgend etwas vorgehabt hätten, dachte sie verbittert, schüttelte aber stumm den Kopf.

Ted schenkte Marge Engstrom wieder ein bezauberndes Lächeln. »Dann sehen wir uns am Samstagabend! Sollen wir irgend etwas mitbringen?«

Etwas mitbringen? wiederholte Janet insgeheim. *Das einzige, was Ted jemals auf eine Party mitgebracht hatte, waren die Drinks, die er sich schon vorher genehmigte!* Aber was spielte das jetzt noch für eine Rolle? Sobald sie und die Kinder nicht mehr da waren, würde er höchstwahrscheinlich überhaupt nicht mehr an die Party denken, und die Chance, daß er nüchtern bei den Engstroms auftauchen würde, war gleich null. Danach würde ihn natürlich sogar der ihm wohlgesonnene Bürgermeister wie eine heiße Kartoffel fallenlassen …

Doch das alles war jetzt nicht mehr ihr Problem!

Janet hatte ihren Mann so lange gedeckt, daß es ihr nicht schwerfiel, den Schein von Normalität zu wahren, bis Marge sich wenige Minuten später verabschiedete. Doch sobald sie mit ihrem Mann allein war, konnte sie sich nicht länger beherrschen. »Wo bist du gewesen?« fuhr sie ihn an. »Hast du eine Ahnung, wie mir zumute war, als ich aufwachte und feststellen mußte, daß mein Herr Gemahl, der nachts so besoffen war, daß er sich kaum auf den Beinen halten konnte, mit dem Auto verschwunden ist?« Ted öffnete den Mund, um etwas zu erwidern, aber sie ließ ihn nicht zu Wort kommen. »Nein, davon hast du natürlich keine Ahnung! Aber damit ist jetzt endgültig Schluß, Ted! Unsere Ehe ist ein für allemal vorbei!« Während sie Atem schöpfte, machte sie sich auf einen Wutausbruch gefaßt.

»Es tut mir leid«, sagte Ted leise. »Ich kann mich nur wundern, daß du so lange bei mir geblieben bist.«

Dieses Einverständnis brachte Janet völlig aus dem Konzept. Sie war auf die übliche Szene gefaßt gewesen: ein heftiges Wortgefecht, das sich immer mehr zuspitzte, bis sie – zermürbt von seinem Gebrüll – in Tränen ausbrach. Daraufhin nahm er sie in die Arme und schwor ihr hoch und heilig, von nun an würde alles anders werden.

In den vielen Jahren, seit er trank, hatte er noch nie zugegeben, daß sie ihn längst hätte verlassen sollen, weil es vernünftiger gewesen wäre.

Das Motiv für dieses unerwartete Eingeständnis war ihr allerdings völlig klar. Er wollte, daß sie bei ihm blieb und sich weiterhin um ihn kümmerte. Sie warf ihm einen mißtrauischen Blick zu. »Wie solltest du das auch verstehen können?« murmelte sie müde. »Du bist ja ständig so betrunken, daß du überhaupt nichts mehr begreifst! Dein Gehirn ist so vom Alkohol umnebelt, daß du nicht kapierst, warum du jeden Job verlierst, warum deine Kinder sich vor dir fürchten, und was du mir und ihnen angetan hast!«

Molly begann in ihrem Laufstall zu weinen, und Janet nahm sie rasch auf den Arm. »Schon gut, Kleines«, murmelte sie. »Mommy und Daddy werden sich nicht streiten – nie wieder!« An Ted gewandt, fügte sie hinzu: »Ich verlasse dieses Haus noch heute, sobald ich die wenigen Sachen, die ich mitnehmen will, im Kofferraum verstaut habe.«

Scout, der auf dem Fußboden geschlafen hatte, sprang plötzlich wütend auf, so als hätte er jedes Wort verstanden.

»Keine Angst, alte Junge, dich nehmen wir auch mit«, beruhigte Janet den großen Hund, während sie sich erneut darauf gefaßt machte, daß Ted mit allen Mitteln versuchen würde, sie umzustimmen. Doch er überraschte sie abermals.

»Laß mich dir erzählen, was letzte Nacht passiert ist«, bat er so eindringlich, daß sie unwillkürlich aufhorchte.

Trotzdem blieb sie auf der Hut. »Kannst du dich denn überhaupt an irgend etwas erinnern?«

Ted nickte. »O ja, an jedes Detail. Nachdem du gegangen

warst, trank ich weiter, und irgendwann fing ich an, im Haus herumzulaufen. In jedem Raum bot sich mir das gleiche Bild – alles war völlig heruntergekommen!« Er schnitt eine Grimasse und machte eine Geste, die nicht nur die Küche, sondern auch das verwilderte Grundstück umfaßte. »Genauso heruntergekommen wie ich! In wenigen Jahren wird nichts mehr zu retten sein – weder das Haus noch ich! Gestern nacht habe ich es endlich begriffen: Ich zerstöre nicht nur unsere Ehe, nicht nur meine Beziehung zu den Kindern und meine Karriere – falls man den Job im *Majestic* überhaupt noch als Karriere bezeichnen kann«, fügte er spöttisch, aber ohne das übliche Selbstmitleid hinzu. »Nein, ich bringe auch mich selbst langsam, aber sicher um. Und mir wurde klar, daß ich noch nicht sterben will.«

Janet spürte den ersten winzigen Riß in ihrem Schutzwall, und sie kämpfte gegen diese Schwäche an. »Und welche Konsequenzen hast du aus dieser Erkenntnis gezogen, die dir im Vollrausch dämmerte?« fragte sie sarkastisch.

Ted zuckte zusammen, geriet aber auch jetzt nicht in Wut. »Ich bin in den Keller gegangen und habe den ganzen verfluchten Alkohol ausgekotzt.« Ein leichtes Lächeln huschte über sein Gesicht. »Du mußt zugeben, daß ich in dieser Hinsicht alles andere als ein Neuling bin«, versuchte er zu scherzen, wurde aber sofort wieder ernst, als er Janets eisige Miene sah. »Schau mich an«, bat er. »Schau mir in die Augen.«

Tu's nicht, warnte sie sich, konnte der Versuchung aber doch nicht widerstehen.

Etwas *hatte* sich verändert.

Teds Augen glichen klaren Bergseen, was nach seinem Vollrausch der letzten Nacht erstaunlich war. Aber wenn er sich wirklich übergeben hatte …

Er schien ihre Gedanken gelesen zu haben. »Ein Säufer wie ich muß schon jede Menge intus haben, um einen Kater zu bekommen!«

Janet erwiderte nichts darauf, schaute ihm aber weiterhin in die Augen, was vage Erinnerungen in ihr wachrief.

Sie waren ihr seltsam vertraut, und plötzlich wußte sie, daß das die Augen des jungen Mannes waren, in den sie sich vor langer Zeit verliebt hatte. Damals waren diese strahlend blauen Augen der Spiegel seiner Seele gewesen, und sie las in ihnen soviel Zärtlichkeit, Liebe und Leidenschaft, daß sie glaubte, zu ihrem Glück nichts anderes als Ted zu brauchen.

»Komm mit«, bat er jetzt, nahm ihr Molly ab und setzte die Kleine behutsam in den Laufstall. Dann nahm er Janet bei der Hand und führte sie durch die Halle und das Wohnzimmer in den kleinen Raum, wo sie ihn am Vorabend gefunden hatte.

Eine leere Wodkaflasche lag noch auf dem Sofa, und der Karton mit vollen Flaschen stand auf dem Boden. Als Ted einer herausnahm und öffnete, spürte Janet eine kalte Leere im Magen. Wollte er ihr beweisen, daß er sich verändert hatte, indem er demonstrativ einen Drink zu sich nahm? Doch anstatt die Flasche an seine Lippen zu führen, leerte er sie über dem Spülbecken der kleinen Bar aus.

Gurgelnd verschwand der Wodka im Abfluß.

Er griff nach einer zweiten Flasche und schüttete auch sie aus, dann eine dritte und vierte, bis alle Flaschen im Karton leer waren. »Habe ich das je zuvor getan?« fragte er.

Im Geist hörte Janet das Echo seiner unzähligen Versprechungen und Beteuerungen.

Ich muß nicht trinken, es macht mir einfach Spaß.

Daß Alkohol im Haus ist, bedeutet noch lange nicht, daß ich ihn auch trinken werde.

Ich werde keinen Tropfen anrühren, aber wir müssen unerwarteten Gästen doch etwas anbieten können.

Wie oft hatte sie das gehört, in den verschiedensten Variationen? Und wenn sie in seltenen Fällen den Alkohol wegschüttete, sorgte er unverzüglich für Nachschub, und auch dafür hatte er eine Begründung zur Hand: *Wenn ich mir ausnahmsweise einen Drink genehmige – ist es dir dann nicht lieber, wenn ich ihn zu Hause trinke?*

Nein, hätte sie dann schreien mögen, *ich will, daß du überhaupt nicht mehr trinkst!*

Doch alle Vorhaltungen und Bitten waren sinnlos gewesen. Wie knapp bei Kasse sie auch sein mochten – Alkohol war immer im Haus! Und auch jetzt fiel Janet der volle Anhänger ein, in dem Ted einen neuen Vorrat versteckt haben könnte.

Wieder schien er ihre Gedanken zu lesen. »Ich habe keine einzige Flasche mehr gekauft.« Draußen blitzte und donnerte es plötzlich, und die ersten Regentropfen fielen. »O Gott, ich muß das ganze Zeug vom Anhänger in Sicherheit bringen, bevor es durchweicht wird!« rief Ted und rannte durchs Haus und zur Hintertür hinaus. Als Janet ihn einholte, wühlte er in seinen Einkäufen herum. »Ich hab' hier irgendwo ein paar Plastikplanen ... Ah, da sind sie ja!« Er zog eine große Tüte hervor, riß sie auf und breitete eine der Planen mit Janets Hilfe innerhalb von Minuten über dem Anhänger aus, wobei der Wind allerdings sofort so heftig daran zerrte, daß sie davonzufliegen drohte. »Steig in den Wagen«, entschied Ted, als es stärker zu regnen begann. »Ich öffne das Garagentor, und du fährst rückwärts rein.«

»Die Garage ist nicht groß genug«, wandte Janet ein.

»Der Anhänger paßt mühelos hinein«, widersprach Ted, »und ich werde dich dirigieren.«

Inzwischen goß es in Strömen.

»Du wirst patschnaß!« rief Janet, aber Ted zog schon die beiden Torflügel auf, und so setzte sie sich seufzend ans Steuer und legte den Rückwärtsgang ein.

Trotz Teds Anweisungen hatte sie große Mühe, den schweren Anhänger in die Garage zu bringen. Zweimal mußte sie mit dem Toyota wieder ein Stück vorfahren und dann wieder zurücksetzen. Obwohl sie Ted kaum sehen konnte, weil die Scheibenwischer nicht gegen die Regenflut ankamen, gelang es ihr beim dritten Versuch, den Anhänger und die hintere Hälfte des Wagens in der Garage unterzubringen, auch wenn der rechte hintere Kotflügel dabei am Torpfosten entlangschrammte. Sie sprang aus dem Auto und rannte zu Ted, der schon eine zweite Plane über den Anhänger gebreitet hatte. »Jetzt weiß ich wenigstens, wozu ich diese Dinger gekauft habe«, grinste er, während er sie mit einer Wäscheleine festzurrte. Trotzdem warf er einen besorgten Blick durch die Balken zum undichten Dach empor. »Vielleicht sollte ich raufsteigen und es sofort reparieren.«

»Bist du verrückt?« protestierte Janet. »Bei diesem Wetter würdest du dir den Hals brechen!«

»Aber ...«

»Kein ›aber‹! Machen wir lieber, daß wir ins Haus kommen, bevor es noch schlimmer wird!«

Sie sprinteten durch den Hof zur Hintertür und erreichten die schützende Küche, als ein besonders greller Blitz die Wolkendecke zerriß, dicht gefolgt von einem so gewaltigen Donnerschlag, daß Molly vor Schreck zu schreien begann.

Ted hob sie aus dem Laufstall. »Alles in Ordnung«, tröstete er das Kind. »Der Donner kann Daddys kleinem Liebling gar nichts tun.«

Während Janet ihn beobachtete, überlegte sie, ob er die Rolle des besorgten Vaters nur spielte, um sie zum Hierbleiben zu bewegen. Sie traute ihm eine solche schauspielerische Leistung aber nicht zu.

Selbst naß bis auf die Haut, wischte er seiner kleinen Tochter zärtlich die Tränen von den Wangen, und als sie sich beruhigt hatte, lächelte er Janet zu. »Ich finde, alles in allem haben wir draußen ganz gute Arbeit geleistet.«

»Obwohl ich mit dem Kotflügel den Torpfosten gerammt habe?«

Ted zuckte mit den Achseln. »Bei diesen alten Karren fällt eine kleine Schramme mehr oder weniger doch gar nicht auf.« Nach kurzem Schweigen fuhr er unvermittelt fort: »Ich weiß, daß du möglichst schnell aufbrechen willst. Am besten mache ich gleich den Anhänger los.« Seine Stimme war ganz ruhig. Offenbar hatte er begriffen, daß es für Szenen oder Beschwörungen zu spät war, aber seine Augen – so blau, so klar und so tief wie an dem Tag, als sie ihn kennengelernt hatte – suchten noch einmal die ihren. »Es tut mir leid«, murmelte er. »Es tut mir wahnsinnig leid.« Mit diesen Worten ging er auf die Tür zu.

Janet wußte intuitiv, daß er diesmal die Wahrheit sagte. Etwas in ihm hatte sich tatsächlich seit gestern verändert.

»Ted?«

Er blieb stehen und drehte sich langsam um.

»Vielleicht können die Kinder und ich es ja noch einen Tag hier aushalten und abwarten, was passiert«, hörte Janet sich sagen.

17. Kapitel

Die schrille Klingel, die das Ende des Schultags ankündigte, erschreckte Kim so, daß sie um ein Haar wie von der Tarantel gestochen aus dem engen Pult gesprungen wäre, an dem sie vergeblich versucht hatte, eine komplizierte quadratische Gleichung zu lösen. Im Laufe des Tages hatte sie immer stärker das Gefühl gehabt, aufgrund eines schrecklichen Irrtums in der falschen Klasse gelandet zu sein. Aber alle anderen Schüler waren in ihrem Alter; nur schien keiner so schlecht vorbereitet zu sein wie sie! War es möglich, daß die öffentliche Schule, die Jared und sie bisher besucht hatten, im Lehrstoff so weit hinter dieser Konfessionsschule zurücklag? Es mußte wohl so sein – jedenfalls in Mathematik, Naturwissenschaften und Französisch. Der Rest war nicht ganz so schlimm, aber Englisch und Geschichte waren eben immer ihre Lieblingsfächer gewesen, in denen sie die beten Noten hatte. Die Fächer, die ihr nie leichtgefallen waren, stellten sie jetzt allerdings vor schier unüberwindliche Probleme. Während sie ihre Bücher in den Rucksack legte und zu den Schließfächern ging, überlegte sie, ob Jared sich genauso überfordert fühlte. Wenn ja, würde es um sie beide schlecht bestellt sein, denn bisher hatten sie sich immer gegenseitig helfen können, weil ihre Begabungen auf verschiedenen Gebieten lagen.

Als sie auf dem tristen Korridor im ersten Stock vor ihrem Schließfach stand und die Zahlenkombination eingab, stellte sie bestürzt fest, daß die Tür sich nicht öffnete. Erst beim dritten Versuch bemerkte sie ihren Fehler, sie hatte die Zahlenkombination der alten Schule benutzt! Während ihre Finger erneut an der Scheibe herumfummelten, spürte sie, daß jemand hinter ihr stand.

Jemand, der sie nervös machte. Sie versuchte, sich auf die Kombination zu konzentrieren, wußte aber nach der ersten Zahl nicht weiter.

Wie viele Umdrehungen mußte sie machen? Zwei oder drei?

Und bei welcher Zahl mußte sie stoppen? Bei der 26?

Oder bei der 28?

Sie fing von vorne an, aber ihre Nackenhaare sträubten sich, denn der Unbekannte war noch nähergekommen.

Was wollte er von ihr?

Er stand jetzt so dicht hinter ihr, daß sie ihn atmen hören konnte.

Gleich würde er sie berühren!

Bei der Vorstellung, daß seine Finger nach ihr greifen könnten, bekam sie eine Gänsehaut. Außerstande, sich länger zu beherrschen, wirbelte sie auf dem Absatz herum, bereit zur offenen Konfrontation. »Was, zum Teufel …« Sie brachte ihren Satz nicht zu Ende, denn es war Jared, der vor ihr stand. »Mein Gott!« Erleichtert lehnte sie sich an die Schließfächer. »Du hast mich erschreckt! Warum hast du dich angeschlichen, ohne ein Wort zu sagen?«

Ihr Zwillingsbruder schaute sich unruhig nach allen Seiten um. Suchte er jemanden? Kim sah auf dem Korridor mehrere bekannte Gesichter, und einigen konnte sie sogar schon Namen zuordnen. Aber warum sollte Jared sich vor harmlosen Mitschülern fürchten? »Hältst du nach jemandem Ausschau?« fragte sie verwundert.

Er runzelte die Stirn. »Nein, aber ich glaube, daß einige der Nonnen mich bespitzeln«, flüsterte er.

Kim starrte ihren Bruder an. Zuerst war er ohne Frühstück, und ohne auf sie zu warten, zur Schule gegangen. Dann hatte sie ihn den ganzen Tag über kaum zu sehen bekommen. Beim Mittagessen war er nicht in der Cafeteria gewesen, und deshalb hatte sie sich schließlich zu einem Mädchen namens Sandy Endstrom und deren Freundinnen gesetzt. Sie hatte aber kaum zugehört, worüber geredet wurde, weil sie ständig zur Tür geschaut hatte, ob Jared nicht doch noch auftauchen würde. Und jetzt …

»Warum sollten die Nonnen dich denn bespitzeln? Hast du etwas ausgefressen?«

Jared schüttelte den Kopf. »Sie können mich einfach nicht leiden.«

Kim rollte ungeduldig mit den Augen. »Was meinst du damit, daß sie *dich* nicht leiden können? Mir kommt es so vor, als könnten sie *niemanden* leiden.«

Jareds Miene verhärtete sich. »Ich sage dir, sie können mich nicht ausstehen! Den ganzen Tag haben sie mich beobachtet.«

»Dich beobachtet?« wiederholte Kim. Warum sollten die Nonnen ihn beobachten? Plötzlich fiel ihr eine Erklärung ein. Jared hatte genau wie sie selbst das Gefühl, daß sie es an dieser Schule viel schwerer haben würde, aber aus unerfindlichen Gründen nahm er die Sache persönlich. »Es hat nichts mit dir zu tun«, beruhigte sie ihn. »Hier geht es einfach ganz anders zu als in Shreveport.« Sie wandte sich ab und gab noch einmal die Zahlenkombination ein. Zu ihrer großen Erleichterung sprang das Schloß endlich auf. »Ich bin mir heute fast schon geistig behindert vorgekommen, aber das hat nichts mit den Nonnen zu tun. Es ist nur ...«

Aber Jared hörte ihr nicht mehr zu. Er rannte schon die Treppe am Ende des Korridors hinab. Kim schüttelte verblüfft den Kopf. Was hatte er nur? Warum benahm er sich heute so merkwürdig?

Aber etwas anderes war noch viel merkwürdiger als Jareds Verhalten.

Das Zwillings-Phänomen! An diesem Morgen, als sie sich plötzlich so allein gefühlt hatte, war ihr zum erstenmal aufgefallen, daß ihre mentale Verbindung zu Jared unterbrochen war. Aber da hatte sie noch geglaubt, das läge nur an einer Verstimmung ihres Bruders und würde sich geben, sobald sie beide in der Schule waren. Doch es hatte den ganzen Tag über keinen »Funkkontakt« zwischen ihnen gegeben, und Kim verspürte eine nie gekannte Einsamkeit.

Auch eben, als Jared dicht hinter ihr stand – höchstens 30 cm entfernt –, hatte sie seine Nähe nicht wahrgenommen, und das war für sie eine ganz neue und unheimliche Erfahrung. Ihr Leben lang hatte sie gespürt, ob er sich im selben Zimmer wie sie aufhielt oder nicht. Leises Anschleichen hatte früher zu ihren Lieblingsspielen gehört, aber weder Jared noch ihr war es je gelungen, den anderen zu überraschen.

Bis heute.

Schlagartig begriff Kim, warum Jared sich so seltsam verhielt: Er litt genauso wie sie unter der ungewohnten »Funkstörung«. Natürlich, das mußte es sein! Sie rannte ihm nach, schlängelte sich zwischen anderen Schülern hindurch und nahm auf der Treppe zwei Stufen auf einmal. Vom Portal aus sah sie, daß Jared sich einen halben Block entfernt mit Luke Roberts unterhielt. Aber als sie angelaufen kam, unterbrachen die Jungen ihr Gespräch, und ihr Bruder schien über ihr Auftauchen alles andere als erfreut zu sein. »Kannst du mich nicht ausnahmsweise mal in Ruhe lassen?« knurrte er mit finsterer Miene.

Kim blieb abrupt stehen. »Ich … ich wollte doch nur …«, stammelte sie bestürzt. Im Sonnenlicht, das nach dem heftigen Gewitter am Vormittag besonders hell erstrahlte, fiel ihr auf, daß Jareds Augen irgendwie verändert waren. Bis jetzt hatte sie an ihnen immer ablesen können, was er dachte und fühlte, doch nun schienen sie dicht verschleiert zu sein, so als wollte er ihr etwas verheimlichen.

Muffin! Er mußte herausgefunden haben, was ihrer Katze zugestoßen war, und wollte es ihr nicht sagen. Und das konnte nur eines bedeuten …

»Es geht um Muffin, stimmt's?« fragte sie mutlos. »Hast du sie gefunden?« Sie glaubte, ein schwaches Flackern in seinen Augen zu sehen, aber es verschwand so schnell, daß sie nicht ganz sicher war, ob sie es sich vielleicht nur eingebildet hatte, und die mentale Kommunikation funktioniert immer noch nicht. Doch obwohl Jared schwieg und keine Miene verzog, war Kim überzeugt, recht zu haben.

Muffin würde nicht zurückkommen! Mühsam hielt sie die Tränen zurück, die in ihren Augen brannten. »Ich … ich dachte, wir würden zusammen nach Hause gehen«, murmelte sie, zum erstenmal in ihrem Leben außerstande, ihre Gefühle mit dem Zwillingsbruder zu teilen. Noch bevor er antwortete, wußte sie, was er sagen würde, und dazu bedurfte es keiner Telepathie, sie konnte es an seinem Gesichtsausdruck ablesen.

»Ich will noch was mit Luke unternehmen«, erklärte er eisig. »Geh du schon mal voraus.«

Kims Unbehagen und Kummer schlugen plötzlich in Zorn um. Wenn er sie ausschließen wollte – bitte sehr! Ohne ein weiteres Wort zu verlieren, kehrte sie den Jungen rasch den Rücken zu und entfernte sich hocherhobenen Hauptes. Jared sollte auf gar keinen Fall sehen, daß sie Tränen in den Augen hatte.

Sobald Kim verschwunden war, wandte Jared seine Aufmerksamkeit wieder Luke Roberts zu. »Also, was ist? Erzählst du mir, wer in der Hütte wohnt, wenn ich sie dir zeige?«

Luke trat unbehaglich von einem Bein aufs andere. »Wozu willst du das wissen? Wann hast du sie überhaupt entdeckt?«

»Jemand hat die Katze meiner Schwester getötet«, berichtete Jared mit harter Stimme, »und ihr Fell an die Rückwand unserer Garage genagelt.« Unbeeindruckt von Lukes schreckensweit aufgerissenen Augen fuhr er fort: »Mein Hund hat die Spur des Täters bis zu einer Waldhütte verfolgt, aber die wurde von Hunden bewacht.«

»Vielleicht solltest du die Sache einfach vergessen«, schlug Luke vor. »Kann deine Schwester sich nicht eine neue Katze besorgen?«

»Du bist wohl zu feige?« höhnte Jared, ohne Luke aus den Augen zu lassen.

Einen Moment lang ballte Luke seine rechte Hand zur Faust und knirschte mit den Zähnen, doch Jareds hypnotischer Blick brach seinen Widerstand. »Okay, gehen wir!«

Auf dem Nachhauseweg kreisten Kims Gedanken ausschließlich um die Auseinandersetzung mit Jared, und deshalb nahm sie den beißenden Rauchgestank kaum wahr. Erst als sie um die letzte Ecke bog, fiel ihr die gewaltige Rauchwolke über dem Haus auf. Mit rasendem Herzklopfen rannte sie darauf zu, bis ihr klar wurde, daß im Haus kein Brand wütete. Grenzenlos erleichtert stellte sie fest, daß die dunklen Rauchwolken, die das Gebäude einhüllten, von einem riesigen Feuer im Freien – auf dem Hinterhof – stammten. Als Kim näherkam, sah sie ihren Vater mit nacktem, schweißnassem Oberkörper den wilden Wein von einer Magnolie abreißen und ins Feuer werfen. Wie gierige Raubtiere bemächtigten sich die Flammen dieser Nahrung und spuckten neue Dunst- und Rauchwolken aus, während sie das Grünzeug unter lautem Knacken und Knistern verschlangen. Kim blieb in sicherer Entfernung stehen und verfolgte mißtrauisch das Geschehen.

War ihr Vater wieder betrunken? Er sah nicht danach aus, und es stand auch nirgendwo eine Flasche herum, nicht einmal eine Bierdose, obwohl er normalerweise immer, wenn er zu Hause war, einen Drink in Reichweite hatte. Außerdem waren die Kletterpflanzen fast verschwunden: Garage und Haus waren schon völlig davon befreit, und im Garten, der heute morgen noch einem undurchdringlichen Dschungel geglichen hatte, konnte man jetzt die kläglichen Überreste eines Rasens und die Skelette von Büschen erkennen, die im Würgegriff des wuchernden Unkrauts vor langer Zeit verdorrt waren.

»Es ist nicht ganz so schlimm, wie es aussieht«, hörte Kim die Stimme ihres Vaters, und als sie sich erschrocken umdrehte, stand er dicht vor ihr. Instinktiv wich sie einige Schritte zurück, um der Alkoholfahne zu entgehen, die ihn stets umgab. »Kein Grund zur Aufregung, Prinzessin!« Diesen Kosenamen hatte er seit vielen Jahren nicht mehr benutzt, und er schenkte ihr sogar ein warmes Lächeln. »Ob du's glaubst oder nicht – ich bin nicht betrunken!«

Seine Worte verwirrten Kim genauso wie der Kosename. Sie versuchte sich zu erinnern, wann er zuletzt zugegeben hatte, zuviel zu trinken oder betrunken zu sein, und sie brauchte nicht lange, um eine Antwort darauf zu finden.

Noch nie.

Er hatte immer lautstark behauptet, keinerlei Alkoholprobleme zu haben.

»Das … das habe ich auch nicht vermutet«, schwindelte sie verlegen und machte sich auf den üblichen Wutausbruch gefaßt, denn natürlich würde er ihr Manöver durchschauen. Zu ihrer großen Verwunderung lächelte er weiterhin.

»Natürlich hast du das vermutet«, sagte er sanft. »Und völlig zu Recht, denn es dürfte Jahre her sein, daß du mich nüchtern zu Gesicht bekommen hast.«

Kim konnte keinen klaren Gedanken fassen. Was in aller Welt war heute passiert? »Ich … ich wollte nicht … ich meine, ich wollte …«, stammelte sie zusammenhanglos.

Ihr Vater streckte seine Arme aus, so als wollte er sie an sich ziehen, hielt aber mitten in der Bewegung inne und betrachtete seine schmutzigen Hände und den verschwitzten Oberkörper. »Ich würde dich gern umarmen, Prinzessin, doch dann wärst du vollends überzeugt, daß ich besoffen bin, und das bin ich nicht. Seit der vergangenen Nacht habe ich keinen Tropfen Alkohol getrunken.«

Kim schaute unwillkürlich zum Haus hinüber, und er schien ihre Gedanken zu erraten. »Deine Mutter hat mir eine allerletzte Chance gegeben«, berichtete er. »Wir haben uns heute Vormittag lange unterhalten … Nein, es war kein Streit«, beschwichtigte er hastig die Ängste, die sich auf dem Gesicht seiner Tochter widerspiegelten. »Wir hatten eine ganz sachliche Aussprache …« Kim konnte ihm ansehen, daß er nach Worten rang. »Ich weiß, daß ich kein guter Vater gewesen bin«, gab er unumwunden zu, »und dafür gibt es keine Entschuldigungen. Die Schuld lag ganz allein bei mir …«

Er redete noch fünf Minuten so offen weiter und schloß mit den Worten: »Ich bitte dich nicht, mir zu verzeihen oder alles zu vergessen. Ich kann nur zutiefst bedauern, daß ihr alle – du, deine Geschwister und deine Mutter – soviel Schlimmes durchmachen mußtet. Es läßt sich nicht wiedergutmachen, aber von heute an werde ich mich bessern.« Lächelnd fügte er noch hinzu: »Das ist keine große Kunst, denn *noch* schlechter hätte ich kaum werden können, stimmt's?«

Kim nickte zögernd, mit Tränen in den Augen. Sie hätte ihrem Vater gern die Arme um den Hals geworfen und sich wir früher, als kleines Mädchen, an seiner Brust geborgen gefühlt, aber sie wußte aus langer, bitterer Erfahrung, daß auf seine Worte kein Verlaß war. Von widersprüchlichen Gefühlen geplagt, wußte sie nicht, was sie sagen sollte, aber seltsamerweise schien ihr Vater plötzlich wie Jared ihre Gedanken lesen zu können.

»Sag jetzt nichts«, riet er ihr. »An deiner Stelle wäre ich auch äußerst mißtrauisch.«

Zum erstenmal seit Jahren schaute sie ihm tief in die Augen und versuchte zu ergründen, ob er die Wahrheit sagte. Sie wünschte sich sehnlichst, ihm glauben und vertrauen zu können ... Unwillkürlich griff sie nach dem kleinen goldenen Kreuz, das sie von ihrer Großtante geschenkt bekommen hatte, so als erhoffte sie sich eine Weisung von dem Amulett.

Doch es war ihr Vater, der ihr zu Hilfe kam. »Warum gehst du nicht ins Haus und redest mit deiner Mutter?« Er warf einen Blick zur Sonne. »Mir bleiben noch etwa drei Stunden, um das restliche Unkraut zu beseitigen, und wenn ich mich beeile, schaff' ich's vielleicht.«

Er machte sich wieder an die Arbeit, und Kim schaute zu, wie er die dicken Ranken, die sich um Eichen und Weiden geschlungen hatten, zerhackte und von den unteren Ästen löste. Die Schlingpflanzen leisteten erbitterten Widerstand, landeten letztendlich aber doch im Feuer. Als die Flammen hoch aufloderten, ging Kim endlich ins Haus.

Die Veränderungen in der Küche fielen ihr sofort ins Auge: keine aufgestapelten Kartons mehr an der Wand, alles hatte mühelos in den geräumigen Einbauschränken Platz gefunden. Der ganze Raum war geschrubbt, sogar die Rostflecken im Spülbecken waren verschwunden. Ein funkelnagelneuer Kühlschrank ersetzte das uralte Modell, das sie aus Shreveport mitgebracht hatten, und der Herd von anno dazumal, mit dem ihre Mutter sich am Vortag abgeplagt hatte, war einem ultramodernen Gerät mit sechs Kochplatten und großem Backofen gewichen, das sogar einem Restaurant Ehre gemacht hätte.

»Mom?« rief Kim. »Wo bist du?«

»Im Atelier.«

Auch das Atelier, der ehemalige Wintergarten, hatte sich

seit gestern verwandelt. Alle Fenster waren geputzt, alle Malutensilien ordentlich aufgeräumt. Molly saß im Laufstall und spielte mit einer Puppe, während ihre Mutter auf einem Hocker saß einen Kohlestift in der Hand, und kritisch eine Leinwand auf der Staffelei musterte. Sie drehte sich aber sofort nach Kim um.

Das Mädchen bemerkte, daß die Veränderungen sich nicht nur auf Haus und Garten beschränkten. Morgens hatte ihre Mutter angespannt und verhärmt ausgesehen, doch jetzt funkelten ihre Augen lebhaft, und sie wirkte um Jahre jünger.

»Schau dir meinen Entwurf an und sag mir, was du davon hältst!«

Kim gehorchte ohne große Begeisterung, weil sie im Augenblick andere Dinge im Kopf hatte als die Arbeiten ihrer Mutter. Gleich darauf starrte sie jedoch verblüfft und fasziniert auf die Leinwand.

Es war die Skizze eines Gartens, aber nicht des verwilderten Gartens vor den Fenstern, sondern einer kunstvoll gestalteten und perfekt gepflegten Anlage. Kim hatte das gespenstische Gefühl, einen Blick in die Vergangenheit zu werfen. Ihre Mutter hatte den Garten so gezeichnet, wie er vor einem Jahrhundert ausgesehen haben mochte, und in der Gestalt, die mittendrin stand, konnte Kim mühelos ihren Vater erkennen.

Aber nicht jenen Vater, der seiner Familie seit Jahren das Leben zur Hölle gemacht hatte. Hier war er so skizziert, wie sie ihn soeben erlebt hatte – ausgeglichen, heiter, lächelnd. Folglich war sie nicht die einzige, der diese plötzliche Veränderung aufgefallen war. Auch ihre Mutter hatte die Verwandlung bemerkt. »Was hat sich ereignet?« fragte sie, ohne ihren Blick von der Person auf der Leinwand zu wenden. »Kannst du mir erklären, was hier eigentlich los ist? Heute morgen …«

»Mir kommt es so vor, als sei seit heute morgen eine ganze Ewigkeit vergangen«, erwiderte Janet versonnen, und auch sie betrachtete die Gestalt, die sie skizziert hatte. »Letzte Nacht ist mit deinem Vater offenbar eine Wandlung vorgegangen ... Er scheint endlich aufgewacht zu sein.« Mühsam nach Worten suchend, berichtete sie von den neuesten Ereignissen. »Er hat den ganzen Tag geschuftet«, schloß sie. »Ein Lieferwagen brachte den Kühlschrank und Herd, und nachdem Ted mir beim Aufräumen der Küche geholfen hatte, machte er sich draußen an die Arbeit. Du hast ja mit eigenen Augen gesehen, was er schon geleistet hat.«

Als Kim wenige Minuten später in ihr Zimmer ging, schwirrte ihr der Kopf. Heute morgen war die Stimmung im Haus hochexplosiv gewesen.

Ihr Vater war verschwunden gewesen, ihre Mutter fest entschlossen, ihn endlich zu verlassen.

Und nun war alles ganz anders.

Aber wie lange würde dieses scheinbare Idyll anhalten?

Kim war außerstande, den Beteuerungen ihrer Eltern Glauben zu schenken.

Sie wußte, daß etwas nicht stimmte.

Sie wußte, daß etwas ganz und gar nicht in Ordnung war.

18. Kapitel

»Wie weit ist es denn noch?« quengelte Luke Roberts.

Jared schaute sich verunsichert um. Als sie vor einer halben Stunde aufgebrochen waren, hatte er eigentlich zunächst nach Hause gehen wollen, um – wie vergangene Nacht unter Scouts Führung – von der Garage aus in den Wald vorzudringen. Dann hatte er jedoch beschlossen, auf diesen Umweg zu verzichten und die Hütte direkt vom östlichen Stadtrand aus zu erreichen. Dabei hatte er freilich nicht bedacht, daß die vielen Waldpfade sich wie ein Ei dem anderen glichen, so daß ein Unkundiger in diesem Labyrinth leicht die Orientierung verlieren konnte. Kein Wunder, daß Luke immer skeptischer dreinschaute, auch wenn Jareds grimmige Miene ihn davon abhielt, seine Zweifel laut zu äußern.

Vor einer Viertelstunde, an einer Kreuzung, hatte Jared befürchtet, sich hoffnungslos verirrt zu haben, doch von einer Sekunde auf die andere war es ihm wie Schuppen von den Augen gefallen, und er hatte genau gewußt, welches der richtige Weg war.

Wie war das möglich?

Hatte er sich bei seinen nächtlichen Ausflug mit Scout unbewußt irgendwelche Anhaltspunkte gemerkt? Das war höchst unwahrscheinlich; denn im schwachen Mondlicht hatte er kaum etwas erkennen können und war seinem Hund blindlings gefolgt.

Trotzdem hatte er selbstsicher verkündet: »*Da* geht's lang!«

»Ach ja?« Luke hatte seine ständig rutschenden Jeans hochgezogen. »Der Weg sieht doch genauso aus wie der andere ...« Er hatte seinen Satz nicht beendet, weil Jared ihn wieder mit blitzenden Augen einschüchterte, und es hatte lange gedauert, bis er sich zu fragen traute, wie weit es noch bis zu der Hütte war.

Wir sind fast am Ziel.

Ganz dicht am Ziel.

Auch jetzt hätte Jared nicht begründen können, woher er das wußte, denn das einzige, was er bisher durch das Dickicht erspäht hatte, war Wasser, das in der Sonne schillerte.

Ein See! Stand die Hütte, die er heute nacht gesehen hatte, am Ufer eines Sees? Er hatte nicht darauf geachtet. »Es sind nur noch ein paar Schritte«, behauptete er im Brustton der Überzeugung. »Die Hütte muß gleich da vorne sein.«

Luke hob ungläubig die Brauen. »Ich weiß nicht so

recht … Vielleicht sollten wir doch lieber umkehren und irgendwo in der Stadt eine Coke trinken.«

Doch Jared eilte schon wieder den Pfad entlang. Eine leichte Brise war aufgekommen, und er schnupperte aufgeregt. »Riechst du auch etwas?«

Luke schüttelte den Kopf. »Ich bin doch kein Jagdhund!«

Das war für Jared das Stichwort. Natürlich, er roch die Hunde, die er in der Nacht gehört hatte! »Komm, wir sind gleich da!«

Widerwillig schlich Luke hinter Jared her, der damit rechnete, daß die Hunde jeden Moment losbellen würden. Als alles ruhig blieb, begriff er, daß die Tiere ihn noch nicht gewittert hatten, weil der Wind in *seine* Richtung wehte. Das war der Grund, daß er den Hundegeruch wahrgenommen hatte.

Hinter der nächsten Biegung würde die Hütte in Sicht kommen, das wußte er, obwohl er sich nach wie vor an keinen bestimmten Baum oder Felsen erinnern konnte. Und da war sie auch schon. Sie stand inmitten einer kleinen Lichtung.

Jetzt, bei hellem Tageslicht, konnte Jared sehen, daß sie dicht am See stand. Das flache Ufer war schlammig, und zwei uralte Ruderboote, so verwittert, daß sie bestimmt leckten, waren mit ausgefransten Leinen an einem Baum vertäut.

Im Schatten der Hütte schliefen zwei Hunde.

»Das ist sie«, sagte Jared leise. »Weißt du, wer hier wohnt?«

»Jake Cumberland«, murmelte Luke Roberts.

»Und wer ist das?«

»Ach, nur ein Trapper …« Luke fühlte sich sichtlich unbehaglich. »Er hat sein ganzes Leben hier verbracht.«

Jareds Augen verengten sich zu Schlitzen. »Du hast Angst vor ihm, stimmt's?«

Luke erbleichte, schüttelte aber den Kopf.

»Verdammt, mir kannst du nichts vormachen!« knurrte Jared.

»Na ja, es gibt ... Gerüchte«, gab Luke zu. »Über seine Mutter.«

»Was für Gerüchte?«

»Sie soll so was wie eine Voodoo-Priesterin gewesen sein.« Luke mied den Blick seines Freundes. »Und sie soll für deinen Onkel gearbeitet haben, bis sie dann verschwand.«

»Verschwand?« wiederholte Jared. »Was meinst du damit? Ist sie einfach abgehauen?«

Luke zuckte die Achseln. »Das weiß niemand, jedenfalls niemand von den Leuten, die ich danach gefragt habe. Aber meine Mutter sagt, zuletzt sei die Frau in der Nacht vor jenem Tag gesehen worden, an dem dein Onkel sich erhängt hat.« Er errötete. »Ma sagt, viele hätten geglaubt, daß Jakes Mutter von deinem Onkel umgebracht wurde. Angeblich sollen die beiden etwas miteinander gehabt haben, und er hat sie ermordet, damit sie nicht ausplaudern konnte.« Als Jared die Fäuste ballte und mit dem Kiefer mahlte, hob Luke abwehrend die Hände. »He, geh jetzt bitte nicht auf mich los! Ich habe nur erzählt, was ich gehört habe.«

Aber Jared beachtete ihn gar nicht mehr, sondern starrte die Hütte an. Alle Fensterscheiben hatten Sprünge – einige fehlten sogar ganz –, und der Außenanstrich war längst von den rohen Holzbrettern abgeblättert. Die morsche Veranda hatte kein Geländer, und das Wellblechdach war durch Hitze und Regen verrostet.

Unerklärlicherweise wußte Jared, daß die Hütte leer war. Er wandte seine Aufmerksamkeit den beiden Hunden zu.

Sie sprangen plötzlich auf, so als hätten sie seinen Blick gespürt, und spannten alle Muskeln an, als sie ihn bemerkten. Er ging einen Schritt auf sie zu, und nun witterten sie ihn auch, weil der Wind sich gedreht hatte.

Als er noch einen Schritt näherkam, zerrten sie an ihren Ketten, und ihr wütendes Gebell zerriß die Stille im Wald.

»Bist du verrückt, Jared?« rief Luke Roberts. »Was, wenn Jake zu Hause ist?«

»Er ist nicht da«, erwiderte Jared. »Er ist nicht einmal in der Nähe.«

»Woher willst du das wissen?« fragte Luke, erhielt aber keine Antwort.

Jared ging furchtlos auf die Hunde zu, die ihn mit gefletschten Zähnen anknurrten.

Einen knappen halben Meter vor den angeketteten Tieren blieb er stehen, ging in die Hocke und streckte seine Hand dem Hund entgegen, der sich noch wilder als sein Gefährte gebärdete. »Ist es das, was du willst? Ein Stück von meinem Fleisch? Das hättest du wohl gern?«

Vor Wut heulend, versuchte der Hund ihn anzufallen, rutschte aber auf der vom Regen durchweichten Erde aus und fiel auf die Schnauze. Er rappelte sich jedoch sofort wieder auf und griff wieder an.

Jareds Finger waren nur wenige Zentimeter von den scharfen Zähnen entfernt. »Na komm, hol dir, was du haben möchtest!«

»Hast du völlig den Verstand verloren?« rief Luke wieder. »Wenn er sich losreißt ...«

Jared hörte nicht auf ihn. »Versuch's doch«, flüsterte er dem Hund zu. »Du wirst schon sehen, was dann passiert!«

Er hielt ihm seine Finger hin, und der Hund schnappte danach.

»O Gott!« schrie Luke, so als wäre er selbst gebissen worden.

»Na, hat's geschmeckt?« murmelte Jared, ohne den Hund aus den Augen zu lassen, der sich plötzlich winselnd duckte, während der andere seine erfolglosen Angriffe fortsetzte.

Jareds Finger schlossen sich um den Hals des geduckten Hundes. »Tu das nie wieder«, sagte er leise. »Nie wieder!«

Er verstärkte den Druck seiner Finger und machte eine heftige ruckartige Bewegung.

Der Hund stieß einen hohen Schmerzensschrei aus, bevor er mit gebrochenem Hals zusammenbrach.

Luke starrte den schlaffen Körper entsetzt an. »Du hast ihn getötet!« murmelte er.

Jared drehte sich um. »Er hat mich gebissen«, sagte er mit ausdrucksloser Stimme. »Hätte ich ihn etwa streicheln sollen?«

Der zweite Hund beschnupperte seinen leblosen Gefährten und preßte sich ängstlich an die Hüttenwand.

Jared nahm dem toten Hund die Kette ab und hob ihn hoch.

»Was willst du damit machen?« erkundigte Luke sich eingeschüchtert.

Ohne ihm zu antworten, trug Jared den Hund in Jakes Hütte und schloß die Tür.

Jake Cumberland hatte fast den ganzen Nachmittag auf dem See verbracht. In dem verbeulten Eimer, der ihm als Fischkorb diente, lag ein halbes Dutzend Katzenwelse – mehr als genug für ihn und die beiden Hunde. Eigentlich hatte er schon vor einer Stunde, nach dem letzten Fang, zurückrudern wollen, um mit seinen Hunden einen Waldspaziergang zu machen, die Fallen zu kontrollieren und vielleicht sogar ein bißchen zu jagen. Doch nachdem er in der letzten Nacht kaum geschlafen hatte, war er ziemlich groggy oder – wie seine Mama es ausgedrückt hätte – »völlig ausgelaugt«. Die Hunde hatten ihn lange vor Tagesanbruch geweckt, und danach war er wach geblieben, weil er sich nicht erklären konnte, warum sie sich so wild gebärdet hatten.

Irgendein Tier, versuchte er sich einzureden – eine Beutelratte oder ein Waschbär. Aber er wußte genau, daß das nicht stimmte, denn wenn sie irgendeine Beute witterten, benahmen sie sich ganz anders. Mit ihrem Geheule in den frühen Morgenstunden hatten sie ihn warnen wollen. Deshalb hatte er die Öllampe angezündet und die Tür geöffnet.

Er hatte niemanden gesehen.

Er hatte nichts gehört.

Aber er hatte gewußt, daß dort draußen jemand war.

Jemand, der seine Hütte beobachtete.

Und während er auf der Türschwelle gestanden und in die Finsternis gespäht hatte, ohne erkennen zu können, wer sich dort versteckte, hatte er im Geiste die Stimme seiner Mama gehört, die ihm, als er noch ein kleiner Junge gewesen war, zugeflüstert hatte: *Du kannst ihn spüren, Junge. Wenn er in der Nähe ist, kannst du ihn spüren, mein Kind. Und dann mußt du ganz vorsichtig sein, denn er ist stärker als du, das darfst du nie vergessen, mein Junge – er ist stärker als du.* Deshalb war Jake wach geblieben, auch nachdem seine Hunde sich beruhigt hatten. Und als dann am östlichen Himmel der Morgen graute, hatte er seine üblichen Arbeiten verrichtet – die Hütte aufgeräumt, die Hunde gefüttert, die am Vortag aufgestellten Fallen nachgesehen und später, als das Unwetter sich austobte, die drei in die Fallen gegangenen Kaninchen gehäutet und ausgenommen.

Etwas Kaninchenfleisch hatte er sich zum Mittagessen gebraten, und danach war er mit dem Boot auf den See hinaus gerudert, nicht nur, um zu angeln, sondern auch, um in der Sonne zu dösen. Doch sogar bei hellem Tageslicht hatten ihn die Worte seiner Mama verfolgt.

Du kannst ihn spüren, wenn er in der Nähe ist.

Wen hatte sie damit gemeint? Als kleiner Junge hatte er geglaubt, es müsse sich um Mr. Conway handeln, obwohl der Boss seiner Mama ihn nie besonders beeindruckt hatte. Jedenfalls nicht bis zu jener letzten Nacht …

Jener Nacht, als seine Kindheit endete …

Jake wachte vom Rauch und vom flackernden Kerzenlicht auf, und noch bevor er etwas sehen konnte, wußte er, was seine Mama machte.

Sie wollte ihre Magie ausüben.

So nannte sie das, was sie tat. »Aber versuch ja nicht, es mir nachzumachen«, hatte sie ihn gewarnt, als er zum erstenmal mit-

ten in der Nacht aufgewacht war und sie an dem kleinen Tisch in der Ecke ihrer Hütte beobachtete hatte. »Kleine Jungen dürfen nichts mit solcher Magie zu tun haben.« Sie hatte ihn ins Bett zurückgeschickt, doch er hatte unter der dünnen Decke hervorgelugt, die auch im Winter sein einziger Schutz gegen die Kälte war.

In vielen Nächten hatte er ihr heimlich zugeschaut, wenn sie an dem zerkratzten Tisch saß, ein Tuch um die Haare geschlungen – jenes blaue Tuch, für das er eisern gespart hatte, um es ihr zu Weihnachten schenken zu können. Normalerweise lag er regungslos im Bett, damit sie nicht bemerkte, daß er wach war.

Diesmal stand er jedoch auf, trat neben seine Mama und starrte besorgt das Zauberbild an, das sie anfertigte.

Eine primitive Stoffpuppe.

Aber es war keine normale Puppe, sondern eine sogenannte Rachepuppe. »Mit Hilfe eines solchen Abbilds kann man der betreffenden Person alles antun, was man will«, hatte Mama ihm erklärt. Während sie jetzt die ausgestopfte Puppe zunähte, fiel Jake ein, was seine Lehrerin vor einigen Tagen in der Schule gesagt hatte.

»Die Schwester sagt, Magie sei schlecht«, äußerte er beunruhigt. »Sie sagt, daß man in die Hölle kommt, wenn man Voodoo betreibt.«

Die dunklen Augen seiner Mutter funkelten im Licht der Kerze, die den Tisch erhellte. »Die Schwester hat keine Ahnung«, erwiderte sie, von ihrer Arbeit aufschauend.

Jake betrachtete den toten Frosch, der mit weit aufgeschlitztem Bauch neben der Puppe lag. »Ich will aber nicht, daß du in die Hölle kommst!« beharrte er mit zittriger Stimme.

Sie legte ihm sanft eine Hand auf den Kopf. »Mach dir keine Sorgen, ich komme nicht in die Hölle.« Ihre Blicke schweiften zu der Puppe zurück. »Dafür könnten andere bald dort landen … So, und jetzt schlaf weiter, sonst kannst du morgen in der Schule nicht aufpassen!«

Jake schlüpfte unter die Decke, doch als seine Mama wenige Minuten später die Hütte verließ, zog er sich rasch an und folgte ihr.

Zuerst ging sie ans Seeufer und kauerte sich ins Riedgras, dem Versteck von Fröschen und Schildkröten, die Jake so gern jagte.

Das Quaken eines Frosches perfekt nachahmend, warf sie den ausgenommenen Frosch, den er auf dem Küchentisch gesehen hatte, ins trübe Wasser. Während kreisförmige Wellen die Oberfläche kräuselten, stand sie auf und murmelte etwas, so leise, daß Jake kein Wort verstehen konnte. Die Rachepuppe in einer Kleidertasche versteckt, schritt sie langsam durch die Nacht und blieb immer wieder kurz stehen, um eine Beschwörung zu flüstern, einen Zweig abzubrechen oder irgendwelche Gegenstände – eine Feder, einen Kieselstein – vom Pfad aufzuheben.

»Alles hat magische Kräfte«, hatte sie Jake eines Nachmittags erklärt, als sie beim Spazierengehen auf das Skelett einer Krähe stießen. Sie hatte alle Knochen, und sogar den Schnabel und die Füße, mitgenommen. »Jedes Lebewesen besitzt magische Kräfte, aber auch jeder tote Gegenstand. Man muß nur wissen, wie man sie nutzen kann.«

In dieser Nacht sammelte sie so viele Dinge, daß sie offenbar beabsichtigte, einen besonders mächtigen Zauber auszuüben.

Während Jake seiner Mutter durch die Dunkelheit folgte, dachte er wieder an die Worte seiner Lehrerin: »Christus ist unser Erlöser, und wir können nur durch Christus gerettet werden. Alle anderen Wege sind böse und führen in die Hölle.« Dabei hatte sie ihn eindringlich angesehen, so als wüßte sie, was seine Mama manchmal trieb.

Während er hinter ihr herschlich, betete er, daß sie umkehren und ihn in die Hütte zurückführen möge. Statt dessen erreichten sie nach langer Zeit – ihm war es wie eine Ewigkeit vorgekommen – den Waldrand, und Jake wußte, wo sie waren.

Das riesige Haus ragte inmitten des Grundstücks empor – das Haus, wo seine Mutter jeden Tag putzte, wusch, kochte und sonstige Arbeiten verrichtete. Allmählich dämmerte ihm, wen sie in dieser Nacht mit ihrer Magie treffen wollte, und er verkroch sich in den tiefen Schatten neben der Garage, während sie ins Licht des aufgehenden Mondes trat, langsam, mit gesenktem Kopf, so als suchte sie etwas. Ein leiser Gesang stieg aus ihrem tiefsten In-

nern auf, und sie bewegte sich zunächst im Kreis, dann in immer enger werdenden Spiralen, sie tänzelte auf der Stelle herum und ließ sich im Schneidersitz auf der Erde nieder. Ein Fenster im ersten Stock fest im Blick, holte sie alles mögliche aus den tiefen Taschen ihres Kleides.

Zuerst die Rachepuppe, die sie mit dem Kopf zum Haus vor sich auf den Boden legte.

Dann ein Messer, dessen Klinge im Mondschein funkelte.

Knochen, an denen keine Fleischfaser mehr haftete, legte sie kreisförmig um sich herum.

Es folgten Steine und Moos, Blätter und eine Handvoll Staub.

Ihr beschwörender Singsang wurde immer lauter, bis es Jake so vorkam, als könnte sie damit sogar Tote auferwecken.

Im Haus ging ein Licht an, ein Licht, das von dem Fenster in der ersten Etage ins Freie fiel und Jakes Mutter wie ein Spinnennetz umgab. Wenige Minuten später wurde eine Tür geöffnet, und ein Mann trat auf die Schwelle.

»Eulalie, bist du das?«

Jake erkannte die Stimme. Es war George Conway, der Mann, dem das Haus gehörte. Der Mann, für den seine Mutter arbeitete.

Als sie keine Antwort gab, verließ er sein Haus und ging auf sie zu. Sogar von seinem Versteck aus konnte Jake sehen, daß Conways Gesicht wutverzerrt war, während er die Sachen betrachtete, mit denen Eulalie Cumberland ihren Zauber bewirken wollte.

»Nimm diesen ganzen Mist an dich und geh nach Hause, Eulalie«, befahl er.

Jake hielt den Atem an. Er dachte, seine Mama würde hastig alles zusammenglauben und das Weite suchen, doch statt dessen legte sie den Kopf in den Nacken und fixierte ihren Arbeitgeber. Mit ausgestreckter rechter Hand deutete sie auf das große Haus, dessen Silhouette sich vom Nachthimmel abhob. »Hier regiert das Böse – überall! In Ihrem Haus ebenso wie in Ihnen!« Sie griff nach der Puppe und hielt sie ihm vors Gesicht. »Jetzt ist es hier drin, und bald werde ich es herausschneiden!« Sie hob das Messer auf und richtete es gegen die Puppe. »Wie ein Geschwür wird' ich's rausschneiden!«

George Conway runzelte die Stirn, und seine Augen schleuderten Blitze. »Willst du mir drohen, Eulalie Cumberland? Wag es ja nicht, mir zu drohen!«

Jake sah, daß seine Mama sich stolz in die Brust warf, völlig unbeeindruckt von Conways Zorn. »Es ist keine Drohung.« Ihre Stimme war leise, kaum mehr als ein Flüstern, und doch hallte jedes Wort durch die Stille der Nacht. »Es ist ein Versprechen! Wenn der Mond das nächste Mal aufgeht, wird das Böse von diesem Ort ausgetrieben sein.« Wieder begann sie, ihre Beschwörungen zu murmeln. George Conway wandte sich abrupt ab und ging auf die Garage zu.

Überzeugt davon, daß der Mann ihn gesehen hatte, hielt Jake mit rasendem Herzklopfen Ausschau nach einem Fluchtwerg, aber der Wald war zu weit entfernt, und ein anderes Versteck gab es nicht. Nahe daran, einen Schreckensschrei auszustoßen, beobachtete er, daß George Conway das Garagentor öffnete und im Gebäude verschwand.

Er war in Sicherheit! Der Mann hatte ihn nicht entdeckt. Er war in Sicherheit!

Trotzdem hielt Jake den Atem an, denn jedes Geräusch könnte ihn verraten. Es dauerte eine Ewigkeit, bis George Conway mit einem Kanister in der rechten Hand die Garage verließ und auf die Stelle zusteuerte, wo Jakes Mama saß. Endlich traute der Junge sich, tief Luft zu holen.

»Ich warne dich jetzt zum letztenmal, Eulalie«, hörte er Conway sagen. »Geh sofort nach Hause!«

Als sie sich nicht von der Stelle rührte, hob Conway den Kanister mit beiden Händen hoch, so als wollte er damit zuschlagen. Zu Jakes großer Erleichterung übergoß der Mann seine Mama aber nur mit Wasser.

Sekunden später stieg Jake ein scharfer Geruch in die Nase.

Kein Wasser.

Benzin!

»Deine allerletzte Chance, Eulalie«, sagte Georg Conway.

Jakes Mutter schaute zu dem Mann empor, der drohend vor ihr stand. »Ich hab' keine Angst vor Ihnen, und ich hab' auch keine Angst vor dem, mit dem Sie einen Pakt geschlossen haben.« Sie intonierte neue Beschwörungen.

George Conway entzündete ein Streichholz, das sein Gesicht erhellte, und trat einen Schritt zurück.

Mit völlig ausdrucksloser Miene warf er das Streichholz in die Benzinpfütze um Eulalie herum. Unter gespenstischem Zischen schossen die ersten Flammen empor, und Conway wich vor der Hitze noch einige Schritte zurück.

Jakes Augen weiteten sich vor Entsetzen, und er hielt sich den Mund mit beiden Händen zu. Er wollte losrennen und seine Mama aus den Flammen retten, aber seine Muskeln gehorchten ihm nicht. Zur Salzsäule erstarrt, spürte er eine heiße Flüssigkeit zwischen den Beinen, doch die Entleerung seiner Blase war ein reiner Reflex, der nichts an der Lähmung des ganzen Körpers zu ändern vermochte. Jake konnte nicht einmal seine Augen von dem gräßlichen Anblick losreißen.

Eulalie Cumberland gab keinen Laut von sich, als ihre Kleidung Feuer fing, und sie versuchte auch nicht, sich aus den Flammen zu retten. Sie griff nur nach zwei Gegenständen und hielt sie hoch. In der linken Hand hatte sie die Puppe, deren Hals in einer Schlinge baumelte.

In der rechten Hand hatte sie das Messer.

George Conway und Jake beobachteten, wie sie das Messer in die Puppe stieß und die dünne Baumwolle aufschlitzte. Aus dem Bauch der Puppe quollen die Eingeweide des Frosches hervor. Bis in Kopfhöhe von Flammen umzingelt, hielt Eulalie immer noch die Puppe in die Höhe. Die blutigen Innereien glänzten im Feuerschein, und George Conway starrte sie mit schreckensweit aufgerissenen Augen an.

Eulalie Cumberland begann zu lachen.

Es war ein grauenerregendes, schallendes Gelächter, das in der Nachtluft widerhallte, auch nachdem sie bereits in den Flammen zusammengebrochen war.

Jake, der hilflos mit ansehen mußte, wie seine Mutter verbrannte, zitterte wie Espenlaub. Auch als das Feuer langsam erlosch, harrte er in seinem Versteck aus und beobachtete, wie George Con-

way Eulalies sterbliche Überreste in einer dicken Decke verstaute und mit dem Bündel auf dem Rücken im Haus verschwand.

Immer noch verweilte Jake am Tatort.

Er versuchte sich einzureden, daß das alles nicht wirklich passiert sein konnte, daß es nur ein schlimmer Alptraum war.

Bald würde er in der Hütte aufwachen, und seine Mama würde am Herd stehen und die Hafergrütze zubereiten, die es immer zum Frühstück gab.

Erst als die Sonne aufging, trat Jake den Heimweg an. Drei Tage und drei Nächte verkroch er sich in der Hütte, und als die Nonne auftauchte und wissen wollte, wo seine Mutter sei, erzählte er ihr nicht, was er in jener Nacht gesehen hatte.

Er erzählte keiner Menschenseele davon.

Doch als er erfuhr, daß Georg Conway sich in der Magnolie hinter dem großen Haus erhängt und den Bauch aufgeschlitzt hatte – als man ihn fand, hielt er immer noch das Messer umklammert –, da hörte Jake etwas.

Er hörte seine Mama lachen.

Er hatte sofort gewußt, warum sie lachte: weil sie Conway, ihren Mörder, letztlich doch besiegt hatte. Aber ihre Warnung, daß man das Böse spüren könne, hatte er nie verstanden.

Erst in der letzten Nacht, als seine Hunde zu heulen begannen.

Da wußte er zum erstenmal, was seine Mam gemeint hatte.

Er spürte etwas.

Etwas *Böses.*

Etwas, das irgendwo in der Dunkelheit lauerte, außerhalb des Lichtkegels seiner Öllampe.

Unbegreiflicherweise hatte er nicht einmal seine Hunde auf den Unbekannten gehetzt. Eine innere Stimme hatte ihm geraten, sie in der Hütte zu lassen.

Heute nachmittag, bevor er auf den See hinausgerudert war, hatte er sie allerdings draußen angekettet. Doch noch während er sein Angelzubehör in das kleine Boot warf und es ins Wasser schob, überlegte er, ob er die Hunde nicht doch lieber in der Hütte einsperren oder mitnehmen sollte. Bei dem strahlendem Sonnenschein kamen ihm seine Befürchtungen dann doch übertrieben vor. Was sich auch immer hier während der Nacht herumgetrieben hatte, war längst wieder verschwunden. Vielleicht hatte er sich ja alles auch nur eingebildet, weil er nach seinem eigenen mitternächtlichen Ausflug nervös gewesen war, obwohl er nichts Schlimmes getan hatte. Ganz im Gegenteil, er hatte der Familie einen Gefallen erwiesen: wenn diese Conways auch nur ein bißchen Verstand besaßen, würden sie ihre Sachen packen und dorthin zurückkehren, wo sie hergekommen waren. Und wer das Katzenfell an die Garagenmauer genagelt hatte, würde keiner herausfinden.

Nein, zur Nervosität bestand nicht der geringste Grund!

Auf dem See entspannte er sich zum erstenmal, seit er die Truhe seiner Mutter geöffnet hatte. Gemütlich im Boot ausgestreckt, die Füße auf der Ruderbank, die Angelrute locker in der rechten Hand, zog er seinen Strohhut tief ins Gesicht und schloß die Augen.

Und dann begannen die Hunde zu bellen.

Jake setzte sich abrupt auf. Er wußte sofort, daß es *seine* Hunde waren – sogar über eine Entfernung von ein, zwei Meilen hinweg erkannte er mühelos ihre Stimmen. Und jetzt führten sie sich genauso auf wie letzte Nacht. Wenn sie nur ein Kaninchen oder irgendeine andere Beute gewittert hätten, würden sie aufgeregt bellen, aber nicht total verrückt spielen.

Es hörte sich so an, als wollten sie jemanden regelrecht zerfleischen – so wie letzte Nacht!

Jake holte hastig seine Angelrute ein und ruderte auf das Ufer zu. Während er döste, hatte er das Boot einfach treiben lassen, und nun war seine Hütte fast eine Meile entfernt, auch wenn der Schall hier auf dem Wasser so gut trug, daß das Bellen aus nächster Nähe zu kommen schien.

Es brach ab, während Jake noch weit draußen auf dem See war, und er hielt im Rudern inne und lauschte angestrengt.

Nichts, nur das Platschen eines flüchtigen Fisches und das Surren eines Moskitos, der sich auf seinem Nacken niederließ. Jake wollte danach schlagen, hielt aber mitten in der Bewegung inne.

Er hörte einen kurzen hohen Schmerzensschrei und begriff sofort, was geschehen war.

Einer seiner Hunde war gestorben.

Er vergaß den Moskito, statt dessen legte er sich tüchtig in die Riemen, und das Boot schoß auf das Ufer zu.

Zweimal hielt er für einen Augenblick inne, um erneut zu lauschen. Aber erst als er das Ufer fast erreicht hatte, hörte er wieder ein Geräusch. Ein Hund, Jake war fast sicher, daß es Lucky war, winselte leise.

Sobald er das Boot ans Ufer gebracht hatte, sprang Jake heraus. Ohne sein Angelzubehör mitzunehmen, hastete er zur Hütte.

Er sah sofort seinen Verdacht bestätigt. Winselnd beschnupperte Lucky den Boden, auf dem nur eine Kette lag.

Red war verschwunden.

Jake kniete vor dem Hund nieder. »Was ist passiert, Lucky?« fragte er. »Was war hier los, während ich fort war?«

Lucky ließ sich bereitwillig streicheln, beschnupperte aber gleich darauf wieder den Boden. Mit gerunzelter Stirn griff Jake nach Reds Kette und betrachtete die Schnalle, die am Halsband befestigt gewesen war.

Sie ist nicht beschädigt.

Trotzdem fehlte das Halsband.

»Wo ist er, Lucky? Wo ist Red?«

Er löste die Kettenschnalle an Luckys Halsband und stand auf. »Such Red«, befahl er sanft. »Zeig mir, wo er ist.«

Der Hund rannte zur Hüttentür und kratzte daran.

Kopfschüttelnd betrat Jake die morsche Veranda.

Warum sollte Red in der Hütte sein? Wenn etwas ihn umgebracht hatte …

Und dann begriff er: nicht *etwas* hatte Red getötet, sondern *jemand*. Ein kalter Schauer lief ihm über den Rücken, während er die Tür öffnete.

Und da sah er Red.

Er lag auf dem Tisch, mit aufgeschlitztem Bauch, so daß das Gedärm fast bis zum Boden herabhing.

Lucky jaulte leise und preßte sich dicht an seine Beine.

»O Gott«, flüsterte Jake. »O mein Gott, wer hat das gemacht?« Gegen Übelkeit ankämpfend, trat er näher und legte eine Hand auf den Kopf des toten Hundes, so als wollte er ihn trösten. Dann fiel sein Blick auf das rechte Vorderbein. Es endete in einem blutigen Stumpf, und die Pfote fehlte. Sie war säuberlich abgeschnitten worden.

Zu spät, dachte Jake.

Es ist schon zu spät.

19. Kapitel

Janet warf einen ängstlichen Blick auf ihre Uhr, so wie sie es in den letzten Minuten mindestens ein dutzendmal getan hatte. Viertel vor sechs.

Noch eine Viertelstunde.

Wenn Jared dann immer noch nicht zu Hause war, würde sie …

Was sollte sie tun? Bei der Polizei anrufen? Im Krankenhaus anrufen?

»Du brauchst dir keine Sorgen zu machen«, hatte Ted ihr vor einer Stunde versichert. »Der Junge ist fast sechzehn.« Er grinste, so als hätte er ihre besorgten Gedanken erraten – aber es war nicht die höhnische Grimasse, die sein Gesicht in angetrunkenem Zustand so oft verzerrt hatte, sondern es war ein freundschaftliches Grinsen. Auch seine Stimme klang nicht sarkastisch, als er sagte: »He, Jan, unser Sohn ist nicht wie ich! Er betrinkt sich bestimmt nicht, sondern hängt nur irgendwo mit einem Kumpel herum.« Er nahm sie in die Arme und pustete ihr zärtlich ins Haar, so wie früher.

Wie lange hatte er das nicht mehr getan? Fünf Jahre? Zehn? Sie konnte sich gar nicht mehr daran erinnern. Doch jetzt roch sein Atem nicht nach Alkohol, und seine Liebkosung war ihr plötzlich wieder so vertraut, als hätte er sie gestern in den Armen gehalten.

»Nur keine unnötige Panik, okay?«

Beruhigt hatte Janet die Kartoffeln fürs Abendessen geschält, die mittlerweile auf dem Herd weichkochten, und Ted spielte auf dem Küchenboden mit Molly, die vor Vergnügen krähte, wenn ihr rot–gelb–gestreifter Lieblingsball auf sie zurollte und sie ihn dann energisch wegschupste.

Scout hatte sich in der Ecke neben dem Kühlschrank zusammengerollt.

Kim war oben in ihrem Zimmer mit Hausaufgaben beschäftigt.

Wie eine normale Familie, dachte Janet. *Wir machen den Eindruck einer ganz normalen Familie.* Doch als die Minuten dahinkrochen, ohne daß Jared nach Hause kam, machte sie sich wider Willen doch wieder Sorgen. *Reine Gewohnheit,* sagte sie sich. *Ich bin so daran gewöhnt, mir um Ted Sorgen zu machen, daß ich hysterisch reagiere, sobald jemand unpünktlich ist, auch wenn es sich diesmal nicht um Ted handelt.*

Außerdem war sie sich alles andere als sicher, daß seine plötzliche Verwandlung anhalten würde. Schon morgen – schon heute abend – könnte alles beim alten sein. Woher wollte sie wissen, ob er nicht einen Karton Wodka irgendwo im Haus versteckt hatte? Immerhin, den ganzen Tag über hatte er keinen Schluck Alkohol getrunken, und er hatte schwer geschuftet, schweißnaß von der ungewohnten körperlichen Anstrengung. Während sie ihn heimlich beobachtete, war sie aus dem Staunen nicht herausgekommen, und er hatte sich nicht einmal nach getaner Arbeit mit einem Bier belohnt, sondern ein Glas Eistee geleert, geduscht und mit Molly gespielt.

Wie eine ganz normale Familie …

»Wenn Jared um sechs noch nicht hier ist, werden wir eben ohne ihn essen«, sagte er jetzt und zwinkerte ihr schelmisch zu. »Schließlich ist es für diese Familie ja nichts Neues, daß jemand bei Tisch fehlt.« Als sein Scherz ihr kein Lächeln entlockte, fuhr er ernst fort: »Ich verspreche dir, nach ihm zu suchen, wenn er um sieben immer noch nicht da ist, okay?« Unaufgefordert begann er den Tisch zu decken, wobei Molly ihm ständig zwischen die Beine kam. Auf einen Wutausbruch gefaßt, wollte Janet die Kleine rasch auf den Arm nehmen, doch Ted überraschte sie wieder. »Laß sie doch, Liebling! Sie will mir helfen.«

Um sechs rief er nach Kim, und sie nahmen am Küchentisch Platz, Molly in ihrem hohen Kinderstuhl.

Fünf Minuten später sprang Scout auf und knurrte laut. Alle außer Molly hörten auf zu essen und starrten den großen Hund erstaunt an. Dann hörten sie, daß die Vordertür zufiel.

»Jared?« rief Janet. »Wir sind der Küche, und das Essen steht schon auf dem Tisch!« Sie stand auf, um den Teller ihres Sohnes zu füllen, kam aber nicht an den Herd heran, weil Scout wie angewurzelt dastand und mit gesträubten Haaren die Küchentür fixierte. Der Hund reagierte nicht, als Janet ihn sanft wegschieben wollte, und er knurrte wieder warnend, als Jared auf die Schwelle trat. »Um Himmels willen, Scout, das ist doch nur …« Dann sah Janet, daß Jared nicht allein war. Hinter ihm stand der Junge, den sie am Tag der Beerdigung kurz zu Gesicht bekommen hatte, als er den Zwillingen half, eine Matratze ins Haus zu tragen. Mark? Nein, *Luke*. Der Junge hieß Luke. »Du hättest anrufen sollen«, tadelte sie ihren Sohn. »Wenn ich gewußt hätte, daß du einen Freund mitbringst, hätte ich eine Portion mehr gekocht.«

»Macht nichts«, erwiderte Jared. »Wir haben in der Stadt eine Pizza gegessen und wollen jetzt in meinem Zimmer ein bißchen Musik hören, okay?« Ohne eine Antwort abzuwarten, verschwand er mit Luke in Richtung der Treppe.

Anstatt ihm wie sonst immer schwanzwedelnd nachzulaufen, blieb Scout wachsam stehen, bis die Schritte der beiden Jungen nicht mehr zu hören waren. Danach kehrte er zu seinem Platz neben dem Kühlschrank zurück, spitzte aber weiterhin die Ohren.

»Seht ihr?« rief Kim. »Ich habe euch doch gesagt, daß Jared sich komisch aufführt! Sogar Scout hat etwas gemerkt.«

»Glaubst du nicht, daß der Hund vielleicht nur auf Jareds Freund reagiert hat?« wandte ihr Vater ein.

Bevor sie antworten konnte, dröhnte Musik durchs ganze Haus – irgendein Rap-Titel, von dessen Text kein Wort zu verstehen war, weil das Hämmern des Synthesizers alles andere übertönte. Molly, die bisher zufrieden gegessen hatte, begann vor Schreck zu weinen, und Janet sprang wie von der Tarantel gestochen auf – eine Reflexhandlung, die in den vergangenen Jahren so manches Mal verhindert hatte, daß Ted explodierte. »Ich sorge dafür, daß er die Musik …«, sagte sie hastig, aber auch ihr Mann war schon aufgestanden.

»Kümmere du dich um Molly«, riet er ihr freundlich. »In Gegenwart seines Freundes ist es für Jared bestimmt weniger peinlich, wenn *ich* ihn zurechtweise.«

Während er nach oben eilte, nahm Janet ihre schreiende Tochter auf den Schoß. Gleich darauf verstummte die Musik, und Molly rieb sich schniefend die Augen und wollte auf ihren Platz zurück. Sobald Janet sie in den Kinderstuhl gesetzt hatte, schob sie sich eine Handvoll Kartoffeln in den Mund. Daß der größte Teil auf ihrem Lätzchen landete, störte sie nicht im geringsten.

Als Ted zurückkam, rechnete Janet damit, daß die ohrenbetäubende Musik wieder einsetzen würde. Die Stille hielt jedoch an.

»Wie hast du das geschafft?« fragte sie.

»Das war ganz einfach.« Ted lehnte sich entspannt zurück. »Wir haben einen kleinen Handel abgeschlossen.«

»Einen Handel?« wiederholte Janet verblüfft. »Welcher Art denn?«

Er grinste vergnügt. »Eigentlich dürfte ich dich nicht einweihen, weil es sich um eine Vereinbarung zwischen Männern handelt, aber du wirst es ja sowieso herausfinden ... Also, ich habe ihm einen Kellerraum zur Verfügung gestellt.«

Janet starrte ihren Mann verständnislos an und schüttelte den Kopf. »Tut mir leid, aber das mußt du mir näher erklären.«

Ted zuckte die Achseln. »Überleg doch mal, Jared ist fast sechzehn, stimmt's? Teenager lieben nun einmal solche Musik.«

»Ich nicht«, widersprach Kim, schränkte ihre Behauptung aber vorsichtshalber ein: »Jedenfalls nicht in dieser Lautstärke, bei der einem fast das Trommelfell platzt!«

»Deinem Bruder scheint das aber zu gefallen, oder seinem Freund, was auf das gleiche hinausläuft. Und weil wir mit etwas Glück in einigen Monaten zahlende Gäste im Haus haben werden, ist es mir lieber, wenn Jared sich unten im Keller austobt. Ich habe ihm gesagt, daß er sich das Zimmer ganz nach seinem eigenen Geschmack einrichten darf, unter der Bedingung, daß es schalldicht wird, damit hier oben niemand von seiner Musik belästigt wird. Auf diese Weise hat *er* seine Privatsphäre, und *wir* können ein Zimmer mehr vermieten, ein Zimmer mit Bad, das nicht von unordentlichen Teenagern in einen Saustall verwandelt wird!«

»Ich habe im Bad noch nie einen Saustall angerichtet«, protestierte Kim, wechselte aber rasch das Thema, als ihre Mutter sie mit gehobenen Brauen ansah. »Und wenn ich nun auch ein Zimmer im Keller haben möchte?«

»Möchtest du das denn?« fragte ihr Vater mit ruhiger Stimme und ausdrucksloser Miene.

Kim schauderte es allein schon bei der Vorstellung, in einem der dunklen, modrigen Räume hausen zu müssen, die nur von wenigen nackten Glühbirnen erhellt wurden. Sie schüttelte heftig den Kopf. »Nein!«

»Das dachte ich mir fast«, kommentierte Ted trocken, während er Janet zuzwinkerte.

Eine halbe Stunde später – Kim saß wieder über den Hausaufgaben, und Jared war mit Luke in den Keller gegangen, um sein neues Zimmer auszusuchen – spülte Janet das Geschirr und ließ dabei in Gedanken den Tag noch einmal Revue passieren.

Wie war es nur möglich, daß sie heute morgen fest entschlossen gewesen war, einen endgültigen Schlußstrich unter ihre Ehe zu ziehen, und daß sie sich jetzt darauf freute, einen gemütlichen Abend mit dem Mann zu verbringen, den sie vor nicht einmal vierundzwanzig Stunden um jeden Preis verlassen wollte?

Aber es war nicht derselbe Mann!

Auf unerklärliche Weise schien er letzte Nacht im Vollrausch schlagartig zur Vernunft gekommen zu sein, und der Ted, den sie heute erlebt hatte, war für sie kein Fremder, sondern der Mann, in den sie sich vor vielen Jahren verliebt hatte. Das war der Ted, den sie unbedingt heiraten wollte, obwohl ihre Freunde sie davor warnten.

Letzten Endes hatte sie doch recht behalten. *Vielleicht*. Wurde sie von ihrer Mutter gewarnt, und der lästige Einwand ließ sich natürlich nicht von der Hand weisen.

Ted hatte schon so oft große Versprechungen gemacht. Und jedesmal hatte er sie gebrochen.

Warum sollte es diesmal anders sein? In der stillen Küche mußte sie sich eingestehen, daß es vielleicht *nicht* anders sein würde. Ihr blieb nichts anderes übrig als abzuwarten.

Doch im Augenblick fühlte sie sich endlich wieder verheiratet. Und solange dieses Gefühl anhielt, wollte sie es genießen.

»Bist du sicher, daß das eine gute Idee ist?« fragte Luke skeptisch, während er sich umschaute. Der Raum war höchstens zwölf Quadratmeter groß, mit Wänden aus dicken Eichenbrettern, die an die schweren Stützbalken des Hauses genagelt waren. Eine nackte Glühbirne baumelte von der Decke herab, und obwohl es an einer Wand hoch oben zwei kleine Fenster gab, durch die tagsüber vielleicht etwas Licht einfallen würde, konnte man bestenfalls ein winziges Stück Himmel sehen. Ein kalter Schauer überlief Luke bei der Vorstellung, hier einziehen zu müssen, und wenn er die Wahl zwischen diesem Verlies und dem hellen Zimmer im ersten Stock gehabt hätte, das mindestens doppelt so groß war, hätte er keine Sekunde gezaudert. Aber auch ein winziger Raum würde ihm genügen, solange es ein richtiges Fenster gab, das man öffnen konnte, um frische Luft hereinzulassen.

Hier unten roch es muffig, woran wohl der Betonboden schuld war, in dessen Rissen Schimmelpilze wucherten. »Was ist das denn?« Luke deutete auf ein Gitter mitten im Boden.

»Die Abwassergrube«, erklärte Jared. »Wenn der Keller mal überschwemmt wird, kann das Wasser hier abfließen, und wenn die Grube voll ist, wird eine Pumpe in Gang gesetzt, die das Wasser nach draußen befördert.«

Luke fügte der langen Liste von Minuspunkten, die dieser Raum aufwies, einen weiteren hinzu. »Und du willst wirklich in einem Zimmer schlafen, das überflutet werden könnte?«

Jared zuckte die Achseln. »So schlimm wird es schon nicht werden!« grinste er, und seine Augen funkelten im grellen Schein der nackten Glühbirne. »Ich fühle mich hier unten wesentlich wohler als oben, wo ich nicht in Ruhe machen kann, was ich will.«

»Es gibt ja nicht mal ein Klo«, betonte Luke.

»Doch, drüben in der Ecke, in der Nähe der Treppe«, entgegnete Jared.

»Und wenn du mitten in der Nacht pinkeln mußt, willst du dorthin? Herrgott, hier wimmelt es doch bestimmt von Spinnen und sonstigem Ungeziefer!«

»Noch nie was von Insektenspray gehört? Wenn man es in rauhen Mengen versprüht und den Keller für ein paar Stunden dicht macht, hat er Spuk schnell ein Ende.«

»Dein Dad wird von dieser Idee hell begeistert sein!« spottete Luke.

»Schließlich war es ja seine Idee, daß ich in den Keller umziehen soll«, entgegnete Jared. »Sag mal, hast du einen Joint?«

Luke warf ihm einen mißtrauischen Blick zu. »Und wenn ich einen hätte?«

Jared verdrehte die Augen. »Dann könnten wir ihn rauchen, was denn sonst?«

Luke starrte ihn fassungslos an. »Während deine Eltern zu Hause sind?«

»Warum nicht?« Jared zuckte mit den Schultern. »Das ist doch das Tolle an diesem Kellerraum. Hier kommt garantiert keiner vorbei, der etwas riechen könnte!«

»Wetten, daß du dich nicht traust?« forderte Luke ihn heraus, wodurch er natürlich zugab, einen Joint zu haben.

»Ich hol' uns schnell von oben ein paar Cokes und was zu knabbern«, grinste Jared, »und beim Rauchen überlegen wir uns dann, wie wir diesen Raum einrichten wollen.«

Keine fünf Minuten später schleppte er außer den Cokes und Kartoffelchips auch mehrere Kerzen und das Radio aus seinem bisherigen Zimmer an, schob den Stecker in die einzige Steckdose an der Wand und schaltete das Gerät ein – allerdings ziemlich leise, um sicherzustellen, daß niemand herunterkommen würde, um sich zu beschweren. »Also, was ist Luke? Teilst du den Joint mit mir?«

Luke runzelte die Stirn. »Woher hast du gewußt, daß ich einen habe?«

»Ich weiß alles mögliche«, lächelte Jared geheimnisvoll.

Luke holte eine rote Blechdose aus der Hosentasche und öffnete sie. Obenauf lagen harmlose Pfefferminzbonbons, aber unter einem Stück Papier waren drei Joints versteckt. Zwei der sorgfältig gerollten Zigaretten nahm er heraus und legte sie auf den Boden, bevor er das Döschchen wieder in seine Tasche schob.

Schweigend überreichte er Jared einen seiner kostbaren Joints.

Jared zündete ihn mit einem Streichholz an und machte einen tiefen Lungenzug. Den Atem anhaltend, um den Rauch möglichst lange einwirken zu lassen, gab er Luke die Zigarette zurück. Sie rauchten abwechselnd, setzten sich nach dem dritten Zug auf den Boden und lehnten sich an die Eichenwand. »Na siehst du«, sagte Jared zufrieden, »ist doch wirklich keine große Sache.«

»Guter Shit!« murmelte Luke nach dem vierten Zug.

Jared stand auf und zündete eine Kerze an. Dann zog er an der Schnur, die als primitiver Lichtschalter herhalten mußte. Die grelle Glühbirne erlosch, und er ließ sich wieder auf den Boden fallen, doch nicht mehr neben Luke. Er lehnte sich ihm gegenüber, an die andere Wand. »Gar nicht so ungemütlich, was?«

»Ich kann überhaupt nichts sehen!« klagte Luke, doch sobald seine Augen sich an das schwache Kerzenlicht gewöhnt hatten und der Joint erste Wirkung zeigte, schien sich der ganze Raum zu verändern. Die rohen Wandbretter bekamen einen weichen Schimmer, und die Decke schwebte in die Höhe, bis sie kaum noch zu erahnen war.

»Cool!« flüsterte Luke.

»Pssst«, zischte Jared. »Laß deinen Geist einfach schweifen!« Er hob die zweite Zigarette vom Boden auf, zündete sie an und gab sie an Luke weiter.

Das Licht im Raum begann zu flackern und sich auszudehnen. Von den Brettern war keine Spur mehr zu sehen. Die Wände schienen jetzt durchsichtig zu sein und in allen

Regenbogenfarben zu schillern. Doch dann wichen sie allmählich zurück, wie zuvor schon die Decke.

Er schien Luke, als wären sie in einer riesigen Kathedrale mit unglaublich hoher gewölbter Decke, die in Goldglanz erstrahlte. Von irgendwoher flutete helles Licht durch große bunte Glasfenster herein, deren Muster sich ständig veränderten. Und vor Luke tauchte eine Art Altar auf, über dem eine Frau in der Luft schwebte.

Noch nie im Leben hatte Luke eine so schöne Frau gesehen.

Sie bewegte sich auf ihn zu, in ein wogendes silbriges Gewand gehüllt, und als ihre Füße den Boden berührten, streckte sie die Hände nach ihm aus. Niederkniend streichelte sie mit zarten Fingern seine Wange.

»Berühre mich«, flüsterte sie mit einer Stimme, die in seinen Ohren wie Spährenmusik klang. »Berühre mich.«

Zögernd kam Luke dieser Aufforderung der vollkommenen Frau nach. Ihr Gewand fiel herab und enthüllte ihr festes Fleisch und ihre goldene Haut. Lukes Finger berührten ihren Leib, und er erbebte.

»Ich will dich, Luke«, säuselte die Frau, »und du willst mich …«

Die Vision der Frau verdrängte alles andere aus seinem Bewußtsein, und Luke Roberts überließ sich einer nie gekannten Ekstase, die ihn – wie er wußte, für immer – verändern würde.

»Ja«, murmelte er. »O Gott, ja … ja …«

Während Luke sich mit Wonne der vollkommenen Frau hingab, schaute Jared zu.

Er schaute zu und lächelte.

20. Kapitel

Sandy Engstrom warf Kim Conway einen besorgten Blick zu. In den letzten Wochen – seit jenem Tag, als Kim gefragt hatte, ob sie sich in der Cafeteria an Sandys Lieblingstisch setzen dürfe – waren die beiden Mädchen beste Freundinnen geworden. Damals hatte Sandy sich über die Kontaktaufnahme gewundert, denn am Tag zuvor hatte Kim sich fast nur mit ihrem Bruder unterhalten. *Mit ihrem umwerfenden Bruder*, hatte Sandy insgeheim gedacht, denn sie hatte sich auf den ersten Blick in Jared Conway verliebt, was Kim nicht wußte. Zunächst war sie nur deshalb nett zu der Neuen gewesen, weil sie gehofft hatte, auf diese Weise auch Jared besser kennenzulernen. Doch schon am Ende jenes ersten gemeinsamen Mittagessens war sie sicher gewesen, in Kim einen Ersatz für Melissa Parker gefunden zu haben, die seit Kindergartentagen ihre beste Freundin gewesen war. Doch kurz vor Beginn dieses Schuljahres war Melissa nach New Orleans umgezogen. Sandy freundete sich sehr schnell mit Kim an, und genauso schnell verflog ihre Schwärmerei für Jared, der ständig mit Luke Roberts zusammensteckte.

Sandy hegte eine starke Abneigung gegen Luke, seit dieser Melissa Parker vergangenes Jahr so übel mitgespielt hatte. Zu feige, um ihr persönlich zu sagen, daß er mit ihr Schluß machen wolle, hatte er einfach Dawn LaFrenier zum nächsten Tanzabend eingeladen, und als Melissa endlich davon erfuhr, war es zu spät für jede andere Verabredung gewesen. Weil auch Sandy keine Verabredung hatte, waren die beiden Mädchen an jenem Abend ins Kino gegangen und hatten sich geschworen, nicht nur Luke, sondern auch all seine Freunde von nun an links liegenzulassen. Und obwohl Melissa jetzt nicht mehr da war, hatte Sandy nicht die Absicht, Luke zu verzeihen.

In ihren Augen war nun auch Jared mit einem Makel behaftet, weil er ausgerechnet mit Luke herumzog, und Kim konnte sich glücklich schätzen, nicht in einen Topf mit ihrem Zwillingsbruder geworfen zu werden. Seit jenem ersten Tag vor fast sechs Wochen saßen die beiden Mädchen beim Mittagessen immer am selben Tisch, und fast jeden Nachmittag machten sie ihre Hausaufgaben in Sandys Zimmer. Kim hatte ihre Freundin bisher noch nicht nach Hause eingeladen, und obwohl Sandy neugierig auf das alte Haus der Conways war, hätte sie Bedenken gehabt, es zu betreten. Einige Male hatte sie Kim gefragt, ob sie keine Angst hätte, dort zu wohnen.

»Warum sollte ich Angst haben?« antwortete Kim. »Es ist doch kein Spukschloß!« Sie stöhnte, als Sandy ziemlich skeptisch dreinschaute. »Du glaubst doch wohl nicht etwa diese Geschichten über meinen Großonkel und meine Großtante, oder?« Sandy errötete, und Kim seufzte erbittert. »Herrgott, es ist doch nur ein Haus, das lange leer gestanden hat! Nur weil Luke Roberts behauptet, daß es dort spukt, muß es noch lange nicht stimmen!«

Die Erwähnung von Lukes Namen hatte Sandy davon abgehalten, all die alten Gerüchte zu wiederholen, die auch ihr oft zu Ohren gekommen waren und nicht völlig aus der Luft gegriffen sein konnten. Ihr war auch aufgefallen, daß Kim manchmal seltsam geistesabwesend wirkte, so als versuchte sie, allein mit irgendwelchen Problemen fertigzuwerden.

»Kim, ist alles in Ordnung?« fragte sie auch jetzt, in der Pizzeria um die Ecke von *St. Ignatius*. Sie hatten sich aus der Cafeteria verdrückt, weil sie die ewigen Käsemakkaroni der Nonnen gründlich satt hatten. »Du siehst so sorgenvoll aus.«

Kim machte sich tatsächlich Sorgen. Was würde passieren, wenn die Nonnen sie außerhalb des Schulgeländes erwischten? Noch viel mehr Sorgen machte sie sich allerdings um Jared, aber das konnte sie ihrer Freundin nicht anvertrauen, die jeden ablehnte, der Umgang mit Luke Roberts hatte. Doch selbst wen dem nicht so wäre, hätte sie Mühe, Sandy zu erklären, wie sehr sie unter der Entfremdung, die zwischen Jared und ihr entstanden war, litt, und die mit jedem Tag größer wurde, so daß sie mittlerweile das Gefühl hatte, überhaupt keinen Bruder – geschweige denn einen Zwillingsbruder – mehr zu haben.

»Mir fehlt nichts«, beteuerte sie, und als Sandy sie weiterhin zweifelnd betrachtete, flüchtete sie sich in eine Lüge: »Ich habe gerade überlegt, unter welchem Vorwand du meine Einladung ablehnen wirst.«

Sandy legte den Kopf schief. »Eine Einladung? Warum sollte ich eine Einladung von dir ablehnen?«

»Weil ich dich einlade, von Freitag auf Samstag bei mir zu übernachten.« Erwartungsgemäß huschte ein Schatten über Sandys Gesicht, und Kim fügte scheinheilig hinzu: »Du hast doch keine Angst, oder?«

»N–nein«, stammelte ihre Freundin hastig. »Es ist nur …«

»Wir leihen uns ein paar Horrorfilme aus und tun so, als wäre schon Halloween, obwohl es erst zwei Tage später soweit ist. Wir können auch …« Sie verstummte mitten im Satz, weil Sandys Miene keinen Zweifel daran ließ, wer soeben die Pizzeria betreten hatte. Lukes Stimme bestätigte ihre Vermutung.

»Hallo«, rief er fröhlich und setzte sich unaufgefordert neben Kim auf die Bank. Jared setzte sich zu Sandy und grinste seiner Schwester zu.

»Was ist denn hier los? Wenn ihr schon ausrückt, hättet ihr uns wenigstens fragen können, ob wir nicht mitkommen wollen!«

Sandy bedachte Luke mit einem eisigen Blick, und Kim stellte erschrocken fest, daß sie ihren eigenen Bruder kaum weniger feindselig anstarrte. Sie musterte ihn aufmerksam: Seine Gesichtszüge hatten sich nicht verändert, er sah genauso aus wie früher. Was ihr fehlte, war das Zwillingsphänomen – jener übersinnliche Kontakt zu ihrem Bruder, der ihr stets das beruhigende Gefühl vermittelt hatte, selbst in den schlimmsten Situationen nicht allein zu sein.

Dieser magische Kontakt war nicht mehr vorhanden.

Sie konnte Jared nicht mehr *fühlen*, und das war schlimm. Kim vermutete, daß es vielleicht einfach daran lag, daß sie beide erwachsen wurden. Vielleicht war es ja ganz normal, daß das Gefühl der Verbundenheit langsam schwächer wurde ... Vielleicht mußte sie sich einfach damit abfinden ...

Etwas berührte ihr Bein!

Jäh aus ihren Überlegungen gerissen, spürte sie, daß Luke seinen Schenkel an ihren preßte. »Könntest du vielleicht ein Stück wegrücken?« fauchte sie ihn wütend an.

Vorwurfsvoll die Augen verdrehend, gehorchte er.

»Und laß deine Hände gefälligst auf dem Tisch!« fügte Kim hinzu.

»Nun hab' dich doch nicht so!« knurrte Luke beleidigt. »Was ist denn schon dabei?«

»Du bist nicht mein Typ, kapiert?« erwiderte Kim mit kaltem Lächeln.

Sandy Engstrom fühlte sich durch Jareds Nähe verunsichert. Sie hatte ihn gesehen, sobald er zur Tür hereingekommen war, und als ihre Blicke sich trafen, hatte sie ein ganz seltsames Gefühl gehabt.

Er schien ihr auf den tiefsten Herzensgrund zu schauen.

Doch das war noch nicht alles. Er schien ihr Herz auch *anzurühren*. Ihr wurde heiß und kalt, und sie wußte, noch bevor Jared sich näherte, daß er sich neben sie setzen würde.

Und jetzt saß er wirklich dicht an ihrer Seite! Ihre Haut prickelte, und eine köstliche Hitze durchflutete ihren Körper.

Wenn Jared sie nun bat, mit ihm auszugehen?

Sollte sie es tun?

Vor Erregung erschauernd, konnte sie keinen klaren Gedanken fassen.

Ich glaub's nicht, dachte Kim, als Lukes Finger wieder ihr Bein berührten. Sie versetzte ihm einen so kräftigen Stoß, daß er fast von der Bank flog, und sprang auf. »Gehen wir!« forderte sie Sandy auf. »Die Pause ist in zehn Minuten zu Ende, und ich muß vorher noch zu den Schließfächern.«

»Warum so eilig?« protestierte Luke. »Wir sind doch gerade erst gekommen!«

»Dir ist es vielleicht egal, wenn wir geschnappt werden, mir aber nicht«, entgegnete Kim scharf. »Es war sowieso eine Schnapsidee herzukommen!« Ohne einen Blick zurückzuwerfen, hastete sie in Richtung Ausgang.

Sandy folgte ihr, drehte sich auf der Schwelle aber noch einmal um. Jared schaute ihr tief in die Augen, und sie hatte wieder das atemberaubende Gefühl, als bemächtigte er sich ihres Körpers und ihrer Seele.

Es ist fast wie ein Liebesspiel, dachte sie. Bei der Vorstellung eines Liebesspiels mit Jared bekam sie weiche Knie und einen hochroten Knopf, wovon Kim – die es eilig hatte – zum Glück nichts bemerkte.

Plötzlich konnte Sandy es kaum erwarten, bei den Conways zu übernachten.

Die Pizzeria hatte sich schon vor zwanzig Minuten fast geleert, aber Jared machte immer noch keine Anstalten aufzubrechen. Luke Roberts wurde allmählich nervös. Sehr nervös. Seit zehn Jahren, seit er als fünfjähriger Knirps in die Schule gekommen war, lebte er in ständiger Furcht vor dem Zorn der Nonnen. Seine erste Erfahrung mit ihren harten Strafmaßnahmen machte er, als er einem Freund, der hinter ihm saß, einen Kaugummi zusteckte. Schwester Katherine schlug ihm mit einem Lineal so fest auf die Finger, daß die Haut an den Knöcheln aufplatzte und blutete, und sie erlaubte ihm nicht einmal, ein Pflaster zu benutzen. »Wenn

Jesus am Kreuz nicht um Heftpflaster gebeten hat, kannst du bei dieser lächerlichen Verletzung wohl auch darauf verzichten«, erklärte sie. Die Klasse kicherte über ihren Vergleich mit Jesus am Kreuz, aber ein strenger Blick von Schwester Katherine brachte alle sofort zum Schweigen, und Luke schämte sich, daß er vor Schmerz weinte, denn wenn Jesus nicht um ein Pflaster gebeten hatte, dann hatte Er bestimmt auch nicht geweint.

Luke hatte seine Lektion gelernt und nie wieder versucht, einen Kaugummi weiterzugeben.

Er hatte gelernt, während des Unterrichts nicht zu tuscheln.

Er hatte gelernt, daß man aufstehen mußte, wenn man aufgerufen wurde.

Und er hatte gelernt, nicht zu spät zu kommen.

Diesen Fehler hatte er einmal in der sechsten Klasse gemacht, als Schwester Michael seine Klassenlehrerin war. Schwester Mike, die einzige Nonne, die den Schülern erlaubte, ihren Namen abzukürzen, ließ ihn nachsitzen und an die Tafel schreiben:

Ich vergeude meine Zeit, wenn ich zu spät komme.

Ich vergeude die Zeit der Klassenkameraden, wenn ich zu spät komme.

Ich vergeude die Zeit von Schwester Michael, wenn ich zu spät komme.

Nachdem er diese drei Sätze hundertmal geschrieben hatte, war er nie wieder zu spät gekommen.

Bis heute! Er warf einen verstohlenen Blick auf seine Uhr, wurde von Jared aber trotzdem dabei ertappt. Als scharfer Beobachter konnte der Bursche es durchaus mit den Nonnen aufnehmen!

»Was ist los?« grinste Jared. »Hast du Angst, daß Schwester Clarence dich nachsitzen läßt?«

»Nein«, antwortete Luke viel zu schnell.

Jared schaute ihn spöttisch an. »Ich vergeude meine Zeit, wenn ich zu spät komme. Ich vergeude die Zeit der Klassenkameraden, wenn ich zu spät komme. Ich vergeude die Zeit von Schwester Michael, wenn ich zu spät komme«, leierte er die Sätze herunter, so als hätte er sie von der Tafel abgelesen.

Oder von meinem Gehirn, dachte Luke.

Woher konnte Jared das nur wissen? Gewiß, sie waren seit Wochen schier unzertrennlich ... Hatte er seinem Freund irgendwann die Episode mit Schwester Mike erzählt?

Es mußte wohl so sein.

Aber er war sich so gut wie sicher, daß er es nicht getan hatte!

Woher wußte Jared es dann?

»Ich kann deine Gedanken lesen«, hatte er einmal gesagt – am Tag nach jenem Abend, als sie im Keller die Joints geraucht hatten, die bei Luke so seltsame Halluzinationen auslösten.

Halluzinationen, an die er sich noch heute – nach Wochen! – so lebhaft erinnerte, als hätte er das alles wirklich erlebt. Erst gestern hatte er sich kurz vor dem Einschlafen wieder eingebildet, die vollkommene Frau wäre bei ihm, würde seine Wange streicheln und ihre Finger über seinen Hals und Brustkorb zum Unterleib hinabgleiten lassen, bis sie ...

»Vielleicht solltest du lieber aufs Klo gehen!« kommentierte Jared mit verständnisvollem Grinsen.

Luke bekam einen hochroten Kopf. Seine lüsternen Gedanken verflogen im Nu, als er wieder einen Blick auf die Uhr warf. *Schwester Clarence bringt uns um,* dachte er. *Diesmal bringt sie uns wirklich um!*

Jared zwinkerte ihm zu. »Gehen wir! Wir wollen doch nicht, daß Schwester Clarence uns umbringt, oder?« Lachend stand er auf und ging zur Tür.

Während Luke ihm folgte, fragte er sich wieder, ob es möglich war, daß Jared seine Gedanken lesen konnte.

Schwester Clarence verstummte mitten im Satz, als die beiden Jungen – Jared Conway voran – das Klassenzimmer betraten. Kalter Zorn stieg in ihr auf, während sie ihren neuen Schüler musterte, doch im nächsten Moment bat sie Gott – nicht zum erstenmal um Vergebung. *Ich weiß, daß ich alle Kinder lieben müßte,* betete sie, *aber ich kann Jared Conway einfach nicht lieben.*

In den vergangenen sechs Wochen hatte sie oft darüber nachgedacht. Wenn sie spät abends allein in ihrer winzigen Zelle im zweiten Stock des Klosters nebenan war, fragte sie sich manchmal, ob nicht sie selbst an der Veränderung des Jungen schuld war. Vielleicht hatte sie ihn zu hart angepackt, als er seiner Schwester am ersten Tag einen Zettel zusteckte. Andererseits aber hatte sie schon vor Jahren gelernt, die schlechten Angewohnheiten von Schülern, die bisher eine öffentliche Schule besucht hatten, möglichst schnell zu bekämpfen. Daß von den Kindern nichts verlangt wurde, war der schlimmste Fehler an den öffentlichen Schulen, und leider Gottes waren die meisten Eltern genauso lasch wie die Lehrer. Doch hier, in St. Ignatius, wurde ein Mangel an geistiger, körperlicher oder moralischer Disziplin nicht geduldet, und deshalb hatte sie nicht gezögert, die Conway-Zwillinge gleich am ersten Tag energisch zu maßregeln. Und bei Kimberley hatte sie damit Erfolg gehabt. Das Mädchen paßte sich der Schulroutine erstaunlich gut an und schloß die richtigen Freundschaften – Sandy Engstrom gehörte zu Schwester Clarences Lieblingsschülerinnen.

Ganz anders der Junge ... Nach außen hin war Jared Conway immer noch der hübsche Bursche, wie am ersten Tag seines Schulbesuchs.

Trotzdem hatte er sich seitdem verändert, und was Schwester Clarence am meisten bekümmerte, war die Tatsache, daß sie selbst nicht wußte, *inwiefern* er sich verändert hatte. Sie wußte nur, daß sie sich mittlerweile regelrecht gegen seinen Anblick wappnen mußte, und daß trotzdem jedesmal der Dämon des Zorns in ihr wütete, sobald er das

Zimmer betrat. Sie kämpfte gegen diesen Dämon an, konnte ihn aber nicht besiegen. Ganz im Gegenteil, als sie Jareds negativen Einfluß auf Luke Roberts bemerkte, kochte sie vor Zorn.

Und jetzt waren die beiden Jungen zu spät zum Unterricht gekommen … In atemloser Stille wartete die ganze Klasse auf ihr Urteil.

Sie wollte gerecht sein.

Gerecht!

Er weiß, was ich denke. Er weiß es, und obwohl man es ihm nicht ansieht, lacht er mich aus! Mit äußerster Willenskraft bezwang Schwester Clarence den Dämon des Zorns.

»Spar dir die Mühe, Platz zu nehmen, Jared«, sagte sie, als er auf sein Pult zugehen wollte. »Und du genauso«, fügte sie an Luke gewandt hinzu, der so aussah, als würde er sich am liebsten im Erdboden verkriechen. Hingegen hielt Jared ihrem strengen Blick ungerührt stand. Nein, es war umgekehrt, gestand sie sich ein, sie selbst starrte wie hypnotisiert in seine Augen.

Eine Maus, die von einer Kobra hypnotisiert wird …

Zum erstenmal in all den Jahren, seit sie unterrichtete, fiel es schwer, Ruhe zu bewahren. »Ihr werdet euch sofort bei Vater Bernard melden.« Einen schrecklichen Moment lang glaubte Schwester Clarence, daß Jared Conway sich ihr widersetzen würde, aber er verließ hocherhobenen Hauptes das Zimmer, gefolgt von Luke Roberts, der an einen geprügelten Hund erinnerte.

Ein hämisches Lächeln verzerrte Jareds Mundwinkel, während er die Tür schloß.

Schwester Clarences kalter Zorn schlug in Haß um.

Aber nicht nur in Haß.

Sondern auch in ein Gefühl, das ihr bisher noch kein einziger Schüler eingeflößt hatte.

In Angst.

Ohne daß sie es logisch begründen konnte, hatte Schwester Clarence schreckliche Angst vor Jared Conway.

21. Kapitel

Janet stieg von der Leiter und trat ein Stück zurück, um ihr Werk zu begutachten: das riesige Bild, das eine Wand des Eßzimmers schmücken sollte.

Als sie Ted zum erstenmal von ihrem Einfall erzählt hatte, an der langen Wand gegenüber der Verandatüren, die Ausblick auf den Garten boten, diesen Garten so auferstehen zu lassen, wie er in alten Zeiten ausgesehen haben mußte, war sie selbst eigentlich schon wieder nahe daran gewesen, den Plan aufzugeben. Es war nicht nur die enorme Fläche, die sie abschreckte. »Es ist eine ganz andere Technik«, erklärte sie Ted. »Man muß soviel über Perspektive und Lichteinfall wissen, und ...«

»In erster Linie kommt es doch aber darauf an, eine Vision auf die Leinwand zu bannen«, fiel er ihr ins Wort, nachdem sie ihm im Atelier ihren ersten Entwurf des imaginären Gartens der Vergangenheit gezeigt hatte. »Ich verstehe zwar nicht viel von Kunst, aber sogar diese Schwarzweißzeichnung gibt mir das Gefühl, geradewegs in diesen Garten laufen zu können.«

Janet betrachtete ihre Skizze so objektiv, wie es ihr nur möglich war. Sie wußte, daß er recht hatte, sie war ihr gut gelungen. Trotzdem ein Wandgemälde daraus zu machen, war fast ein Ding der Unmöglichkeit. Was, wenn es völlig mißlang?«

»Schlimmstenfalls übermalen wir es einfach. Was hast du schon zu verlieren?«

»Zeit«, rief sie ihm ins Gedächtnis. Sie hatte morgens versucht, eine Liste aller notwendigen Arbeiten im Haus zu erstellen, hatte dann aber gutmütig aufgegeben, weil sie sicher war, daß Ted und sie diese unzähligen Aufgaben niemals würden bewältigen können. Doch er hatte auch darauf eine Antwort.

»Zeit ist das einzige, was wir in Hülle und Fülle haben. Vergiß nicht, wir haben keinen Termindruck. Ich würde das Hotel zwar gern im Frühjahr eröffnen, aber wenn das nicht klappt, ist es auch nicht schlimm. In den Bestimmungen steht nur, daß ich hier wohnen muß. Es war *meine* Idee, das Haus gewerblich zu nutzen, und wenn ich mit irgendwelchen Renovierungsarbeiten allein nicht weiterkomme, können wir uns ohne weiteres die besten Fachleute leisten. Und du kannst dich in aller Ruhe deinem Wandgemälde widmen.«

Er nahm sie bei der Hand, das hatte er seit Jahren nicht mehr getan, und führte sie in das düstere Eßzimmer, wo er am Tag zuvor die alten Tapeten entfernt hatte. »Vielleicht liegt es an der Kohlezeichnung, aber mir schwebt eine Nachtszene vor.« Seine Blicke musterten den großen leeren Raum. »Ich sehe ihn ganz in Weiß, mit Unmengen frischer Blumen auf den Tischen und Anrichten. Alles sehr romantisch, mit vielen Kerzen und Zweiertischchen. Na ja, einige Tische für vier Personen müssen wohl sein, aber hauptsächlich will ich Zweiertische.« Er betrachtete die riesige weiße Wand. »Und dein Wandgemälde wird den Gästen vor Augen führen, wie gepflegte Gärten vor hundert Jahren ausgesehen haben, die sich heutzutage niemand mehr leisten kann. Vielleicht mit einem Teich, in dem sich das Mondlicht spiegelt ...« Er verstummte und warf Janet einen besorgten Blick zu. »Überfordere ich dich?«

Sie schüttelte den Kopf. »Bei der richtigen Beleuchtung könnte es abends fantastisch aussehen – wenn ich es halbwegs hinkriege! Aber was ist mit dem Frühstück und Mittagessen!«

»Wir werden ein Frühstückszimmer haben.« Eine halbe Stunde lang führte er sie von Raum zu Raum und erläuterte ihr, was ihm vorschwebte, und allmählich begann auch Janet das elegante kleine Hotel zu sehen.

»Ich weiß nicht, ob ich es schaffe«, gab er zur, als sie wieder im Eßzimmer standen. »Es geht nur Schritt für Schritt, und hin und wieder werde ich bestimmt, wie schon gesagt, Hilfe von Fachleuten benötigen. Aber warum solltest du während dessen nicht versuchen, ein herrliches Bild an diese Wand zu zaubern?«

Bereits am nächsten Morgen hatte Janet weitere Skizzen angefertigt, in denen sie Teds Ideen mit verwertete. Er war dann einige Male ins Atelier gekommen und hatte einen Blick auf die Staffelei geworfen. Kommentare dazu gab er nur auf ihren ausdrücklichen Wunsch ab. Gegen Mittag hatte sie eine Zeichnung vollendet, die seine hundertprozentige Zustimmung fand.

Janet war sich zwar nicht ganz sicher, ob er sie nicht nur bei Laune halten wollte, aber auch ihr selbst gefiel der Entwurf, und nach dem Mittagessen begann sie, ihn auf die Wandfläche zu übertragen.

Schon nach wenigen Tagen wußte sie, daß Ted recht gehabt hatte: sie *konnte* es schaffen. Und bei der Arbeit kamen ihr ständig neue Ideen, fast so, als entwickle das Wandgemälde ein Eigenleben.

Als sie es jetzt von der Flügeltür zur Halle aus begutachtete, war sie sehr zufrieden. Natürlich war es noch längst nicht fertig, aber der illusionäre Garten wirkte schon verblüffend echt. Teds Schritte auf der Kellertreppe, er hatte sich den ganzen Tag im Keller als Klempner betätigt, schreckten sie auf, und sie mußte sekundenlang gegen die leichte Panik ankämpfen, die sich seit Jahren automatisch einstellte, sobald er in der Nähe war:

Da war die ängstliche Frage, wieviel er wohl getrunken haben mochte.

Da war das instinktive Zurückweichen vor seiner Alkoholfahne und seinen groben Zärtlichkeiten.

Da war die Furcht vor seinen Wutausbrüchen, deren Heftigkeit von der Anzahl konsumierter Drinks abhing.

Doch seit jenem Morgen vor sechs Wochen, als er seine gesamten Alkoholvorräte in den Ausguß geschüttet hatte, war alles anders geworden. Janet brauchte nicht mehr ständig auf der Hut zu sein, und als Ted jetzt näherkam, sie von hinten umarmte und seine Lippen auf ihren Nacken preßte, lehnte sie sich willig an seine Brust und streichelte seine dicht beharrten Unterarme.

»Ich stinke bestimmt wie ein Schwein«, flüsterte er ihr ins Ohr.

»Du riechst wunderbar«, murmelte sie, und das war nicht gelogen. Moschus übte von jeher auf sie eine erregende Wirkung aus.

»Wo ist Molly?«

»Sie schläft«, antwortete Janet. »Ich habe sie vor einer halben Stunde zu Bett gebracht.«

Teds Finger streichelten ihre Brüste. »Und wie lange wird sie schlafen?«

»Vielleicht eine Stunde.« Janet drehte sich um und schlang ihre Arme um seinen Hals. »Ist das lang genug?«

»Nein, aber besser als nichts ...« Ted preßte sie noch fester an sich und küßte sie leidenschaftlich. »Sollen wir raufgehen?« fragte er, als ihre Lippen sich widerwillig voneinander gelöst hatten.

Janet dachte an die Pinsel, die noch auf der Leiter lagen.

Sie dachte an die Unordnung, die sie nach dem Mittagessen in der Küche hinterlassen hatte.

Sie dachte an hundert andere Dinge, die erledigt werden mußten.

»Ich wüßte nicht, was ich lieber täte«, flüsterte sie.

Ted hob sie hoch und trug sie durch die Halle zur Treppe.

»Was machst du?« rief Janet. »Ted, um Himmels willen, laß mich runter! Denk an deinen Rücken!«

»Ruhe, Weib!« befahl er, und auf den ersten Stufen verwandelten sich Janets Proteste in lautes Kichern.

»Wenn du mich fallen läßt, werde ich ...«

Die Vordertür wurde geöffnet, und sie hörten Kims Stimme. »Mom? Dad? Ist was passiert? Warum trägst du Mom?«

»Verdammt«, fluchte Ted, und Janet befürchtete einen Wutausbruch, doch statt dessen flüsterte er ihr ins Ohr:

»Schade um das entgangene Vergnügen ..., aber wir holen es nach, sobald die Kinder in ihrem Zimmern sind, abgemacht?« Seine Stimme klang verführerisch, und er küßte sie, bevor er sie behutsam auf die Füße stellte und die Treppe hinabeilte. »Alles ist in Ordnung«, beruhigte er Kim. »Wie war's heute in der Schule?«

»Ach, ganz okay«, murmelte Kim, aber ihre Stimme und ihre düstere Miene straften ihre Worte Lügen.

»Ist irgendwas Besonderes vorgefallen?« fragte Janet, die ihrem Mann gefolgt war.

Kims Blicke schweiften von ihrer Mutter zum Vater und zurück. »Jared und Luke haben sich einfach unmöglich aufgeführt!«

»Schlimmer als normale Jungs in diesem Alter?« wollte Ted wissen.

Für Kim war es immer noch ungewohnt, daß ihr Vater sich nach Jahren plötzlich wieder für Jared und sie interessierte. »Sandy fand auch, daß sie sich idiotisch benommen haben!«

»Also doch nur ein kleines Geplänkel unter Teenagern?« schmunzelte Ted.

»Warum verteidigst du ihn immer?« explodierte Kim. »Was ist hier eigentlich los? Du bist mit allem einverstanden, was Jared tut, und es scheint dich nicht zu stören, wenn er totalen Mist baut!«

»Tut mir leid, Prinzessin!« Ted hob abwehrend die Hände. »Wahrscheinlich ist dein alter Vater eben ein unverbesserliches Chauvi–Schwein! Aber was hat Jared nun eigentlich angestellt?« Als Kim keine Antwort gab, fuhr er sanft fort: »Na komm, erzähl es uns. Ich verspreche, aufmerksam zuzuhören und dir nicht den Kopf abzureißen, okay?«

Besänftigt berichtete Kim, was in der Pizzeria und später im Klassenzimmer vorgefallen war. »Ich weiß einfach nicht, was mit ihm los ist«, schloß sie. »Er ist so ganz anders als früher ... gar nicht mehr er selbst! Er ...«

»Er wird allmählich erwachsen, Prinzessin«, fiel Ted ihr ins Wort. »Genauso wie du. Ihr seid eben keine Kinder Mehr, aber das ist nichts Schlimmes, sondern …«

Das Telefon läutete, und er verstummte, während Janet den Hörer abhob. *Pater Bernard,* las er von ihren Lippen ab. Das Gespräch dauerte nicht lange.

»Vater Bernard möchte sich mit uns unterhalten«, berichtete Janet. »Und Jared kommt heute später nach Hause.«

Ted hob die Brauen. »Warum?«

»Er muß die Kirche putzen. Schüler, die nicht pünktlich zum Unterricht erscheinen, sollen sich frühzeitig mit Hausmeisterpflichten vertraut machen, meint Vater Bernard, weil sie keinen anderen Job bekommen werden, wenn sie sich nicht zusammenreißen.«

Einen Moment lang funkelten Teds Augen vor Zorn, so wie früher, wenn er betrunken war, aber er beherrschte sich mühsam. »Nun ja«, kommentierte er mit barscher Stimme, »Vater Bernard weiß es wohl am besten, stimmt's?«

Die Kirche putzen.

Die verdammte Kirche putzen!

So ein Mist, dachte Jared, verlieh seinem Unmut aber wohlweislich nicht laut Ausdruck, solange Luke und er sich im Schulgebäude aufhielten. Was war denn so schlimm daran, daß sie ein paar Minuten zu spät zum Nachmittagsunterricht gekommen waren? Wichtige Erkenntnisse über das Geheimnis des Lebens waren ihnen bestimmt nicht entgangen. Und wen interessierte schon der richtige Gebrauch des Konjunktivs oder ähnlicher Quatsch, über den Schwester Clarence sich auszulassen pflegte? Was Jared aber am meisten erbost hatte, war die Tatsache, daß Vater Bernard sie stundenlang vor seinem Büro hatte warten lassen, nicht etwa, weil er mit etwas Wichtigem beschäftigt gewesen wäre – Jared war überzeugt, daß der Direktor nur Daumen gedreht hatte –, sondern aus purer Schikane. Und während sie auf dem Flur herumstanden, mußten sie sich in den Pausen auch noch von anderen Schülern angaffen lassen!

Keiner hatte auch nur ein Wort mit ihnen gewechselt, so als wären sie aussätzig.

Alles Arschkriecher!

Als sie dann endlich ins Büro des Direktors gerufen wurden, ließ Vater Bernard sie strammstehen wie in einer Militärakademie! Er verschonte sie nicht einmal mit dem blödsinnigen Satz, daß dieser Vorfall für ihn genauso schmerzlich sei wie für sie beide, obwohl es ihm in Wirklichkeit natürlich scheißegal war, was aus ihnen wurde!

Jared hatte während der Gardinenpredigt des Priesters vermutet, daß Luke und er vom Unterricht ausgeschlossen werden würden, statt dessen bestand ihre Strafe darin, die Kirche zu putzen. »Wenn ihr einmal die Arbeit eines Hausmeisters verrichtet habt, werdet ihr den Schulunterricht vielleicht mehr zu schätzen wissen.«

Für Jared stand fest, daß Vater Bernard nur an kostenlosen Putzkräften gelegen war.

»Wetten, daß er jede Woche irgendeinen Vorwand findet, um die Kirche von Schülern putzen zu lassen?« knurrte er im Freien. Im Laufe des Nachmittags war das Wetter umgeschlagen, und die drückende Schwüle weckte in ihm den Wunsch, nach Hause zu gehen und ein Nickerchen zu machen. »Was meinst du, was er tun würde, wenn wir uns einfach verdrücken?«

Luke schlurfte den Gehweg entlang, seine Hände hatte er tief in den Jeanstaschen vergraben. »Du kannst machen, was du willst, aber wenn ich nicht hingehe, bringt meine Mom mich garantiert um!«

Jared betrachtete die Kirche auf der anderen Straßenseite, die er seit dem Begräbnis seiner Tante Cora nicht mehr betreten hatte. Damals war sie ihm ganz hübsch vorgekommen, besonders die Buntglasfenster. Jetzt wirkte sie hingegen irgendwie bedrohlich, und auf der Treppe wäre er am liebsten umgekehrt.

Ist doch klar, daß ich keine Lust habe reinzugehen! sagte er sich. In den nächsten drei Stunden würde er gezwungen sein, Böden zu wischen, das Messiggitter vor dem Altar zu putzen und Statuen abzustauben. Doch während er die Liste von Arbeiten, die Vater Bernard ihnen aufgebürdet hatte, im Geiste Revue passieren ließ, wußte er insgeheim, daß sein Widerwille einen tieferen Grund hatte.

Beim bloßen Anblick der hohen Kalksteinfassade von St. Ignatius stieg kalter Zorn in ihm auf.

»Komm«, brummte er, »bringen wir's hinter uns!«

In der Vorhalle tauchte Luke seine Finger automatisch ins Weihwasserbecken, und er machte eine Kniebeuge.

Jared wollte es ihm nachtun, hielt aber mitten in der Bewegung inne. *Warum sollte ich? Schließlich bin ich nicht zum Beten hier, sondern weil mir eine Strafe aufgebrummt wurde!*

»Wo wird denn das Putzzeug aufbewahrt?« fragte er.

»Unten«, antwortete Luke. »Ich weiß, wo es ist.« Er ging durch den Mittelgang auf den Altar zu, und Jared folgte ihm. Auf halbem Wege blieb dieser jedoch stehen, weil es in seinem Bauch plötzlich heftig rumorte. Ihm brach der kalte Schweiß aus, sein ganzer Körper fühlte sich klebrig an, und ein eisiger Schauer lief ihm über den Rücken. Ob er eine Grippe bekam? »He, Luke«, rief er. »Wo ist denn hier das Klo?«

»Du mußt entweder nach nebenan in den Gemeindesaal gehen oder das im Untergeschoß benutzen«, erwiderte Luke, ohne sich umzudrehen.

»Im Untergeschoß? Wohin gehen wir eigentlich?«

»Komm einfach mit! Herrgott, was ist denn mit dir los?«

»Ich … ich fühle mich nicht gut«, murmelte Jared.

Jetzt drehte Luke sich um und kniff mißtrauisch die Augen zusammen. »Du siehst aber ganz normal aus. Willst du mich vielleicht allein mit der ganzen Arbeit sitzenlassen?«

Jared funkelte ihn wütend an. »Ich muß dringend aufs Klo, weiter nichts.«

Während er hinter Luke herging, nahm die Übelkeit zu, und er hoffte inbrünstig, nicht mitten in der Kirche kotzen oder scheißen zu müssen, denn an ein solches Mißgeschick würde Luke ihn bestimmt bei jeder Gelegenheit erinnern. Als sie die Sakristei erreichten, brodelte es förmlich in seinen Eingeweiden, und er hastete die Treppe im Hintergrund des kleinen Raums hinab. Unten gab es drei Vorratskammern und eine Toilette.

»Such schon mal das Putzzeug zusammen«, rief er Luke zu. »Ich bin gleich wieder da!« Er rannte in die Toilette und tastete nach dem Lichtschalter. Dann schloß er die Tür ab, ließ seine Hose herunter und setzte sich auf die Schüssel.

Eine Fontäne von Erbrochenem schoß aus seinem Mund, und als er sich umdrehen wollte, damit der Rest seines Mageninhalts im Klo landete, schlug der Durchfall zu.

In kaltem Schweiß gebadet, befürchtete Jared, ohnmächtig zu werden, doch gleich darauf ließ der Anfall nach. Ihm war nicht mehr schwarz vor Augen, die Magenkrämpfe hörten auf, und er hatte auch keinen Schüttelfrost mehr. Trotzdem blieb er vorsichtshalber noch auf der Kloschüssel sitzen, den Kopf zwischen den Knien.

Es klopfte an der Tür. »He, Jared, ist alles in Ordnung?« fragte Luke.

»Ja, ich komme gleich!«

Jared richtete sich auf. Der Anfall schien endgültig vorbei zu sein, aber er verbrauchte fast die ganze Rolle Toilettenpapier, bis er sich einigermaßen sauber fühlte. Beim Händewaschen sah er sich im Spiegel und erkannte sein eigenes Gesicht kaum wieder.

Tot, dachte er. *Ich sehe tot aus!*

Doch allmählich bekam sein Gesicht wieder etwas Farbe, und der Schleier vor seinen Augen löste sich auf.

Aber etwas stimmte immer noch nicht. Er wußte selbst nicht, woran es lag, aber er sah irgendwie verändert aus.

Andererseits brauchte er sich darüber eigentlich nicht zu wundern. So wie er eben gekotzt und geschissen hatte, war es eher verwunderlich, daß er sich überhaupt auf den Beinen halten konnte.

Mit den Papiertaschentüchern, die glücklicherweise auf einem Regal lagen, wischte er die Sauerei auf dem Boden auf, und als er damit fertig war, warf er wieder einen Blick in den Spiegel. Alles in allem sah er besser aus, obwohl er immer noch sehr bleich war.

»Du lieber Himmel, Jared, was hast du denn so lange getrieben?« wollte Luke wissen, als sein Freund zehn Minuten später endlich nach oben kam.

»Ich hatte Durchfall«, erwiderte Jared. »So schlimm hat's mich noch nie erwischt!«

»Versuchst du immer noch, dich zu drücken?«

»Red keinen Blödsinn!« fuhr Jared ihn an. »Machen wir uns lieber an die Arbeit, damit wir möglichst schnell hier wegkommen.« Er schaute sich in der Kirche um, und wieder stieg leichte Übelkeit in ihm auf. »Ich fange allmählich an, diesen Ort zu hassen!«

Sie verbrachten die nächsten zwei Stunden mit Schrubben, Polieren und Abstauben, bis endlich alles erledigt war.

Das Messing glänzte; die Statuen waren sauber.

Luke schüttelte den Kopf: »Ich will in meinem ganzen Leben kein Putzmittel mehr sehen!«

Jared gab keine Antwort, denn während Luke ihr gemeinsames Werk begutachtete, hatte er in einem der Seitenaltäre etwas entdeckt, das ihn faszinierte. Auf einem kunstvoll gemeißelten Altar aus weißem Marmor stand eine Heiligenfigur, umgeben von mehr als einem Dutzend Kreuzen verschiedener Größe.

»Was war denn an der da so Besonderes?« Er deutete mit dem Kopf auf die Figur.

»Keine Ahnung«, mußte Luke zugeben. »Vielleicht war sie die Lieblingsheilige von jemandem.«

Jared trat näher heran, und jetzt schien die Statue ihn anzusehen.

Es war ein anklagender Blick. »Sie schaut so drein, als

würde sie sich für was Besseres, als wir es sind, halten«, kommentierte er, »und all die anderen Figuren schauen genauso überheblich drein.«

»Na und?« meinte Luke. »Sie sind Heilige, und sie *waren* bessere Menschen als wir. Was willst du dagegen machen?«

»Oh, ich habe da so einige Ideen«, grinste Jared.

Er streckte die Hand aus und brach eines der Kreuze ab.

»Um Himmels willen, Jared«, murmelte Luke entsetzt. »Was tust du?«

Jared blickte ihm tief in die Augen. »Das siehst du doch! Ich nehme eins von diesen Dingern mit. Es sind so viele, daß kein Mensch bemerken wird, wenn eines fehlt.«

»Aber was willst du damit?«

»Das wirst du schon sehen ... Wart's ab!«

Monsignore Devlin stand langsam auf. Seine Gelenke schmerzten vom stundenlangen regungslosen Sitzen im engen Beichtstuhl. Obwohl Cora Conway in den letzten Jahrzehnten sein einziges Beichtkind gewesen war, fand er in dem zweigeteilten Holzgehäuse immer noch einen Seelenfrieden wie nirgends sonst. Bei geschlossenem Gitter, für den Fall, daß jemand versuchen würde, seine Sündenlast loszuwerden, verbrachte er hier oft den ganzen Nachmittag und ließ seinen Gedanken freien Lauf, ungestört von äußeren Einflüssen.

Heute war dieser Frieden jedoch erheblich gestört worden. Die Flüche und obszönen Bemerkungen der beiden Jungen, die die Kirche putzten, machten eine stille innere Einkehr unmöglich. Er war versucht gewesen, sie aus dem Heiligtum zu jagen, hatte sich aber dann eines Besseren besonnen, denn das Heiligtum würde seinen Namen nicht verdienen, wenn dort kein Platz für verirrte Schafe wär. Vater Devlin vertrat die Ansicht, daß die Kirche nicht nur den Frommen, sondern auch den Gottlosen offenstehen müsse, und deshalb blieb er im Beichtstuhl sitzen und betete für die Errettung der Jungen.

Während eines Rosenkranzes spürte er einen Luftzug, und er warf unwillkürlich einen Blick nach draußen.

Obwohl er den Jungen, der am Beichtstuhl vorbeiging, noch nie gesehen hatte, erkannte er ihn sofort. Alle Conways hatten die gleichen Gesichtszüge, und ein flüchtiger Blick auf den Teenager genügte, um die Erinnerung an dessen Großonkel wachzurufen.

An den Großonkel und alle Conways vor ihm.

Nach diesem Zwischenfall konnte Vater Devlin sich nicht mehr auf seine Gebete konzentrieren, denn die Worte, die er in Cora Conways Bibel gelesen hatte, drängten sich ihm ins Gedächtnis und ließen seine Seele frösteln. Nachdem er damals entziffert hatte, was Loretta Villiers Conway vor ihrem Selbstmord aufgeschrieben hatte, wurde er das Gefühl nicht los, unbefugt in die Privatsphäre der längst verstorbenen Frau eingedrungen zu sein, und er hatte sich vorgenommen, die Bibel nie wieder aufzuschlagen. Doch jetzt, nachdem er Coras Großneffen gesehen hatte, begriff er, daß sie ihm die Bibel gegeben hatte, damit er las, was die Vorfahren ihres Mannes geschrieben hatten. Sie mußte gewollt haben, daß er etwas über die Conways erfuhr, sonst hätte sie ihm die Familienbibel nie anvertraut.

Er ließ die Jungen allein in der Kirche zurück. Er schlurfte ins Pfarrhaus zurück. Dort erklomm er mühsam die Treppen zu seiner Zelle in der obersten Etage, schlug Coras Bibel auf und machte sich an die Arbeit. Der Eintrag, der dem von Loretta Villiers Conway folgte, war von einer so ungeschulten Hand geschrieben worden, daß man ihn kaum entziffern konnte. Vater Devlin brauchte für die wenigen Zeilen eine ganze Stunde. Er rieb sich die schwachen Augen und streckte seinen schmerzenden Rücken, bevor er den Text zum zweitenmal las, was ihm fast genauso schwerfiel wie das vorherige Entziffern. Ein großer Tintenfleck hatte das Datum verwischt.

22. August 1912
Miz Loretta hat mier dise Bibel an dem Tag gegeben, wo sie starb. Damahls konte ich nicht lesen oder schreiben, aber in den Jaren seitdem habe ich es ein bischen gelernt, weil meine Tochder Francy ein Teil der Famielie ist, auch wenn Mister Frak was andres sagt. Auch meine Lucy war ein Teil dafon, aber sie starb bei der Gebuhrt. Das sagt Mister Frank, aber ich glaub im nicht. Ich glaub, das er sich fielleicht getötet hat. wenn das stimt, hofe ich, das er so stirbt wie Miz Loretta! Auf jeden Fall hab ich im nix von der Bibel erzelt, sowie Miz Loretta es mir gesagt hat. Das ist wol nur für die Frauen.

BESSIE DELACOURT STARRTE DEN EINTRAG, DEN SIE IN DIE BIBEL GEMACHT HATTE, LANGE AN. VIELLEICHT HÄTTE SIE NICHT SCHREIBEN SOLLEN; DASS MISTER FRANK LUCY AM TAG IHRER GEBURT GETÖTET HATTE, ABER TIEF IM HERZEN WUSSTE SIE, DASS ES STIMMTE. SOLLTE MISTER FRANK JEDOCH JEMALS SEHEN, WAS SIE GESCHRIEBEN HATTE, WÜRDE ER SIE BSTIMMT UMBRINGEN – UND VIELLEICHT AUCH FRANCY.

JEDES JAHR SEIT FRANCYS GEBURT HATTE BESSIE SICH BESCHWOREN, MIT IHREM KLEINEN MÄDCHEN IRGENDWOHIN IN DEN NORDEN ZU ZIEHEN, ABER SIE HATTE ES NIE GETAN. AUSSERHALB VON ST. ALBANS KANNTE SIE KEINEN MENSCHEN. SIE FÜRCHTETE SICH ZWAR DAZUBLEIBEN, ABER NOCH MEHR FÜRCHTETE SIE SICH VOR DEM WEGGEHEN. DOCH OBWOHL DIE FLAMME DER HOFFNUNG AUF EINE BESSERE ZUKUNFT VON JAHR ZU JAHR NIEDRIGER BRANNTE, FLACKERTE SIE IMMER NOCH. – VIELLEICHT WÜRDEN SIE NÄCHSTES JAHR WEGZIEHEN; WENN FRANCY VIERZEHN WAR UND NICHT MEHR SOVIEL AUFSICHT BRAUCHTE …

IM AUGENBLICK GAB ES ABER SOVIEL ZU TUN, DASS SIE IHRE ZEIT NICHT MIT VAGEN HOFFNUNGEN VERGEUDEN DURFTE. WEIL MISTER FRANK MORGEN HEIRATETE, MUSSTE DAS HAUS GEPUTZT UND DAS FESTMAHL VORBEREITET WERDEN. WEGEN DER AUGUSTHITZE WAR ES IN IHRER DACHKAMMER KAUM ZUM AUSHALTEN, UND BESSIE WOLLTE LIEBER NICHT DARAN DENKEN, WIE ES IN DER KÜCHE SEIN WÜRDE. DER ALTE MONSIGNORE MELCHIOR, DER NICHT ÄLTER ALS MISTER FRANK AUSSAH, OBWOHL ER ACHTUNDSIEBZIG WAR, HATTE BEFOHLEN, FÜR DIE HOCHZEIT DAS GANZE SILBER UND KRISTALL AUF HOCHGLANZ ZU POLIEREN, WAS BEDEUTETE, DASS SIE UND FRANCY DIE GANZE NACHT AUFBLEIBEN MUSSTEN. DOCH TROTZ DER VIELEN ARBEIT MUSSTE SIE VORHER NOCH ETWAS ERLEDIGEN. SIE SCHLOSS DIE BIBEL, DIE SIE IN DEN JAHREN, SEIT MISS LORETTA SIE IHR ANVERTRAUT HATTE, VON VORNE BIS HINTEN GELESEN HATTE, WICKELTE SIE IN EIN HANDTUCH UND HORCHTE AN DER TÜR IHRER KAMMER, OB DRAUSSEN IRGENDWELCHE GERÄUSCHE ZU HÖREN WAREN.
STILLE.
SIE SCHLICH DURCH DEN SCHMALEN KORRIDOR ZUR HINTERTREPPE UND GELANGTE UNGESEHEN ZU DEM ZIMMER IM ERSTEN STOCK, WO MISTER FRANKS BRAUT UNTERGEBRACHT WAR. NACHDEM SIE SICH NOCH EINMAL VERGEWISSERT HATTE, DASS NIEMAND SIE BEOBACHTETE, ÖFFNETE BESSIE LEISE DIE TÜR UND SCHLÜPFTE INS ZIMMER.
DIE BRAUT LAG AUF EINEM SOFA IN DER NÄHE DES OFFENEN FENSTERS, MIT GESCHLOSSENEN AUGEN, EIN AUFGESCHLAGENES BUCH AUF DER BRUST. BESSIE DURCHQUERTE DAS ZIMMER UND

BÜCKTE SICH. »MISS ABIGAIL?« SAGTE SIE LEISE. »MISS ABIGAIL, SIND SIE WACH?«

ABIGAIL SMITHERS, DIE, VON DER SCHWÜLE ERMATTET, EINGEDÖST WAR, SCHRECKTE AUF, UND DER GEDICHTBAND, IN DEM SIE GELESEN HATTE, FIEL AUF DEN BODEN. BESSIE HOB IHN SOFORT AUF UND GAB IHN SEINER BESITZERIN ZURÜCK.

»VORSICHT«, LÄCHELTE DAS DIENSTMÄDCHEN. »BÜCHER SIND WERTVOLL.«

ABIGAIL ERWIDERTE IHR LÄCHELN. »ES SIND NUR GEDICHTE.«

»ALLE BÜCHER SIND WERTVOLL«, WIDERSPRACH BESSIE ERNST: »BESONDERS DIESES HIER.« SIE WICKELTE DIE BIBEL AUS DEM HANDTUCH UND LEGTE SIE IN ABIGALS HÄNDE. »ICH HABE ES AUFBEWAHRT, FAST VIERZEHN JAHRE LANG. JETZT GEHÖRT ES IHNEN.«

ABIGAIL RUNZELTE VERWIRRT DIE STIRN UND WOLLTE DEN DICKEN BAND ÖFFNEN, WURDE ABER VON BESSIE SANFT DARAN GEHINDERT. »ES IST FÜR SPÄTER«, MURMELTE SIE. »HEUTE, AM TAG VOR IHRER HOCHZEIT, WERDEN SIE BESTIMMT NICHT DARIN LESEN WOLLEN.«

ABIGAIL SCHAUTE DAS DIENSTMÄDCHEN ERSTAUNT AN. »WANN DANN?«

BESSIE DELACOURT RICHTETE SICH AUF. »SIE WERDEN ES WISSEN«, ERKLÄRTE SIE RUHIG. »SIE WERDEN WISSEN, WANN SIE DARIN LESEN MÜSSEN, UND SIE WERDEN WISSEN, WANN SIE SELBST ETWAS HINEINSCHREIBEN MÜSSEN. DIESES BUCH GEHÖRT DEN FRAUEN DIESER FAMILIE. ES ENTHÄLT ALLE GEHEIMNISSE. DIE MÄNNER WISSEN NICHTS DAVON, UND SIE BRAUCHEN AUCH NICHTS DAVON ZU WISSEN!«

NACHDEM BESSIE DAS ZIMMER VERLASSEN HATTE, STRICH ABIGAIL SMITHERS MIT DEN FIN-

GERN ÜBER DEN ABGEGRIFFENEN LEDEREINBAND. SOLLTE SIE DIE BIBEL VIELLEICHT DOCH ÖFFNEN?

NEIN – BESSIE HATTE AUSDRÜCKLICH GESAGT, JETZT SEI NICHT DER RICHTIGE ZEITPUNKT DAFÜR. ABIGAIL GLAUBTE ZU WISSEN, WARUM. IN DER FAMILIENCHRONIK WAREN ZWEIFELLOS NICHT NUR FREUDIGE EREIGNISSE, SONDERN AUCH ALLE TRAGÖDIEN AUFGEFÜHRT, DIE FRANKS FAMILIE IM LAUFE DER JAHRE ERLEBT HATTE, UND AM TAG VOR IHRER HOCHZEIT SOLLTEN KEINE TRAURIGEN GESCHICHTEN IHR GLÜCK TRÜBEN.

SIE TRUG DIE BIBEL ZU DER TRUHE, DIE SIE VERGANGENE WOCHE AUS BATON ROUGE MITGEBRACHT HATTE, UND VERSTECKTE DAS BUCH UNTER IHRER AUSSTEUER.

DAS DIENSTMÄDCHEN HATTE BESTIMMT RECHT – SIE WÜRDE WISSEN; WANN SIE DIE EINTRAGUNGEN LESEN MUSSTE. HEUTE SICHER NICHT.

UND MORGEN AUCH NICHT.

BESSIE DELACOURT WISCHTE DEN LETZTEN FLECK VOM LETZTEN KRISTALLPLÄTTCHEN DES RIESIGEN KRONLEUCHTERS ÜBER DEM MAHAGONITISCH IM ESSZIMER. DIE UHR IN DER BIBLIOTHEK SCHLUG MITTERNACHT, UND JEDER MUSKEL IN IHREM KÖRPER PROTESTIERTE, ALS SIE VON DER LEITER STIEG.

SIE WAR HUNDEMÜDE. EINFACH HUNDEMÜDE.

ABER DIE ARBEIT WAR GETAN, JEDENFALLS DIE SCHWERE ARBEIT. SIE UND FRANCY WÜRDEN NOCH BIS ZUM MORGENGRAUEN DAMIT BESCHÄFTIGT SEIN, DAS SILBER ZU POLIEREN, ABER DAS KONNTEN SIE AM KÜCHENTISCH MACHEN, WO SIE WENIGSTENS NICHT STÄNDIG IHREN

RÜCKEN UND NACKEN VERRENKEN MUSSTE, UM NUR JA KEINE FACETTE DES KRISTALLLEUCHTERS ZU ÜBERSEHEN.

SIE BÜCKTE SICH GERADE NACH DEM EIMER MIT AMMONIAKWASSER, DAS SIE ZUM PUTZEN DES KRONLEUCHTERS VERWENDET HATTE, ALS SIE DIE STIMME HÖRTE.

»LASS IHN STEHEN!«

WIE VON DER TARANTEL GESTOCHEN, RICHTETE BESSIE SICH AUF. IN DER FLÜGELTÜR, DIE ZUR EINGANGSHALLE FÜHRTE, STAND FRANCIS CONWAY.

MISTER FRANK.

FRANCYS VATER.

»ES IST ZEIT«, SAGTE ER, ALS DER LETZTE UHRENSCHLAG VERKLUNGEN WAR. »KOMM MIT.«

IN BESSIES BAUCH BILDETE SICH EIN KALTER ANGSTKNOTEN, UND SIE WÜNSCHTE SICH MEHR ALS ALLES ANDERE AUF DER WELT, MIT FRANCY AUS DIESEM HAUS ZU FLÜCHTEN, BEVOR ES ZU SPÄT SEIN WÜRDE. ABER SIE WUSSTE, DASS SIE DAS NICHT TUN KONNTE, DENN ALS FRANK CONWAY SPRACH, HATTE SIE IHM IN DIE AUGEN GESCHAUT.

OHNE ES ZU WOLLEN.

FAST GEGEN IHREN WILLEN.

DOCH SIE HATTE ES GETAN, UND NUN HIELTEN FRANK CONWAYS BLAUE AUGEN SIE GEFANGEN – WIE SCHON SO OFT. DIESE AUGEN HIELTEN SIE IN SCHACH UND ZWANGEN SIE, DINGE ZU TUN, DIE SIE AUS FREIEN STÜCKEN NIEMALS GETAN HÄTTE. DINGE, AN DIE SIE NICHT DENKEN DURFTE UND NIEMANDEM ANVERTRAUEN KONNTE.

UND JETZT, IN DER NACHT VOR SEINER HOCHZEIT MIT DER NETTEN MISS ABIGAIL AUS BATON ROUGE, WOLLTE ER ES WIEDER TUN. UND SIE WUSSTE, DASS SIE IHN NICHT DAVON ABHALTEN

KONNTE, HEUTE GENAUSO WENIG WIE IN ALL DEN JAHREN VORHER.
SIE FOLGTE IHM ZUR KELLERTÜR.
SIE GING HINTER IHM DIE TREPPE HINAB, DURCH DIE TÜR, DIE IMMER ABGESCHLOSSEN WAR, DIE NUR MISTER FRANK UND MONSIGNORE MELCHIOR ÖFFNEN KONNTEN. IN DIE DUNKELHEIT, DIE VOM LICHT EINIGER KERZEN NUR SCHWACH ERHELLT WURDE.
DOCH SOGAR IN DIESEM SCHWACHEN LICHT KONNTE BESSIE DIE DROHENDE GESTALT VON MONSIGNORE MELCHIOR ERKENNEN.
EIN LICHTSTRAHL FIEL AUCH AUF DAS MESSER IN SEINER HAND.
BESSIE WUSSTE INSTINKTIV, WAS IHR GLEICH ZUSTOSSEN WÜRDE.
DAS GLEICHE, WAS DER KLEINEN LUCINDA, IHRE GELIEBTEN LUCY, ZUGESTOSSEN WAR, DIE MISTER FRANK IHR WEGGENOMMEN HATTE, BEVOR SIE DAS KIND RICHTIG ANSCHAUEN KONNTE.
ALS MISTER FRANK SIE HOCHHOB UND AUF DEN TISCH LEGTE, HINTER DEM MONSIGNORE MELCHIOR STAND, HATTE BESSIE KEINE ANGST. SIE SCHRIE NICHT EINMAL AUF.
ABER SIE WUSSTE, WÄHREND SIE BEOBACHTETE, WIE MONSIGNORE MELCHIOR DAS MESSER HOB, DASS SIE NICHT MEHR MIT FRANCY WEGRENNEN WÜRDE. STATT DESSEN WÜRDE SIE NOCH IN DIESER MINUTE MIT LUCY VEREINT SEIN. ALS DAS MESSER IHRE BRUST DURCHSTIESS UND IHR HERZ DURCHBOHRTE, VERSPÜRTE BESSIE DELACOURT EINEN TIEFEN INNEREN FRIEDEN. ENDLICH WAR SIE, WIE VOR IHR MISS LORETTA, VON DER FAMILIE CONWAY BEFREIT.

Monsignore Devlin schloß die Bibel. War es möglich, daß Frank Conway sein eigenes Kind umgebracht hatte, wie Bessie Delacourt schrieb? Natürlich war das möglich. Vor hundert Jahren war in St. Albans der Bastard einer Magd weniger wert als ein Jagdhund!

Trotzdem …

Der alte Priester schlug die Bibel wieder auf und suchte nach älteren Einträgen als dem von Loretta Villiers, konnte aber nichts finden. Doch als er das Buch näher betrachtete, entdeckte er etwas: So dicht am Buchrücken, daß man es kaum sehen konnte, war eine Seite aus der Bibel herausgeschnitten worden.

Hatte Cora das gemacht, bevor sie ihm die Bibel gab?

Oder hatte es jemand getan, der lange vor ihr gestorben war?

Mit einem schweren Seufzer schob Vater Devlin die Bibel beiseite. Später, wenn seine Augen sich ein wenig erholt hatten, würde er auch die restlichen Eintragungen der Frauen lesen, die in die Familie Conway eingeheiratet hatten. Im Augenblick wollte er sich mit der Geschichte seiner eigenen Kirche, der Pfarrei von St. Albans, beschäftigen, um herauszufinden, wer dieser Monsignore Melchior gewesen war. Der Titel ließ auf einem Priester schließen. Ein Priester, der seine Gelübde gebrochen und seiner Berufung untreu geworden war, den Titel aber beibehalten hatte?

Warum?

Entmutigt betrachtete er die dicken Gemeinderegister mit den Eintragungen aller Priester, die vor ihm in St. Albans amtiert hatten. Die meisten Schriften waren nicht viel lesbarer als die der Halbalphabetin Bessie Delacourt. Wenn er wirklich wissen wollte, was auf den Seiten gestanden hatte, die aus der Familienbibel der Conways herausgeschnitten worden waren, würde er Hilfe benötigen.

Vater MacNeill!

Natürlich! Er würde mit Vater MacNeill sprechen, dessen Geist viel jünger und schärfer war als sein eigener.

Mit dem Gefühl, von einer schweren Bürde befreit worden zu sein, schloß Vater Devlin seine müden Augen und schlief ein.

22. Kapitel

Vater Bernards Anruf war für Ellie Roberts keine allzu große Überraschung. Sie hatte mit so was gerechnet, seit Luke ständig mit Jared Coway zusammensteckte. Sie hatte es kommen sehen ...

Ellie wußte natürlich alles über die Conways, obwohl George Conway sich einige Jahre *vor* ihrer Geburt an der Magnolie hinter seinem Haus erhängt hatte. Noch heute konnte sie sich sehr genau an das erste Mal erinnern, als sie sich mit ihren Freundinnen zu dem großen Haus in der Pontchartrain Street geschlichen hatte. Sie war erst fünf und stand am Straßenrand, auf das Grundstück hatte sich niemand getraut, während sie mit schreckensweiten Augen den Geschichten lauschte, die Rudy LaFrenier, zwei Jahre älter als sie und deshalb fast allwissend, erzählte.

»Vater Fitzpatrick sagt, sie wären Voodoo-Zauberer gewesen«, flüsterte Rudy geheimnisvoll, und Ellie wußte noch jetzt, nach dreißig Jahren, welche Angst ihr das unbekannte Wort eingeflößt hatte. »Vater Fitzpatrick sagt, der ganze Ort sei voll mit Voodoo, und jeder, der auch nur den Rasen betritt, würde in die Hölle kommen!«

Diese Geschichten hatten genügt, um sie und ihre Freundinnen weiterhin von dem Haus fernzuhalten. Auch als Ellie alt genug war, um zu begreifen, daß Vater Fitzpatrick, der in den Ruhestand getreten war, als Vater Bernard nach St. Albans kam, wohl mächtig übertrieben hatte, um Rudy LaFrenier einzuschüchtern, konnte sie ihre Furcht vor dem Haus und vor den Conways nicht ganz abschütteln. Die Voodoo–Geschichte mochte nicht stimmen, aber George Conway mußte verrückt gewesen sein, sonst hätte er sich nicht an der Magnolie erhängt. Auch seine Frau verlor den Verstand, nachdem sie ihn gefunden hatte. Ellie glaubte zwar nicht an Gespenster, aber das alte viktorianische Haus war und blieb ihr unheimlich. Deshalb hatte sie Luke von Anfang an gesagt, daß er sich nicht mit Jared Conway abgeben solle. »Mir ist jener Ort einfach nicht geheuer«, hatte sie ihm erklärt, »und die Conways sind mir auch nicht geheuer. Wann immer Conways in dieser Stadt gelebt haben, hat es Probleme gegeben.«

Luke hatte spöttisch die Augen verdreht. »Es ist nur ein Haus, Ma«, sagte er störrisch, »und ich mag Jared.«

Diese Sturheit mußte er von seinem Vater geerbt haben, dachte Ellie, und wie mindestens eine Million Male zuvor wünschte sie, ihr Mann wäre noch am Leben und könnte seinen Sohn erziehen. Big Luke war ein guter Mensch gewesen, und er hatte als stellvertretender Sheriff gute Arbeit geleistet. Als er mit seinem Motorrad tödlich verunglückte, hatte Ellie nicht gewußt, wie sie allein zurechtkommen sollte.

»Die Wege des Herrn sind unerforschlich«, hatte Vater MacNeill sie getröstet, »und der Herr wird für Sie und den kleinen Luke sorgen.«

Und das hatte Er getan. Sie bekam einen Job im Pfarramt, und ihr Gehalt reichte für das Nötigste. Luke bekam einen Freiplatz in der *St. Ignatius School*, und in den ersten Jahren griff ihr auch der Sheriff unter die Arme. Ellie versuchte, Luke ordentlich zu erziehen, ihm Mutter und Vater in einer Person zu sein. Das war nicht leicht, aber sie stellte sich immer vor, was Big Luke seinem Sohn gesagt hätte, und im großen und ganzen entwickelte Luke sich durchaus erfreulich.

Bis er sich mit Jared Conway anfreundete.

Vater MacNeill hatte vorgeschlagen, Luke den Umgang mit Jared streng zu verbieten, aber sie wußte, daß das nicht klappen würde. Die Zeiten, als man den Eltern blind gehorchte, weil ihr Wort Gesetz war, waren längst vorbei. Auch wenn Vater MacNeill das nicht einsehen wollte. Heutzutage machten die Kinder so ziemlich das, was sie wollten, und das war nicht verwunderlich. Sogar in St. Albans gab es viele Scheidungswaisen, oder aber beide Elternteile arbeiteten. Man konnte Kinder einfach nicht mehr so im Auge behalten wie früher. Doch es war eine große Hilfe, daß Luke die Konfessionsschule besuchte. Im Gegensatz zu den Lehrern an öffentlichen Schulen ließen die Nonnen keinen Unfug durchgehen.

Und Luke hatte keine schulischen Probleme gehabt.

Bis heute.

Als Vater Bernard anrief und sie über Lukes Missetat informierte, fühlte sie sich zutiefst gedemütigt. Sie saß an ihrem Schreibtisch im Pfarramt und preßte den Hörer schmerzhaft fest ans Ohr, so als könnte sie auf diese Weise verhindern, daß die Geschichte anderen zu Ohren kam. Aber das war in St. Albans, und speziell in der Kirchengemeinde, unmöglich.

Was, wenn Luke demnächst aus der Schule flog?

Was, wenn sie deswegen ihren Job verlor?

Notgedrungen suchte sie Vater MacNeill auf.

Er arbeitete an einer Predigt, und als er aufschaute, konnte sie ihm ansehen, daß Vater Bernard auch ihn schon informiert hatte. Dadurch blieb ihr wenigstens die Demütigung erspart, Lukes Sünden beichten zu müssen. Doch während des Gesprächs begriff Ellie sehr schnell, daß die Situation nicht so schlimm war, wie sie befürchtet hatte.

»Niemand macht Luke für diese Geschichte verantwortlich«, versicherte der Priester. »Wir alle kennen ihn und wissen, was für ein netter junger Mann er ist. Aber sogar die nettesten jungen Leute können … unter die …« Vater Mack verstummte und suchte nach den richtigen Worten. »Sagen wir mal so – gegen schlechte Einflüsse ist keiner von uns gefeit.« Er lächelte Ellie zu, und ihre Ängste verflogen. »Das Problem ist nicht Luke.« Er schürzte die Lippen und faltete die Hände vor der Brust.« Es ist Jared Conway, der mir Sorgen bereitet.«

»Ich weiß« warf Ellie rasch ein. Vater MacNeill hatte ihr nicht nur Arbeit gegeben, als sie in größter Not war, er war auch ihr Ratgeber in allen Lebensfragen. »Ich mache mir Sorgen, seit Luke mit diesem Jungen Freundschaft geschlossen hat.« Sie schüttelte den Kopf. »Ich wünschte, sie würden von hier wegziehen. Ich weiß, daß dieser Gedanke nichts mit Nächstenliebe zu tun hat, aber ich wünschte, die ganze Familie würde verschwinden.«

Die Miene des Priesters hellte sich auf. »Dann sollten Sie vielleicht zu der Anhörung kommen, bei der über Ted Conways Plan, ein Hotel zu eröffnen, abgestimmt werden soll.«

Ellie hatte natürlich, wie jeder in der Stadt, von diesem Plan gehört, aber ihr war nicht in den Sinn gekommen, daß sie etwas tun könnte, um das zu verhindern. Sie hatte sich nie für Politik interessiert, und Big Luke hatte ihr immer gesagt, es sei vernünftiger, sich nicht einzumischen. *Wenn man keinen Ärger haben will, hält man am besten den Mund und läßt andere Leute die Entscheidungen treffen.*

Daran hatte sie sich immer gehalten, doch jetzt sah sie ein, daß sie ihren eigenen Standpunkt vertreten mußte, wenn sie Luke von Jareds Einfluß befreien wollte. Seit dem Tod ihres Mannes hatte sie schon soviel geschafft, das sie sich früher nicht zugetraut hätte. Sie konnte auch *das* schaffen.

Als Luke endlich nach Hause kam, wartete Ellie auf ihn. Sie saß im Sessel von Big Luke, das große Möbelstück beherrschte das Wohnzimmer des kleinen Hauses in der Court Street, und Ellie benutzte es nur, wenn sie Luke eine Strafpredigt halten mußte. »Ich möchte mit dir reden«, sagte sie, als er sofort auf sein Zimmer zusteuerte.

»Ich muß noch Hausaufgaben machen«, widersprach Luke. »Nach der Schule habe ich …«

»Ich weiß, was du nach der Schule gemacht hast«, fiel Ellie ihm ins Wort. »Vater Bernard hat mich angerufen – an meinem Arbeitsplatz!« Sie warf ihrem Sohn einen vorwurfsvollen Blick zu. »Wie konntest du so was tun? Nach allem, was ich für dich getan habe, nach allen Opfern, die ich …«

»Herrgott, Ma!« stöhnte Luke. »Jared und ich sind nur ein bißchen zu spät zum Nachmittagsunterricht gekommen, weiter nichts.«

»Du sollst den Namen des Herrn nicht mißbrauchen«, zitierte Ellie eines der zehn Gebote und bekreuzigte sich rasch. »Dein Vater …«

Lukes Augen funkelten wütend. »Verdammt, Ma, Dad ist tot, hast du das vergessen? Er ist gestorben, als ich ein Baby war, und ich könnte wetten, daß er auch geflucht hat.«

»Niemals!« rief Ellie. *Jedenfalls nicht in meiner Gegenwart*, korrigierte sie sich insgeheim. Wenn Big Luke das Auto reparierte, hatte er manchmal Ausdrücke verwendet, die ihr nicht gefallen hatten – aber nur, wenn er glaubte, sie würde ihn nicht hören. »Ich will mit dir aber über etwas ganz anderes sprechen.«

Luke blickte mißtrauisch. »Also, was gibt's? Wenn es dieses Zuspätkommen ist …«

»Nicht nur das.« Nach kurzem Zögern beschloß Ellie, den Stier bei den Hörnern zu packen. »Es geht um Jared Conway. Ich will nicht, daß du dich weiterhin mit ihm triffst.«

»Warum, wenn ich fragen darf? Was hast du gegen Jared?«

Ellie erhob sich aus dem Sessel ihres toten Mannes und überlegte, was er jetzt wohl sagen würde. »Er übt einen schlechten Einfluß auf dich aus, und das kann ich nicht dulden. Du wirst die Kontakte zu ihm einstellen, ist das klar?«

Lukes Augen glühten. »Es ist klar«, knurrte er zähneknirschend. »Zwar total bescheuert, aber sonnenklar.«

»Und du wirst mir gehorchen?«

Luke musterte seine Mutter, und Ellie erschrak zum erstenmal in ihrem Leben über die Art und Weise, wie er sie ansah. Fast so, als wollte er mit ihr die Klingen kreuzen!

»Vielleicht«, erwiderte er schließlich. »Vielleicht aber auch nicht.«

23. Kapitel

Es war fast sechs, als Jared durch die Hintertür in die Küche kam. Janet schaute von dem Salat auf, den sie gerade zubereitete, und überlegte, welche Entschuldigung er für sein Zuspätkommen vorbringen würde. Bis vor kurzem hätte sie sich darüber nicht den Kopf zerbrochen, denn er hätte es ihr von sich aus sofort erklärt. Aber in letzter Zeit, seit er in den Keller gezogen war, verschwand er dort unten, sobald er von der Schule nach Hause kam. Er ließ sich nur kurz zum Abendessen blicken und trat sofort wieder den Rückzug in den Keller an, wenn er sich nicht irgendwo mit Luke traf.

»Was macht er nur die ganze Zeit da unten?« hatte Janet ihren Mann vor einigen Tagen gefragt.

»Kein Grund zur Sorge, Liebling«, antwortete Ted. »Er braucht eben sein eigenes Revier. Jared wird langsam erwachsen, und obwohl Politiker so was heutzutage nicht laut äußern dürfen, sind Frauen und Männer nun mal verschieden. Du kannst nicht erwarten, daß Jared sich so wie du benimmst.« Seine Augen funkelten schelmisch. »Natürlich wollen wir auch nicht, daß er sich so wie ich benimmt, stimmt's?«

»O Gott, nur das nicht!« entfuhr es Janet, und aus jahrelanger Erfahrung machte sie sich wieder einmal auf einen Wutausbruch gefaßt. Doch Ted lächelte ihr liebevoll zu.

»Ich danke dem Himmel jeden Tag, daß du es so lange bei mir ausgehalten hast. Und mach dir keine Sorgen, was Jared im Keller auch treiben mag, trinken tut er mit Sicherheit nicht. Glaub mir, ich habe darin soviel Erfahrung, daß es mir sofort auffallen würde.«

»Aber wozu braucht er ein Schloß an der Tür? Kim macht so was doch auch nicht.«

»Er will zeigen, daß das ein ureigenes Territorium ist«, erklärte Ted. »Das ähnelt dem Verhalten von Tieren, die ihre Jagdreviere markieren.«

Janet seufzte. »Dann sollte ich wohl noch froh sein, daß er sich mit einem Türschloß begnügt!« Doch Teds logische Erklärungen konnten sie nicht darüber hinwegtrösten, daß sich zwischen Jared und der übrigen Familie ein Abgrund aufgetan hatte, der von Tag zu Tag tiefer zu werden schien.

Auch jetzt durchquerte er die Küche in Richtung Eßzimmer, ohne auch nur ›Guten Abend‹ zu sagen, geschweige denn zu erklären, warum er so spät nach Hause gekommen war.

»Jared?« Als ihr Sohn einfach weiterging, wiederholte sie schärfer. »Jared!«

Er blieb stehen, drehte sich aber nicht um.

»Schau mich bitte an«, sagte Janet leise, aber energisch, um klarzustellen, daß sie nicht in der Stimmung für Ungezogenheiten war.

Er drehte sich langsam um.

»Vater Bernard hat mich heute nachmittag angerufen.«

Jared zuckte mit den Schultern. »Na und?«

»Na und?« wiederholte Janet. »Ist das alles, was du dazu zu sagen hast?«

»Was soll ich denn sonst sagen? Schwester Clarence hatte eine Stinkwut auf mich, ebenso Vater Bernard, und deshalb mußte ich die Kirche putzen. Das ist *mein* Problem, nicht deines.«

»Deine Probleme *sind* auch meine. Ich bin deine Mutter.«

Jareds Augen schleuderten Blitze. »Herrgott, Mom, ich bin kein kleines Kind mehr! Ich bin fast sechzehn!«

»Bis wir hierherkamen, hattest du nie Ärger in der Schule!«

»Darauf solltest du stolz sein, anstatt auf mir herumzuhacken!« Jared kehrte ihr den Rücken zu. »Ich gehe jetzt in mein Zimmer runter.«

»Jared! Wenn ich mit dir rede, erwarte ich ...« Sie sah, daß Molly, verstört über die zornigen Stimmen, den Mund zum Weinen verzog, und so nahm sie ihre Jüngste rasch auf den Arm. »Alles in Ordnung, Liebling«, murmelte sie sanft.

»Mommy ist nicht böse auf dich, und Jared auch nicht. Niemand ist böse auf dich.«

Sie brachte das kleine Mädchen in die Bibliothek, die Ted vorübergehend als Büro diente. »Kannst du ein paar Minuten auf Molly aufpassen? Ich habe mit Jared ein Hühnchen zu rupfen.«

Ted stand vom Schreibtisch auf. »Vielleicht sollte ich das lieber ...«

Janet schüttelte den Kopf. »Das ist eine Sache zwischen ihm und mir. Und bei dieser Gelegenheit werde ich auch endlich sein Zimmer zu sehen bekommen.«

»Okay.« Seufzend nahm Ted seine Tochter auf den Schoß. »Aber ich warne dich, Zimmer von halbwüchsigen Jungen können ganz schön verrückt aussehen.«

»Ich werd's überleben!« Um die langsam heilenden Wunden ihrer Ehe nicht unnötig aufzureißen, verzichtete Janet auf den Hinweis, daß sie sich bis vor wenigen Wochen allein um die Kinder gekümmert hatte und ganz gut zurechtgekommen war.

Sie öffnete die Kellertür und knipste den Lichtschalter an. Die nackte Glühbirne, die auf halber Höhe der Treppe als Wandlampe diente, kämpfte vergeblich gegen die dunklen Schatten in der Tiefe an. *Warum sollte jemand da unten wohnen wollen?* überlegte Janet, während sie die knarrenden Stufen hinabging. Sie versuchte sich vorzustellen, wie man sich hier mitten in der Nacht fühlen mochte, und erschauerte beim Gedanken an die Spinnen, die bestimmt überall herumkrochen. Vor Jareds Tür blieb sie stehen und starrte das glänzende Messingschloß an, das ihr vor einigen Tagen zum erstenmal aufgefallen war. Aber wenigstens hing kein Schild mit der Aufschrift ›EINTRITT VERBOTEN‹ an der Tür – mit sechs Jahren hatte er einmal ein solches Schild an seiner Zimmertür angebracht!

Janet klopfte leise an und hörte gedämpft Jareds Stimme: »Ja, was gibt's?«

»Darf ich hereinkommen?« rief sie.

Kurzes Schweigen. Dann: »Die Tür ist nicht abgeschlossen.«

Sie stieß die Tür auf und blieb auf der Schwelle wie angewurzelt stehen. Was auch immer sie sich vorgestellt haben mochte – *das* nicht!

Einen schrecklichen Moment lang hatte Janet das Gefühl, eine Leere betreten zu haben. Ihr wurde schwindelig, und sie hielt sich instinktiv am Türrahmen fest. Gleich darauf waren ihre Augen jedoch wieder imstande, eindeutige Informationen ans Gehirn weiterzugeben, und der Schwindel verging.

Der Raum war schwarz gestrichen.

Nicht mit glänzender Ölfarbe, die vielleicht noch interessante Lichtreflexe erzeugt hätte, sondern matt und stumpf, ein Schwarz, das fast jeden Lichtstrahl völlig absorbierte. Die Deckenbalken waren nicht mehr zu sehen: Jared – oder eher Ted – hatte die Zwischenräume mit schalldämpfendem Isoliermaterial gefüllt und mit Sperrholzplatten verhüllt, die genauso schwarz gestrichen waren wie die Wände. Die bisher an einem Kabel hängende Glühbirne war jetzt korrekt an der Decke befestigt und mit einem Lampenschirm verhüllt, besser gesagt, mit einer roten Papierlaterne. »Ist dieses Ding nicht gefährlich?« fragte Janet und hätte sich im nächsten Moment auf die Zunge beißen mögen.

Zu spät.

»Das Haus brennt davon bestimmt nicht ab«, erwiderte Jared trotzig. »Ich hab' alles mit Dad überprüft.«

Als ob der etwas davon verstünde, dachte Janet, gestand sich aber im nächsten Moment schuldbewußt ein, daß sie Ted unrecht tat. Seit dem Umzug nach St. Albans hatte er mehr über Renovierungsarbeiten gelernt, als sie für möglich gehalten hätte. Ob es sich um elektrische Leitungen, Rohre oder Heizungsanlagen handelte, er schien über alles Bescheid zu wissen, und bisher hatte er wirklich gute Arbeit geleistet.

Janet nahm die Einrichtung in Augenschein. In einer Ecke stand Jareds Bett – allerdings ohne das Bettgestell, denn er hatte mit Lukes Hilfe nur den Sprungrahmen und die Matratze vom ersten Stock in den Keller geschleppt. Zwei weitere Matratzen, die er wohl auf dem Dachboden oder sonstwo in dem riesigen Haus gefunden hatte, dienten als provisorisches Sofa. Es gab einen Tisch und eine lange Werkbank, die Jared an die Wand gegenüber den Fenstern geschraubt hatte. An einer anderen Wand stand ein Kleiderschrank aus einem der Schlafzimmer im ersten Stock und eine Kommode, an die Janet sich nicht erinnern konnte.

Die Fenster waren mit schwarzem Papier verhüllt.

Wie hält er das nur aus? Kein Licht, keine frische Luft, ein modriger Geruch!

Sie stellte diese Fragen nicht laut, weil sie sich seine Reaktion lebhaft vorstellen konnte. Sie war ja nicht hergekommen, um sein Zimmer zu kritisieren, sondern um vernünftig mit ihm zu reden. Auf der Suche nach irgend etwas, das sie loben konnte, fiel ihr Blick auf die Schreibtischlampe, die auf dem Tisch stand, und auf eine Bodenlampe neben dem Bett.

»Na ja, immerhin hast du noch genug Licht zum Lesen«, sagte sie so munter, wie es ihr möglich war.

Jared, der sich mit verschränkten Armen auf seinem Bett flegelte, fiel nicht darauf herein. »Mir gefällt es, okay?« knurrte er. »Und Dad hat gesagt, ich könne den Raum einrichten, wie ich will, solange ihr oben nicht durch meine laute Musik gestört werdet.«

»Aber er hat bestimmt nicht gemeint ...«

»Hört ihr irgend etwas?« fiel Jared ihr ins Wort. »Störe ich euch?«

»Nein, aber ...«

»Was hast du dann daran auszusetzen?«

Nichts – außer daß ich nichts sehen und nicht atmen kann, und daß die Wände mich erdrücken! dachte Janet, doch dann fiel ihr Teds Warnung ein: *Zimmer von halbwüchsigen Jungen können ganz schön verrückt aussehen.* Seufzend machte sie einen Schritt auf das Bett zu. »Waffenstillstand, okay? Wenn du dich hier wohl fühlst, soll es mir recht sein ... Ich mache mir eben Sorgen um dich, weil du seit dem Umzug so ... so ... verändert bist! Das müßtest du doch verstehen.«

Jared schwieg sekundenlang, und als er sie anschaute, funkelten seine Augen vor Wut. »Laß mich allein, okay? Laß mich in Ruhe!«

Ein greller Blitz durchzuckte Janets Bewußtsein. *Wie sein Vater! Er hört sich wie sein Vater an!* Es waren nicht nur die Worte, die sie von Ted im Laufe der Jahre tausendmal – nein, mindestens *zehn*tausendmal – gehört hatte. Und es waren auch nicht nur die zornsprühenden Augen. Was sie am meisten verstörte, war, daß er unerreichbar war für sie, genauso unerreichbar wie ihr Mann, wenn er getrunken hatte. Sie wollte auf Jared zugehen, verzichtete aber darauf, weil sie sich daran erinnerte, wie oft Ted sie zurückgestoßen hatte.

War es möglich, daß Jared angefangen hatte zu trinken? Sie versuchte den Gedanken sofort zu verwerfen, schaute sich aber unwillkürlich nach einer Flasche oder einem Glas um.

Drogen?

Sie schnupperte, aber die Luft roch nicht nach süßlichem Marihuana, sondern nur nach Moder. Außerdem würde Jared niemals Drogen nehmen!

Oder doch?

Noch vor wenigen Wochen hätte sie eine solche Möglichkeit nicht einmal in Betracht gezogen. Schließlich hatte Jared jahrelang die Trunksucht seines Vaters miterlebt und ...

... und die Kinder von Alkoholikern waren viel gefährdeter, ebenfalls süchtig zu werden, als Kinder, die nicht damit aufgewachsen waren.

Nicht Jared, flehte sie. *O Gott, laß Jared bitte nicht süchtig werden!*

Sie wollte ihren Sohn in die Arme nehmen, ihn festhalten

und ihm sagen, daß sie über alles, was in ihm vorging, sprechen könnten. Doch die undurchdringliche Maske, zu der sein Gesicht erstarrt war, und seine zornsprühenden Augen hielten sie davon ab. Es war sinnlos, im Augenblick auf ihn einzureden. Im Augenblick war er ganz sein Vater. »Okay«, murmelte sie. »Ich rufe dich, wenn das Abendessen fertig ist.«

Sie ging rückwärts hinaus, schloß die Tür und stieg die Treppe hinauf. Auf halbem Wege hörte sie das Klicken des Schlosses.

Er schließt mich aus, dachte sie verzweifelt. *Er schließt mich aus seinem Leben aus.*

Dieses Abendessen erinnerte gespenstisch an unzählige Abendessen der Conways in all den Jahren zuvor, in denen Ted getrunken hatte. Obwohl keiner von ihnen ein Wort darüber verloren hatte – solange man nicht darüber sprach, brauchte man nicht zuzugeben, daß es Probleme gab! –, waren Janet, Kim und Jared im Grunde immer erleichtert gewesen, wenn Ted zum Abendessen nach Hause gekommen war. Wenn er dann da war, hätte nicht einmal das schärfste Steakmesser die dicke Luft zerschneiden können. Das hatte sogar Molly gespürt, und obwohl die Zwillinge ihre kleine Schwester abzulenken versuchten, hatte sie unweigerlich zu quengeln und zu sabbern begonnen, so daß Ted gebrüllt hatte, ein Kleinkind gehöre nicht an den Tisch. Seit neuestem saß Molly allerdings am liebsten rechts von ihrem Vater, der mit unerschöpflicher Geduld auf sie einging.

Obwohl sich die Situation inzwischen geändert hatte, war die Stimmung an diesem Abend genauso gedrückt wie früher. Die dunkle Wolke hing allerdings jetzt nicht zwischen Janet und Ted, sondern zwischen Kim und Jared. Seit die Zwillinge reden gelernt hatten, hatten sie beim Abendessen die Ereignisse des Tages Revue passieren lassen, wobei sie sich ständig ins Wort fielen, was aber keine Rolle spielte, weil einer die Gedanken des anderen aufgriff. Jetzt schwiegen beide, denn es gab überhaupt keinen Kontakt mehr zwischen ihnen.

Janet hatte das Gefühl, als wären Kim und sie Füchse, die sich in ihrem Bau ängstlich duckten und die Ohren spitzten, weil sie die Nähe des Feindes witterten, ohne ihn sehen zu können. Von Zeit zu Zeit tauschten sie besorgte Blicke, und Janet las tiefen Kummer in den Augen ihrer Tochter.

Jared war als letzter in der Küche gekommen und hatte keine Notiz von Molly genommen, die ihn freudig begrüßte. Er ließ sich mürrisch auf seinen Stuhl fallen und schaufelte schweigend sein Essen in sich hinein. Von der gespannten Atmosphäre angesteckt, wurde Molly immer unruhiger, und plötzlich warf sie ihrem großen Bruder eine Handvoll Kartoffelbrei ins Gesicht.

Janet und Kim sahen einander erschrocken an.

Einen Moment lang reagierte Jared nicht darauf, daß ihm Püree mit Sauce über das Kinn rann, doch dann schaute er auf. Molly lächelte glücklich, weil es ihr endlich gelungen war, seine Aufmerksamkeit zu erregen, aber als er sie anstarrte, verschwand dieses Lächeln schlagartig, und sie begann zu schreien.

Ihr schrilles Quieken glich einem in die Enge getriebenen Tier, das genau weiß, daß der Tiger es in der nächsten Sekunde anspringen und zerfetzen wird.

Janet sprang auf, aber Ted hatte die Kleine schon aus ihrem Hochstuhl gehoben und an seine Brust gedrückt. Molly schlang ihre Ärmchen um seinen Hals und vergrub ihr Gesicht an seiner Schulter, während ihr Körper von wildem Schluchzen geschüttelt wurde.

»Nicht weinen, Molly«, redete Ted dem Kind gut zu. »Alles ist in Ordnung. Daddy ist da, und niemand wird dir etwas zuleide tun.«

»Was hast du gemacht?« fuhr Janet ihren Sohn wütend an. »Was in aller Welt hast du gemacht, daß sie so schreien mußte?«

»Ich?« konterte Jared. »Ich habe gar nichts gemacht! Sie war es doch, die mich mit Essen beworfen hat. Warum gehst du nicht auf *sie* los?« Er stand auf, wischte sich einen Saucenrest von der Wange und warf die zerknüllte Serviette auf den Tisch. Als er an Scout vorbeiging, der in der Ecke auf seiner Decke lag, knurrte der Hund ihn an.

»Schnauze!« befahl Jared. »Trau dich ja nicht!«

Der große Hund duckte sich, als wäre er geschlagen worden, und sein Knurren verwandelte sich in ein Winseln.

Sobald Jared die Küche verlassen hatte, wandte Janet sich an Kim, deren Gesicht leichenblaß war. »Was war los? Hast du gesehen, was passiert ist?«

»Ich ... ich weiß nicht«, stammelte Kim mit zitternder Stimme. »Es war ... es war die Art und Weise, wie er Molly angesehen hat!« Sie schaute ihre Mutter mit schreckensweiten Augen an. »Mom, es war grauenhaft. Es war ...« Nach Worten ringend, schüttelte sie hilflos den Kopf. »Er hat sie angestarrt, so als wollte er sie umbringen!« Tränen liefen über Kims Wangen. Sie schob ihren Stuhl zurück und rannte aus der Küche.

Janet betrachtete ihren Mann. Ted wiegte immer noch Molly in seinen Armen und flüsterte ihr tröstende Worte ins Ohr. Heftiger Zorn stieg in Janet auf. Wie konnte er nur die von Jared ausgelöste Krise so total ignorieren? »Bist du immer noch der Meinung, daß mit Jared alles in Ordnung ist?« schnauzte sie ihn an. »Oder weißt du gar nicht mehr, wie normale Familien sich benehmen, weil dein Gedächtnis durch die jahrelange Sauferei Schaden gelitten hat?« Sie bedauerte ihre Worte sofort. Doch anstatt zu explodieren, wie er es früher getan hätte, lächelte Ted ihr jetzt nur teilnahmsvoll zu. Er redete mit ihr genauso sanft wie mit Molly.

»Nimm's leicht, Liebling! Es war doch nur ein kleiner Streit.«

»Ein kleiner Streit?« wiederholte Janet ungläubig. »Das nennst du einen kleinen Streit? Jared hat Molly fast zu Tode erschreckt!«

»Und er selbst war mit Kartoffelbrei und Sauce bekleckert«, rief Ted ihr in Erinnerung, während er Molly wieder in ihren Hochstuhl setzte und zu füttern begann. »Jared hat ihr nur einen bösen Blick zugeworfen, weiter nichts.« Ein leichtes Grinsen spielte um seine Mundwinkel. »Sei froh, daß er nicht auch mit Erbsen oder Püree nach ihr geworfen hat, sonst hätte das in eine regelrechte Essensschlacht ausarten können!«

»Um Himmels willen, Ted!« rief Janet entrüstet. »Er hat Molly und sogar Scout verängstigt. Und hast du sein Zimmer gesehen? Was macht er da unten? Es sieht aus wie ... o Gott, ich weiß nicht, wie es aussieht!«

Ted nahm sie in die Arme und strich ihr zärtlich übers Haar, so wie er es zuvor bei seiner kleinen Tochter gemacht hatte. »Nimm's leicht«, sagte er wieder und hob ihr Kinn etwas an, um ihr in die Augen sehen zu können. »Es ist doch nichts Schlimmes passiert. Kleine Streitereien dieser Art kommen in den besten Familien vor, und jetzt ist ja alles vorbei.« Ein Blick in seine strahlend blauen Augen ließen Janets Ängste dahinschmelzen. »Mit Jared ist alles in Ordnung«, versicherte Ted. »Er ist ein ganz normaler Teenager, und wir können uns glücklich schätzen, daß er so normal ist.« Sein Finger strich über Janets Wange, und diese zarte Liebkosung jagte ihr einen heißen Schauer über den Rücken. »Wenn ich mir überlege, welche Probleme wir mit ihm haben könnten ...« Ohne seinen Satz zu beenden, wollte er sie küssen, wurde aber durch ein lautes Klopfen an der Hintertür gestört. »Bleib, wo du bist«, flüsterte er. »Ich bin sofort wieder bei dir.«

Ted öffnete die Tür. Luke Roberts trat auf der Veranda nervös von einem Bein aufs andere. »Ist Jared hier?«

»Unten in seinem Zimmer.«

Der Junge nickte Janet flüchtig zu, während er die Küche durchquerte, um dann in Richtung Keller zu verschwinden. Sofort nahm Ted seine Frau wieder in die Arme, doch sie schaute ihn besorgt an. »Meinst du nicht, wir hätten Luke wegschicken sollen, nachdem die beiden heute solchen Ärger in der Schule hatten?«

»Dann hätte Jared sich garantiert demnächst aus dem Staub gemacht«, entgegnete Ted. »Es ist doch besser, wenn wir wenigstens wissen, wo sie sind, meinst du nicht auch?«

»Aber ...«

»Kein ›aber‹«, fiel Ted ihr ins Wort. »Laß uns lieber die Küche aufräumen und Molly zu Bett bringen. Und vielleicht« – er lächelte breit – »bringe ich anschließend auch dich zu Bett.«

Janet vergaß all ihre Sorgen und Ängste, während sie gemeinsam Ordnung schafften, und als sie eine halbe Stunde später nach oben gingen, dachte sie nur noch an Teds verheißungsvolle Blicke und an ihre Erregung, als er ihre Wange gestreichelt hatte. Sie fieberte einem köstlichen Liebesakt entgegen und hatte alle Probleme, die ihr Glücksgefühl beeinträchtigen könnten, erfolgreich verdrängt.

24. Kapitel

Luke Roberts war heilfroh, seinem Zuhause und der Stimme seiner Mutter entkommen zu sein. Wußte sie überhaupt, daß er sich abgesetzt hatte? Wahrscheinlich nicht, denn er hatte seine Zimmertür abgeschlossen, war aus dem Fenster geklettert und hatte sich über die Hinterhöfe der Nachbarhäuser um die Ecke verdrückt. Vielleicht würde seine Mom bei ihm anklopfen, aber wenn er nicht reagierte, würde sie vermuten, daß er entweder schlief oder aber sauer auf sie war – was auch stimmte –, und dann würde sie Vater MacNeill anrufen. Immerhin konnte er sicher sein, daß sie nicht versuchen würde, von draußen durch das Fenster einen Blick in sein Zimmer zu werfen. »Du bist jetzt dreizehn«, hatte sie ihm vor zwei Jahren an seinem Geburtstag erklärt. »Allmählich wirst du erwachsen, und

Vater MacNeill meint, du hättest jetzt ein Anrecht auf eine gewisse Privatspähre.«

Vater MacNeill!

Solange Luke sich zurückerinnern konnte, hatte seine Mutter so geredet, als wäre der Priester sein richtiger Vater. Als kleines Kind hatte er das wirklich auch geglaubt, bis man ihn aufklärte, daß Vater MacNeill in Wirklichkeit überhaupt kein Vater war. Manchmal versuchte Luke sich kurz vor dem Einschlafen vorzustellen, wie sein Vater ausgesehen haben mochte, doch vor seinem geistigen Auge tauchte immer nur das Bild von Vater MacNeill auf. Eigentlich war das nicht verwunderlich, denn seine Mutter begann fast jeden Satz mit den Worten: »Vater sagt ...« Und sogar jenes »Geschenk der Privatsphäre«, wie sie es nannte – ein Fahrrad zum Geburtstag wäre ihm viel lieber gewesen –, vergällte sie mit dem Zusatz: »Vater sagt, daß du dieses Privileg nicht mißbrauchen darfst.« Tief durchatmend und mit hochrotem Kopf fügte sie dann auch noch hinzu: »Vor allem darfst du keinen Mißbrauch mit deinem eigenen Körper treiben, denn das wäre eine Todsünde.« Er hatte überlegt, ob er nachfragen sollte, was sie damit meinte, denn ihre ausweichenden Antworten zum Thema Selbstbefriedigung wären bestimmt sehr amüsant gewesen. Er verzichtete dann doch darauf, um für den Fall, daß sie ihn einmal ertappen sollte, Unwissen heucheln zu können. Um eine Beichte wäre er natürlich trotzdem nicht herumgekommen, denn seine Mutter hätte es zweifellos für ihre Pflicht erhalten, Vater MacNeill über sein unzüchtiges Verhalten zu informieren. Zum Glück hatte sie aber ihr Versprechen gehalten, sein Zimmer nicht unaufgefordert zu betreten. Wahrscheinlich hatte Vater Mack ihr mit der Hölle gedroht, falls sie ihr Versprechen nicht halten würde! Deshalb war er nach dem heutigen Streit einfach aus dem Fenster gestiegen, um ein paar Stunden mit Jared zu verbringen. Seine Mom würde sowieso endlos mit dem Priester telefonieren, und wenn er nach Hause kam, würde sie entweder im Bett liegen oder vor dem Fernseher eingeschlafen sein. So oder so würde sie nicht wissen, daß er sich aus dem Staub gemacht hatte.

Jared holte Kerzen aus einer Schublade der großen Holzkommode, die sie vergangene Woche vom Dachboden in den Keller geschleppt hatten, und stellte sie auf die Arbeitsplatte. Luke ließ sich auf eine der Matratzen fallen und suchte in seinen Taschen nach einem Joint, fand aber nur eine Kippe. Immerhin konnten Jared und er noch einmal daran ziehen, bevor sie den Stummel durch das Gitter im Fußboden verschwinden ließen. Jared zündete die Kerzen und einige Weihrauchstäbchen an, die den Marihuanageruch überdecken sollten, während Luke ihm von dem Streit mit seiner Mutter erzählte. Dann drehte Jared die Musik laut auf, und Luke sah kaleidoskopartige Muster auf den schwarzen Wänden.

»Cool, Mann«, murmelte er. »Wie hast du das gemacht?«

»Was denn?«

»Dieses Zeug an den Wänden.«

Jared schaute ihn an. »Wovon redest du?«

Luke runzelte verwirrt die Stirn. Wollte Jared ihn nur zum Narren halten, oder war das Einbildung?

»Sag mir, was du siehst!« Jareds Stimme wurde von der dröhnenden Musik übertönt, und doch hallten die Worte gebieterisch in Lukes Kopf wider. »Sag mir, was du siehst«, wiederholte Jared. »Und sag mir, was du willst.«

Luke konzentrierte sich auf die seltsamen Muster, die vor der schwarzen Wand zu schweben schienen. *Fluoreszierende Farbe,* dachte er, raffiniert angestrahlt. Er hielt Ausschau nach der geheimnisvollen Lichtquelle, aber Jared mußte sie gut versteckt haben.

Cool.

Die Muster bewegten sich, und ihre Farben – grelles Pink und leuchtendes Grün – verwandelten sich in einen wirbelnden Regenbogen. Weihrauchgeruch stieg ihm in die Nase, und er stellte sich vor, es wäre ein Joint.

Die Kerzen brannten immer heller, und die tanzenden Muster erstrahlten in hellem Glanz.

»Was geht da vor?« fragte er. »Verdammt, dieses Licht blendet mich ja regelrecht!«

»Beobachte es weiterhin«, kommandierte Jared, »und überleg dir, was du willst. Was du *wirklich* willst. Du kannst dir alles wünschen …«

Die Farbwirbel pulsierten und erfüllten den ganzen Raum mit gleißendem Licht, das jetzt von überall her zu kommen schien. Ein goldenes Kreuz tauchte über der Werkbank auf, zunächst ganz verschwommen. Das lag daran, begriff Luke, daß es sich unablässig drehte.

Eine Figur hing an dem Kreuz, aber er konnte sie nicht erkennen. Er wünschte, es würde sich langsamer drehen, damit er alles deutlicher sehen könnte.

Und sobald er sich das wünschte, drehte es sich tatsächlich langsamer …

Wie fast jede Nacht, seit Ted Conway mit seiner Familie in das Haus eingezogen war, hatte Jake Cumberland sich im Schatten der Garage versteckt, wo er so perfekt mit der Dunkelheit verschmolz, daß er nicht einmal von jemandem, der in unmittelbarer Nähe vorbeikäme, bemerkt worden würde.

Die Magie mit Hilfe der Katze – eine Magie, die er gelernt hatte, weil er seine Mama dabei beobachtet hatte – hatte nicht geklappt. Die Conways waren immer noch hier, und er spürte jede Nacht, daß das Böse immer stärker wurde und um sich griff. Es breitete sich genauso schnell aus wie die wuchernden Kletterpflanzen, die zunächst so harmlos wirkten, doch eines schönen Morgens hatten sie alle Büsche und Bäume fest im Würgegriff, und es war zu spät, um etwas dagegen zu unternehmen.

Und wenn die Conways hierblieben …

Aber sie würden nicht hierbleiben, denn er kam ja jede Nacht an diesen Ort, wo seine Mama gestorben war, und übte ihre Magie aus.

Als er spürte, daß Mitternacht heranrückte, breitete Jake seine Amulette und Kräuter aus und murmelte die Beschwörungsformeln, die seine Mama kurz vor ihrem Tod benutzt hatte ...

Seltsam, dachte Jared. *Wo kommt das alles nur her?*

Am Gras konnte es nicht liegen, er hatte ja nur einmal an Lukes Kippe gezogen und den Rauch nicht so tief eingeatmet, wie man es eigentlich tun mußte. Im Grunde machte er sich nichts aus Drogen, denn als er mit Luke die Joints geraucht hatte, war ihm übel geworden. Glücklicherweise mußte er sich nicht übergeben, aber das gelang nur, weil er sich mehrere Stunden darauf konzentrierte, seinen Darm scharf zu überwachen. Und als er überlegte, ob vielleicht auch die übrigen autonomen Systeme – Atem, Herzschlag und alles andere – dieser strengen Kontrolle durch sein Bewußtsein bedurften, geriet er vorübergehend in Panik und litt unter akuter Atemnot. Sobald er die Panik bezwang, war alles wieder in Ordnung. Seitdem hatte er aber keine Lust mehr, mit Drogen herumzuexperimentieren.

Wenn es aber nicht das Gras war? Was war es dann? Woher kam das alles?

Das Licht.

Die Geräusche.

Die Stimmen.

Nichts davon war wirklich. Es konnte nicht wirklich sein. Woher sollte denn das strahlende Licht stammen? Er hatte ja nicht einmal die Deckenlampe eingeschaltet, und Kerzen verbreiteten nicht so ein helles Licht. Dann erinnerte er sich jedoch daran, daß er sie auf der Werkbank lange hin und her geschoben hatte, so als existierte in seinem Kopf ein Muster, das ihm zeigte, wie die Kerzen arrangiert werden mußten. Immer wieder hatte er die eine oder andere verrückt, bis er wußte – einfach *wußte* –, daß sie jetzt richtig standen. Er hatte sie entzündet und sich auf die Matratze gesetzt. Und dann hatte alles begonnen.

Die Musik aus der Lautsprecherbox hatte sich verändert, und er hörte Geräusche und Töne, die jedes Vorstellungsvermögen übertrafen – ein Heulen und Wehklagen wie von Menschenstimmen. Er *wußte* aber, daß es keine Menschenstimmen waren. Und obwohl die Kerzenflammen unverändert aussahen, traten seltsame Muster aus den schwarzen Wänden hervor, und ein gespenstisches Licht breitete sich im Raum aus. Es begann als kleiner Lichtfleck in der Zimmermitte, über dem Gitter, aber diese Lichtquelle nahm stetig an Umfang zu und drängte schließlich sogar die Wände zurück, bis der Raum die Dimensionen einer Kathedrale hatte.

Dann begann Jared die Stimmen zu hören.

Anfangs war es nur ein unverständliches Brabbeln, doch nach einer Weile konnte er zwei davon identifizieren.

Kims Stimme.

Sie rief seinen Namen, es klang aber so weit entfernt, daß er sie kaum verstehen konnte.

Lukes Stimme war viel deutlicher, und als Jared sich darauf konzentrierte, hörte er sie so klar, als würde Luke dicht an seinem Ohr sprechen. Doch während er lauschte, begriff er, daß es nicht Lukes Stimme war, die er vernahm.

Es war Lukes *Geist*.

Auf unbegreifliche Weise lauschte er Lukes Gedanken.

Und als er sich ganz auf Luke einstellte, sah er auch die Dinge, die Luke sah.

Und fühlte Lukes Emotionen.

Luke war zornig.

Jared spürte die Wut seines Freundes – er sah sie sogar. Sie glich einem brodelnden Teich geschmolzener, rotglühender Lava inmitten von Lukes Unterbewußtsein.

Aber worüber war er so wütend?

Vor Jareds geistigem Auge tauchte ein Bild auf.

Eine Frau.

Lukes Mutter!

Aber er hatte Lukes Mutter nie gesehen. Woher wußte er, daß sie es war?

Er wußte es. *Irgendwoher wußte er es.*

Und während er sah, was Luke sah, und fühlte, was Luke fühlte, übertrug Lukes Zorn sich auf ihn selbst …

»Jared?« rief Kim, aber sie merkte selbst, daß ihre Stimme kaum zu hören war, so als käme sie aus großer Distanz. Sie rief wieder, diesmal lauter: »Jared!«

Wo war er nur?

Kim machte einen zögernden Schritt vorwärts und hielt nach ihm Ausschau, konnte im grauen Halbdunkel aber kaum etwas sehen.

Nebel!

Natürlich, das mußte es sein! Sie war von dichtem Nebel umschlossen, der ihre Stimme dämpfte und ihr die Sicht raubte. »Jared, wo bist du?«

Sie lauschte, hörte aber nichts. Wie konnte das möglich sein? Noch vor einem Moment war er doch bei ihr gewesen, dicht an ihrer Seite! Wohin mochte er gegangen sein?

Ein Schauer überlief sie, obwohl ihr nicht kalt war. Was sollte sie machen?

Sollte sie hier auf seine Rückkehr warten?

Oder sollte sie versuchen, ihn zu finden?

Der dunkle Nebel wurde noch dichter, die Schwaden bedrängten sie immer mehr, und ihr Unbehagen, weil Jared nicht mehr bei ihr war, verwandelte sich in Angst.

»Nein«, flüsterte sie, »ich will nicht allein sein, Jared. Laß mich nicht allein. Bitte!«

Wohin war er nur gegangen?

Vor einer Minute war er hier gewesen, dessen war sie sich ganz sicher. Sie hatten sich gemeinsam in dem alten Haus umgesehen, Zimmer erforscht, in denen sie noch nie gewesen waren, und plötzlich war er verschwunden.

Ein Streich!

Er wollte ihr einen Streich spielen!

Ihre Angst ließ ein wenig nach, so daß sie sich wieder bewegen konnte; doch sobald sie es tat, wußte sie, daß sie verloren war, allein an einem Ort, den sie nicht kannte. Sie mußte in eine Art Vakuum gestürzt sein, und alles, was sie je gekannt hatte, war nicht mehr vorhanden. Ihr Herz raste vor Angst. Bewegen! Sie mußte sich bewegen! Andernfalls würde sie diesem gräßlichen Ort, wo sie nichts sehen, nichts hören und nichts fühlen konnte, niemals entkommen!

Sie zwang sich, in dem dunklen Nebel einen Fuß vor den anderen zu setzen, die Hände tastend ausgestreckt.

Etwas berührte ihre Finger, und sie riß sie zurück.

Zur Salzsäule erstarrt, spitzte sie die Ohren, doch das Wesen, das sie berührt hatte, gab kein verräterisches Geräusch von sich, und sie hörte nur ihr eigenes Herzklopfen.

Wieder streifte etwas an ihr entlang, diesmal an ihren Beinen.

Mit einem erstickten Aufschrei wich sie aus.

Warum konnte sie nichts sehen? Das Licht war zwar schwach, aber nicht *so* schwach, daß sie außer den Nebelschwaden gar nichts erkennen konnte.

Sie zog scharf die Luft ein, als das Wesen, das sie weder sehen noch hören konnte, sie abermals berührte.

Dann hörte sie wie aus weiter Ferne ein Pochen, und einen Moment lang glaubte sie, es wäre ihr eigener Herzschlag. Doch als es lauter wurde, begriff Kim, daß es nicht ihr Herz sein konnte. Es war ein gespenstisches Geräusch. Etwas preßte sich an ihre Beine. Ihr Herz klopfte zum Zerspringen, während sie das unbekannte Wesen instinktiv mit der Hand von sich schieben wollte.

Ihre Finger versanken in …

In Fell! In Scouts herrlich weichem und dichtem goldfarbenen Fell!

Es war Scout, der sie gestreift hatte! Kim fiel auf die Knie, schlang ihre Arme um seinen Hals und vergrub ihr Gesicht in seinem Fell. »Wo ist Jared?« flüsterte sie. »Wo ist er, Scout? Finde ihn für mich.«

Der Hund versteifte sich, löste sich aus ihren Armen und verschwand im Nebel. Sie mußte ihm folgen! Sie mußte ihm rasch folgen, sonst würde sie für immer in dem erstickenden grauen Nebel verloren sein!

»Scout?« rief sie. »Scout, wo bist du?«

Mit weichen Knien und zitternden Händen tastete sie sich voran, um kurz darauf endlich eine Tür zu erspüren. Kim fand den Knauf, öffnete die Tür und stolperte auf einen Korridor hinaus.

Der Nebel löste sich auf, und endlich konnte sie etwas erkennen. Sie stand gar nicht auf einem Korridor, sondern auf der breiten Galerie, die die riesige Eingangshalle säumte.

Dort, rechts, war die Treppe.

Das pochende Geräusch, das sie so erschreckt hatte, war Musik, und sie kam von unten.

Unten! Scout mußte ins Erdgeschoß gelaufen sein. Kim rannte die Treppe hinab und erreichte sehr schnell den Absatz, wo die breite Treppe zur Halle begann. Sie rannte weiter, doch jetzt schienen die Stufen kein Ende nehmen zu wollen, und es dauerte eine Ewigkeit, bis sie unten ankam.

Die Musik dröhnte jetzt in ihren Ohren, und sie ging ihr bis zur Kellertreppe nach. Sie spähte hinab, sah aber nichts als Dunkelheit. Dunkelheit und eine einzige Lichtquelle, die in der Ferne immer schwächer zu werden schien.

Dorthin war Jared gegangen. Sie wußte es. Sie fühlte es. Und wenn sie ihn finden wollte, mußte sie ihm dorthin folgen.

Kim nahm ihren ganzen Mut zusammen und stieg in die Finsternis hinab. Mit jedem Schritt wurde die Musik lauter, bis ihr Trommelfell zu platzen drohte. Trotzdem ging sie weiter – denn jetzt spürte sie etwas.

Jared.

Er war ganz in der Nähe.

Das Licht wich immer weiter zurück, und doch wurde sie wie eine Motte davon angezogen. »Jared«, murmelte sie, aber ihre Stimme ging in der dröhnenden Musik unter. »Jared, wo bist du?«

Endlich stand sie vor einer Tür. Einer geschlossenen Tür.

Ein Teil von ihr wollte diese Tür öffnen, doch ein anderer Teil von ihr wollte wegrennen, durch die Dunkelheit die Treppe hinaufrennen, selbst wenn sie sich oben in dem grauen Nebel wiederfinden würde, vor dem sie ursprünglich geflüchtet war.

Sie überwand ihre Angst und drückte die Tür auf.

Die Musik war Marter für ihren Kopf, und das grelle Licht blendete sie vorübergehend. Doch sobald ihre Augen sich daran gewöhnt hatten, bot sich ihr ein fantastischer Anblick.

Eine schwindelerregend hohe Decke wurde von mächtigen schwarzen Säulen getragen, von denen Kim sich bedroht fühlte. Das ganze Gewölbe könnte einstürzen und sie unter sich begraben, und obwohl der Raum riesig war, fühlte sie sich von den Wänden eingeengt. Überall hingen sonderbar geschnitzte Tafeln, und die darauf abgebildeten Figuren kamen Kim irgendwie bekannt vor, ohne daß es ihr gelang, auch nur eine einzige davon zu identifizieren. Erst als sie den Altar im Hintergrund bemerkte, begriff sie, daß sie in einer Art von Kathedrale stand. Doch diese Kathedrale glich keiner Kirche, die sie je betreten hatte. Anstatt Frieden und Trost auszustrahlen, war der Raum von einer grauenvollen Verzweiflung erfüllt, die auf Kim überging.

Über dem großen Altar sah sie ein Kruzifix. Es hing verkehrt herum, und anstelle von Jesus war eine Frau mit schmerzverzerrtem Gesichtszügen daran festgenagelt.

Auf dem Altar lag eine weitere Gestalt, den Blick starr zur gewölbten Decke gerichtet.

Und vor dem Altar stand eine dritte Gestalt – groß, mit weit ausgebreiteten Armen. Eine flehende Geste. Oder eine Geste des Segens. Obwohl diese Gestalt ihr den Rücken zuwandte, erkannte Kim sie sofort.

Jared!

Sie machte einen Schritt auf ihn zu und rief seinen Namen.

Er drehte sich um.

Ihre Blicke trafen sich, und Kim begriff, daß es doch nicht Jared war.

Jareds Gesicht.

Seine Haare.

Seine Augen.

Sein Lächeln.

Trotzdem war es nicht Jared, denn dieses Geschöpf, das ihrem Zwillingsbruder verblüffend ähnlich sah, hatte eine unglaublich starke negative Ausstrahlung.

Es war eine Manifestation des Bösen.

Einen Moment lang war Kim von dieser Aura des unverfälschten Bösen wie gelähmt. Dann begriff sie, daß das die Quelle von allem war, was sie gesehen, gehört und gefühlt hatte.

Der erstickende graue Nebel.

Die Macht, von der sie in diese Kathedrale gezogen worden war.

Die dröhnende und pochende Musik.

Das BÖSE.

Und im Mittelpunkt stand Jared.

Das Böse wollte sich auch ihrer bemächtigen. Sie spürte, daß es immer näher kroch und seine Tentakel nach ihr ausstreckte. Wenn sie zuließ, daß diese Fangarme sie auch nur einmal berührten, könnte sie sich nie mehr von ihnen befreien.

In dem gleißenden Licht wurde ihr Name geflüstert: »Kiiiim …«

Ein Teil von ihr wollte diesem Sirenengesang lauschen, wollte sich von dem strahlenden Licht absorbieren lassen.

»Kiiiimmm …«

Das Böse war jetzt schon ganz nahe.

Vor Kims Augen begann sich alles zu verändern. Das Licht wurde grau und kalt, die mächtigen Säulen bestanden aus Knochen. Auf den seltsamen Tafeln war der Tod in verschiedenen Gestalten abgebildet. Von Kälte fast schon gelähmt, hob Kim die rechte Hand und umklammerte das kleine goldene Kreuz, das ihre Großtante ihr auf dem Totenbett geschenkt hatte. Augenblicklich wich die Starre von ihr, und sie drehte sich um und floh aus dem Tempel des Todes, taumelte im Dunkeln die Kellertreppe hinauf.

Keuchend und mit rasendem Herzklopfen durchquerte sie die Halle und erklomm die Stufen der breiten Treppe. Sofort geriet sie wieder in den dichten grauen Nebel und konnte nichts mehr sehen und hören.

Als der Nebel immer schwärzer wurde und ihr den Atem raubte, stieß sie einen leisen Schrei aus.

Dann gab sie sich auf.

Sie verdient es.

Sie verdient es wirklich.

Luke Roberts wiederholte diesen Satz immer wieder, während er das Gesicht der Frau beobachtete, die mit dem Kopf nach unten an dem gekippten Kreuz hing, das über dem schimmernden Altar schwebte.

Das Gesicht seiner Mutter.

Er hatte fasziniert beobachtet, wie das Kreuz sich immer langsamer drehte und schließlich zum Stehen kam. Doch auch als er das Gesicht der Frau deutlich sehen konnte, erkannte er es nicht sofort. Zunächst registrierte er nur den Schmerz – die Todesqual: der Mund war weit aufgerissen, ohne einen Schrei auszustoßen, und die Augen waren gräßlich verdreht, ohne daß auch nur eine Träne unter den Lidern hervorquoll. Das ganze Gesicht war völlig verzerrt, aber langsam – so langsam, daß er es kaum bemerkte – erkannte Luke dann doch seine Mutter.

Und in diesem Moment stiegen auch alle zornigen Erinnerungen in ihm auf, Erinnerungen, von deren Existenz er bisher nichts geahnt hatte.

Ihre Schuld!

Alles war ihre Schuld!

Daß sie nie Geld hatten.

Daß Vater MacNeill alles herausfand, was Luke machte.

Wahrscheinlich war es sogar ihre Schuld, daß sein Vater nicht mehr lebte!

Aber jetzt erhielt sie endlich, was sie verdiente!

Ihre Blicke trafen sich, und in ihren Augen las er die stumme Anklage: *Warum tust du mir das an?*

Die Wut, die in ihm gekocht hatte, als seine Mutter ihn nach dem Putzen der Kirche mit Vorwürfen empfangen hatte, stieg erneut auf. Wie kam sie dazu, ihm Moralpredigten zu halten? Er hatte überhaupt nichts angestellt! Daß er nach der Mittagspause ein paar Minuten zu spät zum Unterricht gekommen war, interessierte doch kein Schwein – nur seine Mutter und diese verdammten Priester und Nonnen! Vor Zorn brodelnd, beobachtete er, wie seine Mutter sich am Kreuz aufbäumte, wie aus den Poren ihres Gesichts Blut zu sickern begann.

Gefällt dir das nicht? höhnte er insgeheim. *Nun, jetzt weißt du wenigstens, wie mir zumute ist, wenn du ständig auf mir herumhackst!*

Er steigerte sich immer mehr in eine nie gekannte Rage hinein, und schließlich sprang er auf und ging auf den Altar zu. Sein Zeigefinger zitterte, als er mit ausgestrecktem Arm direkt auf das qualvoll verzerrte Gesicht am Kreuz deutete.

»Stirb!« zischte er. Seine Stimme wurde lauter. »Stirb!« brüllte er. »Verdammt, stirb!« Seine Stimme brach, und er sank auf die Knie. »Stirb!« flüsterte er noch einmal, bevor er die Augen schloß und seinen Kopf auf die Brust fallen ließ.

Noch bebte er am ganzen Leibe, doch das verging bald, und er öffnete die Augen. Die Kerzen, die Jared auf der Werkbank aufgestellt hatte, tropften. Eine war sogar schon erloschen.

Seine Visionen, seine Halluzinationen von der prächtigen Kathedrale waren verflogen, und er sah nur noch die schwarz gestrichenen Wände des Kellerraums.

Lukes Herz hämmerte in der Brust, sein Körper war mit kaltem Schweiß bedeckt, und er atmete laut und stoßweise.

Mit weichen Knien taumelte er auf die Matratze zu. Er ließ sich niederfallen und lehnte sich dann an die Wand.

Als Puls und Atem wieder normal waren, fühlte er sich erschöpft, aber auch heiter. Die letzten Akkorde der dröhnenden Musik aus Jareds Lautsprechern verhallten, und er starrte Jared im Licht der noch brennenden Kerzen an. »Mein Gott«, flüsterte er, »wo ist das alles nur hergekommen?«

»Was denn?«

Luke runzelte die Stirn. »Hast ... hast du es denn nicht gesehen?« stammelte er. »Es war so was wie ... wie eine riesige Kirche, und da war auch ein Kreuz.« Er versuchte zu beschreiben, was er gesehen und gefühlt hatte, aber die Einzelheiten verblaßten in seinem Bewußtsein, und übrig blieb nur die Erinnerung an seine Heiterkeit.

Und an die Wut.

Dann warf er einen Blick auf seine Uhr.

Ein Uhr nachts.

Das war doch nicht möglich! Er war doch erst vor kurzem gekommen, es konnte höchstens eine Stunde her sein ...

Oder?

Er schaute noch einmal auf die Uhr, aber sie zeigte die gleiche Zeit.

Luke fühlte sich erschöpft. Nicht nur seine Muskeln, auch seine Knochen schmerzten.

Die Kirche! Das mußte es sein, die ungewohnte körperliche Arbeit, die Jared und er in der Kirche verrichtet hatten, machte sich bemerkbar. »Ich ... ich geh jetzt lieber«, murmelte er. »Meine Mutter wird ...« Die Worte erstarben auf seinen Lippen, denn eine Erinnerung drängte sich in sein Bewußtsein, um sich dann sofort wieder aufzulösen.

Seine Mom und ...

Und was?

Nichts! Er konnte sich an nichts erinnern. »Also, ich geh' jetzt lieber«, murmelte er noch einmal.

Jared wartete, bis Luke gegangen war, dann zündete er die Kerzen auf der Arbeitsplatte wieder an. In seinem Gehirn war alles gespeichert: jede Einzelheit, die Luke gesehen hatte, und jedes Wort, das er gesagt hatte, als er anklagend vor dem Bild seiner Mutter stand.

Luke selbst erinnerte sich nicht mehr daran, was er gesagt hatte, aber Jared wußte es genau.

Stirb! Verdammt, stirb!

Dann hörte er eine andere Stimme, eine so schwache Stimme, daß er ihre Worte kaum verstehen konnte.

»Nein«, flüsterte Kims Stimme, »nein, Jared, nicht …«

Mit dem brennenden Streichholz in der Hand zögerte er, die letzte Kerze zu entzünden.

»Nicht«, flüsterte Kims Stimme wieder, aber so leise, daß er ihre Warnung leicht ignorieren konnte. »Tu's nicht, Jared! Bitte, tu's nicht …«

Jared hielt das Streichholz an den Docht.

Die Flamme flackerte, drohte zu erlöschen.

Doch dann begann der Docht zu glühen, und die Kerze fing Feuer.

Kims geflüsterte Worte waren vergessen, sobald das gleißende Licht wieder den Kellerraum erfüllte.

»Nein, Jared! Nein!«

Kim erwachte von ihren eigenen Schreien und setzte sich, vor Entsetzen wie gelähmt, im Bett auf. Noch nie hatte sie ein solches Entsetzen verspürt, doch es verschwand rasch.

Ein Traum! Es war nur ein Traum gewesen!

Der Nebel, in dem sie umhergeirrt war, die Dunkelheit, in die sie hinabgestiegen war, die riesige Kathedrale, die sie gesehen hatte – alles nur ein Traum.

Und auch die Gestalt, die sie gesehen hatte, die Gestalt des Bösen, die Jared so verblüffend ähnlich sah, war nur ein Alptraum gewesen.

Kim saß im Dunkeln. Obwohl die Nacht warm und sehr

schwül war, fröstelte sie jetzt, so als hätte sie Fieber. Sie sprang aus dem Bett, zog ihren Morgenrock an und ging ins Bad. Sie wusch sich das Gesicht mit kaltem Wasser und warf einen Blick in den Spiegel.

Sie sah so erschöpft aus, als hätte sie überhaupt nicht geschlafen. Aber es war kurz nach eins, sie hatte auf den Wecker geschaut, folglich mußte sie geschlafen haben. Ihr Gesicht war aschfahl, ihr Haar hing in Strähnen herab. Sie wollte sie mit den Fingern zurückstreichen, wirbelte aber herum, als sie im Spiegel sah, daß sich hinter ihr etwas bewegte.

Sie schaute sich im Bad um.

Nichts!

Ihre Fantasie mußte mit ihr durchgegangen …

Und dann mußte sie feststellen, daß es doch Wirklichkeit war …

Eine Ratte – die größte Ratte, die Kim je gesehen hatte – kletterte mit nassem Fell aus der Kloschüssel, und als Kim aufschrie, zeigte das Tier die Zähne und zischte sie an.

Zwei weitere Ratten lugten aus der Kloschüssel hervor.

Kim schrie entsetzt auf und wollte die Tür aufreißen.

Die Tür klemmte!

Sie saß in der Falle!

Immer mehr Ratten kletterten aus der Kloschüssel und huschten über den Boden auf ihre nackten Füße zu …

»NEEEEIN!«

Verzweifelt zerrte Kim an der Tür, und endlich flog sie auf. Schluchzend flüchtete sie sich auf den Korridor und sah, daß ihre Eltern auf sie zugerannt kamen.

»Kim?« rief ihre Mutter. »Kim, Liebling, was ist passiert?«

Am ganzen Leibe zitternd, warf Kim sich in die Arme ihrer Mutter. Unfähig, auch nur ein Wort hervorzubringen, deutete sie auf die Badetür, die sie hinter sich zugeworfen hatte.

Ihr Vater ging darauf zu, aber Kim packte ihn am Arm. »Nein«, stammelte sie. »Nein, geh nicht rein!«

Ted sah sie verwundert an. »Warum nicht?«

Kim versuchte zu sprechen. »R–Ratten!« Ihre Stimme brach, und sie begann erneut zu schluchzen. »Sie sind aus dem Klo gekommen, Daddy!«

Janets Arme schlossen sich noch fester um ihre weinende Tochter. »Ruf den Kammerjäger an, Ted«, verlangte sie mit unsicherer Stimme.

Doch Ted ging wieder auf die Badetür zu.

»Nein!« kreischte Kim, als er seine Hand auf die Klinke legte. »O Gott, Daddy …«

Aber es war schon zu spät. Die Tür flog nach innen auf, und Kim preßte sich angsterfüllt an ihre Mutter, während sie darauf wartete, daß die gräßlichen Nagetiere heraushuschen würden.

Ted betrat das Bad.

Gleich darauf kam er zurück und warf seiner Tochter einen besorgten Blick zu. »Liebling, da ist nichts«, sagte er sanft.

»Ich habe sie aber gesehen! Ich weiß, daß ich sie gesehen habe!«

Ted breitete hilflos die Arm aus. »Überzeug dich selbst!« Als Kim sich nicht vor der Stelle rührte, griff er nach ihrer Hand. »Komm, Kim, schau nach! Ich bleibe dicht an deiner Seite.«

Mit rasendem Herzklopfen löste Kim sich widerwillig von ihrer Mutter und ließ sich von ihrem Vater zu der offenen Tür führen. Auf der Schwelle wollte sie instinktiv zurückweichen, überzeugt davon, daß die Biester sie gleich anspringen würden. Doch als sie einen Blick in den hell beleuchteten Raum warf, war nichts zu hören und zu sehen.

Sie hielt Teds Hand ganz fest, als sie es riskierte, einen Schritt vorwärts zu tun.

Hinter der Tür! Sie mußten sich hinter der Tür versteckt haben und lauerten dort, um sie anzugreifen, sobald sie das Bad betrat.

So als hätte er ihre Gedanken gelesen, stieß Ted mit der

freien Hand die Tür so weit auf, daß sie gegen die Wand prallte. »Siehst du?« Er zog Kim sanft in den Raum hinein. »Da ist nichts.«

Sie schaute sich um.

Ihr Vater hatte recht.

Das Wasser in der Toilette war ruhig, und die Ratten waren spurlos verschwunden.

»Ein Traum«, sagte Ted. »Es muß ein Alptraum gewesen sein.«

Wortlos ließ Kim sich von ihren Eltern ins Bett bringen. Ihre Mutter deckte sie zu und gab ihr einen Gutenachtkuß, so als wäre sie ein kleines Mädchen, wie sie ein kleines Mädchen bettelte sie dann auch: »Laß das Licht an! Bitte, laß es an!«

Janet lächelte ihrer Tochter beruhigend zu. »Okay, aber denk daran, Liebling, es war nur ein Traum, ein schrecklicher Alptraum. Du bist hier in Sicherheit.« Sie küßte Kim noch einmal, dann verließ sie das Zimmer und schloß die Tür. »Sie will das Licht noch ein paar Minuten anlassen«, berichtete sie ihrem Mann, während sie in ihr Schlafzimmer zurückgingen, »aber ansonsten geht es ihr ganz gut, glaube ich.«

Doch Kim ließ das Licht nicht nur wenige Minuten brennen.

Es brannte die ganze Nacht.

Immer wieder sah sie die Ratten, die ihre Zähne zeigten und nur darauf warteten, daß sie das Licht ausmachte, um über sie herzufallen und sie zu zerfleischen.

Erst im Morgengrauen, als die aufgehende Sonne die Schreckensbilder verblassen ließ, fiel Kim in einen unruhigen Schlaf.

25. Kapitel

Sandy Engstrom verließ der letzte Mut, als sie noch einen Block weit vom Haus der Conways entfernt war. Seit Kim sie von einer Woche eingeladen hatte, bei ihnen zu übernachten, gingen ihr immer wieder all die Geschichten im Kopf herum, die sie im Laufe der Jahre gehört hatte. Hinzu kam noch, daß die meisten Mitschülerinnen sie für verrückt hielten, daß sie überhaupt in Erwägung zog, eine Nacht in jenem Haus zu verbringen. Jolene Simmons hatte es besonders kraß ausgedrückt. »Du kannst von Glück reden, wenn du nicht umgebracht wirst! Es ist doch allgemein bekannt, daß alle Conways total meschugge sind. Deshalb wird Vater Mack auch dafür sorgen, daß sie hier kein Hotel eröffnen können. Am liebsten wäre es ihm, wenn sie ganz aus der Stadt verschwinden würden.«

»Und wie will er das erreichen?« fragte Sandy spöttisch, aber sie hörte selbst, daß ihre Stimme ziemlich ängstlich klang.

»Wenn du nicht ständig mit dieser Kim herumhängen würdest, wüßtest du es.« Jolene schaute sich um, ob jemand die Ohren spitzte, bevor sie flüsterte: »Am Samstagabend findet eine Sitzung statt, und Vater Mack sorgt dafür, daß die ganze Kirchengemeinde hinkommt und deinem Vater klarmacht, daß er Mr. Conway keine Genehmigung geben darf.«

»Es ist nicht mein Dad, der darüber entscheidet«, widersprach Sandy. »Über solche Angelegenheiten wird abgestimmt.«

Jolene stöhnte. »Das ist doch Jacke wie Hose! Jedenfalls werden alle sich gegen Mr. Conway aussprechen. Schließlich weiß die ganze Stadt, was in dem Haus schon alles passiert ist!«

»Niemand weiß etwas Genaues«, protestierte Sandy, aber es hörte sich wenig überzeugend an. Nach dieser Unterhaltung mit Jolene hatte sie ihrer Mutter dann erklärt, nicht bei Kim übernachten zu wollen.

Ihre Mutter schüttelte den Kopf. »Du *mußt* am Freitagabend zu Kim gehen, sonst glauben alle, daß auch wir diesen gräßlichen Gerüchten Glauben schenken. Und das wäre ungünstig für deinen Vater, der Ted Conway am Samstagabend helfen will, die Genehmigung zu bekommen.«

Sandy wußte, daß weitere Einwände sinnlos wären. Ganz egal, wie sie sich fühlte, die Engstroms mußten zusammenhalten! Solange sie sich zurückerinnern konnte, galt für sie eine eiserne Regel: Alles, was sie machte, hatte Auswirkungen auf ihren Vater, und deshalb durfte sie ihm in der Öffentlichkeit nie widersprechen oder ihn anderweitig in Verlegenheit bringen. In diesem Fall bedeutete es, daß sie bei den Conways übernachten mußte, auch wenn sie sich noch so sehr davor fürchtete.

Tröstlich war nur der Gedanke, daß es ja auch Jareds Haus war. Sandy hatte keiner Menschenseele anvertraut, wie verliebt sie war, doch wann immer sie an Jareds wunderschöne blaue Augen dachte, liefen ihr heiße Schauer über den Rücken.

Als sie jetzt aber in die Pontchartrain Street einbog, kehrten alle ihre Ängste zurück. *Das kommt nur daher, weil bald Halloween ist,* redete sie sich selbst gut zu. Die Kürbislaternen standen schon auf allen Veranden und schienen Sandy zu verhöhnen.

Sie verlangsamte ihre Schritte, als das Haus am Ende der Straße in Sicht kam. Es stand ganz für sich allein, ein gewaltiger Bau, der im Mondschein einen riesigen Schatten warf. Sandy fröstelte. In der ersten Etage brannte kein Licht, und auch im Erdgeschoß waren nur wenige Fenster hell erleuchtet. Auf der Veranda waren links und rechts von der Haustür die Lampen eingeschaltet, aber irgendwie schien das Gebäude den größten Teil des Lichts zu verschlucken. Zu spät, um jetzt noch umzukehren! Widerwillig betrat Sandy die breite Veranda und klingelte. Dabei fühlte sie sich von unsichtbaren Augen beobachtet.

Das war natürlich Blödsinn. Es lag nur an den vielen

Kürbislaternen und an dem Schauermärchen, die über die Conways verbreitet wurden! Trotzdem wurde sie das Gefühl nicht los, beobachtet zu werden, und sie warf einen ängstlichen Blick in die Runde.

Hatte sich dort drüben, in der Nähe der Garage, nicht etwas bewegt?

Sie spähte in die Dunkelheit, konnte aber nichts erkennen. Jeder Schatten wirkte bedrohlich, und sie hatte plötzlich nur noch den einen Wunsch, im Haus Schutz zu finden. Als sie gerade noch einmal klingeln wollte, öffnete Kim die Tür, und Sandy trat erleichtert ein.

Jake Cumberland wartete im dunklen Schatten, bis die Tür sich hinter Sandy Engstrom geschlossen hatte. Dann begann er mit seinem nächtlichen Ritual …

Die erste Überraschung erlebte Sandy in der großen Eingangshalle. Ein riesiger Messingkronleuchter hing von der hohen Decke herab, und sein helles Licht fiel sogar in die hintersten Winkel. Der Fußboden, der aus einem halben Dutzend edler Hölzer gefertigt war, sah so gepflegt aus, als wäre er erst gestern und nicht vor über hundert Jahren verlegt worden. Die Wände waren in einem gebrochenen Weiß frisch gestrichen, und Sandy starrte ehrfürchtig die prächtige Treppe im Hintergrund der Halle an.

»Es ist wirklich wunderschön«, murmelte sie überwältigt. »Sieht es überall so aus?«

Kim schüttelte den Kopf. »Die Renovierungsarbeiten haben ja erst vor kurzem begonnen. Oben sind viele Zimmer immer noch richtig unheimlich.«

Sandys Begeisterung verflog, und sie schaute sich unbehaglich um. »Wo ist Jared?«

»Nicht zu Hause«, antwortete Kim. »Dad hat ihm Geld gegeben, damit er mit Luke ins Kino gehen kann und nicht vor elf zurückkommt. Möchtest du das Wohnzimmer sehen?«

Sandy wollte sich ihre Enttäuschung, daß Jared ins Kino verbannt worden war, nicht anmerken lassen und folgte Kim, die auf die große Flügeltür zuging. Während sie die Halle durchquerten, kamen Kims Eltern die Treppe herab.

»Wir fahren jetzt zu Sandys Eltern«, sagte Janet, »und werden gegen halb elf zurück sein. Molly schläft fest, und ich glaube nicht, daß sie aufwachen wird, aber wenn ...«

»Dann bekommt sie ihr Fläschchen Saft«, beendete Kim den Satz, bevor sie ihren Vater ängstlich fragte: »Du hast Jared doch gesagt, daß er Luke nicht mit nach Hause bringen darf, oder?«

»Ich habe ihm gesagt, er solle Luke nicht mitbringen, bevor wir nicht wieder zu Hause sind«, erwiderte Ted. »Wenn er aber seinen Freund hier übernachten lassen will, kann ich es ihm nicht verbieten, oder?«

Kim zuckte die Achseln. »Wahrscheinlich nicht«, gab sie widerwillig zu.

»Okay, und denk daran, daß du uns ja jederzeit bei Sandys Eltern anrufen kannst.«

Sobald die Erwachsenen das Haus verlassen hatten, erwachten Sandys Ängste von neuem, und sie war alles andere als begeistert, als ihre Freundin vorschlug: »Gehen wir nach oben. Ich möchte dir ein paar Zimmer zeigen.«

Als erstes führte Kim Sandy in ihr eigenes Zimmer, das seit ihrem Einzug ein ganz anderes Aussehen bekommen hatte. Ihr Vater hatte die abblätternde Tapete entfernt, die Risse in den Wänden gekittet und eine bunt geblümte Tapete angebracht, die genau zu den Vorhängen und der Tagesdecke auf dem breiten Bett paßte. Auf dem Boden lag ein dicker Teppich, und ein Kristallleuchter hing von einem vergoldeten Medaillon in der Mitte der Decke herab.

»Wirklich hübsch!« In Kims hellem Zimmer fühlte sie sich wieder sicher. »Sehen die anderen Räume auch so gemütlich aus?«

»Dad will sie ganz verschieden gestalten«, erklärte Kim,

während sie auf den Korridor traten, »aber wie schon gesagt – die meisten sind noch nicht renoviert. Du wirst den Unterschied gleich sehen.« Sie ging auf die übernächste Tür zu.

Sandy blieb einige Meter entfernt wie angewurzelt stehen. Für den Bruchteil einer Sekunde hatte sie vor dieser Tür einen huschenden Schatten gesehen und eine Gänsehaut bekommen. Ihre Arme reibend, murmelte sie: »Ich will da nicht reingehen!«

Kim sah sie mit schiefgelegtem Kopf neugierig an. »Es ist doch nur ein Zimmer.«

Sandy schüttelte den Kopf. »Mir ist es irgendwie unheimlich.«

Auch Kim bekam jetzt Herzklopfen, weil ihr die Schrecken einfielen, die sie vor einigen Nächten erlebt hatte. Aber das waren ja nur Alpträume gewesen! »Was meinst du damit?«

Sandy zögerte. Ihre Gänsehaut war verflogen, und jetzt sah die Tür genauso wie alle anderen Türen auf der Galerie aus. »Ich ... ich weiß nicht«, stammelte sie verlegen. »Es kam mir so vor, als ob ... Schon gut, ich komm' mit.«

Kim öffnete die Tür, und sie betraten einen Raum, der nur vom Mondlicht erhellt wurde. Trotzdem konnte Sandy erkennen, daß das einmal ein Kinderzimmer gewesen war. Am Fenster stand eine altmodische Wiege, und auf der verblaßten Tapete waren tanzende Teddybären zu sehen. Sandy hatte jedoch das beklemmende Gefühl, als hätte hier nie ein Kind geschlafen.

Ihr fiel die Geschichte ein, die sie so oft gehört hatte – daß George Conways Frau ein Baby zur Welt gebracht hatte, das nie gefunden worden war.

Plötzlich fiel es ihr wie Schuppen von den Augen.

Dieses Zimmer war für das Baby vorgesehen gewesen.

Sandy hörte einen Laut, der so schwach war, daß sie nicht wußte, ob sie sich vielleicht nur etwas eingebildet hatte. »Was war das?« flüsterte sie.

»Was denn?«

»Pssst!« zischte Sandy. »Ich habe etwas gehört! Horch mal.«

Beide Mädchen schwiegen, und gleich darauf hörte Sandy es wieder: Ein Baby weinte! »Da! Hast du es nicht gehört?« Kim schüttelte den Kopf. »Es war ein Baby! Ich habe ein Baby weinen gehört!«

»Vielleicht war es Molly«, meinte Kim.

Sandy bekam vor Erleichterung weiche Knie. Natürlich war es Molly! Wenn sie nicht ein solcher Angsthase wäre, hätte sie sofort begriffen, daß sie nur Kims kleine Schwester gehört hatte. Sie folgte ihrer Freundin in das kleine Zimmer neben dem Elternschlafzimmer, wo ein schwaches Nachtlicht neben Mollys Bettchen brannte. Die beiden Mädchen beugten sich über schlafende Kind. Sandy wollte etwas sagen, aber Kim legte einen Finger auf die Lippen. »Wenn sie aufwacht, schläft sie ewig nicht mehr ein«, flüsterte sie. Auf Zehenspitzen verließen sie den Raum, und Kim schloß leise die Tür. »Was auch immer du gehört hast, Molly kann es nicht gewesen sein.«

Sandy kämpfte erfolgreich gegen eine neue Panikwelle an. »Wahrscheinlich war es eine Sinnestäuschung ... Komm, gehen wir runter und schauen uns die Horrorfilme an, die wir ausgeliehen haben. Dann habe ich wenigstens einen Grund, mich zu fürchten.« Doch als sie die Treppe hinabgingen, warf Sandy einen letzten Blick auf die geschlossene Tür des ehemaligen Kinderzimmers, und sie wußte, daß es keine Sinnestäuschung gewesen war.

Sie hatte ein Baby gehört, und das Baby hatte geweint.

Sandy wünschte, sie hätte dieses Haus nie betreten.

Janet Conway hatte das Gefühl, irgendwie in eine andere Welt geraten zu sein, in eine Parallelwelt, die ihr in fast jeder Hinsicht so bekannt vorkam, daß sie kaum glauben konnten, die Welt, in der sie ihr ganzes Leben verbracht hatte, in der sie ihr ganzes Leben verbracht hatte, verlassen zu haben. Und doch mußte es wohl so sein, denn seit sie und Ted vor zwei Stunden bei den Engstroms eingetroffen waren, hatte Marge ihr lauter Gerüchte erzählt, die nur in einer Dämmerwelt gedeihen konnten – Gerüchte über ermordete Babys und die Verführung und Ermordung eines Dienstmädchens. Natürlich hatte Janet all die Gerüchte an diesem Abend nicht zum erstenmal gehört – seit sie vor einigen Wochen zur Dinnerparty bei den Engstroms eingeladen worden waren, hatte man ihr immer wieder irgendwelchen Klatsch über die Conways zugetragen. Doch erst heute, als Marge alle Fäden miteinander verwob und nicht einmal die schlimmsten Geschichten verschwieg, nahm alles surrealistische Ausmaße an. Wie war es nur möglich, daß Menschen solche Dinge glaubten und weiter verbreiteten?

Offenbar wurde sogar über Teufelsanbetung getuschelt.

Teufelsanbetung?

In *ihrer* Familie?

»Wer in aller Welt bringt solche Schauermärchen in Umlauf?« Ihre Stimme zitterte vor Wut, denn diese Bosheit war ihr völlig unverständlich. Sie hatten niemandem etwas getan! Der einzige Zwischenfall, an den sie sich erinnern konnte, war Jareds Zuspätkommen zum Unterricht, aber das war eine schulinterne Angelegenheit. Doch dann fiel ihr Tante Coras Begräbnis ein, und sie hörte Ted sagen: *Ich habe mit der Religion seit einer Ewigkeit nichts mehr am Hut! Von mir aus können meine Kinder Ihre Schule besuchen, aber beim Sonntagsgottesdienst werden Sie keinen von uns zu sehen bekommen!*

Vater MacNeill? Aber konnte jene kurze Unterhaltung für den Priester Grund genug gewesen sein, sie aus St. Albans vertreiben zu wollen?

»Schon möglich«, meinte Phil Engstrom, als sie von dem Vorfall berichtete. »Vater Mack nimmt es nicht auf die leichte Schulter, wenn Leute von seiner Religion nichts wissen wollen. Das nimmt er *sehr* übel.« Er ließ seine Blicke zwischen Janet und Ted hin und herschweifen. »Ist an jenem Tag sonst noch etwas passiert? Wenn wir morgen abend siegen wollen, sollte ich über alles Bescheid wissen.«

Janet wollte schon den Kopf schütteln, als ihr Gedächtnis plötzlich ein weiteres Bild produzierte. »Jake Cumberland«, sagte sie. »Er stand am Friedhofszaun und starrte uns an.« Der Mann hatte etwas Unheimliches an sich gehabt, und die Erinnerung an seinen stummen, zornigen Blick jagte ihr einen Schauer über den Rücken. Doch dann überwog ihr Ärger, daß ihre Hoffnungen auf ein neues Leben durch derart triviale Dinge gefährdet wurden. Ein wütender Priester, der absurde Gerüchte in die Welt setzte, und ein leicht geistesgestörter Trapper, der Ted für etwas verantwortlich machte, das seiner Mutter vor vierzig Jahren zugestoßen war!

»Wir müssen doch irgend etwas tun können«, rief Janet. »Vielleicht sollten wir Vater MacNeill verklagen oder …«

»Wir werden niemanden verklagen«, fiel Ted ihr ins Wort.

Janet seufzte. »Aber es ist so ungerecht …«

»Natürlich ist es ungerecht«, stimmte er ihr zu, »aber wir werden es durchstehen. Wir müssen morgen abend bei der Sitzung allen klarmachen, daß diese Gerüchte, selbst wenn sie stimmen sollten, nicht das geringste mit *uns* zu tun haben. Ich muß sie überzeugen, weiter nichts.«

Als sie später nach Hause fuhren, betrachtete Janet die Häuser am Straßenrand. Auf den meisten Veranden brannten noch die Kürbislaternen, und die Fratzen schienen ihr höhnisch zuzuzwinkern. Hatte sie nicht irgendwo gelesen, daß es Bestrebungen gab, Halloween zu verbieten, weil die Feiern in Zusammenhang mit Satanismus gebracht wurden? Noch vor ein oder zwei Monaten wäre ihr das lächerlich vorgekommen, doch jetzt fragte sie sich doch, wie viele Leute, die solche Kürbislaternen aufstellten, den Gerüchten über Teds Familie Glauben schenkten und sie verbreiteten.

Heuchler! dachte sie verbittert. *Verdammte Heuchler!*

»Alles sieht so friedlich aus. Es ist kaum zu glauben, was hier hinter den Kulissen vorgeht«, sagte Ted, so als hätte er ihre Gedanken gelesen.

Janet griff nach seiner Hand. »Glaubst du wirklich, daß der Sturm sich legen wird?«

»Aber ja.« Ted parkte auf der Einfahrt. »Vielleicht wird alles schon morgen besser werden, wenn die Leute erfahren, daß Sandy nichts Schlimmes zugestoßen ist, während sie bei uns übernachtet hat.« Er grinste. »Ich meinte ..., wenn wir wirklich Monster wären, oder wenn dieses Haus verhext wäre, müßte ihr doch eigentlich etwas Entsetzliches zugestoßen.«

»Sag so was nicht!« rief Janet schaudernd. »So was darfst du nicht einmal denken!«

Aber die Worte waren ausgesprochen und hingen jetzt in der Luft, und während Janet ihren Schlüssel ins Schloß der Vordertür schob, wurde sie von gräßlichen Vorahnungen heimgesucht.

Sie öffnete die Tür und trat ins Haus, Ted folgte dicht hinter ihr.

In der Halle brannte kein Licht.

Alles war still.

Dann hörte sie etwas.

Eine knarrende Tür.

Ihr Puls ging schneller, und sie bekam eine Gänsehaut.

Wieder knarrte die Tür, und gleich darauf durchbrach ein markerschütternder Schrei die Stille.

»Kim?« Janet drückte auf den Lichtschalter, und der Kronleuchter vertrieb die Dunkelheit aus der Halle. »KIM!«

Janet wagte kaum zu atmen, bis sie endlich Kims Stimme hörte.

»Wir sind hier, in der Bibliothek, und schauen uns einen Film an.«

Ted kicherte, und Janet drehte sich wütend nach ihm um. »Du wirst ihr kein Wort davon erzählen, versprichst du mir das?«

»Schade ..., du hast so besorgt ausgesehen!«

»Und du warst gar nicht besorgt?«

Ted nickte nach kurzem Zögern »Doch, ein bißchen«, gab er zu. »Komm, schauen wir nach, ob sie wirklich beide unversehrt sind.«

Gemeinsam gingen sie in die Bibliothek. Die Mädchen lagen auf dem Teppich vor dem Fernseher, und auf dem Bildschirm hob gerade eine maskierte Gestalt ein Messer – das scheußlichste Messer, das Janet je gesehen hatte –, um sein wehrloses Opfer zu erdolchen. »Wie könnt ihr euch so was nur anschauen?« fragte sie. »Ich würde vor Angst umkommen!«

»Es macht Spaß«, behauptete Kim.

»Es ist unheimlich«, gestand Sandy.

Kim verdrehte die Augen. »Es ist doch nur ein Film, den wir jederzeit abschalten können.«

Janet schaute demonstrativ auf die Uhr. »Spätestens um Mitternacht wird abgeschaltet, okay?«

Zehn Minuten später waren Ted und sie in ihrem Schlafzimmer. Molly schlief selig, und Jared hatte sich den ganzen Abend nicht blicken lassen. »Siehst du? Ich habe dir doch gesagt, daß du dir keine Sorgen zu machen brauchst.« Ted ließ sich aufs Bett fallen. »Komm!«

»Ted, das geht jetzt nicht ... Kim und Sandy sind direkt unter uns!«

»Sie hören garantiert nichts«, versicherte Ted. »Komm!«

Als er sie in die Arme nahm und küßte, wich die Anspannung des Abends allmählich von Janet.

»Alles wird gut«, flüsterte Ted ihr ins Ohr. »Mach dir keine Sorgen, Liebling, ich werde alles in Ordnung bringen.«

Er küßte sie wieder, und sie gab sich dankbar den Sinnesfreuden hin.

26. Kapitel

Die Berührung auf ihrer Haut war so sanft wie eine Sommerbrise, so zart, daß Sandy sie zunächst kaum wahrnahm. Sie wußte nur, daß sie einen leichten Schauer verspürt hatte, der aber so schnell verflog, daß sie sich alles vielleicht auch nur eingebildet hatte.

Nein – etwas *war* geschehen!

Und sie wollte mehr davon.

Sie streckte sich träge, öffnete aber nicht die Augen, weil sie befürchtete, dann auch die letzten schwachen Überreste des flüchtigen Genusses zu verlieren.

Wieder wurde sie berührt, und es fühlte sich so herrlich an, als streifte ein weiches Kätzchen an ihr entlang. Aber jetzt konnte sie auch etwas hören.

Ein seltsames Geräusch, es war keine Stimme, aber auch keine Musik. Etwas, das eine starke Resonanz in ihr auslöste.

Die Berührung wurde etwas kräftiger, so als würde sie von sanften Fingern gestreichelt, und sie wölbte sich der Quelle dieser Liebkosung entgegen.

Das Geräusch klang jetzt doch wie eine Stimme, die ihren Namen langgezogen und sehnsüchtig flüsterte: »Saaaan ... deeee ...«

Und wieder: »Saan ... deee ...«

»Ja«, murmelte Sandy. »O ja ...«

Im Dunkeln liegend, von den beruhigenden Lauten eingelullt, spürte sie weiche Lippen auf ihrem Mund, und die sanfte Berührung wurde kühner.

Hände glitten unter ihre Bluse, und ihre Brustwarzen richteten sich auf, während sie eine köstliche Mattigkeit verspürte.

Sie wollte einfach so liegenbleiben, von schützender Dunkelheit umhüllt, erregt durch die Liebkosungen und gleichzeitig beruhigt durch die einschmeichelnde Stimme.

Ein lustvoller Schauer durchlief ihren ganzen Körper,

doch im selben Moment zog die streichelnde Hand sich zurück.

Schrecklich enttäuscht, hielt Sandy den Atem an.

Sie wollte diesen Verlust nicht so einfach hinnehmen.

»Nein«, wimmerte sie kaum hörbar. »Neeein ...«

Sie streckte ihre Arme aus und suchte im Dunkeln nach der Quelle ihrer Lust, flehte sie lautlos an zurückzukehren.

Und dann spürte sie etwas. Ihre Finger schlossen sich um eine starke Hand, und im nächsten Moment wurde sie hochgezogen.

»Komm«, flüsterte eine Stimme. »Komm mit mir ...«

Sandy ließ sich durch die Dunkelheit führen, öffnete aber auch jetzt nicht die Augen, weil die magische Berührung und die Stimme sonst wie ein schöner Traum beim Aufwachen verfliegen könnte. Sie hatte keine Ahnung, wohin sie ging, wohin die Lust sie führen würde. Es war nicht wichtig. Sie wollte nur folgen.

Allmählich wich die Finsternis um sie herum, machte hellem Licht Platz, das sie sogar hinter den geschlossenen Lidern spürte, und die Hände legten sie sanft auf etwas Weiches, das sich wie eine Wolke anfühlte. Zufrieden seufzend, versank Sandy darin.

Das Licht schien sie zu durchströmen – goldenes Licht, in dem bunte Regenbogen umherwirbelten –, und jetzt hörte sie auch wieder die seltsamen Geräusche, die weder Stimmen noch Musik waren. Die Rhythmen pulsierten in ihrem Kopf und strahlten auf ihren ganzen Körper aus.

»Öffne deine Augen, Sandy«, flüsterte eine Stimme. »Begnüg dich nicht damit, mich zu fühlen und zu hören. Schau mich an ...«

Sandy gehorchte der Stimme und öffnete langsam die Augen. Im ersten Moment wurde sie von dem gleißenden Licht geblendet, doch dann sah sie ein Gesicht.

Es war das schönste Gesicht, das sie je gesehen hatte, und es beugte sich über sie, nur Zentimeter von ihrem eigenen Gesicht entfernt. Augen wie funkelnde Saphire, volle lächelnde Lippen, ein kräftiges Kinn, hohe Backenknochen und eine hohe Stirn, umrahmt von lockigen kastanienbraunen Haaren.

Es war genau das Gesicht, das sie bisher nur aus ihren Tagträumen kannte, in denen sie sich oft ausgemalt hatte, wie der Mann aussehen würde, der ihr Herz im Sturm eroberte, sie in die Arme nahm und davontrug.

Und jetzt gingen ihre Wunschträume in Erfüllung ... Das Gesicht kam noch näher, die Lippen berührten ihren Mund, und sie wollte die Arme heben, um ihren Märchenprinzen an sich zu ziehen, aber ihre Glieder gehorchten ihr nicht.

Im Bann der Vision lag sie hilflos da und stöhnte leise.

Eine Zungenspitze spielte an ihren Lippen, und sie öffnete den Mund, um ihr Einlaß zu gewähren.

Zarte Finger streichelten ihren Körper.

Die Knöpfe ihrer Bluse wurden geöffnet, und ihre Jeans glitten von den Hüften hinab.

Die Finger – es schienen Hunderte zu sein – waren überall, zeichneten komplizierte Muster auf ihre Haut, berührten ihre Brüste und Hüften, streichelten ihre Schenkel.

Sandys Beine spreizten sich wie von allein, und ihr Atem ging immer schneller, als sie von den Liebkosungen der Vision elektrisiert wurde.

Die pochenden Rhythmen der Musik wurden immer eindringlicher.

Sandy wand sich ekstatisch und bäumte sich gegen die Fesseln auf, die sie an die Wolke zu binden schienen. Ihre Haut war schweißnaß, und dann leckte eine Zunge – nein, Dutzende! – diesen Schweiß ab. Ihr Stöhnen vermischte sich mit den dröhnenden Rhythmen, und sie glaubte, ohnmächtig zu werden, während eine Lustwelle nach der anderen über sie hinwegrollte.

»Ja«, flüsterte sie wieder. »O Gott, ja ...«

Ihren Empfindungen völlig ausgeliefert, wurde die unirdische Musik in ihrem Kopf plötzlich von einem anderen Geräusch durchbrochen.

Einem Gelächter – einem höhnischen Gelächter!

Einen Moment lang versuchte sie sich aus dem Sog der Lust zu befreien, in dem sie hilflos trieb, aber dafür war es schon zu spät.

Ein letzes Mal aufstöhnend, ergab sie sich ihrer Lust.

Und das Gelächter schwoll an.

Nein! Nicht wieder! Laß es nicht noch einmal geschehen!

Doch anstatt sofort zu vergehen und nur das gespenstische Gefühl eines Déja–vû–Erlebnisses zu hinterlassen, fing der Horror für Kim jetzt erst richtig an.

Sie irrte wieder durch das Haus, rannte endlose Korridore entlang, die sich ständig verzweigten, so daß sie an jeder Kreuzung eine Entscheidung treffen mußte. Wieder spürte sie eine unsichtbare Bedrohung, die sie umkreiste und mit ihr spielte wie eine Katze mit der Maus, die dabei aber immer näherkam.

Als sie die Treppe erreichte, an deren Ende der winzige Lichtpunkt zu sehen war, wollte sie umkehren, weil sie genau wußte, was sie unten erwartete.

Jared.

Nein, nicht Jared.

Jemand, der wie Jared aussah, aber nicht Jared war.

Sie wollte dieser Treppe den Rücken kehren, aber jetzt konnte sie auch die Musik hören, pochende Rhythmen, die zwar leise waren, aber dennoch jeden Nerv in ihrem Körper wie mit Fangarmen umschlangen, so daß ihr gar keine andere Wahl blieb als den ersten Schritt in die Tiefe zu machen.

Von gräßlichen Vorahnungen erfüllt, stieg Kim die endlose Treppe hinab, und als sie endlich unten ankam, fühlte sie sich völlig ausgelaugt, bar jeder Energie, bar jeder Kraft zum Widerstand.

Die Musik war jetzt lauter und zog sie noch stärker in ihren Bann. Der Lichtpunkt glich in der Dunkelheit einem Leuchtturm, und trotz ihrer Erschöpfung ging Kim darauf zu. Nach einer Ewigkeit stand sie vor der Tür.

Nicht, sagte sie sich. *Geh nicht durch diese Tür!*

Doch noch während sie das dachte, drehte sie den Knauf und drückte die Tür langsam auf, die so leicht nach innen schwang, als würde sie in der Luft schweben. Kim erblickte wieder die seltsame Kathedrale mit der unglaublich hohen Decke. Millionen Kerzen brannten überall, vertrieben jeden Schatten in dem riesigen Raum und erfüllten ihn mit einem süßlichen Geruch, der Kim schwindlig machte. Der Altar war von Kerzenrauch umhüllt, aber sogar von der Tür aus konnte sie erkennen, daß etwas – etwas Vertrautes – zu Füßen des verkehrt über dem Altar hängenden Kreuzes lag.

Während die Tür hinter ihr zufiel, verblaßte das Kerzenlicht zu kaltem weißem Glanz, und dazwischen taten sich Teiche von Dunkelheit auf – von solcher Schwärze, daß Kim sich schaudernd fragte, welche Schrecken dort lauern mochten.

Sie wollte sich abwenden und fliehen, aber ihr Wille gehorchte ihr nicht mehr.

Langsam ging sie den Mittelgang entlang.

Wie eine Braut. Der absurde Gedanke schien aus dem Nichts aufgetaucht zu sein, gefolgt von einem anderen: *Wenn ich eine Braut bin – wo ist dann mein Bräutigam?*

Und plötzlich sah sie ihn.

Eine hohe Gestalt in scharlachrotem Gewand – dem einzigen Farbtupfer in dieser surrealistischen Szene – tauchte vor dem Altar auf und streckte eine Hand nach ihr aus. Während sie den breiten Mittelgang hinabschritt, kam auch das Gesicht der wartenden Gestalt in Sicht. Regelmäßige, starke Züge und Augen, die sie nicht losließen, von denen sie magisch angezogen wurde wie eine Motte vom Licht.

Dann erkannte sie ihn.

Es war Jared.

Jared? dachte sie. *Es kann nicht Jared sein – man kann doch nicht den eigenen Bruder heiraten.*

Die Gestalt kam näher.

Nicht, nicht Jared. Es kann einfach nicht Jared sein. Es ist jemand, der nur genauso wie Jared aussieht.

Die Musik, eine schrille Kakophonie, dröhnte in Kims Ohren, als sie sich dem Altar näherte. Die rot gewandete Gestalt wollte nach ihrer Hand greifen, und Kim beobachtete hilflos, wie ihre eigene Hand gegen ihren Willen nach vorne zuckte. Ihre Finger berührten sich schon fast, als das Gesicht vor sich zu verändern begann.

Die Haut, die soeben noch glatt und milchweiß gewesen war, wurde schuppig.

Aus den eingesunkenen Wangen traten eitrige Geschwüre hervor.

Die klaren Augen wurden trüb und sonderten schleimige Flüssigkeit ab.

Der Mund öffnete sich, und eine lange, spitze Zunge kam zum Vorschein. Sie spaltete sich in zwei Teile auf, die in Schlangenköpfen endete und auf Kim zuschossen. Beide Schlangen zeigten ihre Giftzähne, und ihre gespaltenen Zungen peitschten die Luft.

Von Krämpfen geschüttelt, riß Kim entsetzt ihre Hand zurück und umklammerte das kleine goldene Kreuz an ihrer Brust.

Die Fratze verzerrte sich vor Wut, und die Gestalt sprang beiseite und stieß ein Wutgeheul aus, Schleim und Galle versprühend.

Angewidert taumelte Kim rückwärts. Bevor sie sich umdrehen und flüchten konnte, sah sie Luke Roberts.

Er lag nackt vor einem Ende des Altars – auf Sandy Engstrom, die seinen glänzenden Körper mit Armen und Beinen umschlang und sich ekstatisch unter ihm wand. Zur Salzsäule erstarrt, beobachtete Kim, wie der beste Freund ihres Bruders und ihre eigene beste Freundin sich auf dem Boden vor dem Altar wälzten. Als spürte er ihre Blicke, schaute Luke plötzlich auf und schaute ihr tief in die Augen.

Er lächelte.

Und Kim sah wieder das Gesicht des Teufels – triefende Augen, schuppige Haut mit Eitergeschwüren. Aus seinem Mund schoß die Schlangenzunge hervor, und er stieß ein gräßliches, hohes Gelächter aus, das sich anhörte, als würde es klirrende Glasscherben regnen.

Kims Mageninhalt stieg als brennendes Feuer in ihre Kehle empor. Würgend wandte sie sich von der grotesken Szene auf dem Boden ab, und nun ragte die grinsende dämonische Fratze über ihr empor, mit ausgestreckten Händen, deren Finger sich in blutige gebogene Krallen verwandelten. Bevor diese scharfen Krallen sich in ihr Fleisch graben konnten, wirbelte Kim auf dem Absatz herum und hetzte den Mittelgang entlang, der sich endlos zu dehnen schien. Das höhnische Gelächter, das sie aus Lukes Kehle gehört hatte, wurde jetzt von anderen kichernden Stimmen untermalt, die ihren Rücken wie Peitschenhiebe trafen und sie vorantrieben, obwohl Erschöpfung sie zu überwältigen drohte.

Endlich riß sie die Tür auf, sie stürzte hinaus und warf sie hinter sich zu. Von jäher Dunkelheit umgeben, taumelte sie durch den Keller und stolperte über die unterste Treppenstufe.

Sie schrie auf, versuchte den Sturz mit den Händen abzumildern und …

Kim schreckte aus dem Schlaf auf und unterdrückte mühsam den Schrei, der ihr schon in der Kehle saß, bevor er die Stille der Nacht zerstören konnte. Ihr Herz klopfte immer noch zum Zerspringen, und sie lag regungslos da und kämpfte um Fassung, während die letzten Teile ihres Alptraums allmählich verblaßten.

Da hörte sie leise Musik, und sie sah inmitten der Dunkelheit einen glühenden Lichtpunkt.

O Gott, war sie immer noch in den Alptraum gefangen?

Aber nein, das konnte nicht sein! Mitten in einem Traum fragte man sich nicht, ob es nur ein Traum war.

Sie mußte wach sein.

Sie zwang sich, langsamer zu atmen, und als ihr Puls sich normalisierte, ließen auch ihre Ängste nach. Desorientiert schaute sie sich um.

Die Bibliothek! Sie war in der Bibliothek, und der rote Lichtpunkt war nur der Stand-by-Anzeiger des Fernsehers!

Kim setzte sich auf. »S–S–Sandy?« stammelte sie.

Stille, bis auf die gedämpfte Musik, die noch zu hören war.

War das die Musik aus ihrem Alptraum?

Sie stand auf und schaltete die Bodenlampe neben dem Sofa ein, auf dem Sandy es sich zuletzt bequem gemacht hatte, während sie den Videofilm anschauten.

Das Sofa war leer; Sandy war nicht da.

Die Einzelheiten des Traums fielen ihr wieder ein, und sie wimmerte bei der Erinnerung an den nackten, im Kerzenschein schimmernden Körper ihrer Freundin, eng umschlungen mit …

Nein!

Es war doch nur ein Alptraum gewesen.

Aber wo war Sandy?

Die Frage ließ Kim keine Ruhe. Sie verließ die Bibliothek und ging durchs Wohnzimmer in die Eingangshalle. Das Haus schien in der Dunkelheit gewachsen zu sein: die großen Räume kamen ihr noch riesiger vor. Sie durchquerte die Halle und schaute im Empfangssalon und im Eßzimmer nach.

Nichts.

An der Kellertür blieb sie stehen. Die Musik, die sie nur für einen Überrest ihres Alptraums gehalten hatte, war jetzt lauter. Ihre Ängste kehrten zurück, und sie wollte sich einfach abwenden, doch statt dessen öffnete sie die Tür.

Die Musik dröhnte ihr entgegen.

Sie verharrte auf der Schwelle und spähte in die Dunkelheit hinab.

In die Dunkelheit, die nur durch einen roten Lichtpunkt erhellt wurde.

Das war der Lichtstrahl, der aus Jareds Zimmer durch das Schlüsselloch nach draußen drang.

Genau wie im Traum ...

Nicht, sagte Kim sich. *Geh nicht da runter!*

Doch ihre Füße trugen sie bereits die Treppe hinab. Mit jedem Schritt drangen die Rhythmen tiefer in sie ein, und das Licht zog sie magisch an. Vor Jareds Zimmer blieb sie wieder stehen und lauschte.

Jetzt hörte sie nicht durch die Musik.

Flüstern und leises spöttisches Gelächter.

Stöhnen.

Ekstatisches Stöhnen.

Sandy war dort! Sandy war in Jareds Zimmer!

Eine Hand schon auf dem Türknauf, erinnerte Kim sich plötzlich wieder an die heidnische Kathedrale aus ihrem Alptraum – an jene Kathedrale, die in Wirklichkeit ein Schreckensort war. Wenn sie das alles nur nicht nur geträumt hatte? Wenn alles, was sie gesehen hatte, irgendwie real war? Wenn Sandy tatsächlich ...

Ohne diesen Gedanken zu Ende zu führen, kehrte Kim der Tür den Rücken, eilte die Kellertreppe hinauf, schloß die Tür und lehnte sich dagegen.

Was sollte sie tun?

Sollte sie ihre Eltern wecken?

Das würde Sandy ihr nie verzeihen!

Aber wenn sie mit Jared und Luke ...

Kim hatte das Gefühl, einen weiteren Alptraum zu erleben, aber sie wußte, daß es diesmal kein Traum war, sondern Wirklichkeit. Die Musik hallte durch die Kellertür hindurch und schien – wie in ihrem Alptraum – Fangarme nach ihr auszustrecken, um sie in die Tiefe zu ziehen.

Wie im Traum, so umklammerte sie auch jetzt das kleine Kreuz ihrer Großtante, und sobald sie es zwischen ihren

Fingern spürte, faßte sie einen Entschluß und entfernte sich rasch von der Kellertür.

Auf der breiten Treppe in den ersten Stock gab die Musik sie endgültig frei.

Vor dem Schlafzimmer ihrer Eltern blieb sie zögernd stehen.

Was auch immer in Jareds Raum vorgehen mochte, es ging sie nichts an. Niemand hatte Sandy gezwungen, dorthin zu gehen. Und wenn sie ihre Freundin verpetzte, würde Sandy nie wieder ein Wort mit ihr wechseln.

Leise ging Kim über die Galerie in ihr eigenes Zimmer, doch sobald sie die Tür hinter sich geschlossen hatte, wußte sie, daß sie nicht allein war.

Atemzüge!

Sie hörte jemanden atmen!

Sie überwand ihre Angst, tastete nach dem Lichtschalter, atmete tief durch und drückte darauf. Der Kronleuchter warf sein helles Licht über das ganze Zimmer.

Sandy Engstrom setzte sich abrupt in Kims Bett auf und zog die Decke bis zum Hals hinauf. Einen Moment lang starrten die beiden Mädchen einander erschrocken an, dann sank Sandy kichernd in die Kissen zurück. »Was treibst du? Ich hätte einen Herzschlag bekommen können!«

»Ich wußte nicht einmal, daß du hier oben bist«, verteidigte Kim sich. »Ich dachte …« In letzter Sekunde gelang es ihr, die Wahrheit für sich zu behalten. »Ich bin aufgewacht, und du warst verschwunden. Da dachte ich, du seist vielleicht nach Hause gegangen. Warum hast du mich denn nicht geweckt?«

Sandy rollte die Augen, so wie Kim es getan hatte, als sie zugab, daß der Film *Scream* ihr angst machte. »Ich hab's versucht«, sagte sie. »Als der Film zu Ende war, wollte ich dich wecken, habe es aber schließlich aufgegeben und bin zu Bett gegangen.« Sie warf einen Blick auf den Wecker: kurz nach drei. »Schläfst du immer so fest?«

Kim schüttelte den Kopf. »Ich dachte …«, murmelte sie

wieder, zuckte dann aber hilflos mit den Schultern. »Ich weiß nicht, was ich dachte.«

Sie zog sich aus und schlüpfte zu ihrer Freundin ins Bett.

Sollte sie Sandy etwas von dem Alptraum erzählen?

Nein! Sie wollte sich selbst nicht mehr daran erinnern.

Sandy schlief rasch ein, aber Kim lag wach. Von Dunkelheit umgeben, hatte sie immer wieder irgendwelche Einzelheiten des Traums vor Augen.

Die lüsterne Szene auf dem Boden vor dem Altar ... die Fratze des Teufels, der sie zu packen versuchte ... Es gelang ihr einfach nicht, die Visionen zu bannen.

Erst als die aufgehende Sonne die Finsternis vertrieb, gaben die Dämonen Kim frei, und sie schlief ein.

Jareds Musik, die eindringlichen Rhythmen, die sie in den Keller gelockt hatten, verfolgten sie jedoch noch immer.

Kim schlief, aber es war kein erholsamer Schlaf.

27. Kapitel

Nur ein Traum.

Es mußte ein Traum gewesen sein. Doch sogar jetzt, da die Morgensonne ins Zimmer flutete, konnte Kim sich an jede Einzelheit erinnern. Sie lag da und starrte an die Decke, während die grauenvollen Bilder der letzten Nacht ein ums andere Male in ihrem Geist abgespult wurden, so als sähe sie eine Videofilm, der nur aus einer einzigen Sequenz bestand.

Neben ihr streckte Sandy Engstrom die Glieder und rieb sich die Augen. Als sie sah, daß Kim wach war, setzte sie sich auf, zog die Knie zur Brust heran, umschlang sie mit den Armen und warf ihrer Freundin einen mißtrauischen Blick zu. »Versprichst du, niemandem etwas zu verraten, wenn ich dir einen Traum erzähle?« fragte sie in verschwörerischem Flüsterton. »Keiner Menschenseele?«

Kim nickte, obwohl böse Vorahnungen in ihr aufstiegen.

Sandys Augen leuchteten, und die Erinnerung an unbeschreibliche Lust jagte ihr sogar in der warmen Morgensonne einen Schauer über den Rücken. »Es ging um Jared ...«

Eine kalte Faust schnürte Kims Magen zusammen. Sie war sicher, daß sie Sandys Traum nicht hören wollte, und doch hörte sie sich sagen: »Ich verspreche, keiner Menschenseele etwas zu erzählen.«

Ihre Beine noch fester an die Brust gepreßt, seufzte Sandy. »Es war wirklich seltsam ... Ich schlief. Doch dann wachte ich langsam auf, weil jemand mich berührte, aber ich hatte gar keine Angst, weil es ein herrliches Gefühl war. Und als ich hellwach war, führte er mich irgendwohin – an den schönsten Ort, den ich je gesehen habe. O Gott, Kim, du hättest es sehen müssen! Es war eine Art Kirche ..., aber eine unvorstellbar schöne Kirche.«

Nein, dachte Kim. *Nein, das ist nicht möglich!*

Während sie Sandy lauschte, rief Kim sich die Einzelheiten ihres eigenen Traums ins Gedächtnis zurück: Luke und ihre Freundin, eng umschlungen ...

Konnte es sein, daß sie doch nicht nur geträumt hatte? War es möglich, daß das alles wirklich geschehen war? Aber auch das ergab keinen Sinn, denn sogar in diesem großen Haus gab es keinen auch nur annähernd so riesigen Raum wie jenen, den Sandy beschrieb.

Wie jenen, den auch sie selbst im Traum gesehen hatte.

Und wenn es kein Traum gewesen war – was dann? Ein hypnotischer Zustand? Schlafwandeln?

»Kim? Was ist los, Kim? Du bist ja leichenblaß! Ist alles in Ordnung?«

Aus ihren Gedanken gerissen, nickte Kim stumm. Sollte sie Sandy erzählen, daß sie beide den gleichen Traum gehabt hatten? *Denselben* Traum?

Nein, denn Sandy würde sie für verrückt halten. Und es war ja auch wirklich unmöglich, daß sie beide dasselbe geträumt hatten. Es mußte irgendeine andere Erklärung geben.

Eine *logische* Erklärung.

»Alles in Ordnung«, stammelte sie. »Ich habe nur nicht gut geschlafen.«

Sandy legte den Kopf zur Seite, und einen Moment lang hatte Kim das unangenehme Gefühl, von ihrer Freundin durchschaut zu werden. Doch gleich darauf wurde Sandy aschfahl, sprang aus dem Bett und rannte auf die Tür zu.

»Sandy, was ist los?«

»Mir ist sch–schlecht!« Eine Hand auf den Mund gepreßt, stürzte Sandy ins Bad, und Kim hörte, daß sie sich heftig erbrach. Beunruhigt folgte Kim ihrer Freundin, die vor der Kloschüssel kniete und eine schwärzliche Flüssigkeit auswürgte. Kim tränkte eine Gästehandtuch mit kaltem Wasser und preßte es Sandy auf die Stirn. Trotzdem schoß eine weitere Fontäne aus Sandys Mund in die Toilette. Als der Anfall vorbei war, rückte Sandy ein Stück von der Schüssel ab, lehnte sich an die Wand und wischte sich mit dem Handtuch das Gesicht ab.

»Ich hole meine Mutter«, sagte Kim, während sie die Spülung betätigte und das Fenster öffnete, damit der Gestank verflog.

»Nein«, protestierte Sandy und zog sich am Waschbecken hoch. »Ich ..., ich glaube, jetzt ist alles okay. Ich will nicht, daß meine Mutter etwas davon erfährt.«

»Aber wenn du krank bist ...«

Sandy ließ sie nicht ausreden und schnitt eine Grimasse. »Weißt du nicht, was ich gestern abend alles gegessen habe?« Sie stöhnte bei dem Gedanken an die Pizza, Kartoffelchips, Cokes, Kekse und Eiscreme, die sie verspeist hatten. »Ich muß mich nur duschen, dann geht es mir wieder ausgezeichnet.«

Kim, die fast genausoviel gegessen hatte, wunderte sich, daß ihr nicht übel war.

Kim stand auf der Kellertreppe und starrte Jareds geschlossene Zimmertür an. Ihr Bruder hatte vor einer halben Stunde das Haus verlassen, folglich war sein Zimmer leer.

Sollte sie einen Blick hineinwerfen? Aber es konnte unmöglich so aussehen, wie Sandy es beschrieben hatte und wie sie selbst es im Traum gesehen hatte!

Trotzdem ging sie die Treppe hinab.

Tu's nicht, ermahnte sie sich, eine Hand auf dem Türknauf. *Es geht dich nichts an, wie es in seinem Zimmer aussieht.*

Sie stieß die Tür auf.

Vier schwarz gestrichene Wände, eine Werkbank, Jareds Bett und zwei Matratzen, die als Sessel oder Sofa dienten.

Kein Altar.

Keine Buntglasfenster.

Nichts.

Ein Traum, sagte Kim sich wieder, während sie ins Erdgeschoß zurückkehrte.

Nur ein Traum.

Aber sie glaubte es nicht.

Etwas war letzte Nacht passiert.

Etwas Schreckliches.

28. Kapitel

Ellie Roberts musterte sich besorgt. Der Spiegel auf der Innenseite ihres Kleiderschranks war so alt, daß die dünne Silberschicht abblätterte, aber trotz dem leicht verzerrten Bild wußte sie, daß etwas nicht stimmte. Vielleicht sollte sie nicht zu der Sitzung gehen. Vielleicht sollte sie das Kleid, ihr bestes, das sie nur an hohen Feiertagen zur Messe trug, ausziehen und zu Hause bleiben. Aber sie hatte es Vater MacNeill versprochen, und ein Versprechen durfte man nicht brechen, besonders nicht gegenüber einem Mann, dem sie soviel verdankte. Als er die Versammlung erwähnt hatte, war sie sicher gewesen, es schaffen zu können. Ellie kannte fast jeden in St. Albans, speziell die Katholiken. Sie war mit ihnen aufgewachsen, kannte sie ihr Leben lang.

Aber in der Nacht, nachdem Vater MacNeill sie darum gebeten hatte, war sie schweißgebadet aus einem Alptraum aufgewacht. Und sie hatte gewußt, woran es lag.

An ihrer Angst, in der Öffentlichkeit zu sprechen.

Am anderen Morgen wollte sie zu Vater MacNeill gehen und ihm sagen, daß sie es sich anders überlegt hatte, daß sie sich einfach nicht zutraute, vor der ganzen Stadt zu sprechen. Aber sie schob diese Aussprache den ganzen Tag vor sich her, und an den folgenden Tagen ebenso. Jede Nacht schreckte sie mit einer Gänsehaut aus dem Schlaf, von bösen Träumen geplagt.

Und jetzt war der Samstagabend gekommen, und es gab kein Zurück mehr.

Ihre Blicke glitten von dem hochroten Gesicht im Spiegel zum spärlichen Inhalt des Kleiderschranks. Kaum hatte sie beschlossen, anstelle des Kleides, in dem sie sich aufgetakelt vorkam, doch lieber ihr dunkelblaues Sonntagskostüm anzuziehen, da klingelte es an der Tür, und Luke rief: »Mom, Vater MacNeill ist da!«

Zu spät, um sich umzuziehen.

Ellie warf einen letzten nervösen Blick in den Spiegel, schob ihre Frisur zurecht und eilte hinaus um den Priester zu begrüßen.

»Ellie, Sie sehen bezaubernd aus!« Vater MacNeill griff nach ihren Händen. »Ich schwöre Ihnen, wenn ich kein Priester wäre, könnten Sie mir glatt den Kopf verdrehen!«

Ellie errötete vor Freude, die in Verlegenheit umschlug, sobald ihr Sohn sich zu Wort meldete.

»Was ist los?« wollte Luke wissen. »Wozu hast du dich so herausgeputzt?«

Vater MacNeill nahm ihr die Antwort ab. »Wir gehen zu der Versammlung. Möchtest du nicht mitkommen?«

Luke schaute mißtrauisch. »Zu welcher Versammlung?«

»Eine öffentliche Anhörung und Abstimmung, ob das alte Haus der Conways in ein Hotel verwandelt werden darf, wie der Stadtrat es erwägt.«

Mit gerunzelter Stirn warf Luke seiner Mutter einen vorwurfsvollen Blick zu. »Das ist doch hirnrissig!«

Ellie schaute geschockt zu dem Priester hinüber. »Luke, ich will nicht, daß du solche Ausdrücke in Gegenwart von …«

»Ich kann sagen, was ich will!« fiel Luke ihr mit funkelnden Augen ins Wort. »Daß du Jared nicht leiden kannst, ist noch lange kein Grund, um …«

»Mit Jared Conway hat das nichts zu tun«, unterbrach Vater MacNeill ihn.

Jetzt richtete Lukes Zorn sich gegen den Priester. »Quatsch! Sie sind doch genauso gegen Jared wie Mom! Was, zum Teufel, habt ihr gegen ihn?«

»Jetzt reicht's aber, Luke!« Ellies Wangen glühten vor Scham. »Wie kannst du es wagen, so mit Vater MacNeill zu sprechen?« Nervös an den Knöpfen ihres Kleides nestelnd, wandte sie sich an den Priester. »Es tut mir leid, Vater. Seit er dauernd mit dieser Person zusammensteckt …«

»Jared ist keine ›Person‹!« Lukes Stimme zitterte vor Zorn. »Du kennst ihn ja nicht einmal!«

»Ich brauche ihn nicht zu kennen.« Ellie hatte Mühe, ihre eigene Stimme unter Kontrolle zu halten. »Ich weiß, daß er einen schlechten Einfluß auf dich ausübt, und daß du, seit er in der Schule ist, nicht mehr der Junge bist, den ich aufgezogen habe!«

»Vielleicht will ich gar nicht ›der Junge sein, den du aufgezogen‹ hast!« imitierte Luke seine Mutter. »Vielleicht will ich so sein, wie ich bin! Hast du jemals darüber nachgedacht?«

»Ich will doch nur, daß du ein möglichst guter Mensch …«

»Nein!« brüllte Luke. »Du willst, daß ich so bin, wie Vater MacNeill mich haben möchte! Glaubst du, ich weiß nich, wie er uns herumkommandiert? Ich höre doch nur: Vater Mack sagt dieses, Vater Mack sagt jenes! Und jetzt willst du dich sogar vor der ganzen Stadt lächerlich machen, nur weil Vater Mack es sagt! Herrgott!«

»Wie kannst du es wagen?« Ellie verlor die Beherrschung und gab ihm eine schallende Ohrfeige.

Alle drei hielten unwillkürlich den Atem an, so als wäre ein Schuß gefallen. Ellies Handfläche prickelte, und sie warf dem Priester einen hilfesuchenden Blick zu, der Luke nicht entging. Seine Augen verengten sich zu schmalen Schlitzen, während er seine Wange rieb, auf der sich die Finger seiner Mutter abzeichneten.

Vater MacNeill wich unwillkürlich einen Schritt zurück, so als wollte er sich von dem Geschehen distanzieren.

»So ist's recht, Ma!« knurrte Luke leise. »Schlag mich! Schlag mich und schau dann Vater Mack an, ob er es gutheißt!« Er starrte den Priester an.»Nun, wie ist es, Vater?« fragte er giftig. »Hat sie es richtig gemacht? Hat sie getan, was Sie wollten?«

»Ich kann Gewalt unter keinen Umständen ...«

Luke ließ ihn nicht ausreden. »Reden Sie doch keinen solchen Mist daher. Glauben Sie, ich weiß nicht, worum es geht? Um Jared! Sie können ihn nicht leiden, und Ma kann ihn nicht leiden, und Schwester Clarence kann ihn nicht leiden, und Vater Bernard haßt ihn regelrecht! Glauben Sie, daß ich das nicht weiß? Glauben Sie, daß Jared das nicht weiß? Aber ich versichere Ihnen, Vater – Jared wird diese Stadt nicht verlassen!«

»Mit Jared hat das nichts zu tun«, beteuerte Vater MacNeill noch einmal, »obwohl du soeben demonstriert hast, daß er auf dich keinen positiven Einfluß ausübt!« Normalerweise konnte er im Umgang mit seinen Gemeindemitgliedern Gleichmut bewahren, doch angesichts von Lukes Unverschämtheit klang seine Stimme eisig. »Nicht nur deine Mutter und ich sind gegen dieses Hotelprojekt, sondern auch eine Menge anderer Leute.«

»Na klar!« zischte Luke. »Und ich wette, daß jeder, der dagegen ist, zu St. Ignoramus gehört, stimmt's?«

»Luke!« Instinktiv hob Ellie wieder die rechte Hand.

»Laß das!« Luke zitterte vor Wut am ganzen Leibe. »Wag

es nicht, mich noch einmal zu schlagen! Und geh nicht zu der Sitzung, hast du mich verstanden?«

»Deine Mutter kann gehen, wohin sie will, junger Mann«, tadelte ihn der Priester. »Und ich kann nicht dulden, daß du in diesem Ton mit ihr redest. ›Du sollst deinen Vater und deine Mutter ehren, auf daß du lange lebest!‹«

»Ich habe keinen Vater!« tobte Luke. »Mein Vater ist tot, und Sie sind nicht sein Ersatz!« Und an seine Mutter gewandt: »Wenn du zu dieser Versammlung gehst, hoffe ich, daß du von einem Lastwagen überfahren wirst!« Er machte auf dem Absatz kehrt und stürmte zur Tür hinaus.

»Er hat es nicht so gemeint«, murmelte Ellie nach langem Schweigen. »Er hat es bestimmt nicht so gemeint.«

Vater MacNeill war sich da nicht so sicher. Für ihn hatte es sich angehört, als hätte Luke Roberts alles ernst gemeint.

Jedes einzelne zornige Wort.

»Mommy! Will was sehen!«

Janet nahm sie aus dem Sportwagen und hob sie hoch, damit Molly die Menschenmenge vor dem Rathaus sehen konnte. Warum hatte sie sich nur von Ted überreden lassen, die Kleine mitzunehmen? Ein sechzehn Monate altes Kind interessierte sich bestimmt nicht für endlose Diskussionen darüber, ob in einer Wohngegend ein Hotel eröffnet werden durfte oder nicht. Aber was hätte sie sonst tun sollen? Sie hatte fünf Babysitter angerufen: Zwei Mädchen hatten aufgelegt, als sie ihnen gesagt hatte, wer sie war, zwei andere hatten fadenscheinige Ausreden benutzt. Nur die letzte war ehrlich genug gewesen zuzugeben, daß sie für kein Geld auf der Welt bereit wäre, in dem »unheimlichen alten Haus« einige Stunden mit einem Kleinkind allein zu sein.

»Jared könnte auf Molly aufpassen«, hatte Ted vorgeschlagen, aber Janet hatte nur den Kopf geschüttelt. Und obwohl Ted sie noch eine ganze Weile zu überreden versuchte, gab sie nicht nach. Sie brachte es aber andererseits auch nicht über sich zuzugeben, daß sie ihrem eigenen Sohn mißtraute.

Mißtrauen!

Wie war es nur möglich, daß sie das Vertrauen, das sie immer in Jared gesetzt hatte, die Gewißheit, daß sie sich auf ihn immer verlassen konnte, selbst wenn Ted sich besonders schlimm aufführte, in den wenigen Wochen seit dem Umzug nach St. Albans verloren hatte? Und sie konnte nichts daran ändern. Es war einfach zu viel zusammengekommen. Die einzelnen Vorfälle waren nicht bedeutsam und leicht zu erklären: Ted hatte ihr immer wieder klargemacht, daß Jared fast sechzehn war und allmählich flügge wurde.

Ganz normal, daß er nicht mehr soviel Zeit wie früher mit seiner Schwester verbrachte. Ganz normal, daß er in seinem Kellerraum nicht gestört werden wollte. Ganz normal, daß er daheim und in der Schule gegen Autoritätspersonen rebellierte. Janet hatte ihrem Mann zugehört und nicht widersprochen, weil es zweifellos einleuchtende Argumente waren. Doch nichts, was Ted sagte, konnte Janet wirklich beruhigen, denn diese angeblich normalen und harmlosen Erscheinungen hatten Jareds Persönlichkeit völlig verändert.

Sie vertraute ihm nicht mehr.

Früher hatte sie es, wie jede normale Mutter, geliebt, wenn er sich in ihrer Nähe aufhielt, aber jetzt versteifte sie sich unwillkürlich und war auf der Hut.

So wie es ihr bis vor kurzem mit Ted ergangen war.

Janet blieb abrupt stehen, als ihre Gefühle ihr blitzartig zu Bewußtsein kamen. Alle Verhaltensweisen, die sie an Ted gehaßt hatte, und die seit dem Umzug nach St. Albans verschwunden waren, schienen auf Jared übergegangen zu sein!

»Liebling, ist alles in Ordnung?« rief Ted. »Soll ich dir Molly abnehmen?«

Jäh aus ihren Überlegungen gerissen, übergab Janet ihm

das Kind und versuchte, die seltsame Idee, die ihr soeben gekommen war, zu verwerfen. Doch als sie sah, wie Molly ihre Ärmchen um Teds Hals schlang, sich an seine Brust schmiegte und ihren Kopf zufrieden in seiner Schulter vergrub, so wie sie es früher bei ihrem großen Bruder gemacht hatte, setzte die Idee sich noch mehr in Janets Geist fest.

»Vielleicht sollte ich mit Molly draußen warten?« schlug Kim vor.

Janet knöpfte ihre Jacke zu, nachdem sie nun nicht mehr vom Körper ihrer Jüngsten gewärmt wurde. Abends war es jetzt, Ende Oktober, schon herbstlich kühl. »Lieber nicht«, meinte sie. »Aber wenn du nicht reingehen möchtest ...«

»Ich hatte gehofft, daß die ganze Familie anwesend sein würde«, warf Ted ein.

»Warum hast du dann nicht darauf bestanden, daß Jared mitkommt?« murrte Kim.

Ted lächelte seiner großen Tochter mitfühlend zu. »Ich weiß, daß es nicht ganz gerecht ist, aber ich wäre dir wirklich sehr dankbar, wenn wenigstens du uns begleitest. Es wirkt sich bestimmt positiv aus, wenn die Leute sehen, daß unsere Familie zusammenhält.«

»Falls sie überhaupt bereit sind, ihre Vorurteile über Bord zu werfen«, unkte Janet.

»Einige werfen zweifellos an ihren Vorurteilen festhalten«, gab Ted zu, »aber Phil Engstrom meinte, daß unsere Erfolgschancen trotzdem mehr als fünfzig Prozent betragen. Du hast ja selbst gehört, was er gesagt hat – sobald sie uns alle kennengelernt haben, werden sie uns nicht mehr ablehnen.«

Dann ist es vielleicht doch ganz gut, daß Jared nicht dabei ist, dachte Kim. Beim Abendessen hatte sie sich bemüht, den Streit zwischen ihrem Vater und ihrem Bruder einfach zu ignorieren. Aber als er ausbrach, bildete sich in ihrem Magen ein harter Knoten, und sie brachte kaum einen Bissen herunter. Was sie am meisten bekümmerte und ängstigte, war, daß es ihr nicht gelang, irgendwelche Signale von

Jared zu empfangen. Bisher konnte sie immer fühlen, was in ihm vorging. Doch jetzt nicht mehr.

Heute abend hatte sie zwar gehört, daß seine Stimme immer wütender wurde, aber sie selbst fühlte nichts. Anfangs fragte sie sich, ob er wirklich ärgerlich war oder nur so tat, als ob. Doch als der Streit eskalierte, spiegelte die Wut sich auch in seinem Gesicht wider. Trotzdem fingen ihre feinen Antennen keine Wellen aus seinem Gehirn auf, und als er vom Tisch aufsprang und aus dem Haus stürmte, so wie ihr Vater es früher zu tun pflegte, verspürte sie nur Erleichterung.

Erleichterung!

Hatte ihre Mutter in all den Jahren, als Vater soviel trank, genauso empfunden? War sie erleichtert gewesen, wenn er das Haus verlassen hatte, und hatte sie sich gefürchtet, wenn er nach Hause gekommen war?

Kim fröstelte bei dieser Vorstellung.

Sie hörte, daß jemand ihren Namen rief. Sandy Engstrom winkte ihr von der anderen Straßenseite zu und sah zum Glück nicht mehr so elend aus wie heute morgen.

»Dad meint, daß ihr alle neben uns sitzen sollt«, rief Sandy noch.

Kim vergaß sofort ihre Unlust, an der Versammlung teilzunehmen. Sie wollte die Straße überqueren, als eine laute Hupe ertönte. Ihr Vater packte sie am Arm und zog sie auf den Gehweg zurück, und als sie aufschaute, erstarrte sie vor Schreck. Alles ging so schnell, daß niemand es verhindern konnte – weder Kim noch sonst jemand.

Das Auto bog um die Ecke, und die Frau wollte noch schnell die Straße überqueren. Die Zeit schien stillzustehen, während Kim die schreckliche Szene beobachtete. Die Frau erstarrte, umklammerte mit der rechten Hand ihre Handtasche und streckte den linken Arm aus, so als wollte sie das Auto abwehren.

Kim hatte das Gefühl, durch ein Fernglas zu schauen, denn obwohl die Frau einen halben Block entfernt war, konnte sie ihr Gesicht so deutlich sehen, als stünde sie unmittelbar neben ihr. Die Augen der Frau waren schreckensweit aufgerissen. Ihr Mund ebenfalls, aber sie schrie nicht.

Kim erkannte die Frau.

Sie hatte sie in jener Nacht in ihrem Alptraum gesehen. Es war der Traum mit den Ratten gewesen.

Es war die Frau, die mit dem Kopf nach unten an dem Kreuz in der seltsamen Kathedrale gehangen hatte.

Aber wie war so etwas möglich?

Sie hatte keine Ahnung, wie diese Frau hieß, sie hatte sie noch nie bewußt gesehen.

In stummem Entsetzen beobachtete Kim den weiteren Ablauf. Die Autohupe warnte wieder und die Frau schrie auf. Ein dumpfer Aufprall unterbrach diesen Schrei, und der Körper der Frau flog in die Luft. Er landete auf der Motorhaube und wurde dann auf die Straße geschleudert.

Bremsen quietschten, Menschen schrien. Die Frau auf der Straße war sofort von einer Menschenmenge umringt. Kim hörte, daß jemand nach einem Arzt rief.

Dann sah sie, daß ein Priester, Vater MacNeill, neben der Frau niederkniete und zu beten begann.

Auch Kims Eltern bewegten sich auf die verunglückte Frau zu, und sie folgte ihnen, blieb aber plötzlich stehen, weil sie eine Kraft spürte.

Jared!

Sie hatte wieder Kontakt zu ihm!

Sie fühlte ihn wieder!

Aber wo war er?

Kim schaute sich um, sah aber nur die Menschen, die sich um die verletzte Frau scharten. Die Frau stöhnte und streckte hilfesuchend die Arme aus.

Und dann sah Kim ihren Bruder.

Er stand auf dem Platz, etwa fünfzehn Meter von ihr entfernt, und er schaute die Frau an, die von dem Auto gerammt worden war.

Er lächelte.

Kim wollte seinen Namen rufen, doch er drehte sich vorher um und sah sie an, so als hätte er gespürt, daß sie Kontakt suchte.

Sein Lächeln, ein befremdlich erfreutes Lächeln, verschwand.

Er starrte Kim wütend an, so als wäre er gerade …

Sie wollte den Gedanken verdrängen, aber als sie ihren Bruder beobachtete, wußte sie, daß sein Gesichtsausdruck nur diese Deutung zuließ.

Er sah schuldbewußt aus.

Er sah so aus, als hätte er etwas Schlimmes getan und wußte es.

Er sah so aus, als wäre er soeben ertappt worden.

29. Kapitel

Genau eine Stunde später als ursprünglich geplant schlug Phil Engstrom mit einem Hämmerchen aufs Rednerpult, um die Versammlung zu eröffnen. Doch das Stimmengewirr im Saal wurde nicht weniger. Die Leute tuschelten weiterhin über den Unfall.

Der Rettungswagen aus der Feuerwache gleich um die Ecke war eine Minute nach dem Unglück zur Stelle gewesen, und keine fünf Minuten später wurde Ellie Roberts ins Krankenhaus transportiert. Phil hatte den Unfall mit eigenen Augen beobachtet und war sich über den Hergang im klaren: Ellie Roberts wollte die Straße überqueren und trat ausgerechnet in dem Moment, als Clarie Van Waters um die Ecke brauste, zwischen zwei geparkten Wagen hervor. Zwei Umstände waren unglücklichseligerweise zusammengetroffen: Ellie hatte nicht auf den Verkehr geachtet, und die achtzigjährige Clarie fuhr beharrlich in ihrem uralten DeSoto herum, obwohl man ihr den Führerschein schon vor Jahren hätte entziehen müssen.

Trotzdem begann die Gerüchteküche zu brodeln, noch bevor Ellie ins Krankenhaus gebracht wurde, und dieser Klatsch ließ sich auf folgenden Nenner bringen: Ellie Roberts hatte bei der Versammlung gegen Ted Conways Pläne protestieren wollen, und deshalb mußte Conway etwas mit dem Unfall zu tun haben. Daß er sich nachweislich nicht in Ellies Nähe aufgehalten hatte, schien die Leute wenig zu interessieren: sie schoben Ted trotzdem die Schuld an der Sache zu. Dem Bürgermeister war bewußt, daß dieses dumme Gerede sich negativ auf die Abstimmung auswirken würde. Noch vor einer Stunde hatte er geglaubt, die Chancen stünden etwa fifty–fifty, doch jetzt spürte er, daß die Stimmung sich gegen seine Pläne richtete. Sollte er die Sitzung verschieben? Er verwarf diese Idee jedoch nach kurzem Überlegen, weil man ihm – zu Recht – Verzögerungstaktik vorwerfen könnte.

Während er mit seinem Hämmerchen auf das Pult einschlug, um endlich für Ruhe zu sorgen, hatte er wenig Hoffnung für Ted Conway. »Wenn wir nicht die ganze Nacht hier verbringen wollen, sollten wir anfangen«, verschaffte sich der Bürgermeister energisch Gehör, und nachdem er die entsprechenden Paragraphen heruntergeleiert hatte, erteilte er Vater MacNeill das Wort, um Ted die Chance zu geben, später zu konkreten Vorwürfen Stellung nehmen zu können.

Der Priester ging langsam zum Podium, mit gesenktem Kopf, so als überlegte er erst jetzt, was er sagen wollte. Und auch, als er vor seinen Zuhörern stand, verharrte er eine ganze Weile schweigend, die Hände unter dem Kinn gefaltet, als suchte er göttlichen Beistand. Doch als er endlich den Mund öffnete, erwähnte er weder Gott noch die Kirche, vielleicht weil er – so vermutete jedenfalls Phil Engstrom – die meisten Katholiken ohnehin schon auf seiner Seite wußte. Statt dessen sprach Vater MacNeill über die Geschichte von St. Albans, über Stabilität und Kontinuität im Leben im ganzen Saal.

»Hier in St. Albans«, faßte der Priester seine Ausführungen noch einmal kurz zusammen, »war immer Platz für alles mögliche. Bestimmt hat keiner von uns Einwände gegen ein neues Hotel in unserer Stadt. Ich für meine Person würde ein solches Projekt sogar sehr begrüßen. Nun steht das Haus der Conways allerdings in einer reinen Wohngegend. Dort leben *Familien*, und ich halte es für höchst bedenklich, wenn in unmittelbarer Nachbarschaft Wildfremde aus und ein gehen!« Seine Augen schweiften von einem Gesicht zum anderen. »Fremde, die alles mögliche im Schilde führen können, sollten sich nicht ausgerechnet in der Nähe von Kindern tummelten dürfen!«

Zustimmung im Saal. Phil Engstrom resignierte, denn mit der Anspielung auf Kindesmißbrauch hatte der Priester zweifellos ein As ausgespielt. Er heimste damit viel Lob von seinen Anhängern ein, während er auf seinen Platz zurückkehrte.

»Viel Glück!« murmelte der Bürgermeister, als Ted ans Rednerpult trat, aber insgeheim dachte er, daß Conway allenfalls mit zehn Stimmen rechnen konnte, egal, was er vorbringen würde.

Vom Podium aus ließ Ted seinen Blick über das Meer von Gesichtern schweifen. Während der Rede des Priesters hatte er gespürt, daß dessen geschickte Argumentation ihm den letzten Boden unter den Füßen entzog. Aber ihm war auch aufgefallen, daß Vater MacNeill jeden im Saal angeschaut hatte, nur ihn nicht.

Ihn hatte der Geistliche kein einziges Mal angesehen.

Teds Augen verweilten auf seinem Gegner, der jetzt wieder neben Vater Bernard saß und mit gesenktem Kopf den Rosenkranz betete. Er wollte den Mann zwingen aufzuschauen, aber es gelang ihm nicht.

Vater MacNeill betete, aber er wirkte sehr angespannt.

Er spürt meinen Blick, dachte Ted. *Er spürt ihn und traut sich nicht, mir in die Augen zu schauen.*

Vor einem Monat hätte er sich nach einem Drink gesehnt, schon *vor* der Versammlung hätte er mindestens zwei Glas Scotch geleert, um sich Mut anzutrinken. Aber heute abend brauchte er trotz der feindseligen Atmosphäre keinen Alkohol.

Er zweifelte nämlich nicht an seinem Erfolg.

Ted fixierte einen Mann in der vierten Reihe, der ihn besonders giftig anstarrte, obwohl er noch kein Wort gesagt hatte.

»Meine Familie war in St. Albans ansässig, seit der Ort existiert«, begann er. »Das wissen Sie alle genausogut wie ich.« Er konzentrierte sich auf den zornigen Mann. »Und wir alle kennen die Gerüchte, die ich weder bestätigen noch dementieren kann.« Der Mann runzelte leicht verunsichert die Stirn. »Ich möchte auch gar nicht über diese alten Geschichten sprechen, sondern über mich, über meine Frau und meine drei Kinder – und über meinen Traum!«

Ted sah, daß nicht nur der Mann in der vierten Reihe verunsichert dreinschaute, sondern daß auch bei anderen Zuhörern offene Feindseligkeit in Neugier umschlug. Ruhig und eindringlich, so wie Vater MacNeill es ihm vorgemacht hatte, erzählte Ted ohne Umschweife, warum er mit seiner Familie nach St. Albans gekommen war.

Das ist doch nicht möglich, dachte Janet. Wie sie in der ersten Reihe saß, konnte sie die Gesichter der Leute nicht sehen, aber sie spürte, daß die Atmosphäre im Saal sich veränderte. Sogar Molly, die während der Rede des Priesters auf ihrem Schoß herumgezappelt hatte, war jetzt mucksmäuschenstill, so als hätte die Stimme ihres Vaters sie beruhigt. *Wo hat er das nur gelernt?* staunte Janet. Ohne etwas zu beschönigen, berichtete er, daß seine Familie vor wenigen Wochen fast am Ende gewesen war. Ihr traten Tränen in die Augen, als er sie bei diesen Worten anschaute, denn sein Blick verriet nicht nur, daß er verstand, was sie durchgemacht hatte, sondern auch, daß er alles wiedergutmachen wollte. »Alles wird gut, Mom«, flüsterte Kim ihr zu.

»Daddy schafft es!« Janet nickte nur stumm, viel zu gerührt, um sprechen zu können.

Der Mann ist in Ordnung, dachte Beau Simmons, auf seinem Platz in der vierten Reihe. Vielleicht kannte Vater MacNeill ihn einfach zu wenig. Außerdem war die Kirche ja immer gegen irgendwelche Veränderungen. Allmächtiger, wenn er und Sue Ellen auf den Priester gehört hätten, müßte er jetzt wahrscheinlich zehn Kinder ernähren! Und wenn er in puncto Geburtenkontrolle Vater MacNeill getrotzt hatte, brauchte er sich auch in dieser Angelegenheit nicht dessen Meinung anzuschließen. Beau Simmons gab seine feindselige Einstellung gegenüber Ted Conway endgültig auf, lehnte sich bequem zurück und hörte aufmerksam zu.

Heilige Maria, Mutter Gottes, bitte für uns Sünder jetzt und in der Stunde unseres Todes …

Vater MacNeill umklammerte die Perlen seines Rosenkranzes, den er schon zweimal gebetet hatte. Er konzentrierte sich ausschließlich auf seine stille Andacht und ließ Conways Rede an sich vorbeirauschen. Doch trotz seiner Konzentration auf die Zwiesprache mit Gott spürte er die veränderte Atmosphäre im Saal.

Die Stimmung der Zuhörer, die er in den letzten Wochen so erfolgreich beeinflußt hatte, schlug plötzlich um.

Hol ihn der Teufel! fluchte der Priester unwillkürlich, bat jedoch sofort um Verzeihung für diesen Fluch. Aber was sollte er jetzt machen? Noch einmal das Wort ergreifen und versuchen, den Schaden zu beheben?

Nein.

Conway würde dann bestimmt seinerseits zum zweitenmal ans Rednerpult treten und wieder das seidene Netz spinnen, in dem die Menge sich verfing.

Es war vernünftiger, eine höhere Macht um Weisung und Beistand zu bitten.

Vater MacNeill verschloß seine Ohren gegen Conways Stimme und vertiefte sich erneut ins Gebet.

»Meine Familie hat in St. Albans gelebt, seit es diese Stadt gibt«, schloß Ted seine etwa einstündige Rede. Seiner Stimme war keine Anstrengung anzumerken, als er einen letzten Appell an die Zuhörer richtete. »Ich bitte Sie nur darum, mir und meiner Familie die Chance zu geben, dieser Gemeinde anzugehören. Sie werden es nie bereuen, das verspreche ich Ihnen.« Während das Publikum ihn schweigend anstarrte, verließ Ted das Podium, schüttelte dem Bürgermeister die Hand und nahm wieder Platz.

Phil Engstrom hatte den Stimmungsumschwung genauso gespürt wie Vater MacNeill und alle anderen, die Ted Conway aufmerksam gelauscht hatten. »Nun, dann können wir jetzt wohl abstimmen.« Er las den Antrag noch einmal vor. »Wer ist dafür, diese Genehmigung zu erteilen?«

Einen Moment lang rührte sich niemand, und Phil fragte sich, ob er die Wirkung von Teds Rede doch überschätzt hatte. Dann hob Beau Simmons in der vierten Reihe die Hand. Drei andere Bürger folgten seinem Beispiel, dann ein Dutzend, und gleich darauf sah Engstrom sich einem wogenden Meer von Händen gegenüber. Die Freude über den Sieg war seinem strahlenden Gesicht deutlich anzusehen, als er pro forma fragte: »Und wer ist dagegen?«

Vater MacNeill, Vater Bernard, Schwester Clarence und zwei weitere Nonnen hoben die Hände.

»Nun, das war's dann«, verkündete der Bürgermeister. »Herzlichen Glückwunsch, Ted! Sie haben die Genehmigung, ein Hotel zu eröffnen.«

Während laut applaudiert wurde, erhob sich ein Mann in der letzten Reihe.

»Das Werk des Teufels!« schrie Jake Cumberland und deutete mit ausgestrecktem Arm und zitterndem Zeigefinger auf Ted Conway. »Ich sage euch, das ist das Werk des Teufels!«

Alle drehten sich nach dem Störenfried um. »Um Himmels willen«, rief Beau Simmons, als er Jake erkannte, »wer hat dich hereingelassen?«

Die Anspannung löste sich in allgemeinem Gelächter auf, und plötzlich waren Ted und Janet von Menschen umringt, die ihnen gratulieren wollten. Molly begann vor Schreck über die vielen Leute zu weinen, und Kim nahm sie ihrer Mutter rasch ab und verließ der Saal.

Auf den Stufen blieb sie stehen, genoß die kühle Abendluft und die Stille und beobachtete Vater MacNeill, Vater Bernard und die drei Nonnen, die den Platz überquerten. Dann sah sie Jake Cumberland, der unter einer Straßenlampe stand und zu ihr emporstarrte. Einen Moment lang trafen sich ihre Blicke, dann wandte er sich kopfschüttelnd ab und schlurfte den Gehweg entlang. Dabei führte er Selbstgespräche, und seine Worte jagten Kim einen Schauer über den Rücken. Unwillkürlich preßte sie Molly fester an sich.

»Teufelswerk«, murmelte Jake immer wieder vor sich hin. »Das alles ist Teufelswerk!«

»Kurz nach der Einlieferung ist sie in diesen Zustand geraten.« Sue Ellen Simmons nestelte nervös an den Knöpfen ihrer Schwesterntracht herum, während sie auf Ellie Roberts' Gesicht hinabblickte. Die Frau war aschfahl im Gesicht und starrte unverwandt die kaum zwei Meter vom Fußende des Bettes entfernte weiße Wand an, wobei ihre Augen aber etwas ganz anderes zu sehen schienen, etwas, das sich in großer Entfernung abspielte. Ihr rechter Arm war eingegipst, und sie hatte einige Hautabschürfungen im Gesicht, ansonsten war sie unverletzt. »Ich verstehe das einfach nicht«, jammerte Sue Ellen. »Anfangs stand sie unter Schock, aber das ist ja nach einem Unfall ganz normal. Sie redete, fragte nach Luke, wollte wissen, wo er ist. Doch als wir uns erkundigten, was eigentlich passiert war, woran sie sich erinnern konnte, da bekam sie diesen eigenartigen Ausdruck und sagte kein einziges Wort mehr.«

»Was meint denn der Arzt?« fragte Vater MacNeill.

»Als sie eingeliefert wurde, dachte ich, er würde sie nach einer Stunde entlassen. So wie es jetzt aussieht, behält er sie wahrscheinlich über Nacht zur Beobachtung hier.«

Die Versammlung im Rathaus war vor einer halben Stunde zu Ende gegangen, und Vater MacNeill war sofort ins Krankenhaus geeilt, um Ellie zu besuchen. Als er Sue Ellen Simmons erzählte, daß sogar ihr Mann für Ted Conway gestimmt hatte, schnalzte sie ungläubig mit der Zunge.

»Irgendwas stimmt da nicht«, meinte sie. »Beau hat mir immer wieder versichert, daß er auf gar keinen Fall seine Zustimmung geben werde. Er sagte, Conway sei ein Alkoholiker, und Beau haßt nichts so sehr wie Trinker.« Sie schüttelte traurig den Kopf. »Sein Vater war einer, und er wurde von ihm ständig verprügelt.«

»Ich würde mich gern unter vier Augen mit Ellie unterhalten«, sagte Vater MacNeill. »Natürlich nur, wenn Sie nichts dagegen haben.«

»Das tut ihr sicher gut«, stimmte Sue Ellen zu. »Falls Sie mich brauchen sollten, ich bin im Schwesternzimmer gleich um die Ecke.«

Der Priester wartete, bis sie gegangen war, setzte sich dann auf einen Stuhl neben Ellies Bett, griff nach ihrer linken Hand und tätschelte sie sanft. »Ellie? Ellie, ich bin's – Vater MacNeill. Können Sie mich hören?«

Fast eine Minute lang blieb jede Reaktion aus, doch dann zuckten ihre Lider, und ihre Finger schlossen sich um seine Hand.

»Vater, ich habe gesündigt vor Dir«, flüsterte sie kaum hörbar, verstummte dann aber sofort wieder. Vater MacNeill wartete eine Weile und legte ihr sodann eine Hand auf die Stirn.

»Das glaube ich nicht, Ellie«, sagte er. »Es war nur ein Unfall. Sie haben nicht gesündigt, und Sie wurden auch nicht bestraft.«

Der Priester spürte, daß sie seine Worte gehört hatte, und er wartete geduldig weitere fünf Minuten. Endlich drehte Ellie ihren Kopf ein wenig zur Seite, um ihm dann in die Augen zu sehen. Als er ihren Blick erwiderte, war Vater MacNeill sofort klar, daß Ellie sich verändert hatte.

»Was ist geschehen?« fragte er sie behutsam.

Ihre Finger umklammerten seine Hand, ihre Augen öffneten sich schreckensweit, und ihre Stimme zitterte, als sie murmelte: »Ich habe das Gesicht des Bösen gesehen, Vater!«

Vater MacNeill wollte sich nicht anmerken lassen, daß ihm ein kalter Schauer über den Rücken lief. »Es war nur ein Unfall, Ellie!«

Sie schüttelte den Kopf. »Nein!« protestierte sie vehement. »Nein, Sie verstehen nicht, Vater – es war kein Unfall!«

Von düsteren Vorahnungen überfallen, konnte der Priester nicht verhindern, daß seine Stimme bebte. »Erzählen Sie mir alles.«

Ellie Roberts versteifte sich, denn eigentlich wollte sie nicht darüber sprechen. Sie wollte sich auch nicht erinnern und doch kreisten ihre Gedanken seit der freundlichen Frage der Krankenschwester, wie es zu dem Unfall gekommen war, ständig um das grauenvolle Bild, das sie gesehen hatte, bevor der Wagen sie rammte.

Dabei hatte alles ganz harmlos angefangen. Sie wollte die Straße überqueren und schaute wie immer in beide Richtungen. Nach dem Unfall hatten die Leute behauptet, sie sei unvorsichtig gewesen, aber das stimmte nicht! Sie sah, daß Claries Wagen um die Ecke bog, und sie wußte noch genau, was sie in diesem Moment gedacht hatte: *Oje, da kommt Clarie – bleib lieber auf dem Gehweg, bis sie vorbeigebraust ist.*

Und dann trat sie unbegreiflicherweise doch zwischen zwei der Wagen, die gegenüber dem Rathaus geparkt waren.

Sie wußte, sie durfte den Schutz zwischen dem roten Toyota und dem weißen Lieferwagen auf gar keinen Fall verlassen, sonst würde Clarie ihr nicht mehr ausweichen können.

Aber sie blieb nicht stehen.

Sie *konnte* nicht stehenbleiben.

Sie schien einer unsichtbaren Kraft ausgeliefert zu sein, die sie zwang, vor Claries alten DeSoto zu laufen.

Sie versuchte sich aus dem Bann zu befreien, und ihre Augen irrten auf der Suche nach der hypnotischen Kraft umher.

Und sie machte sie ausfindig.

Jared Conway!

Er stand nur wenige Meter von ihr entfernt und starrte sie an.

Aber woher wußte sie, wer er war? Sie hatte ihn noch nie gesehen, da war sie sich ganz sicher. Doch sie wußte, wer er war, sobald ihre Blicke sich trafen.

Während Claries Auto auf sie zuschoß, lächelte er.

Doch es war kein gutes Lächeln. Vielmehr verzog er die Lippen zu einem grausamen Lächeln, so als freute er sich über die Schmerzen, die sie im nächsten Moment empfinden würde.

Und dann veränderte sich sein Gesicht.

Seine Lippen verzerrten sich noch mehr und entblößten scharfe Eckzähne. Speichel tropfte aus seinem Mund, und als die Zunge hervorschnellte, spürte Ellie die Berührung durch die gespaltene Spitze wie einen Peitschenhieb, obwohl es unmöglich war, daß diese Zunge sie über eine Entfernung von mehreren Metern hinweg *wirklich* getroffen hatte.

Die Veränderung ging aber noch weiter: seine Ohren wurden spitz, die Haut wurde rot und schuppig. Sein Körper schwoll an, die Kleider fielen von ihm ab und enthüllten unzählige Geschwüre, aus denen Eiter troff. Die Augen verwandelten sich in glühende Schlitze, die Finger in messerscharfe gebogene Krallen.

Es war nicht so sehr die Furcht vor dem heranbrausenden Auto, die Ellie aufschreien ließ – es war das Entsetzen über die gräßliche Vision. Für den Bruchteil einer Sekunde – bevor sie von Claries DeSoto erfaßt und in die Luft geschleudert wurde – hatte sie die Fratze des Bösen erblickt.

»Der Teufel«, flüsterte sie jetzt und umklammerte die Hand des Priesters, die sich mit kaltem Schweiß überzogen hatte, während er zuhörte. »Ich habe den Teufel gesehen, Vater! Den Teufel höchstpersönlich!« Ihre Augen flackerten triumphierend. »Aber er hat mich nicht bekommen! Er hat es versucht, aber ich lebe noch, und morgen früh werde ich wie immer in der Kirche sein.«

»Sie sollten sich lieber ausruhen«, sagte Vater MacNeill, aber Ellie schüttelte energisch den Kopf.

»Nein«, flüsterte sie. »Ich habe den Teufel gesehen, und ich brauche jetzt den Widerschein göttlichen Lichts. Ich werde morgen die Messe besuchen.«

Erschöpft von ihrem Bericht, ließ Ellie Roberts ihren Kopf in die Kissen sinken, während Vater MacNeill den Abend in Gedanken noch einmal Revue passieren ließ.

Beau Simmons, der normalerweise so störrisch war, daß man ihn mit keinem logischen Argument umstimmen konnte ... Heute abend hatte er sich von Conways beschwörender Rede einlullen lassen und sich dem Willen dieses Mannes wie ein schwankendes Rohr im Wind gebeugt.

Jake Cumberland, der von seinem Platz in der hintersten Reihe aufgesprungen war, anklagend auf Ted Conway gedeutet und gerufen hatte: *Das ist das Werk des Teufels!*

Fast die gleichen Worte hatte soeben auch Ellie Roberts benutzt.

Der Priester ließ ihre Hand los. Er stand von dem harten Stuhl auf und trat ans Fenster. Es war fast Vollmond, und die Stadt war in silbriges Licht getaucht.

War es möglich?

Nein, es mußte eine andere Erklärung geben.

Jake war abergläubisch und verließ sich noch immer auf die Geschichten, die seine Mutter ihm erzählt hatte, als er ein kleiner Junge war.

Beau Simmons konnte ausnahmsweise einfach seine Meinung geändert haben. Vater MacNeill erinnerte sich daran, daß Conways faszinierende Rede sogar ihn beeindruckt hatte, obwohl er sich auf den Rosenkranz zu konzentrieren versuchte. War es da verwunderlich, wenn andere Zuhörer plötzlich für den Mann stimmten?

Und Ellie Roberts? Der Schock und die Schmerzen könnten ihren Geist leicht verwirrt haben. Vielleicht war sie für Sekunden bewußtlos gewesen und hatte das Fragment eines Alptraums aus ihrer Kindheit gesehen. Daß sie den Teufel in Gestalt eines fünfzehnjährigen Jungen erblickt hatte, war doch wohl ausgeschlossen.

Ein Teil in ihm wußte aber, daß er sich nur etwas vormachte.

Tief im Innern, da wo sein Glaube wurzelte, glaubte er jedes Wort, das Ellie ihm erzählt hatte.

Sie hatte den Teufel gesehen.

Er war hier, im Herzen von St. Albans.

So wie früher.

Es war nach Mitternacht. Normalerweise hätte Monsignore Devlin um diese Uhrzeit längst die letzten Abendgebete gesprochen und seinen arthritischen Knochen im Bett Erholung gegönnt. Doch ausnahmsweise spürte er weder Müdigkeit noch Schmerzen, denn er las den letzten Eintrag in der Familienbibel, die Cora Conway ihm anvertraut hatte. Erst ein Vierteljahrhundert nach Bessies mühsam gekritzelten Sätzen hatte Abigail Smithers Conway zur Feder gegriffen und den Bericht über die Conways ergänzt. Ihre Schrift war leserlich, aber die Geschichte, die sie erzählte, war so schaurig, daß der alte Priester bisher immer nur wenige Zeilen verkraftet hatte.

In dieser Nacht nun überwand er sich dazu, alles hintereinander zu lesen.

15. Mai 1937
Heute habe ich diese Bibel zum erstenmal aufgeschlagen. Eigentlich wollte ich nur eintragen, daß mein Mann, Francis Conway, vor drei Tagen verstorben ist. Ich hatte diese Seiten nicht lesen wollen, denn leider war ich schon immer ein Vogel Strauß – ich stecke den Kopf in den Sand, um die Realität nicht sehen zu müssen. Aber Frank ist tot, und jetzt muß ich mich der Wahrheit über die vergangenen 25 Jahre stellen.
Obwohl ich den Gedanken erfolgreich verdrängt hatte, muß ich immer gewußt haben, daß Bessie Delacourt das Haus meines Mannes in der Nacht vor unserer Hochzeit nicht verlassen hatte. Er hat mir gesagt, sie wäre nach Atlanta gezogen, und an jenem Tag wollte ich es glauben. Und mit dieser Entscheidung, ihm zu glauben, habe ich mich selbst dazu verurteilt, alles zu akzeptieren, was er mir in den Jahren unserer Ehe weismachte. Um ständig mit einer Lüge leben zu können, muß man sich einreden, es wäre die Wahrheit.
Frank zu glauben, bedeutete aber noch lange nicht, daß ich auch taub für das Geflüster über dieses Haus gewesen wäre, das in all den Jahren, die ich hier verbracht habe, immer wieder wie trockenes Laub aufgewirbelt wurde. Und obwohl ich sie zu verdrängen versuchte, hörte ich stets Bessies Stimme, die mir sagte, ich würde selbst wissen, wann ich diese Zeilen lesen müsse.
Frank hat Bessie umgebracht.
Davon bin ich überzeugt. Er hat Bessie umgebracht, und er hat Francescas Schwester umgebracht – seine eigene Tochter! Ich dachte – hoffte? –, all die schrecklichen Dinge, von denen ich so oft träumte, wären wirklich nur Alpträume über Dämonen und Rituale, die mich schreiend aufwachen ließen.

Doch nach diesen Alpträumen hörte ich die Gerüchte, obwohl niemand sich traute, sie mir ins Gesicht zu sagen. So viele Babys – immer nur kleine Mädchen – verschwanden nachts spurlos.
Nie kamen irgendwelche Kinder zu uns ins Haus, um mit Phillip und George zu spielen, aber ich redete mir ein, das hätte nichts zu besagen. Jetzt, nachdem ich diese Seiten gelesen habe, weiß ich die Wahrheit.
Meine Söhne hatten keine Freunde, weil alle Eltern Angst um ihre Kinder hatten.
Offenbar völlig zu Recht.
Phillip muß das begriffen haben, denn er verließ dieses Haus mit fünfzehn und ist nie zurückgekommen. Ich befürchte, daß ich ihn nie wiedersehen werde.
Ich weiß nicht, was die Zukunft bringen wird, aber ich bin fast sicher, daß es mir nie gelingen wird, diesen Ort zu verlassen. Auch Francesca und ihre kleine Tochter Eulalie haben das nie geschafft. Was in Francys Mann vorgeht, weiß ich nicht. Abraham Lincoln Cumberland scheint ein guter Mensch zu sein, aber eigentlich muß er uns alle abgrundtief hassen.

1. November 1937
Abe Cumberland wurde letzte Nacht gehängt. Weiß verhüllte Männer kamen um Mitternacht, und ihre Fackeln erfüllten die Luft mit Rauch. Es war wie in einem meiner Alpträume, und als George auf die Räume über der Garage deutete, wo Abe und Fancy mit ihrer kleinen Eulalie leben, schrie und schrie ich, in der Hoffnung aufzuwachen.
Aber ich wachte nicht auf, denn es war kein Traum, sondern Wirklichkeit.
Ich mußte mit ansehen, wie mein eigener Sohn dem Mob half, Abe zu lynchen. Und auch Eulalie, die erst fünf ist, mußte mit ansehen, wie ihr Vater starb.
Die Männer behaupteten, Abe hätte ein kleines Mädchen entführt und ermordet.

Ich glaube das nicht, denn in einem meiner Träume habe ich dieses Kind sterben sehen. Es war mein Sohn, der ein Messer in die kleine Brust bohrte. Doch in bringe es ich immer noch nicht über mich, jemandem die Wahrheit zu gestehen.

22. Januar 1950
Eulalie Cumberlands Kind wird bald geboren werden. Sollte es ein Mädchen sein, so befürchte ich, daß mein Sohn …

EIN UNERTRÄGLICHER SCHMERZ DURCHFUHR ABIGAILS BRUST, UND DIE FEDER IN IHRER HAND BESCHRIEB EINE ZICKZACKLINIE ÜBER DIE GANZE SEITE. SIE WUSSTE, DASS DAS DIE LETZTE SPUR WAR, DIE SIE IN DIESER WELT HINTERLASSEN WÜRDE, UND ALS DER ZWEITE ANFALL DURCH IHREN KÖRPER PEITSCHTE UND SICH ÜBER DEN LIKEN ARM BIS IN DIE FINGERSPITZEN AUSBREITETE, SCHRIE SIE AUF. GLEICH DARAUF WURDE DIE TÜR AUFGERISSEN, UND IHRE SCHWIEGERTOCHTER STÜRZTE INS ZIMMER.
»MUTTER CONWAY?« RIEF CORA ANGSTERFÜLLT. »WAS IST PASSIERT? FÜHLST DU DICH NICHT GUT?«
GEGEN EINE NEUE SCHMERZWELLE ANKÄMPFEND, SCHÜTTELTE ABIGAIL DEN KOPF. MIT ZITTRIGEN HÄNDEN SCHLOSS SIE DIE BIBEL, DIE VOR IHR AUF DEM SCHREIBTISCH LAG, UND WIEDERHOLTE DIE WORTE, DIE SIE VOR 38 JAHREN VON BESSIE DELACOURT GEHÖRT HATTE: »DU WIRST WISSEN, WANN DU DAS LESEN MUSST«, FLÜSTERTE SIE, VON GLÜHENDEN MESSERN GEPEINIGT. »DU WIRST ES WISSEN …«
MIT LETZTER KRAFT ÜBERREICHTE SIE CORA DIE BIBEL UND SANK DANN AUF DEM STUHL IN SICH ZUSAMMEN. DUNKELHEIT NAHM SIE GNÄDIG AUF UND ERLÖSTE SIE NICHT NUR VON DEN

QUALEN DES HERZINFARKTS, SONDERN AUCH VON DEN SCHRECKEN DES LEBENS. SIE SAGTE IHREM KÖRPER MIT EINEM GEFÜHL TIEFER DANKBARKEIT LEBEWOHL, DENN WAS DIE EWIGKEIT FÜR SIE AUCH BEREITHALTEN MOCHTE – ES KONNTE NICHT SO SCHLIMM SEIN WIE DIE JAHRE, DIE SIE IN DIESEM HAUS VERBRACHT HATTE.

»Soviel Böses!« murmelte Vater Devlin, während er den letzten Eintrag zu Ende las, den Cora Coway wenige Tage vor dem Selbstmord ihres Mannes und vor dem Verschwinden ihres Babys sowie dem Verschwinden von Eulalie Cumberland geschrieben hatte. Sie beschrieb nur die letzen Momente des Lebens ihrer Schwiegermutter und schloß mit den rätselhaften Worten:

*Vielleicht kann Eulalies Magie dem Bösen der Conways ein Ende bereiten, aber ich bezweifle es, denn ich frage mich oft, ob das Böse vielleicht nicht in den Conways, sondern in diesem **Haus** nistet.*

Und das war das Ende. Abgesehen von den fehlenden Seiten war die düstere Familiengeschichte komplett.

Während er die Bibel schloß, spürte Vater Devlin, daß jemand hinter seinem Stuhl stand. Es war Vater MacNeill.

»Jake ist also mütterlicherseits ein Conway«, sagte der jüngere Priester leise. »Kein Wunder, daß er sie so haßt!«

Monsignore Devlin nickte. »Man kann ihm wirklich keinen Vorwurf daraus machen. Aber wir wissen immer noch nicht, wie und wo das alles begonnen hat.«

Vater MacNeills Stimme klang grimmig, als er nach kurzem Schweigen sagte: »›Das Werk des Teufels‹, so hat Jake es heut abend nach der Sitzung genannt. ›Das Werk des Teufels.‹ Vielleicht hat er recht.«

Monsignore Devlin seufzte. Er hätte dem jüngeren Priester gern widersprochen, konnte es aber nicht, weil Vater MacNeill die Wahrheit ausgesprochen hatte.

30. Kapitel

Vater MacNeill fand kaum Schlaf. Als das erste Sonnenlicht durch das Fenster seines kleinen Zimmers im ersten Stock des Pfarrhauses kroch, hätte er sich am liebsten die dünnen Decke über den Kopf gezogen und den Tag gemieden. Doch er widerstand der Versuchung, obwohl er ahnte, daß der helle Morgen ihm auch nicht mehr Seelenfrieden bescheren würde als die dunkle Nacht, die nun endlich vorbei war. Die letzten Eintragungen in der Familienbibel der Conways, die Cora ihrem Beichtvater Mosnignore Devlin anvertraut hatte, hatten Vater MacNeill zutiefst verstört.

Diese Bibel deckte die Sünden der Conways auf.

Aber nicht nur die Chronik früherer Greueltaten hatte ihm den Schlaf geraubt. Er war das beklemmende Gefühl nicht losgeworden, daß irgendwo jenseits der Mauern des Pfarrhauses Böses geschah, und obwohl er sich einzureden versuchte, daß das nur eine Überreaktion auf den in der Bibel beschriebenen Horror war, hatte er mehrere Male das Bett verlassen und in die Dunkelheit gespäht.

Nichts.

Nur einige flackernde Kürbislaternen auf Veranden oder in dunklen Fenstern. Nur die unheimlichen Rufe einer jagenden Eule.

Doch obwohl er nichts Verdächtiges sehen oder hören konnte, hatte er gewußt, daß dort draußen in der Finsternis etwas Böses lauerte, und jedesmal, wenn er sich vom Fenster abwandte, fiel er auf die Knie und betete. Doch auch diese Gebete vermochten ihn nicht zu beruhigen, und er wälzte sich auf dem dünnen Strohsack, der ihm als Matratze diente – einen größeren Luxus erlaubte er sich nicht –, schlaflos von einer Seite auf die andere, bis er wieder aufstand und betete …

Jetzt, da die schier endlose Nacht vorüber war, erhob er sich, zog sich an und ging in die Küche. Sobald die Kaffeemaschine eingeschaltet war, öffnete er die Haustür, vor der die Sonntagszeitung lag. Als er sich danach bückte, fiel ihm aus dem Augenwinkel heraus etwas Ungewöhnliches auf, und er verspürte wieder das Unbehagen der schlaflosen Nachtstunden, aber *was* nicht stimmte, hätte er auch jetzt nicht sagen können. Seine Blicke schweiften über den Garten, den Kirchhof, den Friedhof, und alles schien in Ordnung zu seien. Erst bei der zweiten Rundschau sah er es.

Mit dem Grabmal, das ihm von jeher ein Dorn im Auge war, stimmte etwas nicht.

Von der Veranda des Pfarrhauses aus konnte er erkennen, daß die Tür der Gruft einen Spalt weit offenstand. Es war der schmale Schatten der offenen Tür, der ihm aufgefallen war, während er sich nach der Zeitung bückte!

Vater MacNeill kehrte ins Pfarrhaus zurück und rief die Polizei an. Zu seiner großen Erleichterung war ein Mitglied der Kirchengemeinde am Apparat – Ray Beckwith, der sich zum Leiter der kleinen Dienststelle, in der nur vier Personen für Ruhe und Ordnung sorgten, hochgearbeitet hatte. Der Priester ließ sich auf einen Stuhl fallen und betete den Rosenkranz, bis es klingelte. Als er die Tür öffnete, machte die leichte Neugier, die sich soeben noch auf dem Gesicht des Sheriffs widergespiegelt hatte, einem besorgten Ausdruck Platz.

»Ist alles in Ordnung?« fragte der Beamte. »Wenn ich mir die Bemerkung erlauben darf, Vater Mack – Sie sind so leichenblaß, als hätten Sie gerade ein Gespenst gesehen.«

»Ich habe letzte Nacht schlecht geschlafen«, gab der Priester zu. »Ich hatte … nun ja, man könnte es wohl Vorahnungen nennen. Und jetzt befürchte ich, daß Sie bestätigt werden.«

Beckwith runzelte die Stirn. »Was ist passiert?«

»Das weiß ich noch nicht genau«, sagte Vater MacNeill.

»Auf dem Friedhof scheint etwas geschehen zu sein, und ich habe Sie sofort angerufen, um nicht irgendwelche Spuren zu verwischen.«

»Sie meinen – auf einem der Gräber?«

»In einer Gruft. Kommen Sie, ich zeige es Ihnen.«

Er führte den Sheriff zu dem Grabmal, und die beiden Männer sahen, daß nicht nur die Tür aufgebrochen worden war.

Ein blutrotes Pentagramm verunzierte den weißen Marmor oberhalb der Tür.

»O Gott«, murmelte Ray. »Wer könnte so etwas tun?«

Die Blicke des Priesters schweiften von dem Pentagramm zur Inschrift auf der Messingplatte neben der Tür:

GEORGE CONWAY
Geb. am 29. Juli 1916
Gest. am 4. Juli 1959

»Ich befürchte, daß eine Menge Leute dazu imstande wären«, knurrte der Geistliche grimmig und fügte kopfschüttelnd hinzu: »Ich habe nie begriffen, warum dieser Selbstmörder hier bestattet wurde.«

Beckwith schürzte die Lippen. »In dieser Ecke des Friedhofs ist die Erde nicht geweiht, und außerdem hat man ihn ja durch den Zaun von allen anderen Toten getrennt.«

Vater MacNeill schüttelte wieder den Kopf. »Dieses ganze Grundstück gehört der Kirche«, beharrte er aufgebracht. »Man hätte es nicht erlauben dürfen!«

Beckwith wollte sich auf keinen Streit mit dem Priester einlassen. »Jetzt läßt sich daran nichts mehr ändern«, seufzte er. »Wollen Sie einen Blick auf den Sarg werfen?«

»Sollten Sie nicht erst nach Fingerabdrücken suchen?«

Der Sheriff schüttelte den Kopf. »Auf diesem rauhen und verwitterten Material kann man keine Fingerabdrücke sichern.« Er warf einen Blick auf die leeren Straßen. »Wenn Sie sich in der Gruft umschauen wollen, sollten wir uns beeilen, sonst weiß bald die ganze Stadt Bescheid. Rühren wir einfach nicht mehr an, als unbedingt notwendig ist.«

Mit vereinten Kräften hoben die beiden Männer den Sarg aus der Gruft und stellten fest, daß er tatsächlich aufgebrochen worden war. Vater MacNeill öffnete vorsichtig den Deckel und blickte auf George Conways sterbliche Überreste hinab.

Die Augen des Mannes waren so tief in die Höhlen gesunken, daß sie kaum noch zu sehen waren, und die einbalsamierte Haut war im Laufe der Jahre ausgetrocknet, so daß sie jetzt nur noch eine Art durchsichtiges Tuch über dem Schädel bildete. Die Zähne waren deutlich zu sehen, und obwohl am Hals immer noch Spuren der Abschürfungen zu erkennen waren, die von dem Strick herrührten, an dem George Conway sich erhängt hatte, verhüllte der schwarze Anzug kaum mehr als ein Skelett.

Die Augen des Priesters fielen auf Conways gefaltete Hände, und er rang entsetzt nach Luft.

Die rechte Hand fehlte.

Ray Beckwith, der den Sarg bisher nur festgehalten hatte, ohne hineinzuschauen, sah sich nach dem Schreckenslaut des Geistlichen veranlaßt, selbst einen Blick auf den Leichnam zu werfen. »O Gott«, flüsterte er. »Was, zum Teufel, geht hier vor?« Nach einer hastigen Entschuldigung für den Fluch beugte er sich widerwillig über den Sarg, dem ein ekelhafter Todesgeruch entstieg, und untersuchte mit angehaltenem Atem den verstümmelten Arm.

»Ich bin sicher, daß das letzte Nacht gemacht wurde«, murmelte der Priester.

»Okay«, meinte der Sheriff, »schließen wir den Sarg erst mal wieder und schauen uns auf dem Friedhof um, ob noch andere Gräber geschändet wurden. Später sollen meine Leute versuchen, hier irgendwelche Spuren zu finden.«

Sie klappten den Sargdeckel zu und schlossen die Tür zur Gruft, bevor sie den ganzen Friedhof nach Hinweisen auf weiteren Vandalismus absuchten.

Bei Cora Conways Grab wurden sie endlich fündig.

An einem Baum hing das Fell einer Katze. Nur der Kopf fehlte.

Doch Vater MacNeill starrte nur das Kruzifix an, mit dem das Fell an den Baum genagelt worden war.

Er erkannte es sofort.

Es stammte aus seiner Kirche.

Leichenblaß schaute er den Sheriff an. »Wir müssen herausfinden, wer das getan hat«, sagte er mit schwankender Stimme. »Wenn es uns nicht gelingt, werden unsere Seelen in der Hölle schmoren ... Alle Seelen dieser Stadt ...«

31. Kapitel

»Aber was wird Vater MacNeill dazu sagen?«

Marge Engstrom erwartete, daß ihre Worte die übliche Wirkung auf Sandy ausüben würden. Als ihre Tochter statt dessen erklärte, es sei ihr ganz egal, was Vater MacNeill denken oder sagen würde, sie sei einfach zu müde, um heute morgen in die Kirche zu gehen, runzelte Marge verärgert die Stirn. »Ich weiß nicht, was plötzlich in dich gefahren ist, Sandra Anne!« Daß sie ihre Tochter mit dem vollen Namen anredete, war ein deutlicher Hinweis auf ihre Verstimmung. »Du weißt ganz genau, daß es nach gestern abend ...«

»Nach gestern abend spielt es überhaupt keine Rolle mehr, ob jemand von uns in die Kirche geht oder nicht«, protestierte Sandy. »Vater MacNeill hat doch ohnehin schon eine Mordswut auf uns!«

»Auf *uns* kann er gar nicht wütend sein«, betonte Marge mit so übertriebener Geduld, daß Sandy nur noch störrischer wurde. »Es war nicht dein Vater, der den Ausgang der Abstimmung bestimmte – es war Ted Conway selbst! Wenn wir heute aber nicht in die Kirche gehen, könnte Vater Mac-

Neill auf die Idee kommen, daß wir gegen ihn Position bezogen haben.«

»Das stimmt doch auch, oder?«

Marge schürzte die Lippen. »Als Bürgermeister hat dein Vater gestern abend gar nicht abgestimmt, und ich im übrigen auch nicht, obwohl du das wahrscheinlich gar nicht bemerkt hast. Zum Wohl der ganzen Gemeinschaft will dein Vater neutral bleiben.«

»Er will wiedergewählt werden, darum geht es doch nur!« rief Sandy, und als ihre Mutter zusammenzuckte, wußte sie, daß sie ins Schwarze getroffen hatte.

Marge Engstrom erholte sich aber sehr schnell von dem Schock. »Dein Vater ist ein sehr guter Bürgermeister, und das liegt nicht zuletzt daran, daß er für alle da ist. Wenn du dir die Wahlergebnisse von vor zwei Jahren anschaust …«

Sandy verdrehte die Augen. »Ich habe Dads Wahlbroschüre gelesen, Mom! Ich habe sie sogar mit verfaßt, falls du das vergessen haben solltest. Trotzdem gehe ich heute nicht in die Kirche!«

Marge musterte ihre Tochter und fragte sich wieder, ob es ein Fehler gewesen war, sie bei den Conways übernachten zu lassen. Der Gedanke war ihr erstmals gekommen, als Sandy beim Nachhausekommen wie der leibhaftige Tod ausgesehen hatte: aschfahl und mit dunklen Ringen um die Augen, so als hätte sie überhaupt nicht geschlafen. Was, in aller Welt, mochten sie und Kim Conway getrieben haben?

»Gar nichts«, hatte Sandy behauptet. »Wir haben uns nur zwei Horrorfilme angeschaut und sind dann zu Bett gegangen.«

»Na, dann wundert es mich nicht, daß du so gräßlich aussiehst«, hatte Marge erwidert. »Ich verstehe beim besten Willen nicht, warum diese schrecklichen Filme überhaupt gedreht werden dürfen. Nur Blut und Gewalt! Warum könnt ihr euch nicht hübsche Filme anschauen? Ich wette, daß du die ganze Nacht kein Auge zugetan hast!«

Gestern nachmittag, nachdem Sandy sich ausgeschlafen

hatte, schien sie sich wohl zu fühlen, aber heute morgen war sie wieder sehr blaß.

Der Streit hatte sich über eine halbe Stunde hingezogen, und jetzt, eine Viertelstunde vor Beginn der Messe, gab Marge Engstrom auf. »Na ja, ich kann dich nicht zwingen mitzukommen, aber dein Vater wird sehr enttäuscht sein! Für ihn ist es äußerst wichtig, daß die Familie am Sonntagmorgen zusammen ist.«

Wichtig ist nur, daß wir zusammen gesehen *werden*, korrigierte Sandy für sich. Ihre Mutter wußte genauso gut wie sie selbst, daß der Bürgermeister den Sonntagmorgen nicht mit seiner Familie verbringen, sondern Golf spielen wollte, und daß sie immer bis zur letzten Minute vor der Kirche warten mußten, um dann gemeinsam den Mittelgang entlangzuschreiten. Glaubte Dad wirklich, auf diese Weise jemanden täuschen zu können?

»Vielleicht komme ich nach«, murmelte sie, um ihre Mutter versöhnlich zu stimmen, aber sie hatte schon beim Aufwachen gewußt, daß sie heute keine von Vater MacNeills Messen ertragen konnte. Schon beim Gedanken daran wurde ihr fast so übel wie am Vortag bei Kim. Erst jetzt, nachdem es ihr gelungen war, sich vor dem Kirchgang zu drücken, fühlte sie sich besser. Sobald ihre Mutter das Haus verlassen hatte, würde sie sich noch einmal ins Bett legen, beschloß Sandy.

Als Marge Engstrom einige Minuten später in den sonnigen Herbstmorgen hinaustrat, beruhigte sie sich mit dem Gedanken, daß Sandy wirklich nicht gut aussah und sich lieber noch eine Weile hinlegen als in die Kirche gehen sollte. Ausnahmsweise würden Phil – und Gott! – ihr bestimmt verzeihen.

Schnellen Schrittes ging Marge in Richtung der Kirche und nickte automatisch jedem zu, dem sie begegnete. Vögel zwitscherten, der Himmel war wolkenlos, und als sie St. Ignatius erreichte, hatten sich sogar ihre Sorgen um Sandy verflüchtigt. Dann sah sie die Aktivitäten auf dem Friedhof und blieb verwundert stehen.

War jemand gestorben?

Aber nein, das hätte sie bestimmt schon gehört!

»Was ist passiert?« fragte sie Corinne Beckwith, die am Friedhofstor stand und mit Schwester Clarence flüsterte.

»Es ist schrecklich!« Corinne schaute sich um, ob jemand lauschte, obwohl Marge vermutete, daß die Frau des Sheriffs – natürlich unter dem Siegel der Verschwiegenheit – schon alle informiert hatte. »Ray hat es nur mir anvertraut, und deshalb müssen Sie versprechen, keiner Menschenseele etwas zu verraten!« Ohne Marges Versprechen abzuwarten, sprudelte Corinne hervor: »Jemand hat letzte Nacht George Conways Sarg aufgebrochen und ihm die rechte Hand abgeschnitten. Können Sie sich so etwas vorstellen? Wer schändet denn einen Leichnam? Natürlich sind diese Conways an allem schuld! Alles war in Ordnung, bis sie in die Stadt gekommen sind. Jetzt ist nicht einmal die Kirche vor Vandalismus sicher, und Haustiere werden abgeschlachtet, und ...«

Marge hörte ihr nicht mehr zu. Sie starrte das Katzenfell an, das mit einem Kruzifix an den Baum genagelt worden war, und sie hörte im Geiste immer wieder die Worte von Jack Cumberland: *Das Werk des Teufels! Ich sage euch – das ist das Werk des Teufels!*

Zum erstenmal seit vielen Jahren betrat Marge Engstrom die Kirche, ohne auf ihren Mann zu warten. Während alle Gerüchte, die sie seit frühester Kindheit über die Conways gehört hatte, in ihrem Kopf herumschwirrten, tauchte sie ihre Finger ins Weihwasserbecken, machte eine Kniebeuge und ging zu ihrem Platz in der ersten Bankreihe. Als ihr Mann sich wenige Minuten später zu ihr setzte, griff sie nach seiner Hand. »Es wird Ärger geben«, flüsterte sie ihm zu. »Ich spüre es.«

Dann begann sie zu beten. Normalerweise betete sie, daß ihrem Mann und ihrer Tochter nichts zustoßen möge.

Doch an diesem Morgen betete sie für die Seelen aller Einwohner von St. Albans.

Vater MacNeill kleidete sich für die Messe sorgfältig an. Er schlüpfte in die Albe aus feinem Leinen – von seiner Haushälterin, Schwester Margaret Michael, faltenfrei gebügelt –, schlang das Zingulum um seine Taille, legte die Stola und das Meßgewand an und warf einen prüfenden Blick in den Spiegel. Durch die geschlossene Sakristeitür konnte er das Gemurmel in der Kirche hören, aber es war nicht der sonst übliche Singsang leiser Gebete, sondern aufgeregtes Tuscheln hinter vorgehaltener Hand.

Natürlich war er selbst schuld daran – er hätte nicht die Polizei zu Hilfe holen, sondern die Grabschändung auf dem Friedhof zunächst auf eigene Faust untersuchen sollen. Daß ausgerechnet Ray Beckwith gekommen war, hatte die ganze Sache nur verschlimmert. Der Sheriff konnte nie etwas vor seiner Frau geheimhalten, und Corinne Beckwith war die schlimmste Klatschbase von St. Albans. Wenn man wollte, daß irgendeine Neuigkeit möglichst schnell in Umlauf kam, brauchte man nur Corinne zu informieren und sie schwören zu lassen, daß sie keiner Menschenseele etwas verraten und die Geschichte nicht in die Zeitung bringen würde, für die sie arbeitete.

Vater MacNeill glaubte auch zu wissen, wen die Leute für die Grabschändung verantwortlich machen würden. Ted Coway hatte mit seiner glänzenden Rede am letzten Abend viele Sympathisanten gewonnen, sogar unter den aktiven Mitgliedern der Kirchengemeinde. Deshalb würde man die Schuld wohl nicht den Conways geben. Für den Priester bestand kaum ein Zweifel daran, daß sie die Schuldigen waren, aber der Zorn der meisten Bürger würde sich höchstwahrscheinlich gegen Jake Cumberland richten, gegen den armen ungebildeten Jake, der gestern nach der Versammlung aufgestanden war und Ted Conway als Werkzeug des Teufels bezeichnet hatte.

Wer wollte es den Leuten verübeln, wenn sie nach diesen Anklagen vermutete, der Trapper hätte den Leichnam des Mannes geschändet, den er immer für den Tod seiner Mutter verantwortlich gemacht hatte?

Es wär am besten, wenn sich hier nie wieder 'n Conway blicken lassen tät, hatte Jake vor nicht allzu langer Zeit, als Cora Conway im Sterben lag, zu ihm gesagt. *Aber wenn sie's tun, werd' ich zur Stelle sein, und ich weiß, was zu tun ist. Sie können's mir glauben – ich weiß es genau!*

Vater MacNeill hatte gewußt, daß Jake von den Voodoo–Zaubern sprach, die er als Kind von seiner Mutter gelernt hatte. Er widersprach ihm auch nicht, denn er hatte schon vor Jahren begriffen, daß das, was der eine als Aberglauben abtat, für einen anderen der einzig wahre Glaube sein konnte. Jakes Glaube an die Religion seiner Mutter war genauso unverbrüchlich wie sein eigener Glaube an den lebendigen Christus.

Als die Kirchenglocke die volle Stunde schlug, zupfte er sein Meßgewand noch einmal zurecht und griff nach dem Brevier. Er öffnete die Sakristeitür und betrat das Heiligtum. Einen Moment lang ging das Gemurmel noch weiter, aber es erstarb allmählich, als immer mehr Gläubige ihren Priester wahrnahmen.

Vater MacNeill ließ einen Blick über die Bankreihen gleiten. Die Kirche war an diesem Morgen sehr voll, zweifellos wegen der Nachricht über die Grabschändungen.

Sogar Corinne Beckwith, die normalerweise nur ihrem Mann Ray zuliebe die Messe besuchte, schien gespannt auf seine Predigt zu warten, und der Priester fragte sich, ob sie wohl ihren Kassettenrecorder einschalten oder sich mit handschriftlichen Notizen begnügen würde. Die Erwartungshaltung der ganzen Gemeinde war jedenfalls nicht zu übersehen: Er sollte ihnen erklären, was letzte Nacht geschehen war. Aber wie sollte er jemanden anklagen, solange er keine hundertprozentigen Beweise für seine Vermutungen hatte?

Während er noch überlegte, ob es nicht vernünftiger wäre, gar nichts zu diesem heiklen Thema zu sagen, öffnete sich die Kirchentür, und drei Silhouetten zeichneten sich vor dem Hintergrund der strahlenden Morgensonne ab. Dann fiel die Tür hinter ihnen zu, und Vater MacNeill konnte sie erkennen.

Ihre kleine Tochter Molly auf dem Arm, tauchte Janet Conway die Fingerspitzen ins Weihwasserbecken, deutete eine Kniebeuge an und sah sich suchend nach freien Plätzen um.

Kim folgte dem Beispiel ihrer Mutter.

Ted Conway verzichtete auf das Ritual und legte statt dessen seine Arme schützend um seine Frau und die ältere Tochter.

Der Priester hielt unwillkürlich den Atem an, während er abwartete, ob auch Jared die Kirche betreten würde. Viele Köpfe drehten sich zur Tür, um festzustellen, wen Vater MacNeill so anstarrte. Als Jared nicht auftauchte, atmete der Geistliche erleichtert auf.

Phil Engstrom stand von seinem Platz in der ersten Reihe auf, so als wollte er gehen. Seine Frau saß wie immer neben ihm, nur Sandy war heute nirgends zu sehen. Einen Moment lang trafen sich die Blicke des Bürgermeisters und die des Priesters. Vater MacNeill sah Engstrom an, daß er seine Unterstützung, die er den Conways gewährt hatte, endlich bereute und in die Schar der Gerechten zurückkehren wollte. Nun drehte Phil sich um und schaute Ted Conway an. Für den Bruchteil einer Sekunde wirkte er verunsichert, dann hellte sich seine Miene auf, und er lächelte Conway zu. »Hier vorne ist noch jede Menge Platz, Ted«, rief er. »Setzt euch zu uns.«

Von dem jähen Meinungsumschwung des Bürgermeisters wie betäubt, beobachtete Vater MacNeill zusammen mit allen Gläubigen, wie die Conways den Mittelgang entlangkamen. Erst nachdem sie vorne Platz genommen hatten, wurde eine Stimme laut.

»Wenn in der Kirche Raum für solche Leute ist, kann ich nicht hierbleiben«, erklärte Ellie Roberts. Sie hinkte demonstrativ aus der Kirche.

Vater MacNeill wartete. Niemand sonst verließ die Kirche.

Er wandte der Gemeinde den Rücken zu und begann die Messe nach der alten Tradition zu zelebrieren: mit dem Gesicht zum Altar und in der alten Kirchensprache. Die klangvollen lateinischen Sätze kamen ihm leicht über die Lippen, und die Gemeinde wurde in besonders andächtige Stimmung versetzt. Als er – nun wieder zur Gemeinde gewandt – den Schlußsegen sprach, hatten alle die Augen geschlossen.

Alle, bis auf einen.

Ted Conways Augen waren weit geöffnet.

Und sie blickten haßerfüllt.

Janet schaute auf die Wanduhr im großen Gemeindesaal, deren Zeiger sich nicht von der Stelle zu bewegen schienen. Die Messe war vor einer Stunde zu Ende gewesen, aber Ted hatte darauf bestanden, auch am anschließenden »geselligen Beisammensein« teilzunehmen. Jede Sekunde kam Janet wie eine Ewigkeit vor, während sie neben Marge Engstrom stand und so tat, als bemerkte sie weder das Getuschel noch die feindseligen Seitenblicke. Am schlimmsten waren jene Leute, die sich mit Marge unterhielten, Janet und ihre Familie jedoch total übersahen. Und Ellie Roberts war allgegenwärtig: Sie humpelte von einem Grüppchen zum anderen und hetzte die Gläubigen auf. Die Sympathien, die Janet nach der Versammlung gespürt hatte, waren verflogen, und wenn die Abstimmung an diesem Abend wiederholt würde, müßten sie mit einer vernichtenden Niederlage rechnen. »Alle scheinen zu glauben, wir hätten etwas mit den Vorfällen der letzten Nacht zu tun«, jammerte sie, als Ted und Phil sich endlich zu ihnen gesellten.

Sie hatten erst nach der Messe von den Grabschändungen erfahren. Kim hatte sich geweigert, einen Blick auf das Katzenfell zu werfen, aber Ted und Janet hatten Muffin identifiziert. Das grausame Schicksal ihres Lieblings ging Kim tief zu Herzen, doch sie wischte sich energisch die Tränen von den Wangen, weil ihr Schmerz diese plötzlich so feindselige Stadt nichts anging.

Ted schüttelte den Kopf. »Hauptsächlich scheint Ellie Roberts an allem Schuld zu sein – sie erzählt jedem, Jared hätte den Unfall verursacht.«

»Aber das ist doch Blödsinn!« Kim vergaß vorübergehend ihren Kummer um Muffin und verteidigte lautstark ihren Bruder. »Ich habe Jared gesehen, er war gar nicht in der Nähe von Mrs. Roberts!« Als fast alle im Gemeindesaal sich nach ihr umdrehten, errötete sie verlegen. »Können wir endlich nach Hause gehen, Daddy?« bat sie leise.

»Bitte!«

Janet befürchtete, Ted würde Einwände erheben, aber er nickte verständnisvoll. »Na klar, im Augenblick werden wir sowieso niemanden umstimmen können.« Sie verabschiedeten sich nur von Phil und Marge Engstrom und traten ins helle Sonnenlicht hinaus.

Nachdem sie endlich der feindseligen Atmosphäre im Gemeindesaal entronnen war, begann Janet sich zu entspannen. Ihre Ängste kehrten jedoch zurück, als Jack Beckwith ihnen nachgeeilt kam.

»Wissen Sie, wo Ihr Sohn letzte Nacht war, Mr. Conway?« wollte er wissen.

Ted starrte den Sheriff wütend an. »Zu Hause. Warum?«

»Nur keine Aufregung«, sagte Beckwith hastig. »Zu meinem Job gehört es nun mal, Fragen zu stellen, und ich versuche nur …«

»Sie versuchen, meinen Sohn die Grabschändung anzuhängen, stimmt's?« fiel Ted ihm ins Wort. »Warum sollte ich mich da nicht aufregen?«

»Ich habe nicht gesagt, daß er es getan …«

Ted ließ ihn wieder nicht ausreden. »Sehr vernünftig,

denn falls Sie das behaupten sollten, hätten Sie im Nu eine Verleumdungsklage am Arsch!«

Beckwiths Gesicht lief rot an. »Ich muß doch sehr bitten, Conway … Sie vergreifen sich im Ton!«

»Sie auch!« konterte Ted. »Ich habe es satt, was in dieser Stadt vorgeht. Seit wir hier sind, versuchen eine Menge Leute, uns zu vergraulen.« Seine Stimme verriet den tiefen Groll, den er hegte. »Da ist Jake Cumberland, stimmt's? Gestern bei der Versammlung hat er mich beschuldigt, mit dem Teufel im Bunde zu stehen! Warum fragen Sie nicht diesen Verrückten, wo er gestern nacht war, bevor Sie meinen Sohn beschuldigen?« Er starrte zur Kirche hinüber. »Und wenn wir schon vom Teufel sprechen, sollten wir vielleicht auch die Kirchenmänner erwähnen! War es nicht Vater MacNeill, der in den letzten Wochen die ganze Stadt gegen mich aufgehetzt hat und auch gestern bei der Sitzung verhindern wollte, daß ich hier ein Hotel eröffnen darf? Und jetzt wurde auf dem Friedhof neben seiner Kirche ausgerechnet das Grab meines Onkels geschändet! Sie sollten also lieber nicht mich ausfragen, Sheriff, sondern den Priester und all jene, die meine Familie verleumden!«

Ray Beckwith wich unwillkürlich einige Schritte zurück, und sein soeben noch hochrotes Gesicht verlor jede Farbe. »Ja, Mr. Conway«, murmelte er demütig. »Ich kann Ihre Gefühle gut verstehen, und ich verspreche Ihnen, jede Möglichkeit in Betracht zu ziehen.«

Ted fixierte den Sheriff noch einmal. »Tun Sie das!« befahl er in scharfem Ton, bevor er sich sanft an seine Familie wandte: »Gehen wir nach Hause!«

Vater MacNeill zitterte vor Zorn. »Er hat vorgeschlagen, *mich* zu verhören, und Sie haben ihn ernst genommen?«

Ray Beckwith zuckte erschrocken zusammen und verwünschte sein Pech, gerade dann Dienst gehabt zu haben, als der Priester die Grabschändung entdeckte. Sie saßen im kleinen Büro des Gemeindevorstehers, und Vater Bernard hatte sich zu ihnen gesellt. Das Kreuz, mit dem das Katzenfell an den Baum genagelt worden war, stammte eindeutig aus der Kirche, aber die war nachts immer abgeschlossen. Vater MacNeill hatte heute morgen vor der Messe selbst aufgesperrt. Einige andere Gemeindemitglieder hatten Schlüssel, aber keiner von ihnen hätte ihn an Jared Conway oder Jake Cumberland ausgeliehen.

Wie Beckwith mittlerweile erfahren hatte, war Jared Conway tatsächlich unbeaufsichtigt in der Kirche gewesen. Hatte Vater Bernard die Arbeit der beiden Jungen dann nicht kontrolliert, wollte der Sheriff wissen. Dieser mußte zugeben, daß er das an jenem Spätnachmittag versäumt hatte. Beckwith wandte seine Aufmerksamkeit Vater MacNeill zu. »Aber Ihnen hätte doch auffallen müssen, daß dieses Kreuz fehlte, seit die Jungen die Kirche geputzt hatten!«

»Ich gehe ständig in der Kirche aus und ein«, erwiderte der Priester verärgert. »Da achte ich nicht auf jede Kleinigkeit.«

»Aber heute morgen ist Ihnen aufgefallen, daß das Grabmal von George Conway einen Spalt weit offenstand!«

Vater MacNeill verlor die Geduld, und sein Gesicht wurde zu einer zornigen Maske. »Wollen Sie *mir* etwa unterstellen, den Friedhof geschändet zu haben?« fragte er in einem Ton, der den Sheriff einschüchtern sollte.

Doch Ray ließ sich nicht kleinkriegen. »Ich tu nur meine Arbeit. Ich habe mit Mr. Conway gesprochen, so wie Sie es wollten, und jetzt spreche ich mit Ihnen, so wie er …«

Der Sheriff verstummte im Bewußtsein, sich verplappert zu haben, und natürlich hakte der Priester sofort nach. »Hat Ted Conway Ihnen vorgeschlagen, mich zu verhören – ja oder nein? Diese einfache Frage müßten Sie eigentlich beantworten können.«

»Ich hab's Ihnen doch schon gesagt, Vater MacNeill. Ich tu nur meine Arbeit, und die besteht darin zu ermitteln, was vergangene Nacht passiert ist. Ich darf mich nicht von vornherein auf *einen* Schuldigen festlegen.«

Vater MacNeill starrte den Polizisten wütend an. Was in

aller Welt hatte Ray Beckwith dazu bewogen, plötzlich jeden Respekt vor dem Priesteramt zu vergessen, und ihn wie einen Kriminellen zu behandeln?

Dann fiel ihm die Szene ein, die er aus dem Fenster des Gemeindesaals beobachtet hatte: Ray hatte Conway angesprochen, und Conway hatte das große Wort geführt, so wie bei der gestrigen Versammlung. Offenbar war der Sheriff dem Charme dieses Mannes ebenso erlegen wie die meisten Einwohner von St. Albans.

Ich muß selbst mit ihm sprechen. Beschloß Vater MacNeill. »Es liegt mir fern, Sie in Ihrer Arbeit behindern zu wollen«, sagte er zum Sheriff. »Ich bin mir sicher, daß Sie die Wahrheit herausfinden werden, aber eines sollte Ihnen klar sein – wenn Sie einen von uns dieses schrecklichen Verbrechens bezichtigen, irren Sie sich gewaltig, und es könnte sogar ein tödlicher Irrtum sein!«

Mit diesem Hinweis auf Ray Beckwiths Seelenheil verließ der Priester sein Büro.

»Vielleicht sollten wir lieber bis morgen vormittag warten«, stöhnte Vater Bernard. Es war ein warmer Herbstnachmittag, aber daß ihm der Schweiß in Strömen über Arme und Rücken rann, hatte nichts mit der Temperatur zu tun – von Hitze konnte keine Rede mehr sein. Nein, es waren seine Nerven, die ihn zum Schwitzen brachten. Und wozu das alles? Er hätte Jared Conway und Luke Roberts für morgen früh zu sich ins Direktorat bestellen können, und dort hätte er die Wahrheit sehr schnell aus ihnen herausbekommen. In seinem Büro war er eine unangefochtene Respektsperson. Außerhalb der Schule sah die Sache jedoch ganz anders aus. Seit seiner Berufung nach St. Albans leitete er die Konfessionsschule, aber ansonsten ordnete er sich meistens Vater MacNeill beherrschender Persönlichkeit unter. Deshalb lief er jetzt auch die Pontchartrain Street entlang und fühlte sich so unwohl in seiner Haut, daß die Ärmel seiner Soutane Schweißflecke aufwiesen.

»Es gibt keinen Grund, bis morgen zu warten!« widersprach Vater MacNeill vehement. »Wenn Ray Beckwith nicht imstande ist, ordentliche Arbeit zu leisten, müssen wir eben handeln.« Er blieb kurz stehen und betrachtete das Haus der Conways. Mit seinem frischen, in der Sonne leuchtenden Außenanstrich hatte es das Aussehen einer Ruine verloren. Das Dach war repariert, und Ted Conway hatte sogar die verwitterten und abgebrochenen Holzverzierungen an der Veranda durch neues kunstvolles Schnitzwerk ersetzt. Das ganze Grundstück war von dem alles überwuchernden Unkraut befreit, und das düstere Gesamtbild, das sich im Laufe der Jahrzehnte zusehends verschlimmert hatte, war völlig verschwunden. Einen Moment lang fragte der Priester sich sogar, ob alles, was er jemals über dieses Haus gehört hatte, und alles, was in der Familienbibel der Conways stand, der Wahrheit entsprach. Doch als er dann die Straße überquerte, spürte er es: Das Haus strahlte eine negative Kraft aus. Vater MacNeill versuchte das Gefühl zu ignorieren, aber es wurde immer stärker, je näher er kam.

Eisige Kälte.

Und noch etwas anderes.

Etwas Unsichtbares wartete auf ihn. Wartete auf ihn und bereitete sich darauf vor, ihn anzugreifen.

Jeder Nerv in seinem Körper begann zu reagieren, und der wurde von Panik erfaßt. Unter Aufbietung aller Willenskraft bezwang er sie. Er ging die Verandastufen hinauf und klingelte an der Haustür. Während er sich nach Vater Bernard umdrehte, der mehrere Schritte zurückgeblieben war, hörte er wütendes Hundegebell. Er wollte gerade ein zweites Mal klingeln, als Janet Conway die Tür öffnete. Sie bemühte sich in gebückter Haltung einen großen Golden Retriever am Halsband festzuhalten, der sich bellend loszureißen versuchte. »Entschuldigung«, rief sie. »Ich befürchte, daß …« Die Worte erstarben auf ihren Lippen, als sie Vater MacNeill erkannte. Sie runzelte leicht die Stirn, während sie sich aufrichtete, den Hund hielt sie dabei nach wie vor fest. »Ich befürchte, daß Scout kein perfekt abgerichteter Wachhund ist«, beendete sie ihren Satz und öffnete die Tür etwas weiter.

Eine Kältewelle strömte durch den Spalt nach draußen, und Vater MacNeill machte unwillkürlich einen Schritt zurück.

»Was kann ich für Sie tun?« fragte Janet so neutral wie möglich.

»Ich wollte kurz mit Ihnen sprechen ... und mit Ihrem Sohn.« Bei diesen Worten spürte der Priester, daß ihm etwas aus dem Haus entgegenkam, das er sofort benennen konnte.

Haß.

Etwas – oder jemand – in diesem Haus empfand einen mörderischen Haß gegen ihn! Von der Wucht dieses Hasses getroffen, wich Vater MacNeill einen weiteren Schritt zurück. Unter der Soutane war sein Körper plötzlich schweißnaß, und die Panik, die er kurz zuvor erfolgreich bekämpft hatte, drohte ihn wieder zu überwältigen.

Janet runzelte noch mehr die Stirn. »Geht es Ihnen nicht gut?« erkundigte sie sich besorgt und öffnete die Tür noch weiter. »Möchten Sie vielleicht hereinkommen?«

Vater MacNeill wollte seine Panik besiegen und einen Schritt nach vorne machen, aber er konnte es nicht. Eine Wand – eine Betonwand – schien ihm den Weg zu versperren, und seine Kehle war wie zugeschnürt, als er zu sprechen versuche. »Ich ... ich wollte mit ...« Nach Atem ringend, gelang es ihm, den gestammelten Satz zu Ende zu bringen. »...mit Jared sprechen.«

Er spannte seine Kräfte an, um auf die offene Tür zuzugehen, aber es war zwecklos.

Er konnte dieses Haus nicht betreten, konnte keinen Fuß über die Schwelle setzen.

»Mit Jared?« wiederholte Janet, während ihre Blicke von Vater MacNeill zu Vater Bernard glitten. Beide Priester schwitzten, und ihre Gesichter waren aschfahl. Bevor sie jedoch weitersprechen konnte, tauchte Ted hinter ihr auf.

»Können wir irgend etwas für Sie tun?« fragte er kalt und fixierte Vater MacNeill.

Der Priester wich erneut einen Schritt zurück. »Wir wollten uns nur kurz mit Jared unterhalten.«

Conway ließ ihn nicht aus den Augen. »Worüber?«

»Ist er hier?« fragte Vater MacNeill, konnte aber nicht verhindern, daß seine Stimme leicht zitterte.

Molly spähte um die Tür herum und begann beim Anblick der beiden schwarz gekleideten Männer zu weinen. Ihr Vater hob sie sofort hoch und wiegte sie in den Armen, bis sie sich beruhigte.

Janet schaute ihren Mann verunsichert an. »Soll ich Jared rufen?«

»Vielleicht sollten wir lieber die Polizei rufen«, knurrte Ted.

Janets Blicke wanderten zwischen ihrem Mann und dem Priester hin und her. »Ich … ich rufe Jared«, entschied sie, denn die Spannung war so unerträglich, daß sie beiden durchaus zutraute, die Polizei zu Hilfe zu holen. »Dann kann er selbst sagen, daß er mit den Geschehnissen der letzten Nacht nichts zu tun hat.«

Ohne Teds Antwort abzuwarten, eilte sie zur Kellertür. »Jared?« rief sie laut. »Jared!« Als keine Reaktion erfolgte, ging sie die steile Treppe hinab und klopfte an seine geschlossene Tür. Als ihr Sohn sie einen Spalt weit öffnete, stieg Janet sofort der Modergeruch aus der Wassergrube unter seinem Zimmer in die Nase. »Vater MacNeill und Vater Bernard sind hier und wollen mit dir reden.«

Jareds Miene verdüsterte sich. »Worüber denn?«

»Vergangene Nacht ist auf dem Friedhof etwas passiert, und Vater MacNeill glaubt aus unerfindlichen Gründen, du könntest etwas damit zu tun haben. Du brauchst ihnen nur zu sagen, daß das nicht der Fall ist, dann hat sich die Sache.«

Als Jared schwieg, zog sich ihr der Mangen zusammen. Wenn der Junge sich weigerte, mit dem Priester zu sprechen, würde Vater MacNeill zweifellos das Schlimmste vermuten. Dann zuckte Jared mit den Schultern. »Ich komme sofort.«

Auf dem Rückweg zur Haustür stieß Janet fast mit Kim zusammen, die am Fuß der Treppe stand und die beiden Priester auf der Veranda mißtrauisch betrachtete. »Was wollen sie von uns?«

»Alles in Ordnung«, versicherte Janet. »Sie wollen sich nur kurz mit Jared unterhalten und gehen gleich wieder.«

Dann tauchte Jared aus dem Keller auf, und sobald Vater MacNeill ihn sah, hatte er nur einen einzigen Gedanken:

Tod.

Für den Bruchteil einer Sekunde veränderte sich Jareds Gesicht. Die Augen wurden zu schmalen Schlitzen, und die Nasenflügel blähten sich. Es war mehr als nur ein Ausdruck von Zorn. Vielmehr schien das Gesicht gänzlich unmenschliche Züge anzunehmen. Doch diese Vision verflog so schnell, daß der Priester nicht sicher war, ob er sich vielleicht nur etwas eingebildet hatte. Trotzdem fürchtete er sich davor, den Jungen wiederanzusehen.

Eisige Schauer liefen ihm über den Rücken, während er sich dazu zwang. »Du hast ein Kreuz aus der Kirche gestohlen«, sagte er so ruhig, wie er konnte. »Du hast das Grab deines Großonkels geschändet und mit dem Kreuz das Fell einer toten Katze an einen Baum genagelt.«

»Nein!« schrie Kim aufgebracht. »Wagen Sie nicht, etwas Derartiges zu behaupten! Jared hätte meiner Katze nie ...«

Jared ließ sie nicht ausreden. »Gehen Sie zum Teufel!« Seine Stimme war leise, aber eindringlich, und er starrte den Priester so haßerfüllt an, daß Vater MacNeill mit rasendem Herzklopfen nach Luft rang. »Sie haben keine Ahnung, was ich letzte Nacht gemacht habe! Verschwinden Sie von hier! Verschwinden Sie, und lassen Sie sich nie wieder blicken, wenn Sie nicht wollen, daß demnächst eines Ihrer kostbaren Kreuze aus ihrem eigenen A...«

»Jared!« fiel Janet ihm entsetzt ins Wort. »Ich verbiete dir, so mit Vater MacNeill zu sprechen!«

»Ich rede mit ihm, wie *ich* will!«

Molly begann zu schreien, und Janet nahm sie ihrem Mann rasch ab. »Es tut mir leid«, stammelte sie und wandte sich dabei an die beiden Priester. »Ich weiß nicht, was in ihn ...«

»Keine Entschuldigungen!« unterbrach Jared seine Mutter wutentbrannt. »Du hast gesagt, er wolle mir ein paar Fragen stellen. Hast du auch nur eine einzige Frage gehört?« Seine Augen schleuderten Blitze, und seine Stimme triefte vor giftigem Hohn. »Sie glauben zu wissen, was hier in der Stadt vorgeht? Sie irren sich gewaltig! Sie haben von nichts eine Ahnung!« Er ging mit drohend ausgestrecktem Arm auf Vater MacNeill zu, der rückwärts taumelte und sich an einem Verandapfosten festhalten mußte. »Verschwinden Sie!« schrie Jared wieder. »Verschwinden Sie aus meinem Haus!«

Entsetzt beobachtete der Geistliche, wie der Zeigefinger des Jungen sich in eine Klaue verwandelte, die zum Schlag gegen ihn ausholte. Und die dämonische Fratze, die er zuvor nur ansatzweise gesehen hatte, stierte ihn jetzt aus glühenden Augen an, mit gefletschten Fangzähnen und peitschender Schlangenzunge. Vater MacNeill umklammerte sein Brustkreuz, und als er es hob, entwich der Kehle des Ungeheuers ein Knurren.

»Nächstes Mal treibe ich dir das Kreuz mitten durchs Herz, Priester!«

Ein säuerlicher Gestank nach Erbrochenem stieg Vater MacNeill in die Nase und drehte ihm fast den Magen um. Dann verschwand die Vision unter kreischendem Gelächter.

»Verschwinden Sie aus unserem Haus«, sagte der Junge noch einmal, bevor er sich umdrehte und in die Halle ging.

»Es ... es tut mir wahnsinnig leid«, murmelte Janet erschüttert. »Ich verstehe nicht, wie er solche Dinge sagen konnte! Jared ist nicht so. Er …er ist …« Sie schüttelte hilflos den Kopf, während sie ihre weinende kleine Tochter zu beruhigen versuchte.

Vater MacNeill hörte sie kaum. Die schreckliche Kälte wich allmählich von ihm, und sein Herzschlag beruhigte sich. Er schluckte die Galle hinunter, die ihm in die Kehle gestiegen war, und schaffte es, Ted anzusehen. »Ich glaube, ich weiß jetzt, was ich herausfinden wollte«, sagte er leise.

Ted hielt seinem Blick mühelos stand. »Sie sind nicht hergekommen, um etwas herauszufinden. Sie glaubten schon vorher, alles zu wissen. Aber Sie irren sich, Vater. Sie wissen gar nichts.« Er packte Janet am Ellbogen, zog sie sanft ins Haus und schloß die Tür.

Der Priester starrte die geschlossene Tür an, aber er sah nicht ihre Eichentäfelung, sondern den Dämon, der ihn vor Sekunden bedroht hatte. »Haben Sie es auch gesehen?« fragte er Vater Bernard. »Haben Sie es gespürt?«

Vater Bernard schaute ihn verunsichert an. »Ich bin mir nicht sicher, ob …«

»Das Böse«, murmelte Vater MacNeill. »Man kann es sehen. Man kann es fühlen.« Mit weichen Knien entfernte er sich von dem Haus, und erst nachdem er die Straße überquert hatte, riskierte er einen Blick zurück. »Das Böse«, flüsterte er noch einmal. Dann trat er mit Vater Bernard den langen Rückweg zum Pfarrhaus an.

Ray Beckwith parkte seinen Streifenwagen vor Jakes verwitterter Hütte am See. Das Ruderboot war am schlammigen Ufer vertäut und der Hund lag angekettet vor der Tür. Als er zu bellen begann, öffnete Jake die Tür und trat auf seine Veranda.

»Hallo, Jake«, rief der Sheriff beim Aussteigen. »Wie geht's? Schöner Nachmittag, was?«

Jakes Gesicht war eine unergründliche Maske. »Ich kann mir nicht vorstellen, daß Sie hergekommen sind, um mit mir über das Wetter zu plaudern. Was gibt's?«

»Ich will dir nur ein paar Fragen stellen, weiter nichts.« Ray sah nervös auf den Hund, der an seiner Kette zerrte. »Darf ich auf die Veranda kommen?«

Jake zuckte die Achseln. »Wenn Sie wollen ...«

Er machte keine Anstalten, seinen Hund zu beruhigen, so daß der Sheriff einen Bogen um das Tier machen mußte. »Ich will nur wissen, was du letzte Nacht gemacht hast, Jake«, sagte er.

»Das hab' ich mir schon gedacht«, erwiderte Jake. »Sie wollen wissen, ob ich irgendwas mit dem zu tun habe, was auf dem Friedhof passiert ist.«

»Du hast davon gehört?«

Jake zuckte mit den Schultern. »Kennen Sie 'ne Menschenseele, die noch nichts davon gehört hat?«

»Also, wo warst du letzte Nacht?«

»Ich hab' mich um meine Fallen gekümmert. Lucky und ich sind so gegen zehn aufgebrochen und erst im Morgengrauen zurückgekommen.«

Ray beobachtete Jake Reaktion auf seine nächste Frage. »Was dagegen, wenn ich dir was zeige?«

»Gar nichts.« Wenn Jake besorgt war, konnte er es gut verbergen.

Der Sheriff holte eine schwarze Plastiktüte aus seinem Streifenwagen. Er kehrte auf die Veranda zurück und warf einen Blick auf die offene Tür der Hütte. Er wollte dem knurrenden Hund entgehen. »Können wir reingehen?«

Achselzuckend führte Jake ihn in den winzigen Raum. Ray legte die Tüte auf den Tisch und zog das Katzenfell heraus, das an den Baum neben Cora Conways Grab genagelt worden war. Dabei behielt er den Trapper scharf im Auge.

Jake zuckte zusammen.

»Du hast es schon mal gesehen«, stellte Ray nüchtern fest.

Jake Cumberland starrte das Fell fassungslos an. Er erinnerte sich genau daran, wie er die Katze in der Nacht geschnappt und auf diesem Tisch gehäutet hatte. Dann hatte er das Fell an die Rückwand der Garage genagelt. Es war als Hinweis für die Conways gedacht gewesen, aus St. Albans zu verschwinden.

Sie hatten seine Warnung ignoriert, aber sie waren auch nicht zur Polizei gegangen. Andernfalls wäre Ray Beckwith schon vor langer Zeit hier aufgetaucht. *Was soll ich machen, Mama?* fragte er im Geiste. *Was soll ich sagen?* Und so deutlich, als stünde sie dicht neben ihm, hörte er die Stimme seiner Mama: *Er weiß nichts, Jake. Er hat von nichts 'ne Ahnung.*

»Nein, ich hab's noch nie im Leben gesehen«, behauptete Jake kühn.

Eine unausgesprochene Herausforderung hing in der Luft, während die beiden Männer einander ansahen.

»Dann hast du ja wohl nichts dagegen, wenn ich mich hier ein bißchen umschaue?« fragte Ray sanft.

»Warum sollte ich?« entgegnete Jake genauso sanft.

Der Sheriff durchsuchte als erstes den Abfall. Er fand einen Eimer mit Essensresten und die Innereien eines Tieres, das Jake letzte Nacht gefangen hatte.

Nichts.

Er öffnete und schloß die Türen und Schubladen der Hängeschränke über der Spüle.

Nichts.

Schließlich fiel sein Blick auf die Truhe. »Ist sie abgeschlossen?«

Jake schüttelte den Kopf. »Es sind nur die Sachen meiner Mama drin.«

»Voodoo–Zubehör?«

Jakes Kiefermuskeln verspannten sich, aber er schwieg und hinderte den Sheriff auch nicht daran niederzuknien und den Deckel zu öffnen. Verwirrt betrachtete Ray das Sammelsurium von Döschen und Phiolen auf dem unterteilten Tablett, bevor er es heraushob. Ein sorgfältig gefaltetes Tischtuch kam zum Vorschein, und darunter schienen nur alte Kleider zu liegen. Er wollte das Tablett schon wieder zurückzustellen, beschloß dann aber doch, zwischen den Stoffen nachzuschauen.

Gleich darauf berührten seine Finger etwas Pelziges. Er holte den Gegenstand aus der Truhe und schaute Jake Cumberland dann schweigend an. Der Trapper starrte auf den Katzenkopf, als sähe er ein Gespenst.

»Ich weiß nicht, wie das hier reingekommen ist!« beteuerte er laut. »Ich schwör's!«

Ray legte den Katzenkopf wortlos neben das Fell. Sie fügten sie nahtlos zusammen, wie zwei Teile eines Puzzles. »Willst du mir etwas darüber erzählen?«

Jakes Gesicht war jetzt wieder genauso ausdruckslos wie vorhin auf der Veranda. »Da gibt's nichts zu erzählen. Ich hab' mich letzte Nacht um meine Fallen gekümmert, und in dieser Zeit konnte jeder hier eindringen und den Kopf in Mamas Truhe legen.«

Ray nickte mit geschürzten Lippen. »Durchaus möglich«, bestätigte er. »Aber du könntest ihn auch selbst dort versteckt haben, stimmt's?« Ohne eine Antwort abzuwarten, fuhr er fort: »Ich muß dich festnehmen, Jake. Die Leute sind über die Geschehnisse der letzten Nacht ziemlich aufgebracht.« Für den Sheriff ergab die ganze Geschichte trotzdem keinen Sinn. Warum war Jake so überrascht gewesen, als er ihm das Katzenfell gezeigt hatte, wenn er es selbst an den Baum genagelt hatte? »Als ich die Tüte aus dem Wagen holte, war dir doch schon klar, daß sie das Tierfell vom Friedhof enthielt, stimmt's?«

Jake nickte. »Ich hab's mir gedacht.«

»Und warum warst du dann so verblüfft?« hakte der Sheriff nach. »Deine Überraschung war nicht gespielt. Du hast dieses Fell wiedererkannt, aber nicht damit gerechnet, es zu sehen.« Er holte tief Luft. »Was ist los, Jake? Hast du mir wirklich nichts zu sagen?«

Jake schüttelte den Kopf. »Wer weiß, wenn die Leute wirklich so aufgebracht sind, wie Sie sagen, bin ich im Gefängnis vielleicht besser aufgehoben!«

Er folgte Beckwith zum Streifenwagen, drehte sich aber noch einmal um und warf einen letzten Blick auf seine Hütte und seinen Hund.

Lucky schaute ihn mit schiefgelegtem Kopf fragend an.

»Leb wohl!« flüsterte Jake.

Und als der Wagen auf den Waldweg einbog, schaute er immer noch zurück.

Er wußte, daß er seinen Hund nie wiedersehen würde.

32. Kapitel

Janet trat zurück und warf einen kritischen Blick auf ihr Wandgemälde. Vielleicht hätte sie heute abend nicht arbeiten sollen, aber bisher hatte die Malerei sie immer über alle Schwierigkeiten des Lebens hinweggeholfen – sogar in den schlimmsten Zeiten ihrer Ehe. Doch diesmal war die heilende Wirkung des Malens ausgeblieben, und ihr Mangel an Konzentration war dem Werk an der Eßzimmerwand deutlich anzusehen. Es war fast vollendet. Vielleicht wäre sie schon heute fertig geworden, wenn ihre Gedanken nicht unablässig um Jared gekreist hätten.

»Mach dir um ihn keine Sorgen«, hatte Ted ihr geraten, als sie nach dem Weggang der beiden Priester feststellte, daß Jared das Haus verlassen hatte. »Er ist wütend, und ich kann ihm daraus wirklich keinen Vorwurf machen. Wenn Vater MacNeill *mich* beschuldigt hätte, wäre ich heftig versucht gewesen, den scheinheiligen Bastard zusammenzuschlagen!«

»Ted!«

»Ach komm, du glaubst doch selbst nicht, daß MacNeill ein Recht hatte, hier aufzutauchen und sich aufzuführen wie …«

»Es ist unwichtig, was ich von Vater MacNeill halte. Ich bin nicht seine Mutter. Aber ich *bin* Jareds Mutter, und ich werde ihm nicht erlauben, mit irgendeinem Menschen in diesem Ton zu sprechen, auch wenn er noch so wütend sein mag. Und ich werde ihm auch nicht mehr erlauben, einfach zu verschwinden, wann immer ihm danach zumute ist! Heute am allerwenigsten. Ich will nicht, daß er sich an Halloween draußen herumtreibt! Sollte irgendwo in der Stadt etwas passieren, wird man Jared dafür verantwortlich machen, das weiß ich genau!«

»Es wird schon nichts passieren«, hatte Ted sie beruhigt, und bis jetzt hatte er recht behalten.

Als die Dunkelheit hereinbrach, stellte sie eine große Schale mit Süßigkeiten auf einen Tisch in der Nähe der Haustür. Sie fragte sich, wieviel verkleidete Kinder überhaupt bei ihnen klingeln oder Eier oder brennende Tüten mit Hundekot auf die Veranda werfen würden.

Um halb neun wußte sie, daß kein einziges Kind sich zu ihnen traute, dennoch trat sie immer wieder ans Fenster und spähte nervös in die Dunkelheit hinaus.

Dazwischen versuchte sie erfolglos, sich auf das Wandgemälde zu konzentrieren. Als sie es jetzt aus einigem Abstand betrachtete, mußte sie zu ihrem Leidwesen feststellen, daß die Szenerie hinter den gemalten Verandatüren nicht mehr so lebensecht wirkte, wie es heute morgen noch den Anschein gehabt hatte. Was nicht stimmte, konnte sie beim besten Willen nicht erkennen. Die Perspektive war richtig, und auch am Lichteinfall vom kaum sichtbaren Mond war nichts auszusetzen. Vielleicht lag es an den Schatten im Hintergrund des Gartens? Die Uhr im Wohnzimmer schlug elf, und Janet ließ Pinsel und Farben stehen, um in die Bibliothek zu eilen, wo Ted an seinem Schreibtisch saß. Er schaute auf, als sie hereinkam, aber sein Lächeln erlosch, sobald er ihre besorgte Miene sah.

»Es ist elf!« rief sie aufgeregt. »Und Jared ist immer noch nicht zu Hause!«

Ted stand auf und nahm sie in die Arme. »Soll ich ein

bißchen in der Stadt herumfahren und nach ihm Ausschau halten?«

Janet schaute ihm ängstlich in die Augen. »Ich würde am liebsten bei der Polizei und im Krankenhaus anrufen.«

»Noch nicht«, meinte Ted. »Es ist Halloween, und da hat er bestimmt nicht die Absicht, vor Mitternacht nach Hause zu kommen.«

»Das ist es ja! Ausgerechnet in dieser Nacht sollte er nicht …«

»Paß auf«, fiel Ted ihr ins Wort, »ich fahr' jetzt los und schau in die Pizzeria und ins Drive–in rein. Und wenn er weder dort noch bei Luke ist, frage ich sicherheitshalber im Krankenhaus nach. Aber ich bin ganz sicher, daß alles in Ordnung ist. Mach dir mittlerweile nicht zuviel Sorgen, okay?«

Janet legte ihre Arme um seinen Hals und preßte sich an ihn, doch nicht einmal die Wärme seines muskulösen Körpers vermochte ihre Nervosität zu lindern. »Ich werd's versuchen«, versprach sie, »obwohl ich nicht glaube, daß es mir gelingen wird.«

»Geh am besten gleich zu Bett«, riet Ted. »Du hast den ganzen Nachmittag und Abend gearbeitet, du mußt hundemüde sein. Entspann dich, ich finde Jared bestimmt.«

Nachdem er weggefahren war, kehrte Janet ins Eßzimmer zurück. Sie warf einen letzten Blick auf ihr Wandgemälde, wusch dann die Pinsel aus und machte sich auf den Weg nach oben. Auf dem Absatz, wo die breite Treppe sich gabelte, wurde sie von Angst überwältigt.

Etwas war nicht in Ordnung.

Sie blieb stehen und lauschte angespannt.

Stille.

Trotzdem spürte sie … was?

Hör auf! befahl sie sich streng. *Deine Nerven spielen dir einen Streich, weil Halloween ist, und weil Jared nicht zu Hause ist. Deshalb bildest du dir alles mögliche ein.*

Sie wollte weitergehen, drehte sich dann aber doch um

und wünschte sofort, sie hätte nicht die meisten Lampen ausgeschaltet. Im Halbdunkel wirkte die leere Eingangshalle noch riesiger, und Finsternis lauerte in allen Ecken.

Ihr fiel jene Nacht ein, als Kim behauptet hatte, im Bad von Ratten angegriffen worden zu sein. Sie schauderte bei der Vorstellung, was sich in der Dunkelheit verbergen könnte. *Nichts*, sagte sie sich. *Gar nichts.* Doch gegen ihren Willen hastete sie die restliche Treppe mit lautem Herzklopfen hinauf.

Vor Mollys Tür fühlte sie es.

Eine eisige Hand schien sich auf ihren Rücken gelegt zu haben, und diese Kälte breitete sich in ihrem ganzen Körper aus.

Es mußte ein Luftzug sein. Aber die Tür war geschlossen, und der Spalt darunter war nicht breit genug, um einen derart starken Luftzug zu erzeugen.

Janet legte ihre Hand auf den gläsernen Türknopf. Er fühlte sich wie ein Eiskristall an. Sie stieß die leise knarrende Tür auf und hörte Mollys Atemzüge.

Sobald sie das Kinderzimmer betrat, wich die Kälte von ihr. Sie eilte zum Bettchen und beugte sich über ihr schlafendes Kind. Weiches Mondlicht fiel auf Mollys Gesicht. Einen Moment lang öffnete die Kleine ihre Augen, schlief aber sofort wieder ein. Janet küßte sie sanft auf die Stirn und hüllte sie noch fester in die Decke. Molly seufzte zufrieden, sie drehte sich auf die Seite und schob einen Daumen in den Mund. Janet war grenzenlos erleichtert, daß ihre Jüngste friedlich schlief, und so schlich sie auf Zehenspitzen in ihr eigenes Schlafzimmer.

Von der Kälte war nichts mehr zu spüren.

Sie zog sich aus und legte sich in Nachthemd und Morgenrock ins Bett. Sie griff nach einer Zeitschrift, um sich durch die leichte Lektüre von den Sorgen um Jared abzulenken und um auf Ted zu warten.

Und dann hörte sie es.

Ein Schluchzen, gedämpft und undeutlich.

Sie hielt es für eine Einbildung, doch dann hörte sie es wieder.

Molly?

Janet warf die leichte Decke beiseite und sprang aus dem Bett. Sie lauschte an der Verbindungstür zum Kinderzimmer und öffnete sie einen Spalt breit.

Stille.

Sie schloß die Tür und horchte nun an der Tür, die auf die Galerie führte.

Das Schluchzen klang jetzt lauter.

Janets Puls beschleunigte sich, als sie die Tür öffnete.

Das Schluchzen ging in qualvolles Stöhnen über.

Ihr Magen krampfte sich zusammen, aber sie bezwang ihre Furcht. Sie schloß ihren Morgenrock und trat auf die Galerie hinaus.

»Nein!«

Der Schrei verklang im Nu, doch Janet hatte Kims Stimme erkannt. Sie rannte den Korridor entlang, riß Kims Tür auf und schaltete das Licht an. Der Kronleuchter blendete sie für einen Moment, dann aber sah sie Kim schluchzend im Bett sitzen, und sie nahm sie tröstend in die Arme.

»Schon gut, Kimmie«, flüsterte Janet. Sie benutzte den Kosenamen, den ihre ältere Tochter vor über fünf Jahren, an ihrem zehnten Geburtstag, als viel zu kindisch verworfen hatte. »Es war nur ein Alptraum. Ich bin hier.«

»Es war Jared«, weinte Kim. »Mom, es war schrecklich! Er … er hat Scout getötet!«

»Nein, Liebling, es war doch nur ein Traum. Es ist nicht wirklich passiert.«

»Aber warum habe ich ständig diese schlimmen Träume über Jared?« schluchzte das Mädchen.

»Was für Träume?« Janet setzte sich aufs Bett und drückte den Kopf ihrer Tochter sanft auf ihren Schoß. »Erzähl es mir, Kimmie.«

Stockend berichtete Kim von all den seltsamen Dingen, die sie geträumt hatte, von Jareds gräßlichen Taten. »Aber es waren keine richtigen Träume, Mom«, schloß sie. »Sie waren so real, als würde das alles wirklich passieren. Aber das ist nicht möglich, oder?«

»Nein, natürlich nicht.« Janet strich ihr übers Haar. »Ich weiß, daß Träume real wirken können, aber sie sind es nicht, und du darfst dich von ihnen nicht so ängstigen lassen.«

Kim setzte sich schniefend auf und wischte sich mit dem Ärmel des Nachthemds die Tränen aus den Augen. »Es kommt wahrscheinlich daher, daß Jared sich so verändert hat«, klagte sie. »Er ist gar nicht mehr so wie früher.« Sie warf ihrer Mutter einen trostlosen Blick zu. »Du weißt doch, daß ich immer wußte, was Jared dachte, was er fühlte!«

Janet lächelte. »Euer berühmtes Zwillingsphänomen.«

Kim nickte. »So war es auch heute nacht. Ich wußte genau, was er machte. Ich konnte es so deutlich sehen, als würde ich direkt neben ihm stehen. Er … er hatte ein Messer, und Scout lag auf einem Tisch und …« Ihre Stimme ging wieder in ersticktes Schluchzen über.

»Aber es war nur ein Traum!« Janet stand auf und zog Kim mit hoch. »Komm, ich werde es dir zeigen. Wir gehen jetzt in die Küche und holen Scout, damit er heute nacht bei dir schlafen kann. Okay?«

Kim nickte und ließ sich von ihrer Mutter nach unten in die Küche führen.

»Scout?« rief Janet leise.

Normalerweise begann der große Hund sofort mit dem Schwanz zu wedeln und dabei an die Wand zu klopfen – ein der ganzen Familie vertrautes Geräusch, das jetzt nicht zu hören war.

Janet machte Licht.

Scouts Decke war leer.

Sie runzelte die Stirn und versuchte sich zu erinnern, wann sie ihn zuletzt gesehen hatte.

»Er muß irgendwo im Haus sein«, sagte Janet. »Komm, wir suchen ihn.«

Aber eine Viertelstunde später wußten Mutter und Tochter, daß Scout nicht da war, und er kam auch nicht, als sie die Hintertür öffneten und nach ihm riefen.

»Das hat gar nichts zu bedeuten«, beharrte Janet, während sie wieder nach oben gingen. »Vielleicht ist er mit Jared unterwegs.«

»Er mag Jared doch gar nicht mehr«, widersprach Kim mit zitternder Stimme. »Deshalb schläft er jetzt ja auch in der Küche.«

»Dann hat er vielleicht deinen Vater begleitet.« Aber Janet hatte Ted aus dem Fenster nachgeschaut, der Hund war nicht bei ihm gewesen.

Sie wußte genau, was Kim im Kopf herumging: Wenn Scout ausgerissen war, um einen Streifzug durch die Wälder zu machen, so wie Muffin es an jenem ersten Tag nach dem Umzug getan hatte, würde der Golden Retriever dann ein genauso schreckliches Ende nehmen wie die Katze?

Ein kalter Schauer lief Janet bei diesem Gedanken über den Rücken, aber weder sie noch Kim wollten diese Möglichkeit aussprechen.

Die Hütte hob sich dunkel von der Lichtung ab, auf die silbernes Mondlicht fiel. Jakes Hund lag regungslos neben der Tür und gab keinen Laut von sich, seit er die beiden Gestalten gewittert hatte, die in der Dunkelheit angeschlichen kamen. Wäre er nicht angekettet gewesen, hätte er sich in den Wald geflüchtet, aber so konnte er sich nur verängstigt ducken.

Die Nachttiere waren verstummt. Weder Eulen noch Fledermäuse waren auf Beutefang unterwegs. Es wäre auch sinnlos gewesen, denn alle Lebewesen hatten sich in tiefen Erdlöchern oder Baumhöhlen verkrochen.

Kein Fisch war mehr im See zu sehen, kein Frosch quakte am Ufer. Auch die Insekten summten nicht mehr.

Totenstille hatte sich über die Nacht gesenkt. Eine dunkle Wolke verhüllte jetzt den Mond, so als wollte sie verhindern, daß er Zeuge der Zeremonie in der Hütte wurde, wo fünf flackernde Kerzen auf dem Tisch gegen die Dunkelheit ankämpften.

Luke Roberts stand neben Jared Conway und starrte auf das Opfer, das inmitten des von Kerzen gebildeten Pentagramms lag.

Jared hielt ein Messer in der rechten Hand, das er an Jakes Schleifstein gewetzt hatte, bis es so scharf wie eine Rasierklinge war, und während er den mit Leder bezogenen Griff umklammerte, schien das Messer ihm zuzuflüstern, daß es schon unzählige Lebewesen getötet, ausgeweidet und gehäutet hatte. Er senkte das Messer, doch bevor er das Opfer darbrachte, schaute er dem Tier noch einmal in die Augen.

»Nicht«, hörte er die Stimme seiner Zwillingsschwester in seinem Kopf flüstern. »O Gott, Jared, bitte, tu's nicht!«

Jared zögerte, als Kims schwache Stimme ihn zurückzuhalten versuchte. Er schien am Rande eines dunklen, bodenlosen Abgrunds zu stehen, der ihn magisch anzog, und er wollte sich in die Tiefe stürzen und von dieser Schwärze verschlungen werden.

Und nur Kims leise Stimme hielt ihn noch zurück.

»Nicht«, flüsterte sie wieder. »Bitte, Jared, tu's nicht!«

Er betrachtete sein Opfer.

Scout lag auf dem Rücken, mit weit gespreizten Beinen, so als wollte er sich einem viel stärkeren Wesen unterwerfen. Sein Kopf senkte sich zur Seite, und seine Zunge hing aus dem Maul.

Mit einem seiner vertrauensvollen braunen Augen schien er Jared anzuschauen, so als wollte er sich Kims leisem Flehen anschließen. Aber es war schon zu spät. Jared stieß ihm das Messer tief ins Herz, und Scouts Leben endete in einem lautlosen Krampf. Jetzt mußte er das Ritual nur noch vollenden und den Hund, den er einst geliebt hatte, seinem neuen Herrn darbieten. Er zog das Messer aus dem Herzen und hielt es dicht über Scouts Bauch.

Wieder zögerte er und schaute ein letztes Mal in die erloschenen Hundeaugen. Ein Zweifel durchzuckte ihn, so als sagte ihm eine innere Stimme, vom Rande des Abgrunds zurückzutreten.

Zu spät. Kims flehende Stimme verhallte, und er glitt in die Finsternis hinab. Während Luke zuschaute, weidete er den Hund aus und häutete ihn. Er tauchte seine Hände in das Blut, das aus dem Herzen in die Brusthöhle sickerte und malte mit blutigen Fingern ein Zeichen auf Lukes Stirn. Danach begann er, mit dem Herzblut seines Hundes komplizierte Muster an die verwitterten Holzwände zu malen – Symbole, die aus den verborgenen Tiefen seines Unterbewußtseins emporstiegen. Und dabei murmelte er unverständliche Flüche und verwünschte den Mann, der sein ganzes Leben im Schutz dieser bescheidenen Hütte verbracht hatte.

Jack Cumberland schlug in der dunklen Zelle die Augen auf. Im ersten Moment war er völlig orientierungslos, doch allmählich lichtete sich der Nebel in seinem Gehirn, und er erinnerte sich, wo er war. Und warum.

Er würde das Gefängnis nicht mehr verlassen, das wußte er genau. Seine Mama hatte es ihm erklärt, als er ein kleiner Junge war: *Tu nie irgendwas, was ihnen 'nen Vorwand gibt, dich ins Gefängnis zu stecken; denn sobald du erst mal drin bist, lassen sie dich nicht mehr raus, jedenfalls nicht hier in dieser Gegend. Wenn du rauskommst, dann nur mit 'nem Strick um den Hals! Das haben sie mit meinem Daddy gemacht, Jake, wie ich so klein war wie du. Sie haben ihn nachts geholt und ihm 'nen Strick um den Hals gebunden, und dann hab' ich keinen Daddy mehr gehabt. Paß also gut auf dich auf, hörst du?*

Jetzt, in der Schwärze der Mitternacht von Halloween, hörte Jake eine andere Stimme. Eine bösartige Stimme, die in seinem Kopf flüsterte.

Tu's selbst, Jake! Warte nicht, Jake! Warte nicht bis zum Morgen! Tu's jetzt!

Anfangs versuchte Jake die Stimme zu ignorieren, aber sie ließ sich nicht abstellen, sondern wurde immer lauter, immer eindringlicher, als die Sekunden vergingen und zu Minuten wurden.

Tu's, Jake! Du weißt, daß du es tun willst! Los, Jake! Jetzt, Jake! Jetzt!

Die Stimme wirkte hypnotisierend. Ohne zu überlegen, stand er von seiner Pritsche auf und zog seine Hose aus. Dann begann er, die Hosenbeine in Streifen zu reißen

Du weißt, was zu tun ist, Jake! flüsterte die Stimme. *Tu's! Tu's jetzt!*

Jake knotete die Streifen zusammen. Seine Finger kamen mit dem Stoff genauso mühelos zurecht wie mit den Stricken, die er benötigte, um Tiere in der Schlinge zu fangen. Bald war er fertig. Das Seil war fast zwei Meter lang – durchaus lang genug für seinen Zweck.

Jetzt, Jake! Tu's jetzt!

Jake knüpfte ein Ende der Schnur um seinen Hals. Dann stieg er auf die Pritsche und schlang das andere Ende um das Wasserrohr, das unterhalb der Decke quer durch die Zelle verlief.

Er überprüfte beide Knoten. Sie waren stabil. Sie würden halten.

Stirb! befahl die Stimme. *Stirb auf der Stelle!*

Ohne noch einmal nachzudenken, sprang Jake von der Pritsche. Er fiel nur etwa 30 cm, dann zog sich die Schlinge um seinen Hals zu.

Sein Genick wurde nicht gebrochen, aber das Seil grub sich tief ins Fleisch und schnürte seine Luftröhre ab.

Sein Körper zuckte. Er strampelte mit den Beinen.

Dann sah er in der Dunkelheit seine Mama. Sie stand am Ende eines Tunnels und streckte ihm ihre Hand entgegen. Als Jake ihr durch die Finsternis entgegeneilte, verstummte die Stimme endlich.

Jake Cumberland war tot.

Jared Conway hatte Beschwörungsformeln gesprochen und alle Symbole an die Wände gemalt. Er trennte den Kopf des Hundes vom Rumpf und legte ihn in die Truhe, wo er in der vorangegangenen Nacht auch den Katzenkopf versteckt hatte.

Er säuberte das Fell von den letzten Fleischfetzen, rollte es sorgfältig zusammen und steckte es in einen Plastiksack. Während Luke das Fleisch, die Knochen und Innereien nach draußen trug, blies Jared die Kerzen aus, eine nach der anderen. Als die fünfte erlosch, herrschte völlige Finsternis.

Den Plastiksack in der Hand, verließ er die Hütte, und sobald die beiden Gestalten in der Dunkelheit verschwanden, erwachte das Nachtleben wieder.

Eine Forelle schoß aus dem Wasser hervor und schnappte sich einen Käfer.

Eine Eule flog aus den Baumwipfeln herab und erbeutete eine Maus, die sich soeben aus ihrer Höhle hervorgetraut hatte.

Fledermäuse schwirrten durch den Nachthimmel und labten sich an den Mücken und Moskitos, die das schützende Gras verlassen hatten.

Und Jakes Hund schlich sich zu den Verandastufen, beschnupperte die Innereien und ließ sich das unerwartete Festmahl schmecken.

Ted Conway machte es sich auf dem Fahrersitz des Toyota bequem und wartete in der Dunkelheit. Nachdem er das Haus verlassen hatte, war er – wie versprochen – am Haus der Roberts vorbeigefahren. Dort brannte kein Licht.

Pflichtgemäß hatte er eine Runde durch das Stadtzentrum gedreht und das Tempo vor der Pizzeria verlangsamt, ohne aber mehr als einen flüchtigen Blick durch die hell erleuchteten Fenster zu werfen. Er wußte, daß die Jungen nicht dort waren.

Dann war er zurückgekommen und hatte den Wagen ein ganzes Stück vom Haus entfernt im Dunkeln geparkt.

Er wartete geduldig.

Er hörte, wie das Nachtleben erstarb, er sah, wie eine Wolke den Mond verhüllte.

Jetzt würde er nicht mehr lange warten müssen.

Der Mond kam wieder zum Vorschein, die Nacht erwachte zu neuem Leben. Ted setzte sich aufrecht hin und spähte mit geschärften Sinnen zum Waldrand hinüber. Die Sekunden dehnten sich zu Minuten. Endlich wurde seine Geduld belohnt: Zwei Gestalten kamen zwischen den Bäumen hervor und huschten wie Gespenster über das Grundstück zum Haus. Ted ließ den Motor an, schaltete die Scheinwerfer ein und fuhr zur Auffahrt. Er stellte das Auto vor der Garage ab, stieg aus und warf die Wagentür zu. Durch die Hintertür betrat er das Haus und blieb an der Kellertür lauschend stehen.

Disharmonische Musik schallte von unten herauf.

Zufrieden stieg er die Treppe hinauf und ging ins Schlafzimmer, wo seine Frau und seine große Tochter warteten.

»Ich hab' ihn gefunden.« Er lächelte Janet zu, deren Gesicht grenzenlose Erleichterung widerspiegelte. »Er war mit Luke in der Pizzeria. Ich habe erst Luke nach Hause gefahren und mich dann ernsthaft mit Jared unterhalten.«

»Ich glaube, ich werde das auch noch tun!« Janet machte Anstalten aufzustehen.

»Bleib, wo du bist.« Ted schob sie sanft ins Bett zurück. »Glaub mir, er hat an dem, was ich ihm gesagt habe, momentan genug zu schlucken. Was du vielleicht noch hinzufügen möchtest, kann bis morgen warten.« Er wandte seine Aufmerksamkeit Kim zu. »Morgen ist Schultag. Du solltest längst schlafen.«

»Was ist mit Scout?« fragte Kim. »War er bei Jared?«

Teds Miene verdüsterte sich. »Nein. Ist er denn nicht hier?«

Kim schüttelte den Kopf.

»Nun, wenn er morgen früh nicht zurück ist, werde ich

auch nach *ihm* suchen, aber höchstwahrscheinlich tut er nur das, was Hunde eben besonders gern tun.«

»Aber nach dem, was Muffin zugestoßen ist …«, begann Kim.

Ted ließ sie nicht ausreden. »Es ist nicht das gleiche«, versicherte er. »Scout wird zurückkommen – ganz bestimmt. Und jetzt solltest du wirklich zu Bett gehen.«

Er gab ihr einen Gutenachtkuß und blickte ihr nach, bis sie in ihrem Zimmer verschwand. Dann zog er sich aus und legte sich neben seine Frau.

»Ist jetzt alles in Ordnung?« flüsterte er und knabberte zärtlich an ihrem Ohrläppchen.

Janet entzog sich seiner Umarmung. Sollte sie ihm von der schrecklichen Kälte erzählen, die sie vor Mollys Zimmer gespürt hatte? Oder würde er sie einfach auslachen und ihr vorwerfen, an all die Gespenstergeschichten zu glauben, die über dieses Haus kursierten? Und was war mit Kims Alpträumen?

Ted stützte sich auf einen Ellbogen. »Du hast irgend etwas … Erzähl mir, was es ist.«

Janet zögerte immer noch, weil sie nicht einmal wußte, womit sie beginnen sollte. Ted drehte ihr Gesicht zu sich herum und schaute ihr in die Augen.

»Erzähl mir, was nicht in Ordnung ist.«

»Es war, als ich die Treppe hinaufging …« Janet verstummte, weil sie wußte, wie absurd ihr Bericht über die Eiseskälte sich anhören würde. Und jetzt, da Ted bei ihr war und ihre Wange streichelte, kam es ihr so vor, als wäre nichts Ungewöhnliches passiert.

Sie hatte einen normalen Luftzug gespürt, der in ihrer Fantasie gewaltige Ausmaße annahm, weil es sie nervös machte, zu später Stunde in dem großen Haus fast allein zu sein.

Kim hatte nur einen Alptraum gehabt.

Und Scout hatte irgendwo eine läufige Hündin gewittert.

Das Wichtigste war, daß Jared und Ted jetzt wieder zu Hause waren. Sie schmiegte sich an ihren Mann. »Alles in Ordnung«, murmelte sie. »Es ist nichts passiert.«

Und als Teds Finger unter ihr Nachthemd glitten und ihre nackte Haut elektrisierten, verflogen ihre Ängste vollends.

Es war fast Mitternacht, aber die beiden Priester waren nicht bereit, ihre Vigil zu beenden.

»Es ist Halloween«, hatte Vater MacNeill vor Stunden beim Abendessen gesagt, »und ich spüre, daß irgend etwas geschehen wird.«

»Vielleicht irren Sie sich«, hatte Vater Devlin zur Vorsicht gemahnt. »Vielleicht irren wir uns beide.«

Jetzt legte er eine knochige Hand auf die alte Bibel, die Cora Conway ihm an ihrem Todestag anvertraut hatte. »Vielleicht hat das alles gar nichts zu bedeuten. Vielleicht sind es nur Fantasiegespinste unglücklicher Frauen.«

»Sie wissen genau, daß das nicht stimmt«, erwiderte Vater MacNeill. »Und wir haben noch nicht alles gelesen. Wenn wir nur die fehlenden Seiten finden könnten ...«

»Sie sind nicht mehr da«, seufzte der alte Priester. »Ich habe die ganze Bibel zweimal Seite für Seite durchgeblättert. Sie sind einfach nicht mehr da.«

Vater MacNeill ließ es sich trotzdem nicht nehmen, selbst nachzuschauen. Während er die Seiten umblätterte, glaubte er die fehlenden Blätter förmlich zu spüren, und er war so sicher, daß er sie letztendlich finden würde, daß er sogar den Einband des Buchrückens gründlich untersuchte. Dann mußte er jedoch zugeben, daß Vater Devlin wohl recht hatte. Mit einem schweren Seufzer schob er die Bibel frustriert von sich. Sie rutschte über den Tisch, und eine kleine Dose fiel klirrend zu Boden.

Bedauernd hob er die Spieldose auf. »Es tut mir wahnsinnig leid. Wie konnte ich nur so ungeschickt sein?«

»Macht nichts«, versicherte Vater Devlin. »Sie ist sowieso kaputt.«

Vater MacNeill öffnete den Deckel der Spieluhr. Ein leises Klicken verriet, daß der Mechanismus ausgelöst worden war, doch es erklang keine Musik.

»Als ich sie kaufte, spielte sie eine grauenhafte Version des ›Ave Maria‹«, kicherte Vater Devlin. »Vermutlich hat Cora sie absichtlich kaputtgemacht.«

»Cora?« wiederholte Vater MacNeill. »Cora Conway?« Er drehte die Dose um und betrachtete den Boden. Das Uhrwerk war durch eine Messingplatte geschützt, die von vier kleinen Schrauben gehalten wurde. Aufgeregt eilte der Priester die Treppen hinab und kehrte kurz darauf mit einem verbeulten Werkzeugkasten zurück. Er mußte lange herumwühlen bis er einen feinen Schraubenzieher fand. Eine Minute später entfernte er die Messingplatte, und da lagen, sorgfältig gefaltet, die fehlenden Blätter. Mit zittrigen Fingern glättete er sie auf dem Tisch und begann zusammen mit Vater Devlin zu lesen, was Loretta Villiers Conway in ihrer perfekten Schrift notiert hatte.

31. Oktober 1875
Heute ist mein Hochzeitstag.
Ich hatte nicht damit gerechnet, jemals zu heiraten, weil ich ja so krank gewesen bin, und sogar heute bin ich mir nicht sicher, ob es nicht besser gewesen wäre, wenn ich gestorben wäre. Aber ich weiß, daß ich Monsignore Melchior Conway heiraten muß, um der ewigen Verdammnis zu entgehen. Das haben mein Vater und der Monsignore mir gesagt. Der Monsignore ist vor drei Monaten aus Philadelphia gekommen. Unser Ortspriester hatte ihn darum gebeten, weil er überzeugt war, ich sei vom Teufel besessen. Ich erinnere mich nicht an die Ankunft von Monsignore Melchior, weil ich damals mein Schlafzimmer nicht verlassen durfte. Auch an die Zeit davor habe ich nur schwache Erinnerungen, aber das Wenige will ich zu Papier bringen. Ich war im Keller unseres kleinen Hauses, als ich einen seltsamen Nebel bemerkte, der aus einem Loch im Lehm-

boden aufstieg. Als ich den Nebel einatmete, verwandelte sich der Keller. Alles war plötzlich in Gold getaucht, und ich sah herrliche Bilder. Dann tauchte ein Wesen auf und berührte mich auf eine Weise, die ich niemals hätte zulassen dürfen.
Am nächsten Tag wurde ich krank, und ich bringe es nicht über mich, die Dinge zu beschreiben, die ich getan haben soll. Sie sagen, ich wäre eine Buhlerin gewesen und hätte Todsünden begangen. Deshalb ist der Monsignore aus Philadelphia gekommen.
Bei unserer ersten Begegnung, an die ich mich nicht deutlich erinnern kann, führte ich den Monsignore an den Ort, wo meine Krankheit begonnen hatte. Ich weiß nicht, wie lange wir in jener Nacht im Keller gebetet haben, aber es war nicht lange genug, denn Monsignore Melchior bestand darauf, daß wir auch in der nächsten und übernächsten Nacht im Keller beteten.
Dank seinen Gebeten besserte sich mein Zustand ziemlich schnell, aber man sagt mir, daß meine Gesundheit jetzt von ihm abhängt. Er wird seine religiöse Berufung aufgeben, um mich zu heiraten, und Vater sagt, daß ich es tun müsse, obwohl es mir als schlimmste Gotteslästerung vorkommt, einen Priester zu heiraten.

Loretta Villiers Conway hatte einen Zwischenraum gelassen, bevor sie weiter berichtete:

Es ist geschehen.
Ich bin mit Monsignore Melchior verheiratet. Er selbst hat die Trauung vollzogen, denn weder er noch mein Vater konnten den Ortspriester überreden, uns zu trauen. Nach dem Abendessen kam Schwester Mary Anthony zu uns, und obwohl sie das Haus nicht betreten wollte, schenkte sie mir zwei kleine Kreuze aus purem Gold. Sie sagte, diese Kreuze könnten mich und eines meiner Kinder beschützen. Dann bat sie Gott, mir meine Sünden zu verzeihen.

Aber das wird Er wohl nicht tun.
Und Er wird auch Monsignore Melchior nicht verzeihen, denn ich glaube, daß ich jetzt die Wahrheit über unseren Keller kenne. Tief in jenem Loch residiert das Böse, und ich befürchte, daß der Monsignore sein Diener geworden ist.
Ich habe heute die rechte Hand des Bösen geheiratet! Monsignore Melchior hat sich selbst – und die ältesten Söhne aller kommenden Generationen – dem Bösen verschrieben, das unter diesem Haus wohnt, und ich weiß, daß es uns auf Erden gutgehen wird. Aber ich weiß auch, daß wir verdammt sind – verdammt in alle Ewigkeit.

In der kleinen Zelle herrschte Totenstille, nachdem die beiden Priester die Blätter gelesen hatte, die Cora Conway aus der Bibel geschnitten und in der Spieldose versteckt hatte. Aber warum hatte sie nicht alle Seiten entfernt, auf denen die Sünden der Conways verzeichnet waren? Noch während Vater MacNeill sich diese Frage stellte, fiel ihm die Antwort dazu ein: Cora hatte geglaubt, nur dieses dunkelste Geheimnis müsse gewahrt bleiben. Alle anderen Eintragungen könnten notfalls mit Verrücktheit erklärt werden, aber diese ersten Seiten bewiesen die Verdammnis aller Conways.

Es war schließlich Monsignore Devlin, der das Schweigen brach. Seine Stimme zitterte, so als spürte er die Bürde seines Alters noch mehr als sonst. »Ein Exorzismus«, murmelte er. »So hat es also angefangen, mit einem Exorzismus.«

»Mit einem fehlgeschlagenen Exorzismus«, korrigierte Vater MacNeill. »Er wollte Satan austreiben und hat statt dessen seine eigene Seele verloren.«

Durch das offene Fenster schallten die Glocken von St. Ignatius. Es war Mitternacht. Beide Priester erschauerten. Vor mehr als hundert Jahren war an Halloween das Übel über St. Albans hereingebrochen. Hatte es in dieser Halloweennacht erneut Macht über die Stadt gewonnen?

»Kimmie! Kimmie, komm!«

Es war Jareds Stimme, aber zuerst konnte sie ihn nicht sehen. Dann winkte er ihr zu, gut fünfzig Meter von ihr entfernt. Er rannte durch die Wiese auf einen See zu, und in wenigen Sekunden würden sie beide im kühlen Wasser sein, lachend und plantschend. Sie versuchte Jared einzuholen, aber er war schneller und hechtete in den See, noch bevor sie das Ufer erreicht hatte. Kim blieb stehen und ließ ihre Blicke über die Wasseroberfläche gleiten. Sobald er auftauchte, würde sie auf ihn zuchwimmen.

Aber er tauchte nicht wieder auf.

»Jared!« rief sie. »Jared?« Aufgeregt lief sie am Ufer entlang, zuerst in die eine, dann in die andere Richtung. »Mommy! Mommy, Hilfe! Jared ist verschwunden!«

Aber als sie sich umdrehte, war auch ihre Mutter verschwunden.

Dann hörte sie wieder Jareds Stimme, so deutlich, als würde er laut schreien:

»Hilf mir, Kimmie! Hilf mir!«

Kim sprang ins Wasser und tauchte, um ihren ertrinkenden Zwillingsbruder zu retten. Im ersten Moment wurde sie von dem Sonnenlicht geblendet, das sich im klaren Wasser brach, doch als sie tiefer tauchte, wurde das Licht schwächer, und dann sah sie ihren Bruder.

Er war weit unter ihr, schaute zu ihr empor und streckte eine Hand nach ihr aus. Gleich darauf sank er tiefer in die Dunkelheit hinab, und obwohl sie ihre Beine so schnell wie möglich bewegte, konnte sie ihn nicht erreichen. Das Wasser schien sich in Gelee zu verwandeln, aber sie kämpfte mit allen Kräften dagegen an, um bei ihrem Bruder zu sein, bevor er endgültig verschwand. Für den Bruchteil einer Sekunde berührten sich ihre Fingerspitzen, und Kim wollte seine Hand umklammern, doch er fiel in die Tiefe.

Sie gab ihre erfolglosen Bemühungen auf und ließ sich im dunklen Wasser treiben. Eine gähnende Leere – so schwarz wie das Wasser – tat sich in ihrem Innern auf, und während sie darin versank, ließ der Schmerz, daß sie ihren Bruder nicht hatte retten können, allmählich nach.

Es wurde immer dunkler um sie herum.

Dann tauchte inmitten der Finsternis ein Lichtpunkt auf, und langsam wurde er heller. Kim glaubte, sie würde an die Wasseroberfläche treiben, aber als sie ihre Augen öffnete, war der See verschwunden.

Sie stand wieder in dem kathedralenartigen Gewölbe, das größer denn je zu sein schien. Diesmal war es nicht von strahlendem Licht durchflutet, sondern mit dunklen Schatten angefüllt, zwischen denen sie hilflos umhertappte. Endlich sah sie das Kreuz, das verkehrt herum in der Luft zu schweben schien, und sie ging wie gebannt darauf zu. Die Kerzen auf dem Altar unter dem Kreuz flammten plötzlich auf, und in ihrem Schein konnte sie erkennen, daß ein Tierkadaver auf dem Altar lag, mit einem Messer im Herzen, aus dem Blut in einen Silberkelch floß.

Zwei verhüllte Gestalten tauchten zu beiden Seiten des Altars auf und bewegten sich aufeinander zu. Sie versperrten Kim den Blick auf den Altar und auf das Kreuz, aber sie wußte, daß etwas Gräßliches vor sich ging. Sie wollte wegrennen, wurde jedoch von einer unsichtbaren Kraft festgehalten.

Die verhüllten Gestalten traten beiseite, und sie konnte das Kreuz wieder sehen. Eine winzige Gestalt mit schmerzverzerrtem Gesicht hing daran. Silbernägel waren durch die Handgelenke getrieben. Ein dritter Nagel hielt die Füße des Kindes fest. Blut tropfte aus einer Wunde in seiner Brust, lief über Hals und Gesicht und versickerte in den Haaren, die sich rot färbten.

Molly!

Kim schrie laut auf, und die beiden verhüllten Gestalten wirbelten herum.

Ihr Vater und ihr Bruder starrten sie mit haßverzerrten Gesichtern an.

Sie schrie wieder – und erwachte.

Ihr Herz klopfte zum Zerspringen, und ihre Haut war mit einem klebrigen Schweißfilm überzogen.

Ein Traum, sagte sie sich. *Es war nur ein Traum!*

Kim versuchte den Alptraum aus ihrem Gedächtnis zu tilgen, doch die Gesichter ihres Vaters und Bruders starrten sie aus der Dunkelheit höhnisch und herausfordernd an.

Sie wälzte sich im Bett hin und her, doch jetzt wurde sie von dem schmerzverzerrten Gesicht ihrer kleinen Schwester verfolgt, die mit dem Kopf nach unten ans Kreuz genagelt war und einen qualvollen Tod erlitt.

Ihr fiel der andere Alptraum wieder ein, in dem ihr Bruder Scout getötet hatte. Und als sie mit ihrer Mutter nach dem Hund gesucht hatte, war er verschwunden gewesen.

Im ersten Morgengrauen stand Kim auf und schlich auf Zehenspitzen zu Mollys Zimmer. Das riesige Haus war totenstill, aber sie fühlte sich von unsichtbaren Augen beobachtet. Vor der Tür blieb sie stehen, weil sie einen eisigen Windhauch spürte. Mit zittriger Hand öffnete sie die Tür. Die Kälte schien jetzt nach ihrer Seele zu greifen.

Sie betrat das Kinderzimmer und näherte sich dem Bett. Im schwachen grauen Licht sah sie jedoch nur zerknüllte Laken und Decken.

»Molly?« flüsterte sie. »Molly?«

Keine Reaktion. Kim beugte sich über das Bett. *Bitte,* betete sie verzweifelt, *bitte laß ihr nichts passiert sein.*

Sie schob die Decke beiseite.

Molly schlief fest, einen Daumen im Mund.

Kim schluchzte vor Erleichterung leise auf. Sie küßte das Kind auf die Stirn und deckte es behutsam wieder zu.

33. Kapitel

Jake Cumberlands Hütte sah fast idyllisch aus, als Corinne Beckwith auf der kleinen Lichtung am See parkte. Jakes Hund lag an der Kette. Er richtete sich aber auf und legte den Kopf schief, als überlegte er, ob er bellen sollte, als Corinne ausstieg und mit ausgestreckter Hand langsam auf ihn zukam. »Alles in Ordnung«, sagte sie beruhigend. Er stand auf, lief ihr entgegen, beschnupperte ihre Finger winselte leise und leckte ihre Hand. »Braver Junge«, lobte Corinne. Während sie die Hütte betrachtete, kraulte sie ihn hinter den Ohren. »Ich könnte wetten, daß du hungrig bist, stimmt's? Deshalb bin ich hier. Zuerst werden wir für dich etwas zu fressen finden, und dann werden wir uns überlegen, wo du von jetzt an leben kannst.« Obwohl er ihre Worte bestimmt nicht verstehen konnte, schien er an ihrem Ton zu erraten, daß sein Herr nicht zurückkommen würde, denn er warf sich plötzlich jaulend auf den Boden. Corinne ging neben ihm in die Hocke und streichelte sein Fell. »Ich weiß, mein Junge ... Du wirst ihn vermissen, was?« Sie tätschelte ihn noch einmal, richtete sich dann auf und machte einen Schritt auf die Hütte zu. Der Hund sprang auf und knurrte leise.

»Na, läßt du mich mal einen Blick reinwerfen, oder springst du mir dann an die Gurgel?« Er preßte sich an ihre Beine und schaute aus blutunterlaufenen Augen zu ihr auf. »Nein, an die Gurgel springst du mir nicht, habe ich recht?«

Als sie wieder auf die Hütte zuging, folgte der Hund ihr. Er bellte jedoch laut, als sie die Tür öffnen wollte.

Corinne überlegte, ob das eine Warnung war, oder ob er es nur nicht erwarten konnte, selbst in die Hütte hineinzukommen. Um kein Risiko einzugehen, immerhin war er ein Wachhund, trat sie ans Fenster. Sie schirmte ihre Augen mit den Händen gegen die helle Morgensonne ab und spähte in den Raum. Die Wände waren mit rostfarbener Farbe beschmiert.

Farbe … oder Blut?

Mit einem Gefühl der Übelkeit trat Corinne vom Fenster zurück und legte dem Hund eine Hand auf den Kopf. »Wer war das?« fragte sie. »Wer ist hier gewesen?« Sie verließ die Veranda, fischte in ihrer Handtasche nach dem Handy und rief ihren Mann an. »Du solltest gleich mal rauskommen, Ray. In Jakes Hütte muß letzte Nacht etwas Schreckliches passiert sein, und nachdem er sich im Gefängnis erhängt hat, wird niemand ihn dafür verantwortlich machen können!«

Zwanzig Minuten später stand Ray mit seiner Frau in Jakes Hütte und betrachtete grimmig die seltsamen Muster und Symbole, die mit Blut an die Wände gemalt worden waren.

»Sieht ganz so aus, als wäre gestern nacht jemand hier gewesen, der Jakes Voodoo–Zauber nachgemacht hat!«

Corinne nickte. Als Ray ihr von Jakes Selbstmord erzählt hatte, war ihr erster Gedanke gewesen, daß Jakes Magie gegen ihn selbst gerichtet worden war. Sie selbst glaubte weder an Voodoo noch an irgendeine andere Religion, aber sie wußte, daß Voodoo–Anhänger manchmal krank wurden oder sogar starben, wenn sie glaubten, selbst Opfer eines Zauberspruchs geworden zu sein.

Die Macht der Einbildung …

Wenn dieser Unbekannte Jake darüber informiert hatte, welches Ritual zu welcher Stunde vollzogen werden sollte …

Corinne malte sich aus, wie Jake in seiner Zelle auf diese Stunde gewartet hatte, wie der Voodoo–Zauber *gegen* ihn gerichtet, ihn in den Selbstmord getrieben hatte. Doch während sie die Pentagramme und anderen Symbole an den Wänden musterte, kehrten ihre Augen immer wieder zu einem Kreuz zurück, dessen Querbalken tief unter dem Mittelpunkt lagen.

Ein auf den Kopf gestelltes christliches Kreuz?

»Könnten es nicht auch Satanisten gewesen sein?« fragte sie.

Ray Beckwith stöhnte laut auf. »Jetzt hörst du dich fast wie Vater MacNeill an! Als nächstes wird du noch die Conways für diese Sauerei verantwortlich machen, so wie er es gestern früh auf dem Friedhof getan hat!« Er ging zur Tür.

»Wohin willst du? Du hast die Hütte ja noch nicht einmal durchsucht.«

»Ich hole den Hund«, antwortete Ray. »Vielleicht kann er uns zu dem Schuldigen führen.«

Er holte ein langes Lederband aus dem Kofferraum seines Streifenwagen, und der Hund leistete keinen Widerstand, als Beckwith ihn loskettete und anleinte. Als der Sheriff ihn aber in die Hütte führen wollte, blieb er störrisch stehen, und als Ray an der Leine zerrte, schnappte er knurrend nach ihm.

»Herrgott!« Beckwith konnte seine Hand gerade noch rechtzeitig in Sicherheit bringen. »Was hat er nur? Er muß doch tausendmal in der Hütte gewesen sein!«

»Jetzt will er aber nicht, und er wollte vorhin auch nicht, daß ich hineinging«, erwiderte Corinne. »Die Frage ist nur, was das zu bedeuten hat.«

Beckwith runzelte die Stirn. »Daß Jake einen saudummen, sturen und nichtsnutzigen Hund hatte!«

Corinne schüttelte den Kopf. »Vielleicht hat das, was letzte Nacht hier passiert ist, ihn so verängstigt, daß er sich der Hütte nicht mehr nähern mag.«

Sie kettete den Hund wieder an und beobachtete dann, wie ihr Mann die Hütte durchsuchte.

Die Erfahrung des Vortages veranlaßte ihn, zuerst die Truhe zu öffnen, und nach kaum zwei Minuten hielt er Scouts Kopf in der Hand. »O Gott«, flüsterte er entsetzt. »Schau dir das an!«

Obwohl sich Corinne fast der Magen umdrehte, zwang sie sich, genau hinzuschauen. »Ich kenne diesen Hund«, murmelte sie. »Er hat Jared Conway gehört.«

34. Kapitel

Auch der Morgen vermochte Kims nächtliche Angst nicht zu vertreiben. Als sie die Treppe hinabging, bezwang sie ihre Panik. Die Eingangshalle sah genauso wie am Vortag aus, machte aber trotzdem sogar im Morgenlicht einen bedrohlichen Eindruck. Kim fröstelte, so als hätte sich die Eiseskälte, die sie nachts vor Mollys Zimmer gespürt hatte, nun auch auf das Erdgeschoß ausgebreitet. Während sie das Eßzimmer durchquerte, blieb sie kurz stehen, um das Wandgemälde ihrer Mutter zu betrachten. Die künstliche Verandatür, die Terrasse und die Balustrade sahen noch genauso wie gestern nachmittag aus, doch der Garten hatte sich verändert. Im Licht der Morgensonne, die durch die großen Fenster auf das Gemälde fiel, erkannte Kim nach einigen Minuten, was nicht stimmte.

Der Garten schien zu sterben.

Die Blumen, die noch gestern so frisch und lebensecht ausgesehen hatten, welkten dahin, und das grüne Laub der Bäume hatte sich bräunlich verfärbt. Aber warum sollte ihre Mutter das gemacht haben? Hatte sie aus Versehen eine falsche Tönung verwendet? Kim trat näher heran, konnte jedoch nichts erkennen, außer daß jede einzelne Blüte und jedes einzelne Blatt krank aussahen. Das Wandgemälde, das dem Eßzimmer noch am Vortag eine fröhliche Atmosphäre verliehen hatte, ließ es jetzt düster erscheinen.

Kim wandte sich ab und öffnete die Küchentür. Unwillkürlich machte sie sich auf Scouts stürmische Begrüßung gefaßt, bis ihr einfiel, daß er nicht mehr da war, was ihr Unbehagen nur noch steigerte. Nachdem sie den Herd eingeschaltet und einen Topf Wasser aufgestellt hatte, öffnete sie die Hintertür und rief nach dem Hund. Begierig atmete sie die frische Morgenluft ein, worauf ihre Anspannung sich ein wenig löste. Sie rief noch dreimal vergeblich nach ihm, bevor sie entmutigt in die Küche zurückkehrte. Dort standen ihr Vater und ihr Bruder an der langen Arbeitsplatte.

Sie kehrten ihr den Rücken zu, und sofort fielen Kim die beiden verhüllten Gestalten ein, die sie in ihrem Alptraum gesehen hatte. Als Jared und gleich darauf Ted sich umdrehten, erinnerte sie sich auch wieder an den Haß, den sie in diesen Gesichtern gesehen hatte. Die gräßliche Vision verflog, sobald ihr klar wurde, daß die verhüllten Gestalten aus ihrem Traum Bademäntel trugen, so wie jeden Morgen.

»Wo ist Mom?« fragte Kim.

»Ich habe ihr gesagt, daß sie ausschlafen soll«, erwiderte ihr Vater.

Hatte er einen Blick mit Jared getauscht? Sie war sich nicht ganz sicher. »Ist irgendwas los, wovon ich nichts weiß?«

Diesmal bestand kein Zweifel daran, daß Jared seinen Vater anschaute, bevor er ihr zugrinste. Aber es war nicht das freundschaftliche Grinsen aus früheren Zeiten, als sie sich noch nahestanden.

»Leidest du seit neuestem unter Verfolgungswahn?« meinte er höhnisch.

Kim errötete. »Keineswegs«, stammelte sie hastig. »Es ist nur ... irgendwas scheint nicht in Ordnung zu sein.«

»Für mich hört sich das nach Verfolgungswahn an, stimmt's, Dad?

Kims Unbehagen verwandelte sich in Ärger. Seit wann gingen die beiden so kameradschaftlich miteinander um? Und das nach der Strafpredigt, die Jared sich angeblich letzte Nacht von seinem Vater anhören mußte!

»Ich gehe nach oben und hole Molly«, sagte sie, froh, die Küche verlassen zu können.

»Die schläft auch noch.« Teds sanfte Stimme veranlaßte Kim, sich nach ihm umzudrehen. Er schaute ihr tief in die Augen. »Du solltest dich lieber fertigmachen. Wenn du dich nicht beeilst, kommst du spät zum Unterricht ... Okay?« fügte er lächelnd hinzu.

Kim nickte und lief die Treppe hinauf, um sich anzuziehen. Sie hatte noch irgend etwas tun wollen, bevor sie zur

Schule ging, aber ihr fiel nicht mehr ein, was das gewesen war. Ihr Vater hatte recht – wenn sie sich nicht beeilte, würde sie zu spät kommen. Während sie hastig ihre Haare kämmte und nach den Schulbüchern griff, entschied sie, daß es nichts Wichtiges gewesen sein konnte, was sie erledigen wollte.

Erst einen Block vom Haus entfernt erinnerte sie sich wieder an ihren Alptraum, der Molly betraf, und sie überlegte, ob sie nicht umkehren sollte, um sich zu vergewissern, daß ihre kleine Schwester wohlauf war. Aber dann würde sie zu spät zum Unterricht kommen.

Außerdem war es ja nur ein Alptraum gewesen.

Nichts weiter als ein Alptraum.

Die beiden Wagen hielten vor dem Haus der Conways, und die Fahrer stiegen aus. Doch als Corinne Beckwith ihrem Mann zum Haupteingang folgen wollte, hob Ray gebieterisch die Hand, so als wäre er ein Verkehrspolizist. »Dies ist eine amtliche Angelegenheit, die ich allein erledigen muß, okay?«

Corinne wollte widersprechen. »Wenn ich heute morgen nicht rausgefahren wäre, um mich um Jakes Hund zu küm ...« Die Worte erstarben ihr auf den Lippen, als ihr die Ausstrahlung des Hauses bewußt wurde, und plötzlich wollte sie Ray gar nicht mehr begleiten. *Es muß am Licht liegen,* sagte sie sich, aber sie wußte, daß es nicht nur an den Schatten lag, die auf die Veranda fielen. Die düstere Atmosphäre, die *im* Haus herrschte, drang sogar durch die dicken Mauern nach draußen.

Wie kann jemand hier leben wollen? fragte sie sich schaudernd, während sie ihrem Mann nachblickte.

Ray Beckwith drückte auf die Klingel und wartete nervös darauf, daß die Tür geöffnet wurde. Während er von einem Fuß auf den anderen trat, rief er sich energisch ins Gedächtnis, daß er eine Amtsperson war und überhaupt keinen

Grund hatte, aufgeregt zu sein. Er war es aber, seit er sich dem Haus genähert hatte.

Bisher hatte er keine schlechten Erfahrungen mit Ted Conway gemacht. Gestern war der Mann zwar ein bißchen wütend gewesen, aber wer konnte ihm das verübeln, nachdem Vater MacNeill seinen Sohn indirekt beschuldigt hatte, das Grab seines Onkels geschändet zu haben. Und Conways Vorschlag, Jake Cumberland unter die Lupe zu nehmen, hatte sich ja auch als sehr vernünftig erwiesen, obwohl Ray immer noch an der Schuld des Trappers zweifelte. Jetzt war Jake tot, und wenn es wirklich Jareds Hund gewesen war, dessen Kopf sie in der Hütte gefunden hatten …

Seine Überlegungen wurden unterbrochen, als Ted Conway die Tür öffnete. Im ersten Moment schien er den Sheriff nicht zu erkennen, doch gleich darauf lächelte er. Es war ein strahlendes Lächeln, das Rays Nervosität sofort verfliegen ließ.

»Hallo, Ray, wie geht's?« Conway sah Corinne auf dem Gehweg stehen. »Oha, die Anwesenheit unserer Lokalreporterin deutet darauf hin, daß das kein reiner Freundschaftsbesuch ist! Vater MacNeill wird Sie und Ihre Frau doch nicht überzeugt haben, daß Jared etwas angestellt hat?« Er zwinkerte Beckwith zu, so als teilten sie ein Geheimnis. »Oder geht es um mich? Sie wollen mir doch hoffentlich nicht erzählen, ich hätte gegen irgendwelche Bestimmungen verstoßen? Das Hotel ist ja noch nicht mal eröffnet! Das wird frühestens in einigen Monaten der Fall sein.«

»Nein, es geht um eine wirklich ernste Angelegenheit.« Ray berichtete von Jakes Selbstmord, von den Schmierereien in der Hütte und dem grausigen Fund in der Truhe. »Als Corinne mir sagte, daß Sie einen Golden Retriever haben, sah ich mich veranlaßt, mit Ihnen zu sprechen.«

Ted Coway hielt seinem Blick ruhig stand. »Und jetzt glauben Sie, Jared hätte seinen eigenen Hund in Jakes Hütte umgebracht?« Er schüttelte traurig den Kopf. »Sind

Sie ganz sicher, daß Sie nicht mit Vater MacNeill gesprochen haben? Dem würden solche Behauptungen ähnlich sehen, finden Sie nicht auch?« Seine Stirn legte sich in Falten. »Eines stimmt allerdings: Scout ist wirklich nicht da. Jared hat ihn gestern abend rausgelassen, er ist aber nicht zurückgekommen.« Er zuckte hilflos mit den Schultern. »Wir vermuteten, das irgendwo in der Nachbarschaft eine läufige Hündin sein müsse. Sie wissen ja, wie Hunde sind, wenn sie diesen Geruch wittern, gibt es kein Halten mehr!«

Ray Beckwith nickte. »Stimmt, sie sind manchmal noch schlimmer als Kater!« Er holte sein kleines Notizbuch aus seiner Jackentasche. »Sie sagen, daß es Jared war, der den Hund rausgelassen hat?«

»Ja, aber ich war dabei. Wir waren beide in der Küche, und als mein Sohn die Tür öffnete, schoß Scout wie eine Rakete davon.«

»Ist Ihr Sohn danach noch weggegangen?«

Ted schüttelte den Kopf. »Es war schon ziemlich spät, und heute ist ja Schultag. Außerdem fühlte er sich nicht gut und ist nach unseren erfolglosen Versuchen, den Hund zurückzuholen, sofort ins Bett gegangen. Da ist er auch jetzt noch, scheint eine Erkältung erwischt zu haben. Wir hielten es für vernünftig, ihn heute nicht in die Schule gehenzulassen. Aber ich sage ihm, daß er Sie anrufen soll, sobald es ihm etwas besser geht. Dann können Sie ihn fragen, was Sie wollen.«

Ray Beckwith schob sein Notizbuch wieder in die Tasche. »Ich glaube, das ist gar nicht nötig. Alle nötigen Informationen habe ich ja von Ihnen erhalten. Vermutlich hat jemand Ihren Hund geschnappt und ihn in Jakes Hütte für eine Voodoo–Zeremonie mißbraucht. Jemand, der einen Mordshaß auf Jake hatte ...«

»Oder auf uns!« fiel Ted ihm ins Wort. »Vielleicht war es kein Zufall, daß ausgerechnet Scout daran glauben mußte!« Er schaute dem Sheriff tief in die Augen.

Mit gerunzelter Stirn überdachte Beckwith diese Worte

und glaubte nach einer Weile zu verstehen, was Conway meinte. »Vater Mack?« murmelte er.

Conway zuckte wieder mit den Schultern. »Das haben *Sie* gesagt, Ray, nicht ich.«

Von Teds Augen ins Visier genommen, fragte der Sheriff sich plötzlich, warum er überhaupt hergekommen war. Er hätte Corinnes Drängen nicht nachgeben sollen, denn die Conways hatten mit dem Vandalismus zweifellos nichts zu tun, und er vergeudete hier nur seine Zeit. »Auf solche Täuschungsmanöver falle ich nicht herein, Mr. Conway«, versicherte er, schüttelte Ted die Hand und ging die Verandastufen hinab.

»Na?« fragte Corinne neugierig. »War es ihr Hund?«

Ray nickte. »Aber sie haben nichts mit der Sache zu tun, Baby. Der Hund ist letzte Nacht abgehauen, und der Junge lag krank im Bett. Da ist er auch jetzt noch.«

Corinne schürzte mißtrauisch die Lippen. »Hast du ihn gesehen?«

»Das war nicht nötig«, erwiderte Ray hitzig. »Du bist lange genug mit mir verheiratet, um wissen zu müssen, daß ich beurteilen kann, ob jemand mich belügt oder nicht. Ted Conway hat nicht gelogen.«

Corinne schaute zum Haus hinüber. Ted Conway stand immer noch auf der Veranda, und als ihre Blicke sich trafen, fühlte sie sich von einer Flutwelle puren Hasses überrollt.

Corinne Beckwith hatte mit einem Mal nur noch einen Wunsch: weg von hier!

So weit weg wie möglich.

35. Kapitel

Kim hörte während der ersten Unterrichtsstunde kaum ein Wort von Schwester Clarences Ausführungen. Sie schaute immer wieder aus dem Fenster, in der Hoffnung, Jared über den Platz auf die Schule zueilen zu sehen. Nach einer Weile begriff sie zwar, daß er nicht mehr kommen würde, konnte sich aber trotzdem nicht konzentrieren, denn auch mit Sandy Engstrom war etwas nicht in Ordnung. Ihre Freundin war zwei Minuten zu spät gekommen und hatte sich nicht wie sonst neben Kim gesetzt, sondern auf eine leere Bank ganz hinten im Klassenzimmer.

Schwester Clarence war verstummt, als Sandy den Raum betreten hatte, und Kim hatte befürchtet, daß die Nonne ihre Freundin sofort ins Direktorat schicken würde, statt dessen fragte sie nach einem ersten strengen Blick besorgt: »Sandra? Geht es dir nicht gut?«

Kim hatte Sandy noch nie so stark geschminkt gesehen, doch nicht einmal das Make–up konnte ihre Leichenblässe kaschieren.

»Es geht mir ausgezeichnet, Schwester Clarence«, antwortete sie so herausfordernd, daß Kim wieder mit dem Schlimmsten rechnete. Die ganze Klasse hielt den Atem an, aber erstaunlicherweise – kein Schüler konnte sich an so etwas erinnern – sagte die Lehrerin nur: »Das freut mich! Solltest du noch einmal zu spät kommen, werde ich es nicht durchgehen lassen!«

Kim warf ihrer Freundin immer wieder verstohlene Blicke zu, die jedoch kein einziges Mal erwidert wurden, und als es klingelte, stürmte Sandy zur Tür hinaus, bevor Kim ihre Bücher eingepackt hatte. Sie lief ihr auf dem überfüllten Korridor in Richtung der Schließfächer nach. Dort trafen sie sich gewöhnlich in allen Pausen.

Sandy war nirgends zu sehen.

Sandy war gestern nicht in der Kirche gewesen.

Sandy hatte sie gestern nicht angerufen.

Und heute morgen wollte sie offenbar nicht mit ihr reden.

Was hatte sie nur?

Und wo mochte sie sein?

Kim sah auf der großen Wanduhr, daß die Pause noch

fünf Minuten dauerte, und so schob sie sich zwischen anderen Schülern hindurch nach draußen.

Sandy unterhielt sich auf dem Gehweg mit Luke Roberts. Die beiden Teenager verstummten, als Kim sich näherte.

»Was ist denn los, Sandy?« fragte Kim verunsichert.

Sandy drehte sich um. Ihre Augen schienen von einem Tag auf den anderen tief in die Höhlen gesunken zu sein – und Kim sah darin den gleichen Ausdruck wie am Morgen in den Augen ihres Bruders und Vaters. Auch Luke starte sie jetzt an – genauso kalt und … haßerfüllt?

Kims Puls raste, als ihr eine Szene aus einem ihrer Alpträume einfiel: Sandy und Luke, die sich auf dem Boden vor dem seltsamen Altar ekstatisch wälzten.

»Laß uns in Ruhe, du blöde Gans!« zischte Sandy wutentbrannt, und Kim erkannte ihre Stimme kaum wieder.

Mit schreckensweit aufgerissenen Augen dachte sie: *Sandy hört sich wie Jared an! Wie Jared, als er gestern mit Vater MacNeill geredet hat!*

Sie machte einen Schritt auf ihre Freundin zu. Ohne Vorwarnung spuckte Sandy sie an.

Während Kim entsetzt den grünlichen Speichel auf ihrer Bluse betrachtete, brachen Sandy und Luke in hämisches Gelächter aus. Derart gedemütigt, wirbelte Kim auf dem Absatz herum und rannte in die Schule zurück. Zum Glück hatten die Korridore sich geleert, weil die Pause fast zu Ende war. Tränenblind stürzte sie in die nächstbeste Mädchentoilette, ließ ihre Büchertasche auf den Boden fallen und starrte sich im Spiegel an. Sie war fast so bleich wie Sandy, und während immer neue Bilder und Erinnerungen über sie hereinbrachen – Traumfetzen ebenso wie reale Begebenheiten –, wurde sie von Fassungslosigkeit und Grauen überwältigt.

Sie wusch sich das Gesicht mit kaltem Wasser und rieb sodann an dem Fleck auf ihrer Bluse herum. Sandy hatte sie *angespuckt*! Völlig grundlos *angespuckt! Wie hatte sie …*

Kim vergaß ihre Empörung, als sie im Spiegel sah, daß

ihre Bluse an der Stelle, wo Sandys Speichel gelandet war, ein kleines Loch aufwies.

Ein Brandloch mit schwärzlichen Rändern.

Ein Wimmern entrang sich Kims Kehle, und sie rieb noch fester an der Bluse, so als könnte sie auf diese Weise das Loch beseitigen. Und dann hörte sie ihren Namen.

»Kimmie? Kimmie!«

Sie warf einen Blick in den Spiegel, und da war er.

Jared!

Sie drehte sich um.

Die Toilette war leer. Sie war allein.

»Kimmie!«

Sie wirbelte wieder herum, aber jetzt konnte sie Jared auch im Spiegel nicht sehen.

»Kimmie, hilf mir!«

Jareds Stimme hatte einen flehenden Klang, und Kim erinnerte sich an den Alptraum im Morgengrauen, als sie vergeblich versucht hatte, ihren Bruder vor dem Ertrinken zu retten.

»Jared?« flüsterte sie, und das Echo ihrer kaum hörbaren Stimme hallte in der leeren Toilette viel zu laut wider. »O Gott, Jared, was geschieht mit uns?«

Er rief wieder nach ihr, aber diesmal von draußen. Kim ließ ihre Bücher liegen und rannte hinaus.

Der Korridor war leer.

Trotzdem hörte sie Jareds Stimme und folgte ihr.

Den Korridor entlang, eine Treppe hinauf.

Einen anderen Korridor entlang.

Sie erinnerte sich an die endlosen Korridore aus ihren Alpträumen, doch das hielt sie nicht davon ab, Jareds immer schwächer werdenden Stimme zu folgen.

Schließlich stand sie vor einer geschlossenen Tür. Das Blut gefror ihr in den Adern, weil sie zu wissen glaubte, was sie hinter dieser Tür verbarg.

Die obszöne Kathedrale – der Schauplatz ihrer schlimmsten Alpträume!

Sie sah die flackernden Kerzen auf dem Altar, die Mollys

schmerzverzerrtes Gesicht beleuchteten ... ihre kleine Schwester, die mit dem Kopf nach unten an einem Kreuz hing ...

»Kiiiiimm!« hörte sie Jared verzweifelt rufen.

Kim nahm ihren ganzen Mut zusammen und riß die Tür auf.

Keine Kathedrale.

Nur der Biologiesaal.

Labortische mit Arbeitsplatten aus Zink und vielen Waschbecken. Wandregale mit versiegelten Glasbehältern, wo die Schüler sezierte Frösche und Mäuse, aber auch Organe größerer Tiere, die in Formaldehyd schwammen, bestaunen konnte.

Doch jetzt waren die Behälter mit Blut gefüllt, und in jedem schwamm ein Körperteil von Klein-Molly.

Ein Fuß, ein Bein, eine Hand ... Und im größten Glas lag Mollys Kopf.

Ihr Gesicht war schmerzverzerrt, der Mund weit aufgerissen. Ihre glasigen Augen schienen Kim durch das Blut hindurch anzustarren. Kim glaubte die Qualen zu spüren, die ihr Schwesterchen durchgemacht hatte, als es ...

Der Gedanke war so unerträglich, daß sie aufschrie und sich abwandte. Doch wohin sie auch schaute – überall waren Glasbehälter, aus denen Molly sie anstarrte.

Kim schrie und schrie, weil sie diese Bilder einfach nicht verkraften konnte. Schließlich brach sie schluchzend und stöhnend auf dem Fußboden zusammen.

»Nein«, wimmerte sie. »O nein ... bitte ... nein!«

36. Kapitel

Janet wachte ganz langsam auf. Sie genoß das Sonnenlicht, das ins Zimmer fiel, und sie schwelgte in Erinnerungen an die herrlich Liebesnacht.

Sie hatte das Gefühl, zweite Flitterwochen zu erleben. So war es gewesen, bevor Teds Alkoholprobleme überhand nahmen. Erst jetzt, da er wieder der Mann war, in den sie sich vor vielen Jahren verliebt hatte, begriff sie, wie es dazu kommen konnte, daß seine Trunksucht ihre Ehe fast zerstört hatte. Es war ein schleichender Prozeß gewesen, und sie hatte sich eingeredet, alles wäre nicht so schlimm. Sie hatte bis zuletzt ihren Kopf in den Sand gesteckt – bis zu jenem Abend, als ihm endlich klar wurde, daß sie ihn verlassen würde. In derselben Nacht war er zur Vernunft gekommen, und seitdem hatte er keinen Tropfen Alkohol mehr angerührt.

Janet streckte sich genüßlich und glaubte, Teds Hände und Lippen auf ihrem Körper zu spüren. Er hatte ihr soviel Lust beschert ...

Ihre seligen Träumereien wurden vom Schlagen der Standuhr im Wohnzimmer – eine Etage tiefer – unterbrochen. Beim siebten Schlag sprang sie aus dem Bett. Wenn sie sich nicht beeilte, würden die Zwillinge kein Frühstück bekommen.

Die Uhr schlug noch zweimal.

Neun?

Das konnte nicht sein. Sie schlief nie länger als bis sieben und war meistens sogar schon um sechs wach. Doch ein Blick auf den Wecker bestätigte, daß sie verschlafen hatte. Aber warum hatte niemand sie geweckt? Warum ...?

Ihr fiel sofort eine logische Begründung ein: Ted wußte, wie erschöpft sie war, weil die Sorgen um Jared sie zermürbten. Sie hatte nicht einmal nach dem Liebesakt einschlafen können, bis Ted sie dazu brachte, sich alles von der Seele zu reden. Es war ihr schwergefallen, weil sie sich so daran gewöhnt hatte, Probleme allein zu bewältigen. Sie hatte daher mühsam nach Worten ringen müssen, aber Ted hatte ihrem Gestammel geduldig zugehört und ihr schließlich sogar zugestimmt, daß Jared nicht einfach »flügge« wurde, sondern sich wirklich merkwürdig benahm. Und nachdem er versprochen hatte, ihr bei der Bewältigung dieses Problems zu helfen, war sie endlich eingeschlafen. In Teds Armen, mit dem Gefühl, geborgen zu sein und geliebt zu werden.

Und heute morgen hatte er wohl beschlossen, sie ausschlafen zu lassen und sich selbst um die Kinder zu kümmern. Janet zog einen dünnen Morgenrock an und ging ins Mollys Zimmer. Die Kleine war nicht da, und Ted hatte sogar ihr Bett genauso ordentlich gemacht, wie sie selbst es zu tun pflegte. Mit einem zufriedenen Seufzer trat sie auf die Galerie hinaus.

Und wußte sofort, daß etwas nicht stimmte.

Sie spähte in die Halle hinab. Lag es vielleicht am Lichteinfall?

Ein Blick nach oben genügte, um festzustellen, daß die verglaste Dachöffnung, die für Oberlicht sorgte, noch genauso sauber war wie an dem Tag, als Ted sie geputzt hatte. Trotzdem schien die Halle in leichten Dunst gehüllt zu sein. Janet blinzelte ein paarmal und rieb sich die Augen, doch der Schleier löste sich nicht auf. Und sobald sie die Treppe betrat, spürte sie es auch.

Die Luft war so kalt, als wäre über Nacht der Winter hereingebrochen. Aber es war so warm gewesen, daß sie bei geöffneten Fenstern geschlafen hatten, und als das erste Sonnenlicht ins Zimmer fiel, hatte sie sogar die leichte Decke von sich geworfen. Trotzdem wurde es von Stufe zu Stufe kälter, und als sie das Erdgeschoß erreichte, hatte sie eine Gänsehaut.

Janet blieb am Fuß der Treppe stehen. Der Dunst hatte sich verdichtet, und obwohl sie nichts Ungewöhnliches riechen konnte, fiel ihr das Atmen schwer.

Irgendwelche Dämpfe?

Das mußte es sein. Bestimmt war Ted am Streichen oder Putzen und …

Molly!

Wo war Molly? Wenn sie diese Dämpfe einatmete …

Janet eilte durch das Eßzimmer in Richtung Küche. Dabei fiel ihr Blick unwillkürlich auf das Wandgemälde, an dem sie noch gestern abend gearbeitet hatte. Sie starrte es ungläubig an.

Die Marmorfliesen der Terrasse, die ihr so gut gelungen waren, sahen plötzlich alt und schmutzig aus.

Die Balustrade war beschädigt.

Und der Garten dahinter, der Garten, bei dem sie jedes Blatt und jede Blüte sorgfältig gemalt hatte, war gestorben.

Blumen und Blätter waren verschwunden. Übrig blieben nur kahle Äste und Stengel, und anstelle des silbrigen Mondscheins fiel gelbgrünes Licht auf die gespenstische Szenerie, so als braute sich am Himmel ein fürchterliches Unwetter zusammen.

Das ist doch unmöglich, dachte Janet. Niemand hätte die ganze Wand innerhalb weniger Nachtstunden völlig umgestalten können.

Es gab nur eine einzige Erklärung.

Sie schlief noch und hatte einen Alptraum, aus dem sie gleich erwachen würde. Und dann würde es nur noch Sekunden dauern, bis sie begriff, daß ihre Arbeit, die beste Arbeit ihres Lebens, nicht ruiniert worden war.

Aber sie wachte nicht auf.

Statt dessen wurde das Wandgemälde lebendig. Die Wolken am Himmel verdunkelten sich, und die Baumäste schwankten im Wind und streckten ihre kahlen Zweige wie skelettartige Finger nach ihr aus. Als die Zweige auch noch scharfe Krallen bekamen, die nach ihr schlugen, wich sie erschrocken zurück und wollte in die Küche flüchten.

Dann hörte sie etwas.

Einen leisen Schrei, gedämpft, fast lautlos.

Die Türklinke in der Hand, blieb sie lauschend stehen.

Wieder ein Wimmern.

Ein Baby?

Molly?

Sie stürzte in die Küche. Mollys Laufstall stand wie immer in sicherem Abstand vom Herd in der Ecke.

Der Laufstall war leer!

Janets Gedanken überschlugen sich. Das Auto stand draußen, folglich konnte Ted nicht mit Molly weggefahren sein. Aber wo war sie? Wo war Ted?

In der Garage?

Nein! Der leise Schrei, sie war jetzt fast sicher, daß Molly ihn ausgestoßen hatte, war aus dem Haus gekommen. Sie eilte ins Eßzimmer zurück.

Sie lauschte mit angehaltenem Atem und wünschte, es gäbe ein Mittel, das laute Pochen ihres Herzens zu dämpfen.

Da!

Ein pulsierendes Geräusch, so leise, daß sie nicht sicher war, ob sie es gehört oder nur *gefühlt* hatte. Möglicherweise hatte es durch den Boden ihre Füße erreicht und sich dann durch ihren Körper bis zum Gehirn fortgepflanzt.

Der Keller.

Das Geräusch kam aus dem Keller.

Sobald sie die Kellertür öffnete, konnte sie das gedämpfte Weinen des Babys deutlicher hören. Sie drückte auf den Lichtschalter.

»Molly?«

Keine Antwort.

»Molly? Ted, seid ihr dort unten?«

Als sie wieder keine Antwort erhielt, ging sie die steile Treppe hinab.

Es wurde immer kälter, so als würde sie von einer Eisschicht umschlossen.

Gleichzeitig wurde sie von dichtem Nebel eingehüllt. Die nackte Glühbirne schien plötzlich in der Luft zu schweben, und ihr grelles Licht verblaßte in den Schwaden zu einem schwachen silbrigen Schein.

Die pulsierenden Rhythmen wurden von Stufe zu Stufe lauter. Doch auch das Wimmern des Babys wurde immer lauter.

Jetzt bestand gar kein Zweifel mehr daran, daß es Molly war.

Endlich stand sie vor Jareds Zimmer.

Die disharmonische Musik übertönte jetzt sogar ihr Herzklopfen, doch dazwischen hörte sie Molly schreien.

Schreckliche Vorahnungen überfielen sie, als sie die Tür öffnen wollte, und am liebsten hätte sie kehrtgemacht, um der dröhnenden Musik und der gräßlichen Kälte zu entfliehen.

Aber das durfte sie nicht.

Sie mußte Molly finden.

Der Türknauf war so eisig, daß ihre Finger erstarrten, und als sie ihn zu drehen versuchte, dachte sie einen Moment lang, die Tür wäre abgeschlossen.

Dann bewegte er sich doch.

Das Kellerlicht erlosch.

Janet war von totaler Dunkelheit umgeben.

Die Glühbirne. Es lag nur an der Glühbirne. Niemand stand auf der Kellertreppe. Niemand hatte das Licht ausgeschaltet. Und doch – etwas schien in der Finsternis zu lauern, überall und nirgendwo.

Von Angst gelähmt, kam sie sich wie ein aufgespießter Schmetterling vor. Irgendein unbekanntes und unsichtbares Wesen hatte sie festgenagelt und betrachtete sie wie ein besonders ausgefallenes Exemplar.

Die pochenden Rhythmen wurden noch lauter. Kälte und Dunkelheit drohten sie zu erwürgen. Verzweifelt kämpfte sie gegen ihre Hilflosigkeit an. Sie wollte nur noch eines: die Kellertreppe hinaufrennen, um diesem Grauen zu entfliehen.

Molly schrie wieder auf.

Ein Schreckensschrei.

Ihre Mutterinstinkte waren stärker als Janets eigene Ängste. Sie schüttelte die Fesseln der Kälte und Finsternis von sich ab und drückte gegen die Tür.

Ein flackerndes Licht fiel durch den Spalt.

Janet stieß die Tür weit auf.

Der Anblick war so grauenvoll, daß er jedes Vorstellungsvermögen überstieg.

Sie begann zu schreien.

Sie schrie und schrie …

Irgendwo in weiter Ferne schien jemand ihren Namen zu rufen, so schwach, daß Kim es kaum hören konnte. »Kiiiimm« – beim zweitenmal wurde die Silbe so in die Länge gezogen, als hätte der Rufende fast schon die Hoffnung aufgegeben, daß sie antworten würde. Doch beim drittenmal war der Ruf laut und deutlich.

»Kim? Kim! Kim, kannst du mich hören?«

Sanfte Hände schüttelten sie. Sie öffnete die Lider und sah drei Gesichter, die sich über sie beugten, wurde aber durch das grelle Licht im Hintergrund geblendet. Sobald ihre Augen sich an die Helligkeit gewöhnt hatten, erkannte sie die Gesichter.

Schwester Clarence. Vater Bernard. Vater MacNeill.

Aber wo war sie? Sie hatte doch versucht, Jared im See vor dem Ertrinken zu retten …

Sie wollte sich aufsetzen, doch Schwester Clarence hinderte sie daran. »Bleib ruhig liegen, Kim, und erzähl uns, was geschehen ist.«

»Jared!« rief Kim. »Er braucht meine Hilfe! Er …« Bevor sie den Satz beendet hatte, tauchte ein neues Schreckensbild vor ihrem geistigen Auge auf. »Molly!« Sie preßte ihre Hände auf die Augen und schüttelte heftig den Kopf, doch die gräßlichen Bilder wollten nicht weichen. »Molly …, sie zerstückeln sie und legen ihre Körperteile in Gläser und …« Von wildem Schluchzen geschüttelt, registrierte sie vage, daß Schwester Clarence sie in die Arme nahm und ihr sanft übers Haar strich.

»Beruhige dich, Kim. Wir sind bei dir und dir wird nichts geschehen. Versuch uns einfach zu erzählen, was du gesehen hast.«

Ein ganzes Kaleidoskop von Bildern wirbelte durch Kims Kopf, und instinktiv umklammerte sie das kleine goldene Kreuz, das ihre Großtante ihr geschenkt hatte. »Was geschieht mit Jared?« flüsterte sie. »Er ...«

»Ganz ruhig, mein Kind«, murmelte Schwester Clarence besänftigend. »Du bist hier in Sicherheit, und alles wird gut werden.« Doch Kim konnte der Stimme der Nonne anhören, daß sie ihren eigenen Worten nicht glaubte.

»Erzähl es uns«, sagte jetzt Vater MacNeill. »Du mußt uns alles erzählen, damit wir dir helfen können.«

»Mommy sagt, es wären nur Alpträume, und ...« Sie verstummte schluchzend, weil ihr die gräßliche Szene eingefallen war, in der Sandy und Luke sich vor dem seltsamen Altar gepaart hatten. »Ich kann nicht«, flüsterte sie. »Es ist ... es ist so ...«

»Ich weiß.« Der Priester legte seine Finger auf ihre Stirn, so als wollte er sie ein zweites Mal taufen. »Aber wie schrecklich es dir auch vorkommen mag, du kannst es uns erzählen. Du kannst uns vertrauen.«

Vater MacNeills kühle Finger, die ihre Stirn sanft streichelten, übten eine beruhigende Wirkung aus, und stockend berichtete Kim alles, was sie seit dem Umzug in das alte Haus am Stadtrand erlebt hatte: ihre vielen Alpträume, Muffins Verschwinden, Scouts Verschwinden, die Demütigung, als Sandy sie angespuckt hatte ... »Und dann ...«, sie brach wieder in Tränen aus, »und dann ... o Gott, ich dachte, Jared und mein Vater würden meine kleine Schwester töten!« Sie starrte Vater MacNeill an, ohne ihn richtig wahrzunehmen. »Ich war im Biologiesaal, und ich sah ...«

Von Schluchzen geschüttelt, brachte sie mühsam hervor: »Ich sah Molly ..., sie war zerstückelt, und sie lag in diesen Glasbehältern ...« Kim warf dem Priester einen flehenden Blick zu. »Was ist das, Vater? Was geht mit uns vor?«

Anstatt ihre Frage zu beantworten, legte der Geistliche seine Hand auf die ihre, die das Kreuzchen umklammerte. »Woher hast du das?«

Kim runzelte die Stirn. »Von meiner T–T–Tante«, stammelte sie. »Tante Cora hat es mir geschenkt, bevor sie starb.«

Der Priester erinnerte sich an die Szene im Zimmer ihrer Großtante. »Ja, für Molly … Meine Mutter hat es an sich genommen.«

Vater MacNeill nahm Kims Hände in die seinen und schaute ihr in die Augen. »Denk gut nach. Hat deine Mutter Molly das Kreuz umgehängt?«

Kim schüttelte den Kopf. »Sie sagte, sie würde es aufbewahren, bis Molly etwas älter wäre.«

»Aber es ist in eurem Haus?«

»Ja, wahrscheinlich in Moms Schmuckkasten.«

»Und soeben hast du gehört, daß Jared nach dir gerufen hat?«

Kim nickte wieder. »Aber in Wirklichkeit war es nicht Jared, oder? Haben nicht *Sie* meinen Namen gerufen, um mich aus meiner Bewußtlosigkeit zu holen?«

Der Priester preßte ihre Hände so fest, daß es schmerzte, und schaute ihr weiterhin intensiv in die Augen. »Ich werde dir etwas sagen, Kim.« Seine Stimme verriet ihr, daß sie etwas Schreckliches hören würde. »Du mußt sehr stark sein, Kim«, fuhr er fort. »Kannst du das?«

Nach kurzem Zögern nickte sie.

»Es waren keine Träume, Kim«, sagte Vater MacNeill. »Alles, was du gesehen hast – alles, was du für Alpträume gehalten hast –, ist wirklich passiert. Alles …«

37. Kapitel

Es ist unmöglich.

Nichts von all dem, was sie sah, konnte real sein.

Janets letzter Schrei hing noch in der Luft, wurde schwächer, hallte jedoch in dem riesigen Raum, den sie betreten hatte, von allen Seiten dumpf wider.

Jeder Muskel in ihrem Körper war erschlafft, und einen Moment – oder eine Ewigkeit – lang glaubte sie, gleich ohnmächtig zusammenzubrechen.

Ihr Gehirn arbeitete fieberhaft, suchte verzweifelt nach irgendeiner Erklärung für das, was sie erlebte.

Ein Alptraum?

Aber sie war wach! Sie wußte, daß sie wach war.

Eine Einbildung! Das mußte es sein. Alles, was sie gesehen hatte, konnte nur eine Einbildung sein. Der Dunst im Haus, die bizarre Veränderung ihres Wandgemäldes, die Kälte – Einbildungen!

Ihre Augen huschten verstört umher, und ihr Verstand klammerte sich an den Begriff ›Einbildung‹, weil die Bilder andernfalls nicht zu verkraften waren. Jareds schwarzer Kellerraum hatte sich in eine Art Kathedrale verwandelt. Als sie die Tür aufgestoßen hatte, war sie einen Moment lang von grellem Licht geblendet worden. Doch dann fand sie sich in einem Gewölbe von so gewaltigen Ausmaßen wieder, daß der Hintergrund trotz des kalten Lichts, das von überall und nirgends herzukommen schien, in totale Finsternis getaucht war. Doch was sie zum Schreien gebracht hatte, das war der Anblick des Altars, der den ganzen Raum beherrschte, obwohl er unerreichbar fern zu sein schien.

Knochen! Der ganze Altar bestand aus Menschenknochen – aus Tausenden von Menschenknochen. Darauf standen flackernde Kerzen, die rußten und einen Gestank nach brennendem Fleisch verströmten.

Eine Hand lag auf dem Altar.

Eine Menschenhand.

Eine rechte Hand.

Die Fingernägel waren gelb und zersplittert, die lederne Haut hing in Fetzen herab und der gebogene Zeigefinger schien auf Janet zu deuten. Sie wußte instinktiv, woher diese Hand stammte: aus dem geschändeten Grab von George Conway. Obwohl das Bild sich schon unauslöschlich in ihren Geist eingebrannt hatte, schaute sie weg, wurde aber sofort mit einem anderen gräßlichen Anblick konfrontiert: der abgeschnittenen rechten Vorderpfote eines Hundes. Am Fell konnte sie erkennen, daß es Scouts Pfote war! Daneben lag eine weitere Pfote, doch das Tier, dem sie gehört hatte, war Janet unbekannt.

Von Ekel geschüttelt, riß sie ihre Augen von den unheimlichen Gegenständen los. Ihr Blick fiel auf etwas noch viel Schaurigeres: Über dem Altar schwebte ein auf den Kopf gestelltes Kreuz.

An dem Kreuz hing eine Gestalt mit dem Kopf nach unten, beide Füße waren mit einem einzigen großen Nagel angenagelt. Zwei weitere Nägel waren am Querbalken durch die Handgelenke getrieben.

Die Gestalt hatte eine große Wunde in der rechten Körperhälfte, aus der Blut hervorsickerte, aber nicht nur das!

Maden, Unmengen von Maden, krochen aus dem zerfetzten Fleisch.

Janets Blicke glitten zum Gesicht der Gestalt hinab, und dann begann sie derart zu schreien, daß ihre Stimme den riesigen Raum erfüllte. Das Echo dröhnte in ihren Ohren und verwandelte sich dabei in höhnisches Gelächter. Es waren ihre eigenen in Todesqual verzerrten Gesichtszüge, die sie über dem Altar sah. Blut lief ihr über die Wangen und versickerte in den Haaren.

Janet fühlte jetzt den Schmerz in ihren durchbohrten Händen und Füßen, und die Wunde, in der sich unzählige Maden tummelten, brannte unerträglich. Sie spürte das heiße Blut, das aus der Wunde rann, und der kupferige Geruch stieg ihr in die Nase. Sie versuchte einen Schritt zu machen, brach dann aber in die Knie und schrie wieder auf, als ihre blutenden Hände gegen den Boden prallten.

Drogen!

Das mußte es sein! Sie war unter Drogen gesetzt worden. Aber auch das ergab keinen Sinn, denn sie konnte sich an alles erinnern, seit Ted gestern abend nach Hause gekommen war.

An den Liebesakt.

Ans Einschlafen in seinen Armen.

Ans Aufwachen, erholt und zufrieden.

Sie hatte nichts gegessen und nichts getrunken.

Aber wie …? Janet brachte ihre Frage nicht zu Ende, denn nun tauchten zwei Gestalten auf. Obwohl sie ihr den Rücken zuwandten, erkannte sie beide sofort.

Ihr Mann.

Und ihr Sohn.

Sie legten gemeinsam ein Bündel auf den Altar – etwas, das in ein Tierfell eingewickelt war.

Goldfarbenes Fell.

Janet erkannte es sofort, und im selben Moment wurde ihr klar, was sich in dem Bündel befand.

»Molly!« kreischte sie.

Die Schmerzen in ihren Händen und Füßen vergessend, rannte sie auf den grotesken Altar zu. Ein schauriges Gelächter aus dem Nichts rollte über sie hinweg, und Ted und Jared drehten sich nach ihr um.

Ted deutete mit einem Finger auf sie, und sie hatte das Gefühl, von einem glühenden Laserstrahl durchbohrt zu werden. Trotzdem taumelte sie mit ausgestreckten Armen auf den Altar zu und stammelte ein ums andere Mal den Namen ihrer Tochter. »Molly … Molly … Molly … Molly.«

Das höhnische Gelächter schwoll weiter an, und die unsichtbare Kraft, die von Teds Hand ausging, traf ihren Körper immer wieder. Als sie noch etwa zehn Meter vom Altar entfernt war, öffnete er den Mund.

»Halt sie auf!«

Jared gehorchte dem Befehl und ging mit einem funkelnden Dolch in der rechten Hand auf seine Mutter zu.

38. Kapitel

Vater MacNeill hielt Kims Hände in den seinen und schaute ihr tief in die Augen. Sie spiegelten immer noch das Grauen wider, von dem das Mädchen überwältigt worden war. Er las darin aber auch eine erstaunliche Entschlossenheit. Jetzt, da sie vor dem Haus standen, hatte Kim die lähmende Panik überwunden und war zum Handeln bereit.

»Du kannst es, Kimberley«, sagte er ruhig. »Du mußt nur immer daran denken, daß deine Großtante recht hatte. Das Kreuz wird dich beschützen. Du wirst schrecklichere Dinge sehen, als du dir überhaupt vorstellen kannst, aber solange du das Kreuz am Hals trägst, bist du in Sicherheit. Verstehst du das?«

Kim zögerte nur für den Bruchteil einer Sekunde, bevor sie nickte. *In Sicherheit.* Sie sagte es sich immer wieder wie ein Mantra vor, während sie nach dem Kreuz an der dünnen goldenen Kette tastete. *In Sicherheit … In Sicherheit … in Sicherheit …* Wenn das Kettchen aber zerriß? Wenn sie das Kreuz verlor und …

»Kim … Kiiiimm …«

Jareds Stimme! Aber sie klang schon schwächer als noch vorhin, so als versinke er immer mehr in jener Tiefe, von der sie geträumt hatte, fast schon unerreichbar. »Jetzt!« flüsterte sie, sie sagte es, mehr zu sich, als zu den beiden Priestern, die sie begleiteten. Kim ließ sie auf dem Gehweg stehen und ging entschlossen auf das Haus zu.

»Wir können sie doch nicht allein hineingehen lassen«, murmelte Vater Bernard, als das Mädchen den Rasen überquerte.

Vater MacNeill schwieg, bis Kim die Verandastufen hinter sich gelassen hatte. Sogar auf diese Entfernung hin spürte er die eisige Kälte, die von dem Gebäude ausging, und er glaubte die düstere Aura des Bösen zu sehen, die wie eine schwarze Wolke über allem hing. »Uns bleibt keine andere Wahl«, antwortete er Vater Bernard. »Weder Sie noch ich könnten auch nur die Schwelle übertreten. Wir haben nicht die Kraft dazu.«

Während Kimberley Conway langsam die schwere Tür öffnete und im nächsten Moment hinter sich schloß, begannen die beiden Priester zu beten.

Das Geräusch der zufallenden Tür, das im leeren Haus widerhallte, hatte etwas schrecklich Endgültiges an sich. Kim blieb regungslos stehen. Die ganze Atmosphäre hatte sich verändert. Es herrschte eisige Kälte, und Kim wußte, daß keine noch so dicke Kleidung sie vor dieser Kälte schützen könnte. Gleichzeitig war die Luft so schwer, daß sie nach Atem ringen mußte. Ihr Instinkt riet ihr, das Haus zu verlassen.

Es zu verlassen, bevor es zu spät sein würde.

Kim trotzte dieser Warnung und ging auf die Treppe zu.

Eine Ratte tauchte vor ihr aus dem Nichts auf, und sie wich unwillkürlich zurück, einen Angstschrei unterdrückend.

Nicht real.

Sie wußte es, sobald sie das kleine goldene Kreuz berührte.

Die Ratte verschwand.

Hatte sie sich in Luft aufgelöst, oder war sie nur durch die offene Tür ins Eßzimmer gehuscht?

Kim stählte sich gegen die Panik, die der Anblick der Ratte bei ihr ausgelöst hatte, und setzte ihren Weg zur Treppe fort. Die Atmosphäre wurde noch drückender, und ihre Füße schienen in Treibsand zu versinken.

Als sie die Treppe ins Obergeschoß endlich doch erreicht hatte, wurden die Stufen und das Geländer lebendig. Es wimmelte von Schlangen, die sich drohend aufrichteten und zischend mit den Zungen schlugen.

Ihr Kreuz umklammernd, betrat Kim die erste Stufe, dann die zweite.

Die Schlangen gaben ihr den Weg frei.

Auf dem Treppenabsatz hörte sie hinter sich einen gellenden Schrei. Sie wirbelte herum, sah jedoch nichts.

Ein zweiter Schrei, dicht hinter ihr.

Sie wirbelte wieder herum. Nichts zu sehen.

Ein dritter Schrei, der zu schaurigem Geheul anschwoll. Kim hielt sich die Ohren zu, während sie die restliche Treppe hinaufrannte. Vor der Tür zum Elternschlafzimmer blieb sie einen Moment lang stehen und versuchte sich gegen alles zu wappnen, was sie drinnen erwarten mochte.

Sie öffnete die Tür.

Die nackte Leiche hing vom Kronleuchter herab und hatte einen dicken Strick um den Hals. Der offene Mund gab die Zunge frei. Tote Augen starrten Kim an.

Es war ihre Mutter.

Das Mädchen tastete nach dem Kreuz und hörte wieder jene innere Stimme: *Nicht real!*

Ihre tote Mutter hob den Arm und deutete anklagend auf ihre Tochter.

»Deine Schuld!« krächzte sie mit grauen Lippen.

Kim bekam weiche Knie, ihr Herz raste zum Zerspringen, und sie drohte von Hysterie überwältigt zu werden. Doch dann hörte sie tief in sich die Stimme ihrer Großtante, die ihr zuflüsterte: *Es wird dich beschützen. Das Kreuz wird dich beschützen.* Sie bezwang die lähmende Furcht , kehrte der Leiche den Rücken zu und ging zur Frisierkommode, auf der das Schmuckkästchen ihrer Mutter stand. Sie öffnete es und begann nach dem zweiten Kreuz zu suchen. Im obersten Fach lagen mehrere Halsketten und billige Ringe. Kim hob dieses Fach heraus und entdeckte darunter drei Schachteln. Die erste enthielt eine einreihige Perlenkette, die zweite einen kostbaren Jadeanhänger, den ihre Großmutter früher oft getragen hatte. An die Kette war ein kleiner Zettel geheftete, und sie erkannte ihre zittrige Schrift: *Für Kim, an ihrem 21. Geburtstag*. Einen Moment lang umklammerte sie den Anhänger, dann legte sie ihn zurück und öffnete die dritte Schachtel.

Das zweite goldene Kreuz funkelte sie an. Als Kim es in die Hand nahm, hörte sie hinter sich einen Schrei. Sie drehte sich um und sah, daß die Leiche ihrer Mutter krampfhaft zuckte und gierig die Finger ausstreckte, um Kim das Kreuz zu entreißen.

»Nein« rief das Mädchen. »Niemals!«

Das Gespenst schrie wieder, und die toten Gesichtszüge verzerrten sich vor Wut. Die Arme reckten sich Kim entgegen, bis die Fingerspitzen sie fast berührten.

Kim hielt den Atem an, wich aber nicht zurück.

Mit einem letzten vergeblichen Aufheulen gab die Leiche ihre Bemühungen auf.

Das Goldkettchen um ihre Finger geschlungen, das Kreuz fest in der linken Hand, ging Kim zur Tür. Sie blieb dort aber lauschend stehen, weil sie sogar durch das dicke Holz hindurch etwas hören konnte – ein Geräusch, das ihr irgendwie bekannt vorkam, das sie jedoch nicht identifizieren konnte.

Sie öffnete die Tür einen Spalt weit, und nun war der Lärm ohrenbetäubend.

Wespen!

Millionen Wespen schwirrten umher. Die Wolke war so dicht, daß Kim die gegenüberliegende Seite der Galerie kaum sehen konnte. Ihr Instinkt riet ihr, die Tür zuzuschlagen und im sicheren Schutz des Schlafzimmers auszuharren, bis die summende Horde verschwunden war. Doch sie setzte sich darüber hinweg und riß die Tür weit auf.

Die Wespen umschwirrten ihren Kopf.

Sie rannte auf die Treppe zu. Ihre Haut prickelte, weil sie erwartete, daß Millionen winziger Füße auf ihr herumkrabbeln, daß Tausende scharfer Stachel sich in ihr Fleisch bohren würden. Kim hetzte die Treppe hinab, flüchtete ins Eßzimmer und warf die Tür hinter sich zu. Das Summen der Insekten erstarb schlagartig.

Während sie auf die Kellertür zuging, wollte sie jeden Blick auf das Wandgemälde ihrer Mutter vermeiden. Sie befürchtete, daß es sich seit dem Morgen weiter verändert haben könnte. Doch ihre Augen wurden magisch davon angezogen, und sie schnappte entsetzt nach Luft. Sie blickte in ein flammendes Inferno jenseits der Verandatüren, die ihre Mutter gestaltet hatte. Büsche und Bäume brannten lichterloh, überall loderten Feuerzungen empor, und dichte Rauchwolken verhüllten den Himmel. Auf dem Rasen wälzten sich brennende Menschen, und eine Kakophonie des Stöhnens Tausender gemarterter Seelen hallte in Kims Ohren. Sie wurde von einer unerträglichen Hoffnungslosigkeit gepackt, und plötzlich verspürte sie das Verlangen, der Eiseskälte zu entfliehen, die seit dem Betreten des Hauses ihre Glieder lähmte. Dazu brauchte sie nur durch die Verandatür ins Freie zu treten. Die Flammen würden sie wärmen.

Die Flammen der Hölle.

Sie machte einen Schritt auf die Türen zu, die sich weit öffneten, so als wollten sie Kim willkommen heißen.

Noch ein Schritt.

Und noch einer.

Nur noch ein einziger, dann …

Kim bekam sich wieder unter Kontrolle, sie kehrte der flammenden Ewigkeit den Rücken zu und eilte zur Kellertür.

Sobald die Tür hinter ihr zufiel, war sie von totaler Finsternis umgeben.

Das Kreuz in der geballten Faust, stieg sie die Treppe hinab.

Janet spürte eine Dolchspitze an ihrer Kehle, doch nicht einmal die Gefahr, daß die Waffe ihren Hals durchbohren würde, hätte sie aufzuhalten vermocht, wenn es ihr gelungen wäre, ihren Körper dem Willen ihres Geistes zu unterwerfen. Doch sie schien vom Hals abwärts gelähmt zu sein, so als übte eine fremde Macht Kontrolle über sie aus und zwänge sie, regungslos dazustehen und zuzuschauen, was ihr Mann tat.

Ted hatte Molly aus dem Hundefell ausgewickelt. Das Kind lag jetzt nackt auf dem Altar.

Molly stand offenbar auch unter dem Bann derselben Macht, die Janet gefangen hielt, denn sie unternahm keinen Fluchtversuch. Aber sie weinte, und Janet hörte die Angst ihres Kindes.

Ted hatte die Kleine auf den Rücken gelegt, und sie sah im Kerzenlicht völlig hilflos aus. Ihre Augen waren auf die Gestalt am Kreuz gerichtet – auf Janets Gestalt –, und zweifellos hielt sie dieses Schreckensbild für wahr.

»Hör auf«, flehte sie Ted an. »Um Gottes willen, Ted, was tust du?«

Er drehte sich nach ihr um. Sie konnte ihn zwar noch erkennen, aber sein attraktives Gesicht war aufgedunsen, die Haut fleckig und mit eitrigen Geschwüren übersät. Sein Gewand fiel auseinander, während er sich ihr zuwandte, und sie bemerkte, daß seine Haut sich seltsam wellte. Im nächsten Moment erkannte sie die Ursache: Schwärme von Maden krochen aus ihm hervor, wanden sich frei, fielen auf den Boden und schlängelten auf Janet zu.

Sie schluchzte, und jedes Aufschluchzen veranlaßte ihren Mann zu einem grausamen Hohngelächter.

Seine funkelnden Augen waren auf sie gerichtet, als das Messer in Jareds Hand zuckte. Janet spürte, daß die Spitze sich in ihre Haut bohrte.

»Warte!« befahl Ted.

Jared erstarrte, zog aber den Dolch nicht zurück.

»Molly!« kommandierte Ted. »Zuerst Molly, dann deine Mutter!«

»Nein«, flüsterte Janet. Das hier war ein Alptraum, es konnte nur ein Alptraum sein! Aber sie wußte, daß es *kein* Traum war, daß diese unvorstellbare Szene sich tatsächlich abspielte. »Bitte ...«, stöhnte sie kraftlos.

Ein dünner Blutfaden lief ihr über den Hals, als Jared die Dolchspitze aus ihrer Haut riß und sich entfernte. Doch jene geheimnisvolle Macht lähmte sie nach wie vor, so daß sie nichts tun konnte, um ihr jüngstes Kind zu retten. Hilflos mußte sie mit ansehen, wie ihr Sohn sich dem Altar näherte und das Messer über Mollys nackten Bauch hielt.

»Tu's!« flüsterte Ted drohend. »Du weißt, daß du es tun mußt, Jared. Du weißt, daß du es tun *willst*! Diene deinem Herrn! Diene ihm, so wie ich es versprochen habe!«

Ein gewaltiger Zorn ließ Janet erzittern. »Was hast du gesagt? Welcher Herr? Was hast du versprochen? Ted, um Himmels willen, was hast du getan?«

Ted fixierte sie aus schmalen Augenschlitzen. »Ich habe getan, was ich tun *mußte*«, fauchte er. »Und ich habe es nicht nur für mich getan, sondern auch für dich!«

Janet starrte ihn an und versuchte zu begreifen, was er sagte. Aber nichts ergab einen Sinn. Alles, was sie sah, alles, was sie hörte, war völlig unmöglich. Im tiefsten Innern wußte sie jedoch, daß es *nicht* unmöglich war. Und plötzlich wußte sie auch, was Ted getan hatte.

Er hatte seine Seele verkauft.

Und auch die Seele seines Sohnes.

Nicht *seines* Sohnes, ihres *gemeinsamen* Sohnes! »Nein«, schrie sie. »Das kannst du nicht machen, Ted! Du kannst Jared nicht weggeben! Er gehört dir nicht!«

»Nein?« höhnte Ted. »Schau ihm doch zu! Er wird genau das tun, was ihm befohlen wurde.« Er wandte sich dem Altar zu und breitete die Arme aus.

Das Kreuz, an das Janets Ebenbild genagelt war, verschwand. Statt dessen tauchte ein Gesicht auf, das Gesicht des Bösen, schrecklicher als jeder Alptraum. Die Augen, tief in eiternde Höhlen eingesunken, glitzerten im harten, kalten Licht. Sie bohrten sich in Janet, hielten tief in ihrem Innern Ausschau nach … wonach?

Nach Schwäche!

Was willst du? Janet hörte die drohende und zugleich verführerische Frage so deutlich, als wäre sie ihr ins Ohr geflüstert worden. *Du kannst es haben. Du kannst alles haben, was du willst.*

Die gräßliche Fratze begann sich zu verwandeln, nahm Teds Gesichtszüge an. Aber es war nicht der Ted von heute. Es war der Ted, in den sie sich vor vielen Jahren verliebt hatte. Doch auch das stimmte nicht ganz. Das Gesicht, das über dem Altar schwebte, glich dem Ted, von dem sie immer nur geträumt hatte.

Vollkommen in jeder Hinsicht, mit ebenmäßigen Zügen und leuchtenden Augen. Ein idealisierter Ted. Er lächelte ihr zu, und seine Stimme war sanft, einschmeichelnd, beschwörend.

»Alles, Janet! Du kannst alles haben, was du willst. Dein Leben kann so perfekt sein, wie du es dir einst erträumt hast ...« Die Stimme redete weiter auf sie ein, und Janet spürte die einlullende Wirkung.

»Nein«, flüsterte sie flehend. Die herrlichen Augen des perfekten Mannes waren unverwandt auf sie gerichtet, und die Stimme war so unwiderstehlich wie Sirenengesang. »Bitte ... tu mir das nicht an ... bitte nicht ...«

Doch jetzt konnte sie Ted auch *spüren*. Seine Hände glitten über ihren ganzen Körper, seine warmen Finger streichelten sie an den empfindlichsten Stellen. Von heißen Lustwellen durchflutet, gingen ihre gestammelten Bitten in ekstatisches Stöhnen über.

»Du willst es, Janet«, säuselte die Stimme. »Du weißt, daß du es willst. Alles kannst du haben ... Du brauchst dich nur mir hinzugeben, Janet. Öffne dich. Laß mich ein. Laß mich von dir Besitz nehmen. Laß mich ...«

Ein einziges Wort, das laut durch die riesige Kathedrale hallte, bereitete der Verführung ein jähes Ende. »NEEEE-EIN!«

Janet riß sich mühsam von den Augen des vollkommenen Teds los, dessen Gesicht immer noch über dem Altar schwebte, und drehte sich um.

Ihre älteste Tochter kam auf sie zu. Kims Gesicht war aschfahl, ihre Augen schreckensweit aufgerissen. Mit der rechten Hand umklammerte sie das Kreuz an ihrem Hals, und ihr linker Arm war nach vorne ausgestreckt. Zwischen ihren Fingern hing das zweite Kreuz, das Janet für Molly aufbewahrt hatte. Als Kim näherkam wollte Janet nach diesem Kreuz greifen, doch ihre Tochter ging unaufhaltsam weiter, den Blick unverwandt auf das Bild über dem Altar gerichtet.

Janet begriff, daß das goldene Kreuz nicht für sie bestimmt war, sondern für das unheimliche Wesen, das über den flackernden Kerzen schwebte. Vor ihren Augen verwandelte sich das Gesicht wieder: der vollkommene Ted bekam Augen, die vor Haß sprühten, die soeben noch glatte und weiche Haut wurde rot und schuppig, und die vollen Lippen wurden immer schmaler und härter, bis Janet das Maul eines Reptils sah.

Dieses Maul öffnete sich, und eine zweiköpfige Schlange schoß daraus hervor. Die Köpfe bewegten sich in verschiedene Richtungen, mit aufgerissenen Rachen, die scharfe Giftzähne entblößten. Vor Grauen wimmernd, wich Janet vor dem entsetzlichen Geschöpf zurück.

Kim setzte ihren Weg fort.

Jared und Ted standen am Altar, überragt vom Bildnis ihres Gottes. Der Dolch zitterte in Jareds rechter Hand, nur wenige Zentimeter von Mollys nackter Brust entfernt, und als Kim näherkam, donnerte Teds Stimme durch den Raum.

»Tu's! Tu's sofort!«

Jareds Hand bewegte sich nach unten, und die Dolchspitze berührte Mollys Haut.

»Tu's!« brüllte Ted wieder. »Bring dein Opfer dar!«

Nicht real.

Kim wiederholte diese Worte immer wieder, während sie auf den Altar zuging. Es bedurfte ihrer ganzen Willenskraft, um einen Fuß vor den anderen zu setzen, anstatt sich von Angst überwältigen zu lassen.

Nicht real.

Aber sie wußte, daß die Schreckensvision über dem Altar Wirklichkeit war, im Gegensatz zu all den Kreaturen, die versucht hatten, sie einzuschüchtern und in die Flucht zu treiben.

Jetzt stand sie dem Bösen von Angesicht zu Angesicht gegenüber.

Sie hörte immer noch Jareds Stimme, aber sie ließ an Stärke nach. Nur noch wenige Schritte von ihm entfernt, konnte sie in seinem Geist lesen. Kim spürte, daß er schwach wurde, daß er fast schon bereit war, den Befehlen seines Vaters Folge zu leisten. Gleich würde es zu spät sein.

Die zweiköpfige Schlange schoß auf Kim zu, mit glühenden Augen und triefenden Giftzähnen, doch als sie ihr das Kreuz in ihrer linken Hand entgegenstreckte, zuckte sie zurück, und ihr Zischen hörte sich an, als hätte man Wasser auf eine heiße Herdplatte gegossen.

Die Fratze des Bösen verzerrte sich vor Wut, als Kim immer näherkam, und er heulte auf, als sie Jared erreichte. Sie trat neben ihren Bruder und schaute ihm ins Gesicht. das vom flackernden Kerzenlicht erhellt wurde. Die Dolchspitze ruhte auf Mollys Brust, während die Kleine wimmernd nach ihrer Mutter rief.

»Verdammt, tu's endlich!« befahl ihr Vater, und Kim sah, daß Jareds Fingerknöchel weiß wurden, als er den Dolch noch fester umklammerte.

Er hob ihn und wollte ihn seiner kleiner Schwester tief ins Herz stoßen. Nun ließ Kim die goldene Kette über seinen Kopf gleiten, und das Kreuz fiel auf seine Brust. Als es ihn berührte, verzerrte sich Jareds Gesicht vor Wut. Er riß den Dolch nach oben. Ein schauriges Kreischen entrang sich seiner Kehle.

Dann sauste der Dolch hinab.

Er versank bis zum Griff in Teds Brust.

Taumelnd brach Ted in die Knie, während Jared den Dolch herausriß. Fassungslos starrte der Vater zu seinem Sohn empor. Sein Gesicht verlor jede Farbe, und er öffnete den Mund, doch bevor er etwas sagen konnte, rammte Jared ihm den Dolch durch den Rachen, tief ins Gehirn.

Blut schoß aus den tödlichen Wunden hervor, und Ted brach leblos vor dem Altar zusammen.

»Nimm Molly«, flüsterte Jared fast unhörbar, aber sein Appell erreichte Kim auch durch Gedankenübertragung. »Nimm Mom und macht, daß ihr von hier wegkommt! Um Gottes willen, beeil dich!«

Kim riß Molly vom Altar. Sie drehte sich um und rannte auf die Tür zu, wobei sie ihrer Mutter zurief mitzukommen. Einen Moment später taumelten sie über die Schwelle und waren plötzlich von Dunkelheit umgeben.

Endlich aus ihrem gräßlichen Alptraum erwachend, blieb Janet stehen. »Ich ... ich verstehe nicht ...«, stammelte sie. »Was ...«

Kim schob sie auf die Treppe zu. »Raus hier! Jared hat gesagt, daß wir uns beeilen sollen. Schnell!«

Die befehlende Stimme ihrer Tochter brachte Janet in die Wirklichkeit zurück. Sie nahm ihr Molly ab und stolperte dann die Treppe hinauf, durchquerte Eßzimmer und Halle und lief auf die Veranda hinaus.

Die Sonne schien hell, und es wehte eine leichte Brise.

Janet war in den perfekten Morgen zurückgekehrt, den sie beim Aufwachen so genossen hatte.

39. Kapitel

Vater MacNeill unterbrach sein Gebet, als die Haustür aufflog. Höchstens zehn Minuten, nachdem sie das Haus betreten hatte, stürzte Kim auf die Veranda heraus, und er war einen Moment lang sicher, daß sie es nicht geschafft hatte. Entweder hatte sie das zweite Kreuz nicht gefunden, oder, was noch wahrscheinlicher war, sie hatte einfach die Nerven verloren.

An die schlimmste Möglichkeit wollte er nicht einmal denken: daß sie ihr Kreuz verloren hatte.

Dann tauchte Janet mit Molly in den Armen hinter dem Mädchen auf, und der Priester atmete erleichtert auf. Er machte einen Schritt nach vorne, doch sobald er den Gehweg verließ und seinen Fuß auf das Grundstück setzte, überfiel ihn die Eiseskälte des Bösen, und er begriff, daß die Konfrontation im Haus noch nicht beendet war.

Total erschöpft, warf Kim sich in seine Arme, und er hielt sie fest. »Jetzt wird alles wieder gut«, murmelte er beruhigend. »Du hast es geschafft!« Erst als sie nicht mehr wie Espenlaub zitterte und auch ihr Herzschlag sich normalisierte, wagte er zu fragen: »Wo ist dein Bruder?« Eindringlich wiederholte er seine Frage: »Wo ist er?«

Kims Gesicht war tränenüberströmt, und sie schaute flehend zu dem Priester empor. »Er ist geblieben«, flüsterte sie. »Er hat gesagt, wir sollten gehen, aber er selbst ist geblieben.«

»Und dein Vater?«

Kims Stimme wurde von Schluchzen fast erstickt. »Er … er ist tot. Jared hat ihn …«

Vater MacNeill legte ihr den Zeigefinger der rechten Hand auf die Lippen, um sie zum Schweigen zu bringen. »Nicht Jared«, sagte er ruhig. »Jared hat gar nichts getan.« Er schaute dem Mädchen tief in die Augen. »Verstehst du? Es war niemals dein Bruder. Niemals.«

Janet war kraftlos auf den schmalen Grasstreifen zwischen Gehweg und Straße gesunken. Während sie Molly fest an sich drückte – sie tröstete damit nicht nur das Kind, sondern auch sich selbst –, versuchte sie zu begreifen, was seit dem Morgen geschehen war. Aber nichts ergab einen Sinn. Doch als sie Vater MacNeill mit Kim reden hörte, schien es ihr, als verstünden die beiden, was geschehen war. Ihre Augen suchten das Haus, aber sie erinnerte nur ihren Sohn, der sich mit einem blutigen Messer in der Hand über seinen Vater beugte.

Über *Ted.*

Nein, *nicht* Ted.

Jemand – *etwas* – anderes. Nicht Ted!

Nicht Jared …

Nein, es mußte doch eine Art Alptraum gewesen sein, es *mußte* …

Nahe daran, den Verstand zu verlieren, sammelte sie ihre letzten Kräfte. »Kann mir denn niemand sagen, was mit mir los ist?« flehte sie mit unsicherer Stimme.

Vater MacNeill kniete neben ihr nieder und legte ihr tröstend einen Arm um die Schultern. »Die Hölle«, sagte er leise. »Sie waren soeben in der Hölle, Janet. Aber Sie sind ihr entronnen. Es ist vorbei.«

Doch er spürte immer noch die Kälte des Bösen, die dem Haus entströmte.

Es war noch nicht vorbei.

40. Kapitel

Jared hatte das Gefühl, sein Trommelfell würde von dem unbeschreiblichen Wutgeheul platzen, das in dem riesigen Raum widerhallte und ihn um den Verstand zu bringen drohte. Er vergaß den Dolch und hielt sich unwillkürlich die Ohren zu, um das Kreischen der Verdammten, die ewigen Höllenqualen ausgesetzt waren, nicht mehr hören zu müssen.

Das blutige Messer war dicht neben Teds lebloser Hand auf den Boden gefallen, und als Jared vom Altar wegtrat, streifte er es versehentlich mit dem Fuß. Der Dolch drehte sich, und der Griff berührte die Finger seines Vaters.

Sie zuckten wie elektrisiert und schlossen sich um die Waffe. Das Blut auf der Klinge wurde in den Körper zurückgesaugt, aus dem es hervorgesprudelt war. Ein gutturaler Laut entrang sich Teds Kehle, er setzte sich auf, stützte sich am Altar ab und torkelte auf die Beine. Seine Augen bohrten sich in den Rücken seines Sohnes, so daß dieser sich umdrehte, von der Wucht des haßerfüllten Blickes getroffen.

Sein Vater öffnete den Mund, und Jared sah die gähnende Wunde.

»Nein«, brachte Ted trotzdem keuchend hervor. »So nicht!« Er taumelte auf Jared zu. »Das ist nicht das Ende.« Flehend streckte er eine Hand nach seinem Sohn aus. »So nicht!«

Jared ging ihm einen Schritt entgegen, fast bereit, die Hand zu ergreifen, doch eine Sekunde, bevor ihre Finger sich berührt hätten, stieg eine Szene aus seinem Unterbewußtsein auf.

Nacht.

Er schlief in seinem Zimmer.

Plötzlich war er wach, ohne zu wissen, was ihn geweckt hatte.

Eine Stimme – die Stimme seines Vaters – rief seinen Namen.

Er sprang aus dem Bett und folgte ihr die Treppe hinab, durch das Eßzimmer, in den Keller.

Eine Tür.

Er öffnete sie.

Er sah seinen Vater, von dichten Nebelschwaden umhüllt. Ted streckte ihm eine Hand entgegen und flehte: »Hilf mir, Jared! Ich brauche deine Hilfe!«

Er ging durch den Nebel auf seinen Vater zu und reichte ihm die Hand. Sobald die eiskalten Finger zupackten, brach tiefe Verzweiflung über Jared herein.

Er fühlte sich allein und verlassen.

Von plötzlicher Furcht gepackt, wußte er, daß er zu keinem Widerstand fähig war, ganz egal, was sein Vater von ihm verlangen würde.

Sein Vater führte ihn durch den Nebel zu einem goldenen, mit Edelsteinen besetzten Altar, der von innen her zu leuchten schien. Ein Kreuz hing verkehrt herum über dem Altar, und davor schwebte ein unvorstellbar böses Gesicht.

Jareds Seele erschauerte. Er wollte sich abwenden, aber die Augen des Bösen hielten ihn fest. Es waren hungrige Augen, und noch bevor sein Vater etwas sagte, wußte Jared, worauf dieses Wesen es abgesehen hatte.

Und er wußte, daß er verloren war.

»Du bist mein Sohn und mein Erstgeborener«, hörte er seinen Vater sagen. »Du wirst mir gehorchen.«

Außerstande, sich seinem Vater zu widersetzen, blickte Jared zum Gesicht des Bösen empor.

»Ich gebe dir meinen Sohn«, hörte er seinen Vater sagen.

Das Gesicht lächelte, und dann hörte Jared eine Stimme, die von überall- und nirgendwoher zu kommen schien und jeden Winkel seines Geistes und seiner Seele durchdrang.

Jared lauschte der Stimme.

Er hatte keine andere Wahl.

»Du gehörst mir«, flüsterte die Stimme. »Dein Vater hat dich mir geschenkt, und jetzt gehörst du mir.«

Jared nickte.

»Du wirst mir dienen, mir allein. Du wirst mir eine Kathedrale bauen, und mir andere zuführen. Du wirst mich ernähren. Du wirst mich anbeten. Du wirst meine Feinde vernichten.« Die Stimme flüsterte weiter auf ihn ein, instruierte ihn, welche Schandtaten er zu begehen hatte, welche Blutopfer von ihm erwartet wurden.

Und dann, noch vor dem ersten Morgengrauen, kehrte er in sein Zimmer zurück, legte sich zu Bett und schlief wieder ein.

Als er wieder aufwachte, wußte er, daß es kein Traum gewesen war. Noch am selben Tag zog er in den Keller um und begann seinen Auftrag zu erfüllen.

Begann all das zu tun, was die Stimme des Bösen ihm befohlen hatte.

In seiner Machtlosigkeit konnte er nur nach Kim rufen, sie um Hilfe bitten, und sie war auch mehrere Male gekommen.

Sie hatte gesehen, was er tat, aber sie hatte es nicht verstanden und ihm deshalb nicht helfen können.

Bis heute.

Jared riß seine Finger von der Hand seines Vaters zurück und umklammerte das goldene Kreuz, das seine Zwillingsschwester ihm umgehängt hatte. Er spürte, daß seine Seele befreit aufatmete, daß Kälte und Einsamkeit, denen er wochenlang ausgesetzt gewesen war, allmählich von ihm wichen. Während das Böse seine Macht über ihn verlor, schwoll das Geheul in der Kathedrale erneut an. Doch jetzt waren es nicht mehr die verdammten Seelen, die schrien, sondern Satan selbst, der vor Wut tobte, weil ihm ein Opfer entkommen war.

Jared schaute seinen Vater an. »Du hast mich ihm gegeben«, sagte er leise. »Du hast deinen eigenen Sohn dem Teufel geschenkt!« Er ging an Ted vorbei, der wieder in die Knie gebrochen war, und fegte die Kerzen vom Altar.

Die Flammen breiteten sich blitzschnell in der Kathedrale aus, und Satan stieß erneut ein gräßliches Wutgeheul aus. Jared ignorierte es und eilte auf die Tür zu.

»Nein!« schrie sein Vater. »NEEEEEIN!«

Jared drehte sich ein letztes Mal nach ihm um. Die Flammen waren jetzt überall, und Ted, dessen Wunden jetzt wieder bluteten, taumelte hilflos umher und suchte nach einem Fluchtweg.

Aber es gab keinen.

Für ihn gab es kein Entrinnen mehr.

Und es würde bis in alle Ewigkeit kein Entrinnen geben.

Jared wandte sich ab und verließ den Raum. Zum erstenmal, seit er dieses Haus betreten hatte, flüsterte er ein Gebet.

»Heilige Maria, Mutter Gottes, bitte für uns Sünder, jetzt und in der Stunde unseres Todes ...«

»Was meinst du, was sie mit ihr machen werden?« fragte Luke Roberts.

Sandy Engstrom zuckte gleichgültig die Achseln. »Von mir aus kann man sie einsperren und den Schlüssel wegwerfen!«

Obwohl es noch nicht Mittag war, saßen sie bereits in der Pizzeria. Sie hatten sie aufgesucht, gleich nachdem die beiden Priester Kim Conway aus dem Biologiesaal geholt hatten. Sollten die Nonnen morgen Ärger machen, würden sie einfach behaupten, der Vorfall mit Kim hätten es ihnen unmöglich gemacht, in der Schule zu bleiben.

Luke grinste. »Ich dachte, Kim wäre deine beste Freundin.«

»Meine beste Freundin war Melissa Parker«, erwiderte Sandy. »Kim ist mir auf Dauer zu tugendhaft.« Sie legte den Kopf zur Seite. »Hast du es je mit Melissa getrieben?«

Luke lachte verächtlich. »Du machst wohl Witze. Die war genauso doof wie Kim! Man hätte glauben können, sie wollte Nonne werden!«

Sandy wollte antworten, spürte aber plötzlich, daß etwas tief in ihrem Innern sie losließ.

Etwas, von dem sie nicht einmal gewußt hatte, daß es sie fest im Griff gehabt hatte.

Für den Bruchteil einer Sekunde fürchtete sie, sich wieder übergeben zu müssen, so wie jeden Morgen, seit sie bei Kim übernachtet hatte. Aber das Gefühl ging schnell vorbei.

Sie schüttelte völlig verwirrt den Kopf. Warum saß sie um elf Uhr morgens in der Pizzeria? Schwester Clarence würde sie umbringen!

Und ihr gegenüber saß Luke Roberts! Luke Roberts, mit dem sie doch nie mehr ein Wort wechseln wollte! Sie wollte aufspringen, doch Luke kam ihr zuvor.

»Um Himmels willen!« rief er. »Was mache ich hier? Vater Bernard und Vater Mack werden mir diesmal bestimmt den Hals brechen!« Ohne ein Abschiedswort stürzte er zur Tür hinaus und rannte in Richtung Schule.

Sandy legte das Geld für die vier Coke, die sie und Luke getrunken hatten, auf den Tisch und eilte ebenfalls in die Schule zurück. Alles, was geschehen war, seit sie das Haus der Conways betreten hatte, war in ihrem Gedächtnis ausgelöscht.

Betend ging Jared Conway durch das Eßzimmer und die Halle zur Tür. Er spürte, daß das ganze Haus vom Toben des Bösen erzitterte, und er spürte auch, daß es ihn immer noch einzufangen und in die Finsternis zurückzuzerren versuchte.

Er öffnete die Haustür und trat auf die breite Veranda hinaus. Während er die Tür hinter sich schloß, glaubte er, noch einmal seinen Vater zu hören.

Diesmal hörte er nicht auf diese Stimme.

Als er den Rasen überquerte, ging das Haus in Flammen auf. Es waren Flammen, die nie ganz gelöscht werden konnten.

Seine Arme um Mutter und Zwillingsschwester gelegt, beobachtete er das Feuer lange Zeit. Doch als das ganze Gebäude endlich in sich zusammenbrach, wandte er sich ab.

Für ihn hatte der Schrecken endlich ein Ende.